dtv

Den Spuren nach zu urteilen, hätte es gar nicht eindeutiger sein können. Selbstmord. Die Frau hatte einen Staubsaugerschlauch auf den Auspuff gesteckt und das andere Ende durch das Fenster in den Wagen geführt. Doch schon bald finden Víkingur und Guðrún von der Kripo in Reykjavík erste Hinweise, dass die Frauenpolitikerin Freyja Hilmarsdóttir ermordet worden ist. Irgendjemand schien ein enormes Interesse daran zu haben, die Veröffentlichung ihres jüngsten Buches zu verhindern. Denn nach ihrem gewaltsamen Tod ist das Manuskript spurlos verschwunden – und taucht schon bald unter ominösen Umständen wieder auf … Es ist eine ganz eigene Welt, in die uns die Ermittlungen der Kripo Reykjavík führen. Eine Welt, in der es fast mehr Gletscher, Vulkane und Wasserfälle als Einwohner gibt, in der ein Mörder an Außerirdische glaubt, mit einem Hauptkommissar, der eigentlich Theologe ist, und einer Polizeichefin, der schon mal die Faust ausrutscht. Das ist Island: ein Land, wo jeder jeden kennt und nichts schwerer ist, als ein Geheimnis für sich zu behalten.

Þráinn Bertelsson wurde 1944 in Reykjavík geboren. Als Schriftsteller, Regisseur und Maler hat er in seinem Heimatland große Erfolge. Außerhalb Islands wurde er vor allem durch seinen Film ›Magnús‹ und seine Autobiografie ›My Self & I‹ bekannt.

Þráinn Bertelsson

Walküren

Ein Island-Krimi

Aus dem Isländischen
von Tina Flecken

Deutscher Taschenbuch Verlag

Kleine Vorbemerkung

Island ist der zweitgrößte Inselstaat Europas – mit nur rund dreihunderttausend Einwohnern. Das bedeutet: Jeder kennt jeden, man duzt sich ganz selbstverständlich und spricht sich ausschließlich mit dem Vornamen an. Auch wenn das für hiesige Lesegewohnheiten etwas ungewöhnlich klingen mag, haben wir beschlossen, diese Form beizubehalten.

Deutsche Erstausgabe
Februar 2008

www.dtv.de

Titel der isländischen Originalausgabe:
›Valkyrjur‹
(Published by agreement with JPV Publishers, Reykjavík)

Quellenhinweise: S. 367
Umschlagkonzept: Balk & Brumshagen
Umschlaggestaltung: Stephanie Weischer
unter Verwendung eines Fotos von
gettyimages/Silvia Otte
Satz: Greiner & Reichel, Köln
Gesetzt aus der Stempel Garamond 10/12,5'
Druck & Bindung: Druckerei C. H. Beck, Nördlingen
Gedruckt auf säurefreiem, chlorfrei gebleichtem Papier
Printed in Germany · ISBN 978-3-423-21032-4

Sie wählen die Männer für den Tod aus und bestimmen den Sieg.

Snorri Sturluson

Der Zündfunke der auf den Seiten dieses Buches lodernden Feuersbrunst sind reale Ereignisse. Die von den Flammen umzingelten Personen sind hingegen Erfindungen des Autors und haben keine lebenden oder toten Vorbilder. Das Treibholz, das ich an den Stränden der Literatur sammele, hielte einem Vergleich mit den dicht belaubten Eichen der dunklen Lebenswälder niemals stand.

Þráinn Bertelsson

1. Tag

Die Neuen Frauen! Ich kann es kaum fassen, dass sie dem gleichen Geschlecht angehören wie ich, mit ihren arrogant in engen Jeans dargebotenen Hintern, so offensichtlich einladend, mit ihren Brüsten, die frei und schamlos wippen, und sie fühlen sich nicht im Geringsten verpflichtet, zu lächeln, hübsch auszusehen oder leise zu sprechen. Und wie sie leben! Ihr braucht sie ja nur anzusehen! Wenn ein Mann sie nicht zum Orgasmus bringt, suchen sie sich einen anderen, der es schafft. Und wenn sie ungewollt schwanger werden, treiben sie ab. Wenn ihnen das Essen nicht schmeckt, schieben sie den Teller beiseite. Wenn ihnen der Job nicht passt, kündigen sie. Sie sind rundum satt und hungern nach gar nichts. Sie sind, was ich sein wollte; sie sind, wofür ich gekämpft habe: Und jetzt, da ich sie sehe, hasse ich sie.

Fay Weldon,
›Die Decke des Glücks‹

1 Der Tod in den Hügeln von Rauðhólar

Der schwarze Skoda Octavia, Baujahr 2003, stand in einer Senke in den roten Hügeln von Rauðhólar. Selbst als das Herz der Frau auf dem Fahrersitz schon längst aufgehört hatte zu schlagen, pumpte der Motor noch giftige Dämpfe ins Auto.

Ihr Körper wog sechsundfünfzig Kilo und bestand aus Milliarden von Zellen.

Jede einzelne Zelle war ein winziges Mirakel, jede für sich komplizierter als ein Düsenflugzeug, eine komplexe Einheit aus vielen hundert Millionen Molekülen; jedes Molekül ein eigener Kosmos aus hunderttausend Milliarden mikroskopisch kleiner Atome; jedes Atom ein Kern und Elektronen; die Kerne bestehend aus einer Vielzahl von Protonen und Neutronen, die Neutronen wiederum aus Quarks.

Bis 1:46 Uhr am Morgen des 14. März waren all diese Einheiten Bestandteile eines lebendigen Menschen gewesen, eine komplexe Welt von Molekülen namens Freyja Hilmarsdóttir.

Jetzt hatte der Tod das Leben abgelöst.

Die Arbeit der stofflichen Einheiten war beendet; nun erwarteten sie verschiedene neue Aufgaben auf einer anderen Daseinsebene, sogar die Teilnahme an neuem Leben in einer Welt, in der Nichts zu Nichts wird und Materie und Energie ständig neue Formen annehmen.

Der Tod mischt mit kalten Fingern die Karten und verteilt sie gänzlich neu.

2 Þorleifur und Mói

An jenem Morgen ging die Sonne in Reykjavík um 7:21 Uhr auf, aber grimmige, düstergraue Wolken hingen über der Stadt und versperrten dem Tageslicht den Weg, sodass die Schwärze der Nacht sie noch eine Weile umschlossen hielt.

Um kurz vor acht öffnete Þorleifur Baldursson die Stalltür am Weg C im Víðidalur.

»Guten Morgen, Jungs«, rief er, obwohl zwei der sechs Pferde im Stall Stuten waren. »Habt ihr schon auf mich gewartet?«

Er schaltete das Licht ein, im Stall war es noch dämmrig, obwohl man draußen schon recht gut sehen konnte.

»Sollen wir das gute Wetter nutzen?«, sagte er. »Zumindest ist es im Moment einigermaßen windstill und regnet nicht.«

Die Frage war im Grunde überflüssig, denn Þorleifur hatte bereits auf dem Weg zum Stall beschlossen, den Mausfalben zu satteln, im Schritt eine Runde durch die

Rauðhólar zu reiten und das Pferd dabei in aller Ruhe nachgeben zu lassen.

Mói gehörte Þorleifurs kleiner Enkeltochter Inga, ein ordentliches Pferd, wenn auch ein bisschen frech. Bei dem Mädchen hatte er sich die Unart angewöhnt, sich auf den Zügel zu legen. Inga nannte ihn Stjörnufákur, edles Ross mit Stern, aber einen solch romantischen Namen nahm ihr Großvater nicht in den Mund. Stattdessen nannte er ihn einfach Mói, den Mausfalben.

Eine halbe Stunde später ritten Mói und Þorleifur über einen schmalen Pfad durch die roten Hügel. Sie kamen nur langsam voran, hatten es aber auch nicht eilig. Mói war die Arbeit schon langweilig geworden, und es drängte ihn nach Hause zu seiner Morgenration. Þorleifur ließ ihn Schritt gehen, mal zwanzig Meter, mal fünfzig, parierte ihn dann zum Halt durch, ließ ihn ein paar Schritte rückwärtstreten, gab den Zügel nach und trieb ihn dann vorwärts, wieder und wieder.

Der Pfad führte an einem Hügel entlang, der sich nach innen wölbte wie ein Vulkankrater. Bis weit ins vorige Jahrhundert hinein hatten die Hügel als Steinbrüche gedient. Der rote, verbrannte Kies war ein begehrter Straßenbelag, und erst als man diesen Naturwundern schon unwiderrufliche Schäden zugefügt hatte, wurde beschlossen, sie nicht weiter zu zerstören. Þorleifur war erstaunt, ein Auto in der Senke stehen zu sehen. Er vermutete, dass jemand einen gestohlenen Wagen dort abgestellt hatte.

Das geht mich nichts an, dachte Þorleifur. Er hatte genug vom Training und freute sich schon darauf, zum Stall zurückzukehren, die Pferde zu füttern und sich selbst einen Kaffee zu kochen.

Da sah er, dass jemand im Wagen saß, auf dem Fahrersitz.

Es war kein Motorengeräusch zu hören. Aber das hatte nichts zu bedeuten, denn Autos waren heutzutage so leise, dass Þorleifur einen Blick auf den Auspuff werfen musste, um feststellen zu können, ob der Wagen lief. Dabei entdeckte er die Röhre, einen grauen Schlauch, der durch einen Spalt im Fenster der Hintertür ins Auto führte.

»Zum Teufel noch mal«, schimpfte Þorleifur. »Können die Leute sich nicht zu Hause umbringen?«

3 Inspektion des Tatorts

»Weißt du eigentlich«, fragte Terje, »dass die Menschheit aus zwei Gruppen besteht? Da sind diejenigen, die Beatles hören, und die, die Rolling Stones hören. Entweder man steht auf Mick Jagger oder auf John Lennon. Zu welcher Gruppe gehörst du?«

»Zu keiner von beiden«, sagte Guðrún und dachte: Die Menschheit besteht aus zwei Gruppen. Da sind diejenigen, die permanent labern. Zu der anderen Gruppe gehöre ich. Die schweigende Mehrheit, das bin ich.

»Vielleicht hat sich das ja auch geändert«, schlug Terje vor. »Vielleicht teilt sich die Menschheit inzwischen in diejenigen, die in der Zeitung den Sportteil lesen, und in diejenigen, die ihn nicht lesen.«

»Ja, vielleicht«, entgegnete Guðrún und warf ihrem Kollegen einen Blick zu. Sie saß am Steuer, und Terje konnte sich voll und ganz auf den Unsinn konzentrieren, den er ununterbrochen von sich gab.

Ein Leichenfund in Rauðhólar. Wahrscheinlich Selbstmord. Terje Joensen von der Kriminalpolizei und Guðrún Sólveig Hallsdóttir aus der Technischen Abteilung hatten ihren Bereitschaftsdienst gerade beenden wollen, als Frigg Stefánsdóttir, die diensthabende Beamtin der zweiten Wache, sie anrief und bat, zum Tatort zu fahren. Von Amts wegen hätten sich ihre Kollegen von der Tagesbereitschaft der R3-Gruppe, Kripo Reykjavík, um den Einsatz kümmern müssen, aber die hatten an diesem Tag etwas anderes vor. Um zehn Uhr musste der ganze Trupp raus zu einer erneuten Suchpatrouille nach der Leiche einer Frau, deren Ehemann abwechselnd behauptete, er habe sie ins Meer geworfen, vergraben, in einem Erdloch versteckt, oder aber vehement abstritt, irgendetwas über ihren Verbleib zu wissen.

»Bist du heute irgendwie gefrustet?«, fragte Terje. »Die Menschheit besteht nämlich aus zwei Gruppen: diejenigen, die frustriert sind, und diejenigen, die nicht frustriert sind.«

»Ich hab schlecht geschlafen.«

»Wie alt bist du noch mal?«, fragte Terje.

»Sechsunddreißig«, antwortete Guðrún. »Hast du schon mal drüber nachgedacht, dass die Menschheit aus zwei Gruppen besteht: diejenigen, die sechsunddreißig sind, und diejenigen, die nicht sechsunddreißig sind?«

»Dann hast du ja noch ein paar feine Jährchen vor dir«, erklärte Terje. »Bevor du in die Wechseljahre kommst und wirklich Frust kriegst. Wir Männer werden in den Wechseljahren nicht von Frust, sondern von einer inneren Unruhe ergriffen, dem sogenannten Zweiten Frühling. Auf den kann man sich eigentlich freuen; kein Grund, genervt zu sein.«

Ach nein?, dachte Guðrún. Wenn du wüsstest.

Als ihr Mann gestern Abend zu Hause angerufen und ihr mitgeteilt hatte, er müsse im Krankenhaus Überstunden machen, hatte sie endgültig die Schnauze voll gehabt. Sie hatte ihm befohlen, sofort nach Hause zu kommen, da sie ganz genau wüsste, mit welcher Art Untersuchungen er beschäftigt sei. Falls er je wieder mit ihr reden wolle, solle er gefälligst sofort seinen Hintern herbewegen.

Als Bergþór zu Hause war, sprach sie erst mit ihm, nachdem die Kinder im Bett waren. Als sie ihm dann erklärte, sie wüsste von seinem Verhältnis, versuchte er gar nicht erst zu widersprechen, sondern gab die Sache mit der blonden Krankenschwester von der Unfallstation gleich zu – Guðrún nannte sie im Geiste längst die Silikonschlampe.

»Warum?«

»Ich weiß es nicht«, antwortete er. »Es ist einfach passiert. Hat sich so ergeben.«

»Sie ist ja sogar älter als du«, sagte Guðrún. »Oder hat sie dir das verschwiegen?«

»Darüber hab ich wirklich nicht nachgedacht«, entgegnete Bergþór. »Sie interessiert sich einfach dafür, was ich mache. Du interessierst dich nur für deinen Job. Das kann ich dir natürlich nicht vorwerfen.«

»Nein, wie verständnisvoll. Ja, ich interessiere mich für meinen Job, und ich interessiere mich – stell dir vor – für meine Kinder! Interessiert sich diese verdammte geschiedene Nutte auch so brennend für unsere Kinder?«

In dem anschließenden langen, zähen Gespräch hielt

Bergþór sich zurück, fingerte aber nervös an den Haaren über seinen Ohren herum.

Sie hätte ihn umbringen können.

Sie hätte sich ihm in die Arme werfen können.

Sie tat weder das eine noch das andere.

Den Spuren nach zu urteilen, hätte es gar nicht eindeutiger sein können.

Selbstmord.

Die Frau hatte einen Staubsaugerschlauch auf den Auspuff gesteckt und das andere Ende durchs Hinterfenster in den Wagen geführt. Dann hatte sie ruhig auf dem Fahrersitz gesessen und auf die Ohnmacht und den Tod gewartet.

Eine Kohlendioxidvergiftung wie im Lehrbuch: Verfärbung des Gesichts, Flecken um die Augen.

Die Leiche hatte keine sichtbaren Verletzungen. Ein typischer Selbstmord.

»Die Menschheit besteht aus zwei Gruppen«, sagte Terje, »Lebende und Tote. Keine Frage, zu welcher Gruppe die Frau gehören wollte. Da müssen wir uns nicht lange mit rumschlagen. Fehlt nur noch der Abschiedsbrief. Vielleicht hat sie ihn in ihrer Wohnung hinterlassen, wo auch immer die ist. Das Kennzeichen wird gerade bei der Kfz-Meldestelle überprüft.«

Guðrún dokumentierte den Tatort, zuerst auf Film, dann machte sie ein paar Fotos.

»Hier ist ihre Adresse«, sagte sie. »Der TÜV-Bericht war im Handschuhfach, und hier ist der Führerschein. Sie wohnte in Álfheimar. Freyja Hilmarsdóttir. Geboren 1955.«

»Wechseljahre«, erklärte Terje. »Ich hab doch gesagt, da muss man vorsichtig sein.«

Manchmal war Guðrún – wie viele andere auch – empört über Terjes Art, aber meistens tat sie ihm nicht den Gefallen, daran Anstoß zu nehmen, denn genau darauf wollte er hinaus. Obwohl sie nichts sagte, sah Terje ihr an, dass sie verstimmt war.

»Entschuldige«, sagte er. »Was soll man denn schon sagen, wenn man einen Menschen im besten Alter sieht, der resigniert hat?«

»Muss man denn immer etwas sagen?«

»Kommt drauf an, zu welchem Teil der Menschheit man gehört«, entgegnete Terje. »Zu denen, die laut denken, oder zu den anderen.«

»Wird es dir eigentlich nie langweilig, immer den gleichen Witz zu erzählen?«

»Doch, schon«, sagte Terje, »aber man tut, was man kann. In unserem Job gibt's nicht viel zu lachen. Müssen wir hier noch irgendwas tun? Sollen wir bei dieser Adresse in Álfheimar, der Elfenwelt, vorbeischauen? Ich will nur hoffen, dass da nicht eine ganze Schar Kinder auf sie wartet.«

»Da besteht keine Gefahr«, sagte Guðrún. »Die Frau hatte keine Kinder.«

»Woher weißt du das?«, fragte Terje. »Steht das auch im TÜV-Bericht?«

»Willst du damit sagen, dass du nicht weißt, wer diese Frau ist?«, fragte Guðrún. »Sie war Redakteurin und Journalistin und Schriftstellerin und saß für die Frauenpartei im Parlament, als Ersatzabgeordnete.«

»Ich gehöre zu denjenigen, die nur den Sportteil lesen«, sagte Terje.

Ein Abschleppwagen der Firma Vaka sowie ein schwarzer Transporter der Städtischen Friedhöfe Reykjavík hatten sich zu dem Fuhrpark in Rauðhólar gesellt. Die Friedhofsarbeiter legten die Leiche auf eine Bahre, und der Fahrer, an dessen Namen sich Guðrún nicht erinnern konnte, breitete ein Laken und eine Decke darüber. Er nahm eine ordentliche Prise Schnupftabak und gab seinem Kollegen dann ein Zeichen. Routiniert hoben sie die Bahre hoch und trugen sie zu dem schwarzen Transporter, während der Fahrer des Abschleppwagens den Skoda vorne anhob und auflud.

Terje starrte den Mann mit dem Schnupftabak an. Er dachte, den Leuten, die sich um Leichentransporte kümmerten, stünde es wohl zu, sich ab und zu eine ordentliche Prise zu genehmigen.

Þorleifur, der Reiter, blieb zurück und setzte seinen Helm ab, als die Autos an ihm vorbeifuhren. Obwohl es sich nicht direkt um einen Trauerzug handelte, hielt er das für angemessen.

»Also dann, Mói«, sagte er, als er wieder aufs Pferd stieg. »Man kann wohl kaum von dir erwarten, dass du die Menschen verstehst.«

4 Mörder oder Opfer?

Sveinbjörn Ragnarsson heulte lauthals, Schleim rann ihm aus der Nase, er schnäuzte sich in die Hand und wischte sie an seinem Hosenbein ab. Dann legte er die Innenflächen seiner Hände gegeneinander, sodass die Handschellen nicht in die Handgelenke einschnitten, und versuchte, sich die Tränen mit dem Jackenärmel aus dem Gesicht zu wischen.

Randver Andrésson, Assistent des Hauptkommissars der Kripo Reykjavík, konnte sich nicht erinnern, während seiner Laufbahn schon einmal einen derartigen Tränenausbruch gesehen zu haben. Obwohl er schon vielen Menschen in schwierigen Situationen begegnet war.

»Ich habe das Recht, mit einem Arzt zu sprechen«, schluchzte der Mann. »Ihr dürft mich nicht länger quälen. Ihr seht doch, dass ich krank bin.«

Acht Kriminalpolizisten standen im Halbkreis um den Mann herum, der tränenüberströmt auf einer halbzerfallenen Steinmauer an der Anhöhe Öskjuhlíð saß. Dagný Axelsdóttir war die einzige Frau in der Gruppe.

»Wer hat dich denn gequält?«, fragte Randver.

»Alle quälen mich«, sagte der Mann und blickte vorwurfsvoll in die Runde. »Ich stehe unter Schock. Seht ihr das denn nicht? Das ist doch Folter, einen Mann, der gerade seine Frau verloren hat, festzunehmen, ins Gefängnis zu sperren und des Mordes zu bezichtigen.«

»Bist du jetzt auf einmal unschuldig?«, fragte Randver. »Gestern hast du doch noch was ganz anderes erzählt.«

»Das ist ja wie in der Geschichte von dem Mann, der seine Eltern umbringt und den Richter anschließend bittet, ihn zu verschonen, weil er Waise ist«, bemerkte Dagný.

»Da hört ihr es! Diese Person will sich an mir rächen«, stieß Sveinbjörn hervor und zeigte auf Dagný. Er hatte aufgehört zu weinen.

»Warum sollte sie sich an dir rächen wollen?«, fragte Randver. »Hast du ihr irgendwas getan?«

»Sie will sich an mir rächen, weil sie eine Frau ist«, sagte Sveinbjörn. »Das ist doch offensichtlich!«

»Du solltest dich schämen und dir das, was du getan hast, vor Augen führen«, entgegnete Dagný.

»Ich muss mit einem Arzt sprechen«, sagte der Mann. »Ich kann diese Drohungen nicht ertragen. Ich stehe unter Schock. Ich bin kein Mörder. Ich bin Opfer. Warum wollt ihr das nicht begreifen?«

»Jetzt reicht's aber langsam«, sagte Randver. »Das ist jetzt schon der dritte Ort, an den du uns schleppst, um uns zu zeigen, was du mit der Leiche gemacht hast. Zum dritten Mal fängst du an zu heulen und behauptest, unschuldig zu sein, obwohl du bereits alles gestanden hast und obwohl wir genügend Beweise haben, um dir die Tat zehnmal nachweisen zu können. Ich möchte dich jetzt bitten, dir zwei Dinge klarzumachen: Erstens ist es egal, wie sehr du jammerst und so tust, als seist du verwirrt – auch wenn du dich bis jetzt durch Heulen und Lügen immer entziehen konntest, wirst du damit nicht um die Konsequenzen herumkommen.

Zweitens wird sich deine Position jedes Mal, wenn du uns an der Nase herumführst, verschlechtern. Wenn du die Sache nicht anders angehst, wird dein Urteil wahrscheinlich so hart ausfallen, wie es das Gesetz gerade noch zulässt. Zumindest werde ich veranlassen, dass die Anklage herausstellt, dass du nie einen Funken Reue gezeigt hast. Bis jetzt haben wir dich mit Samthandschuhen angefasst. Überleg dir also gut, wie es weitergehen soll.«

Randver schlug den Mantelkragen hoch und zuckte mit den Schultern.

»Helgi und Dagný, ihr bringt ihn zum Skólavörðustígur. Gehen wir.«

»Läufst du selbst oder soll ich dir behilflich sein?«, fragte Helgi.

Sveinbjörn stand erschöpft auf. Er schaute zu Dagný und zog die Nase hoch. Dann streckte er seine Hände in ihre Richtung und sagte: »Entschuldige. Ich wollte dich nicht beleidigen.«

»Du könntest mich nicht beleidigen, selbst wenn du es wolltest«, sagte Dagný und ignorierte seine ausgestreckten Hände. »Man ist nicht beleidigt, wenn man in Hundescheiße getreten ist.«

5 Kein Brief

Freyja Hilmarsdóttir, 1. Etage rechts, stand auf der Türklingel. Die Schlüssel am Schlüsselbund, der im Zündschloss des Wagens gesteckt hatte, glitten mühelos in die Schnappschlösser an der Eingangstür und an der Wohnungstür im ersten Stock. Terje öffnete und reichte Guðrún anschließend den Schlüsselbund.

»Nimm du ihn lieber. Auf mir lastet ein Fluch, der mich immer alle Schlüssel verlieren lässt.«

Als sie den Flur betraten, sahen sie als Erstes einen Staubsauger, der mitten im Raum stand, so als könne er es nicht erwarten, als Zeuge aufzutreten. Ein stummer Zeuge. Der Schlauch fehlte.

Es war eine Vierzimmerwohnung mit Küche, Bad und einem schönen Balkon. Der Wohnblock stammte aus den Jahren des Aufschwungs um 1960, und die Wohnung sah so aus, als sei seitdem nichts verändert worden: glatt furnierte Türen, schlichte, schmucklose Fußleisten. Das Wohnzimmer war groß, die übrigen Zimmer dementsprechend klein.

Der Flur bildete den Mittelpunkt der Wohnung; von ihm aus gelangte man in die Küche, ins Wohnzimmer, ins Bad und in einen Gang, an dem die Zimmer lagen. Im Schlafzimmer stand ein frisch bezogenes Einzelbett. Der nächste Raum sah aus wie ein Museum; ein Mädchenzimmer aus den sechziger oder siebziger Jahren, drei Poster an der Wand: Che Guevara, Karl Marx – und Cliff Richard. Auf der Bettdecke am Kopfende saß ein gelber einäugiger Teddybär und starrte die Gäste ausdruckslos an.

»Karl Marx und Che, na gut, aber Cliff Richard!«, meinte Guðrún. »Wer hätte das gedacht?«

Die Wände des Arbeitszimmers waren mit Bücherregalen bedeckt. Ein einfacher Stuhl stand vor dem alten Schreibtisch. Hier herrschten Ordnung und Sauberkeit.

Kein Abschiedsbrief weit und breit.

Im Wohnzimmer stand eine Couchgarnitur im Bauhausstil, offenbar so alt wie die Wohnung. An der Wand ein Gemälde von Þorbjörg Höskuldsdóttir, eine Grafik von Sigrid Valtingojer und ein altes Gemälde der Esja von Eyfells. Auf der Fensterbank stand eine Tonfigur von ›Sæmundur dem Gelehrten‹, wie er den Teufel in Seehundsgestalt mit einer Bibel erschlägt – ein Symbol für den Sieg der Weisheit über das Böse, den aufrichtigen Glauben an die Macht der Bildung.

Terje ging ins Badezimmer, als Guðrún die Balkontür öffnete und hinaustrat. Der Balkon war leer. Keine Wäscheleine. Noch nicht einmal ein Grill. Als sie wieder hineinging, hatte sie Schwierigkeiten, die Balkontür zu schließen; sie klemmte und schien sich durch den vielen Regen im Winter verzogen zu haben. Terje kam ihr zu Hilfe und schlug die Tür mit voller Wucht zu, sodass Guðrún zusammenzuckte. Ein solcher Lärm schien an diesem Ort nicht angemessen.

»Ich glaube, das ist die unpersönlichste Wohnung, die ich je betreten habe«, sagte Terje. »Irgendwie so, als hätte hier nie jemand gewohnt, außer vielleicht ein alter Witwer, der kein Händchen für Gemütlichkeit hat und alles so zweckmäßig wie möglich haben möchte.«

»Wie kommst du darauf?«, fragte Guðrún.

»Es gibt zum Beispiel keine Pflanzen«, antwortete Terje.

»Sie ist viel gereist und war oft im Ausland«, sagte Guðrún.

»Dann lässt man eben die Nachbarn die Blumen gießen«, entgegnete Terje. »Und Freunde oder Verwandte schauen nach der Wohnung. Falls man Freunde hat. Aber hier scheint kein normaler Mensch gewohnt zu haben. Keine Fotos von anderen Leuten, bis auf dieses alte Hochzeitsfoto auf dem Schreibtisch, wahrscheinlich von ihren Eltern. Kein Kleinkram. Nichts Unnützes. Keine überflüssigen Kosmetikartikel im Bad; eine Gesichtscreme, zwei Parfüms, und das war's. Noch nicht mal ein Lippenstift. Abgesehen von diesem bizarren Kinderzimmer kommt mir das hier vor wie ein Kloster. Was war sie eigentlich für ein Mensch?«

Was für ein Mensch war Freyja Hilmarsdóttir?

Wie sollte Guðrún diese Frage beantworten? Sie kannte Freyja nur aus den Medien, als Schriftstellerin und Referentin für Frauenforschung, die sich stets in der Frauenbewegung engagiert hatte, bei den Rotsocken, in der Frauenpartei und als Feministin. Überall gehörte sie zum innersten Zirkel, zur Führungsgruppe, aber nirgendwo hatte man ihr die Leitungsposition anvertraut. Dafür war sie wohl zu radikal gewesen in ihren Ansichten, starrsinnig und manchmal richtig diffamierend. Sie wollte, dass Frauen sich für Frauen einsetzten, statt sich, bis auf die Kleidung, wie Männer zu geben.

Bei ihrer Antrittsrede im Parlament schockierte sie viele, als sie sagte, Frauen seien dort nur schmückendes Beiwerk und das Althing, auf das die Isländer so unendlich stolz sind, sei immer noch derselbe Macho-Verein wie vor tausend Jahren – und ebenso undemokratisch. Der Parlamentsvorsitzende rügte sie wegen dieser Äußerung und sagte, sie habe das Andenken an alle Frauen, die je in diesem ehrwürdigen Parlament gesessen hätten, beschädigt.

Anstatt sich zu entschuldigen, fügte Freyja Hilmarsdóttir hinzu, das Althing sei eine chauvinistische Privatveranstaltung, und wenn das so weiterginge, würden weitere tausend Jahre ins Land ziehen, bis Frauen in diesem Männerladen etwas zu sagen hätten. Am Ende ihrer Rede stolzierte sie aus dem Parlamentssaal und distanzierte sich anschließend von ihren Gefährtinnen aus der Frauenpartei, die damals bereits von Karrieren als Berufspolitikerinnen träumten und sich heimlich mit den Sozis einließen.

Freyja saß nur drei Tage im Parlament, aber die Parlamentsgeschichte schenkte ihr mehr Beachtung als vielen, die dreißig Jahre dort gesessen hatten. Nach und nach erinnerte sich auch Terje wieder an den Vorfall.

»Ach, *die* war das?«, sagte er. »Toughe Frau! Natürlich hab ich von ihr gehört. Stand nicht letztens in der Zeitung, dass sie wieder ein Buch geschrieben hat?«

»Doch, woher weißt du das? Ich dachte, du liest nur den Sportteil.«

»Und die Klatschseiten«, sagte Terje. »Es sollte nämlich eine knallharte Abrechnung mit ihren Exmännern werden.«

»Nicht mit *ihren* Männern«, erklärte Guðrún. »Sie war nie verheiratet. Das Buch muss fast fertig gewesen sein und sollte von zwei Frauen jenseits der vierzig handeln, die beide von ihren Ehemännern verlassen und entsorgt worden sind, weil die sich was Jüngeres gesucht haben. Der Clou ist nur – die beiden Männer kennt hierzulande jeder: Der eine ist Magnús Mínus, der reichste Mann Islands, der eigentlich Magnús Magnússon heißt, der andere Kjartan A. Hansen, der Botschafter. Das Buch sollte von Frauen als Konsumgüter für Männer handeln und Interviews mit den beiden Frauen enthalten.«

»Radikale Ansichten muss man immer irgendwie rechtfertigen«, sagte Terje. »Ich hätte jedenfalls gerne was über die Bettgeschichten von Magnús Mínus und das Leben des isländischen Jetsets gelesen.«

»Ich weiß nicht mehr, wo das Buch erscheinen sollte«, sagte Guðrún. »Aber das kriegen wir raus. Wir sollten vielleicht mal mit dem Verleger sprechen.«

»Ich bezweifle, dass wir viel Zeit haben werden, der Sache nachzugehen«, meinte Terje. »Aber eins würde mich interessieren.«

»Was denn?«

»Wo ist ihr Computer?«

»Vielleicht hatte sie keinen«, sagte Guðrún.

»Na, hör mal«, erwiderte Terje. »Natürlich hatte sie einen Computer. Eine Schriftstellerin ohne Computer ist wie eine Prostituierte ohne Möse.«

Guðrún hätte es vielleicht etwas anders ausgedrückt – aber er hatte zweifellos Recht.

»Stimmt«, entgegnete Guðrún. »Wo ist das Manuskript? Der Computer? Das Handy?«

»Ich möchte wetten, dass das gestern noch alles hier war«, sagte Terje.

6 Bettfreuden

Hervar Guðmannsson, Verleger, fragte, seit wann es Aufgabe der Polizei sei zu ermitteln, ob Autoren ihre Manuskripte schon eingereicht hätten.

»Klar möchte man denjenigen, die die Absprachen nicht einhalten, manchmal die Polizei auf den Hals hetzen. Aber wir haben jetzt März, und die Bücher erscheinen im Herbst – kein ernstzunehmender Schriftsteller gibt jetzt schon sein Manuskript ab. Ich weiß nur, dass Freyja ziemlich weit ist, aber am besten sprichst du mit ihr persönlich. Ich kann dir ihre Handynummer geben.«

Terje notierte die Nummer, bevor er dem Verleger den Grund für seinen Anruf und die Frage nach Freyja Hilmarsdóttirs Manuskript erläuterte.

»Was meinst du mit ›tot aufgefunden‹?«, fragte Hervar entgeistert. »Hatte sie einen Unfall? Versteh ich alles nicht. Eine Frau im besten Alter. In der Blüte ihres Lebens. Sie saß vor ein paar Tagen noch bei mir im Büro. Wie kann das sein?«

Terje antwortete wahrheitsgemäß, dass die Todesursache noch unbekannt war, aber einiges wiese darauf hin, dass es sich um Selbstmord handelte. Dann fragte er den Verleger, ob er Freyjas nächste Angehörige kenne.

»Ich habe nicht die geringste Ahnung«, sagte Hervar. »Ich kannte Freyja nur beruflich. Meistens reicht es einem, die Autoren zu kennen, da möchte man nicht auch noch der ganzen Verwandtschaft vorgestellt werden. Äh, entschuldige, wenn ich das so sage.«

Terje verstand gar nicht, wofür der Verleger sich entschuldigte.

»Ich meine«, erklärte Hervar, »viele Leute in dieser Branche sind nicht sonderlich umgänglich. Das ist ja kein Geheimnis.« Schon bedauerte er diesen Satz, der zudem auch gar nicht stimmte. Hervar hatte sich schon oft darüber gewundert, warum die schwierigsten Autoren die liebenswürdigsten Ehepartner hatten. Vermutlich irgendein Naturgesetz, um das Ungleichgewicht auszubalancieren.

»Und Freyja?«, fragte Terje. »Wie war sie so im Umgang?«

»Was soll man sagen?«, entgegnete der Verleger. »Nicht schlimmer als manch anderer. Und besser als viele.«

»Ist diese ganze Autorenbagage tatsächlich so kauzig?«, hakte Terje noch mal nach.

»So würde ich das nicht unbedingt formulieren«, versuchte Hervar nun einzulenken.

»War sie lesbisch?«

Als Verleger war Hervar es gewohnt, dass sich die Leute mehr für die sexuellen Vorlieben der Autoren als für ihre Werke interessierten. Daran hatte er im Grunde auch nichts auszusetzen, obgleich das Sexleben der Autoren in den meisten Fällen so trist war wie ihr Werk.

»Hast du wirklich noch nichts von ihr gelesen?«, fragte er.

»Nein«, antwortete Terje.

»Dann würde ich vorschlagen, du schaffst dir ›Bettfreuden – Liebhaber und Leidensgenossen‹ an. Das ist eine der offenherzigsten Abrechnungen über Sex, die eine Frau je geschrieben hat«, erklärte Hervar. »Ist vor drei Jahren erschienen.«

»Schreibt sie darin über sich selbst?«

»Ja, und über ihre Liebhaber und Leidensgenossen.«

»Ganz offen?«

»Offener kann ein Buch nicht sein.«

»Und sie war also lesbisch?«

»Steht alles im Buch.«

»Kannst du mir eins schicken?«, fragte Terje.

»Ja, selbstverständlich. Gib mir einfach deine Adresse und deine Kreditkartennummer«, sagte Hervar. »Möchtest du das Taschenbuch oder die gebundene Ausgabe?«

»Die Taschenbuchausgabe reicht«, antwortete Terje. »Aber du kannst das nicht in Rechnung stellen; es ist für die Kripo Reykjavík.«

»Das Buch ist gerade im Angebot, eintausendvierhundertneunzig Kronen plus Versandkosten«, sagte Hervar, der nicht nur bei den Autorenhonoraren geizig war. Kleinvieh macht schließlich auch Mist. »Wie ist dein Name?«

»Terje Joensen.«

»Terje Jóhannsson. Kripo Reykjavík. Und die Kartennummer?«

»Joensen«, sagte Terje. »Mein Großvater war Färinger.«

»Mit den Färingern bin ich schon immer gut klargekommen«, sagte Hervar, der noch nie im Leben einem Färinger begegnet war.

»Was meinst du mit Versandkosten?«, fragte Terje. »Hör zu, das ist Unsinn. Ich komme einfach vorbei und hole das Buch. Dann können wir uns noch mal in Ruhe unterhalten.«

7 Mitleid

Es tut weh, Kinder weinen zu sehen. Aber irgendwie ist es fast noch trauriger, wenn Erwachsene in Tränen ausbrechen. Vielleicht, weil Weinen bei Kindern an der Tagesordnung ist, ein natürlicher Bestandteil ihrer Ausdrucksweise, ein Warnsignal, das ankündigt, wenn ihnen etwas fehlt. Die Tränen eines Erwachsenen hingegen sind ein Rettungsanker, Resignation oder Anklage in einer ausweglosen Situation.

Hauptkommissar Víkingur Gunnarsson hatte schon viele Erwachsene bitter weinen sehen – aus purer Verzweiflung, provozierender Arroganz, Reue, Selbstmitleid oder einfach, um ihr Herz auszuschütten. Manchmal fühlte er sich schuldig, wenn jemand weinte. Am Ende war zwar jeder selbst verantwortlich für die Situation, in die er sich hineinmanövriert hatte, aber Mitleid empfand man trotzdem. Man wusste einfach, dass man leicht in eine ähnliche Situation geraten konnte.

Am schwierigsten war es, unschuldige Menschen weinen zu sehen aus Verzweiflung über Umstände, in die sie ohne eigenes Zutun geraten waren – vorausgesetzt, das

Opfer war nicht genauso schuldig wie der Täter. Aber das ist eine andere Geschichte, dachte Víkingur, und es ist unangebracht, die eigenen Gefühle mit philosophischen oder theologischen Haarspaltereien zu unterdrücken, wenn eine unschuldige Person weint.

Eigentlich war das Gespräch beendet. Und Víkingur hatte nichts anderes erreicht, als dass die Person, die er unterstützen und ermutigen wollte, vor ihm saß und weinte.

Es war Guðrún.

Die Tür hatte halb offen gestanden, und sie war in den Türspalt getreten und hatte gefragt: »Störe ich? Hör mal, Víkingur, ich muss was mit dir besprechen.«

Víkingur hatte sie hineingewunken und sofort gemerkt, dass es sich um eine vertrauliche Sache handelte, da Guðrún sorgfältig die Tür hinter sich schloss.

Zuerst die Arbeit: Sie erzählte ihm, Terje und sie seien gegen Ende ihres Bereitschaftsdienstes zu einem Leichenfund in die Rauðhólar gerufen worden, wahrscheinlich ein Selbstmord, zumindest deutete bislang alles darauf hin.

»Keinerlei Hinweise von der Toten selbst«, sagte Guðrún. »Aber ist es nicht seltsam, dass so gar keine Spuren gefunden wurden, keine Fußspuren, keine Fingerabdrücke, kein Handy, gar nichts?«

»Worauf willst du hinaus?«, fragte Víkingur.

»Die Frau hat keine Handschuhe getragen. Trotzdem waren keine Fingerabdrücke auf dem Lenkrad, dem Schalthebel oder dem Armaturenbrett und auch nicht auf dem Türgriff. Es waren keine Fingerabdrücke auf dem Staubsaugerschlauch. Und in ihrer Wohnung haben wir keinen Abschiedsbrief gefunden, was vielleicht nicht unbedingt etwas zu bedeuten hat. Aber wir wissen, dass sie an einem Buch schrieb, doch das Manuskript scheint spurlos verschwunden zu sein – keine Notizen, kein Computer. Das finde ich jedenfalls merkwürdig. Gelinde gesagt. Vielleicht nicht zuletzt deshalb, weil das Buch, an dem sie schrieb, einigen Zündstoff enthalten haben soll.«

»Ja«, sagte Víkingur. »Ich habe davon gelesen.«

»Es stand schon jede Menge darüber in der Presse. Das Buch sollte Einblick in das Leben der Schickeria geben, in ihr Luxusleben im Ausland, Korruption und Machenschaften in Politik und Wirtschaft. Und dann diese Sache mit den untreuen Ehemännern.«

»Stimmt«, sagte Víkingur. »Da waren die Erwartungen ziemlich hochgeschraubt.«

»Meinst du, dass Freyja an diesen Erwartungen möglicherweise zerbrochen ist?«

»Keine Ahnung, das habe ich so auch gar nicht gemeint«, antwortete Víkingur. »Aber wenn dir an diesem Todesfall irgendetwas komisch vorkommt, dann möchte ich, dass du dem nachgehst und den Fall erst abschließt, wenn du davon überzeugt bist, dass wir die richtigen Schlussfolgerungen gezogen haben. In der Technischen Abteilung ist hoffentlich momentan nicht so viel zu tun, du könntest doch selbst ein bisschen ermitteln.«

Guðrúns Gesicht hellte sich unvermittelt auf, verdunkelte sich aber genauso schnell wieder.

»Aber ich bin doch nur Technikerin«, sagte sie. »Bei einer Ermittlung muss man mit Menschen reden können. Ich ermittele nur durchs Mikroskop. Ich bin völlig blind für alles, was drum herum passiert.«

»Um in der Technischen Abteilung zu arbeiten, braucht man ein komplexes Fachwissen«, erklärte Víkingur. »Der Rest ist mehr eine Frage des gesunden Menschenverstands, und den hast du. Terje ist doch mit dir rausgefahren. Ich sage ihm, dass ihr den Fall gemeinsam bearbeiten werdet.«

Víkingur schaute zu Guðrún, die auf einem der Stühle vor seinem Schreibtisch saß und ihre Zehen betrachtete, so als hätte sie sie noch nie zuvor wahrgenommen.

»Abgemacht?«, sagte Víkingur als Zeichen, dass das Gespräch beendet sei.

Sie murmelte etwas, das er nicht verstand, daher wiederholte er seine Frage. Sie räusperte sich und sagte:

»Nein, das geht nicht.«

»Warum geht das nicht?«

»Weil ich aufhöre. Ich höre bei der Polizei auf. Ich bin hier, um dir das zu sagen.«

»Denkst du schon lange darüber nach?«, fragte Víkingur. »Oder ist was passiert?«

»Nicht bei der Arbeit«, sagte Guðrún und brach ganz plötzlich in Tränen aus. »Ich will einfach aufhören. Und wenn ich einen Grund dafür angeben muss, dann ist es wohl der, dass es nicht mit einer Ehe zu vereinbaren ist, Vollzeit zu arbeiten und Kinder großzuziehen.«

»Wer sagt das?«, fragte Víkingur.

»Ich sage das«, antwortete Guðrún. »Es wurde mir gestern Abend mitgeteilt.«

»Jetzt bin ich aber platt«, entgegnete Víkingur. »Will Bergþór etwa auch im Krankenhaus kündigen – oder gilt diese Regel nur für Frauen?«

Als Antwort auf die Sorgen der heutigen Zeit hat die Wohlstandsgesellschaft billige Papiertaschentücher in handlichen Verpackungen produziert, damit sich die Bewohner der westlichen Welt auf kultivierte Weise die Tränen aus den Augenwinkeln tupfen können, anstatt sich in die Hand zu schnäuzen und mit dem Ärmel über die

Augen zu wischen. Víkingur zog unauffällig seine Schreibtischschublade auf, in der Hoffnung, ein Päckchen Taschentücher vorzufinden, griff ins Leere, erinnerte sich jedoch daran, dass im Verhörzimmer immer genug Vorrat vorhanden war.

»Hör zu«, sagte er. »Wir müssen reden. Bleib mal kurz sitzen, ich hole uns einen Kaffee.«

Als er wiederkam, lehnte Guðrún den Kaffee ab, nahm aber die Taschentücher entgegen, und es gelang ihr, die Tränen eine Weile zu unterdrücken. Víkingur setzte sich auf den Stuhl neben sie und lauschte ihrem Bericht vom gestrigen Abend. Als das Telefon klingelte, behauptete er, beschäftigt zu sein, und verlangte, in der nächsten halben Stunde nicht gestört zu werden.

»Ich verstehe ja, dass das eine schwierige Lage für dich ist«, sagte er. »Ihr braucht Zeit, um euch über die Situation klar zu werden.«

»Ich hab mich entschieden«, entgegnete Guðrún.

»Was den Job angeht«, sagte Víkingur, »finde ich es ein bisschen voreilig, heute zu kündigen. Du kannst dir natürlich so lange wie nötig frei nehmen, aber am liebsten wäre mir, wenn du die Sache erledigst, über die wir eben gesprochen haben. Du kannst dir deine Arbeit frei einteilen, aber wir können nicht komplett auf dich verzichten, vor allem nicht so unerwartet. Du brauchst Zeit, um nachzudenken, aber wir müssen diesen Fall abschließen, und du bist dafür zuständig. Darauf kann ich mich doch verlassen, oder?«

»Ich höre auf. Mein Entschluss steht fest.«

»Das musst du natürlich selbst entscheiden. Aber es ist eine wichtige Entscheidung; du musst sie irgendwann fällen, aber ich möchte, dass du dir etwas Zeit lässt. Wenn man meint, unbedingt sofort etwas in die Wege leiten zu müssen, ist das ein unverkennbares Zeichen dafür, dass es vernünftiger wäre, es nicht zu tun.«

Sie schaute auf und blickte ihn an.

Víkingur bemerkte, dass ihre Wimperntusche gar nicht verlaufen war. Ob es endlich gelungen war, tränenfeste Maskara herzustellen?

»Das hast du dir bestimmt gerade ausgedacht«, sagte sie und versuchte zu lächeln.

»Ja«, sagte Víkingur. »Aber es stimmt trotzdem. Ich schlage vor, du nimmst dir für den Rest des Tages frei. Bist du mit dem Auto hier oder soll ich dich nach Hause fahren?«

»Ich hab zu Hause nichts zu tun«, erwiderte sie. »Zu Hause ist niemand. Darf ich noch einen Moment hier sitzen bleiben und wieder zu mir kommen?«

Und dann fing sie wieder an zu weinen.

Mensch zu sein ist schwer, dachte Víkingur. Aber Frau zu sein ist noch schwerer. Das muss ich mal Gott weiß wo gelesen haben. Aber Frauen können wenigstens weinen.

Am schlimmsten fand er, dass sie das Schluchzen unterdrückte und lautlos weinte. Er wollte sie in den Arm nehmen, aber das wäre unangebracht. Er war ein Mann. Sie war eine Frau. Und er war ihr Vorgesetzter.

Er legte ihr sanft die Hand auf die Schulter. Eine innigere Berührung wäre anstößig gewesen.

8 Human Resources und Management

Dagný Axelsdóttir, Kriminalkommissarin in der R3-Gruppe, war Randver Andrésson, dem Assistenten des Hauptkommissars, in vielerlei Hinsicht zugetan, aber tief im Inneren glaubte sie, dass es sowohl ihr Können als auch ihre Produktivität einschränkte, sämtliche Entscheidungen von diesem bedächtigen Streber oder altmodischen Chauvi, je nachdem, wie man es sehen wollte, absegnen zu lassen.

»Nur damit das klar ist«, sagte sie, »ich finde, wir sollten die Samthandschuhe ausziehen und diesen Idioten in die Mangel nehmen, bis er gesteht.«

»Wir haben nun wirklich genügend Geständnisse von ihm«, sagte Randver. »Immerhin hat er schon dreimal gestanden.«

»Ja, aber dann macht er jedes Mal einen Rückzieher, wenn wir anfangen, nach der Leiche zu suchen. Ich hab langsam den Eindruck, er legt zum Spaß ein Geständnis ab, wenn er mal wieder raus an die frische Luft möchte.«

Sie sprachen über Sveinbjörn Ragnarsson, der am selben Morgen in Tränen ausgebrochen war, als ein Polizeitrupp auf seine Anweisungen hin begonnen hatte, nach der Leiche seiner Frau zu suchen. Noch am Tag zuvor hatte er unumwunden zugegeben, seine Frau erwürgt und ihre Leiche in einem halbzerfallenen Bunker am Öskjuhlíð versteckt zu haben. Er hatte behauptet, seine Frau sei bedauerlicherweise selbst schuld daran, da sie plötzlich schimpfend und prügelnd auf ihn losgegangen sei, er ihr Nase und Mund hatte zuhalten müssen und dabei ein bisschen zu fest und zu lange zugedrückt habe.

»Ich bin mir nicht sicher, ob wir die Wahrheit eher aus ihm herausbekommen werden, wenn wir ihn mit großem Trara verhören«, sagte Randver. »Eigentlich glaube ich, je weniger wir uns um ihn kümmern, desto mehr hat er das Bedürfnis, uns zu erzählen, was passiert ist.«

»Das sehe ich anders«, erwiderte Dagný. »Es geht ja gar nicht darum, ein Riesentheater zu veranstalten, aber dieser Mann ist so verlogen, dass wir ihm klarmachen müssen, dass wir es ernst meinen, wenn wir ein echtes Geständnis von ihm wollen – falls wir überhaupt noch eins brauchen. Denn eigentlich haben wir schon so viele Beweise gegen ihn in der Hand, dass wir sein Geständnis gar nicht mehr benötigen; das Blut in der Wohnung, das Blut im Auto, das Blut auf seiner Kleidung. Das hast du ihm ja auch schon einige Male erklärt.«

»Aber wir brauchen natürlich ein echtes Geständnis, und dazu wird er uns die Leiche zeigen müssen. Das Blut allein beweist gar nichts. Wir wissen noch nicht mal, ob es überhaupt von der Frau stammt«, sagte Randver. »Sie ist verschwunden, und auch wenn alle Umstände und gesunder Menschenverstand darauf hinweisen, dass Sveinbjörn sie getötet und ihre Leiche versteckt hat, reicht das vor Gericht nicht. Die haben andere Maßstäbe. Erstens müssen wir beweisen, dass die Frau wirklich tot ist, zweitens, dass sie ermordet wurde, und drittens, dass Sveinbjörn der Mörder ist. Falls die Leiche nicht auftaucht, ist es verdammt schwer zu beweisen, dass sie nicht eines natürlichen Todes gestorben ist. Mir ist nur ein Mordfall in Island bekannt, bei dem ein Urteil ausgesprochen wurde, obwohl man die Leiche nicht gefunden hat. Das war der Geirfinnur-Fall, und ich habe wirklich kein Interesse daran, dass sich bei einem meiner Fälle dieses Chaos wiederholt. Es ist alles eine Frage der Geduld.«

Dagný schaute ihren Vorgesetzten an und dachte: Diese Trantüte wäre bei der Verkehrspolizei besser aufgehoben, da könnte er sich mit Rasern herumschlagen.

Laut sagte sie: »Okay, und was machen wir jetzt?«

»Bezüglich des Falls?«, fragte Randver.

Dagný konnte sich nur mit Mühe und Not ein Seufzen verkneifen.

»Ja, bezüglich des Falls, über den wir gerade sprachen.«

»Wir machen gar nichts«, sagte Randver. »Die Zeit arbeitet für uns.«

»Kann schon sein«, meinte Dagný. »Das ›Abendblatt‹ aber nicht. Sie schreiben, ein des Mordes verdächtiger Mann nehme die Polizei auf die Schippe.«

»Na und?«, entgegnete Randver. »Diese ehrenwerte Zeitung hat schon ganz andere Lügen verbreitet.«

Als Hauptkommissar Víkingur Gunnarsson sich für die Beförderung von Randver Andrésson zu seinem Assistenten eingesetzt hatte, protestierte nur eine einzige Person gegen diesen Plan. Das war Randver selbst.

»Mir gefällt's gut da, wo ich bin«, sagte er. »Manchmal habe ich sogar das Gefühl, meinen Job einigermaßen vernünftig zu machen. Warum sollte ich mir mehr Stress aufhalsen?«

»Du musst dir mehr Stress aufhalsen, um mich zu entlasten«, sagte Víkingur. »Wer Lasten schultern kann, sollte es auch tun. So einfach ist das.«

Víkingur wusste, dass nicht mangelnder Ehrgeiz oder Gleichgültigkeit die Gründe dafür waren, dass sich Randver nicht um eine Beförderung bemühte. Randvers Ehrgeiz war nicht auf Beförderungen ausgerichtet, sondern darauf, seine Arbeit so gut wie möglich zu machen und vor allem immer gewissenhaft die ihm gesetzten Regeln zu befolgen. Aufgrund dieses Ehrgeizes bewertete er ständig seine eigene Leistung und machte sich Gedanken über Dinge, die nach Meinung der meisten anderen weder in seiner Macht lagen noch in seinen Aufgabenbereich fielen.

»Dagný findet mich furchtbar rückständig. Sie wird immer besser«, sagte Randver. »Sie ist ganz schön dynamisch. Ich bin ja so altmodisch, dass es mir am liebsten wäre, wenn Frauen nicht zur Polizei gehen dürften. Aber weil die Welt nun mal so ist, wie sie ist, finde ich, dass wir uns das, was Frauen vielleicht besser können als wir, zunutze machen und nicht zögern sollten, ihnen mehr Verantwortung zu überlassen.«

»Was können sie denn besser als wir?«, fragte Víkingur.

»Ich weiß auch nicht so genau«, antwortete Randver. »Ich weiß nur, dass meine Bríet immer wieder Kleinigkeiten registriert, die ich übersehe, und ohne sie wäre ich schlecht dran.«

»Das gleicht sich bei euch wahrscheinlich aus«, meinte Víkingur.

»Ich hoffe es«, sagte Randver. »Aber ich glaube trotzdem, dass Bríet, wenn's drauf ankommt, ohne Probleme einen Reifen wechseln könnte.«

»Wenn du die Beförderung annimmst, wird eine Kommissarstelle für Dagný frei«, sagte Víkingur.

»Aber dann muss ich bestimmt zu irgendwelchen verdammten Fortbildungen fahren«, entgegnete Randver. »Und alles Mögliche über Human Resources und Management und Diagramme lernen.«

»Ja«, sagte Víkingur. »Ich wüsste auch nicht, warum dein Leben ein fortwährender Tanz auf Rosen sein sollte.«

9 Äußerst brutal

»Ich verstehe diese sogenannte Informationsgesellschaft nicht«, sagte Theódór Albertsson, als Guðrún ins Labor der Technischen Abteilung kam. »Über jeden Mist werden Daten gesammelt, aber niemand denkt daran, die Daten zu erheben, die man wirklich braucht.«

»Zum Beispiel?«, fragte Guðrún.

»Zum Beispiel sollte es nicht zu viel verlangt sein, dass die Polizei in einem so kleinen Land Zugang zu den Fingerabdrücken aller Einwohner hat, und außerdem müsste es DNA-Proben jeder einzelnen Person im Land geben«, erklärte Theódór, der genau genommen Polizist im Ruhestand war. Er war zweiundsiebzig Jahre alt, aber anstatt sich als Rentner zur Ruhe zu setzen, hatte er sich bei der Technischen Abteilung, die er zuvor geleitet hatte, als Mitarbeiter einstellen lassen und arbeitete in der Regel halbtags. Fingerabdrücke waren sein Spezialgebiet, und auch für Blutflecke interessierte er sich brennend.

Theódór schimpfte weiter. Guðrún war sein besonderer Liebling. Unter seiner Anleitung hatte sie Erfahrung und Routine bei der Untersuchung von Tatorten gesammelt und war zur besten Schülerin geworden, die er je hatte.

»Es war nicht gerade leicht, eine Klinik zu finden, die mir Auskunft darüber erteilen konnte, dass diese Ásgerður eine Blutuntersuchung hatte machen lassen. Und dann die ganze Bürokratie, bis ich die Ergebnisse sehen durfte. Als es endlich so weit war, hat sich herausgestellt, dass nur Werte von Cholesterin, Blutsenkung und so was vorlagen, die uns nicht weiterhelfen. Niemand ist auf die Idee gekommen, die Blutgruppe der Frau zu bestimmen. Aber die Blutgruppe ist genau das, was ich gebraucht hätte. Jetzt müssen wir warten, ob die DNA-Analyse von dem Blut auf dem Brecheisen mit den Haaren, die wir in ihrem Bett gefunden haben, übereinstimmt.«

»Es wird schon alles ans Licht kommen«, sagte Guðrún.

»Ja«, sagte Theódór. »Äußerst brutal: seine Frau mit einem Brecheisen totzuschlagen, selbst wenn die Ehe nicht glücklich war.«

Er musterte Guðrún und sah, dass sie anders war als sonst.

»Hör mal«, sagte er. »Ich hab genug für heute. Du gehst jetzt mit mir zum Rauðarárstígur, und wir trinken einen Kaffee.«

Zum zweiten Mal an jenem Tag erzählte Guðrún, dass ihre Ehe mit Bergþór am Ende sei und sie beschlossen hätte, die Polizei zu verlassen. Diesmal schon, ohne zu weinen.

Theódór hörte zu und unterbrach sie nicht. Er tunkte einen Schmalzkringel in seinen Kaffee und kaute genüsslich. Die Krümel, die in der Tasse zurückblieben, fischte er mit einem Teelöffel heraus.

»Trink deinen Tee«, sagte er, als Guðrún von ihrem Gespräch mit Víkingur erzählt hatte. Sie nahm den letzten Schluck und dachte, wie seltsam, dass beide Personen, denen sie sich anvertraut hatte, Arbeitskollegen waren. Und außerdem Männer. Hatte sie überhaupt noch andere Vertraute?

»Willst du deinen Schmalzkringel nicht essen?«, fragte Theódór.

»Nee, kannst du haben. Ich hab keinen Appetit.«

»Wenn man keine Schmalzkringel mehr mag, hat man ein Problem«, sagte Theódór und griff nach ihrem Teller.

»Ich weiß nicht, was ich tun soll«, sagte Guðrún. »Ich komme mir so idiotisch vor.«

»Unsinn. Du bist aufgewühlt«, sagte Theódór. »Ist doch normal. Ich glaube, es ist eine instinktive menschliche Reaktion auf Probleme, alles von sich zu schmeißen und weglaufen zu wollen. Vielleicht war es nur so möglich, sich vor Feinden oder wilden Tieren zu schützen. Aber man kann nicht vor allen Schwierigkeiten im Leben davonlaufen. Man darf die Kostbarkeiten, die man über einen langen Zeitraum gesammelt hat, nicht einfach wegschmeißen und fliehen.«

»Welche Kostbarkeiten denn?«, fragte Guðrún. »Mein sogenannter Ehemann kommt mir im Augenblick nicht besonders kostbar vor.«

»Eine Ehe ist kostbar«, erwiderte Theódór. »Ihr habt bestimmt schon einiges zusammen durchgemacht und eure Ehe mühevoll aufgebaut. Dein Job, deine Arbeit ist kostbar. Ich habe niemandem so viel beigebracht wie dir, und du kannst nicht einfach aufhören, ohne dieses Wissen an jemand anderen weiterzugeben. Aber das Kostbarste bist du selbst. Denk daran.«

»Darüber gibt es offenbar geteilte Meinungen«, sagte Guðrún.

»Dein Wert liegt darin, wer du bist und was du tust, nicht darin, ob dein Mann gescheit genug ist, zu Hause zu schlafen. Willst du wirklich keinen Schmalzkringel?«

Als sie ihr Gespräch beendet hatten und aufgestanden waren, tat Guðrún etwas, das sie während der ganzen Jahre, die sie mit Theódór zusammengearbeitet hatte, noch nie getan hatte. Sie umarmte ihn und schmiegte sich an ihn.

Er erwiderte ihre Umarmung, und so standen sie eine ganze Weile reglos im Raum, bevor sie gingen.

Die Bedienung schaute ihnen nach und fand, dass sie trotz des großen Altersunterschieds ein schönes Paar waren.

10 Bestseller

Der Buchverlag Altúnga residierte in der Straße Síðumúli. Als Erstes kam man in einen kleinen Buchladen, wo die Bücher des Verlags auslagen. Das Büro befand sich hinter dem Laden; ein offener Raum, in dem vier Mitarbeiter auf ihre Computertastaturen einhämmerten oder telefonierten.

Terje fragte nach dem Verleger, und das Mädchen, das am nächsten zur Tür saß und telefonierte, zeigte in eine Ecke des Raumes, wo sich ein abgetrenntes Zimmer befand. An der Tür hing ein Namensschild: *Hervar Guðmannsson*. Terje klopfte an die Tür, wartete die Antwort aber gar nicht erst ab, sondern öffnete und ging hinein.

Zwei Männer schauten auf und verstummten, als Terje im Türrahmen erschien. Der eine war unverkennbar der

Verleger Hervar Guðmannsson; er saß an einem riesigen Schreibtisch vor einer großen Fensterfront. Die Wände waren mit Bücherregalen bedeckt. Auf der gegenüberliegenden Seite des Schreibtischs saß ein junger Mann in Lederjacke, Jeans und Cowboystiefeln. Sein Gesicht kam Terje bekannt vor.

Er nutzte die Stille, zückte seinen Polizeiausweis, schaute den Verleger an und sagte: »Terje Joensen, Kriminalpolizei. Wir haben vorhin miteinander telefoniert.«

Der Verleger nahm den unerwarteten Überfall gelassen. Er erhob sich, begrüßte Terje mit Handschlag, blickte dann zu dem jungen Mann und sagte: »Entschuldige, Sigurður, aber ich bin mit diesem Mann verabredet und muss mich jetzt um ihn kümmern. Wir kommen im Moment sowieso nicht weiter. Das erste Kapitel geht so noch nicht, aber schreib das Buch erst mal zu Ende, dann lasse ich es redigieren und treffe anschließend eine Entscheidung.«

»Ich soll also das ganze verdammte Buch auf gut Glück schreiben?«, fragte der junge Mann.

»Du bestimmst natürlich selbst, was du tust«, entgegnete Hervar. »Ich verlege auch auf gut Glück Bücher. In dieser Branche gibt es nicht viele Sicherheiten.«

»Und du wagst es trotzdem nicht, es drauf ankommen zu lassen?«, insistierte der junge Mann.

»Es ist in vielerlei Hinsicht eine interessante Idee, die du da hast«, sagte Hervar geduldig. »Aber es kommt auf die Ausarbeitung an. Wir verlegen schließlich Bücher und keine Ideen.«

»Ich kann mit meiner Idee auch woanders hingehen«, erwiderte der junge Mann und stand auf.

»Dein Manuskript ist jedenfalls bei uns willkommen«, sagte Hervar und reichte ihm die Hand.

Sie verabschiedeten sich, und der junge Mann ging hinaus, ohne Terje zuzunicken. Hervar setzte sich wieder und bot Terje den Stuhl gegenüber an. Der Sitz war ganz warm. Der junge Mann hatte wahrscheinlich ziemlich lange dort gesessen.

»Immerhin hat er sich schon ein Pseudonym zugelegt«, sagte Hervar und wies zur Tür in Richtung des jungen Mannes. »Zigur ZigurZZon mit großem Z anstelle von s. Ich bin mir allerdings nicht sicher, ob das allein den Verkauf ankurbeln würde.«

»Du hast ihm gesagt, du würdest Bücher und keine Ideen herausgeben«, bemerkte Terje.

»Ja. Er schreibt an einem Buch über junge Leute in der Reykjavíker Unterwelt – Drogen, Gewalt, Nachtleben, Sex und Gott weiß was. Den Stoff hat er, aber ich weiß nicht, ob er schreiben kann. Es kommt ganz auf die Umsetzung an, ob der Autor die Leser fesseln und in seine Fantasiewelt locken kann. Und das ist noch nicht alles. Ich habe keine Ahnung, ob der Junge die Selbstdisziplin und Geduld hat, sich Monat für Monat oder sogar Jahr für Jahr hinzusetzen und Ereignisse und Personen zu beschreiben und immer wieder am Text zu feilen. Das muss sich alles noch herausstellen.«

»Vor ein paar Wochen hast du eine Pressemitteilung über ein Buch herausgegeben, das im Winter bei euch unter dem Titel ›Walküren‹ erscheinen soll. Bedeutet das, du hast es in der Hand gehabt, gelesen und für gut befunden?«

»Du meinst Freyjas Buch«, sagte Hervar. »Dafür gelten natürlich ganz andere Bedingungen. Freyja hat sich als Autorin längst bewiesen. Die erste Auflage von ›Bettfreuden‹ hat sich zwölftausendmal verkauft und geht immer noch. Die Frau konnte schreiben und hat ihre

Termine eingehalten. Und sie hatte die Fähigkeit, ihre Leser zu erreichen. Mehr erwarte ich nicht. Ihre Idee hat mir zwar zuerst nicht gefallen, als sie zu mir kam und mir erzählte, sie wolle ein Buch über die Frau als Konsum- oder Luxusgut in der heutigen Gesellschaft schreiben. Eigentlich ein todlangweiliges, deprimierendes Thema. Wer interessiert sich denn noch dafür? Würdest du so was lesen?«

Terje rutschte auf seinem Stuhl hin und her und druckste herum.

»Ich weiß nicht. Ich schaffe es wirklich nicht, alles zu lesen, was ich lesen möchte. Man hat immer so viel anderes zu tun.«

»Genau«, sagte Hervar zufrieden. »Genau das sagen alle. Ich kann keine Bücher für fünfzig radikale Feministinnen herausgeben, und auch nicht für fünfhundert. Ich muss eine breitere Masse erreichen, wer auch immer das ist. Freyja hat das eingesehen. Sie wollte deshalb dem Thema eine kleine, unerwartete Wendung geben und das Buch auf Interviews mit Frauen aufbauen, die von bekannten Männern verlassen worden sind, weil die der Meinung waren, ihre Halbwertszeit sei abgelaufen. Und dabei reden wir nicht von irgendwelchen Männern, sondern von einflussreichen Persönlichkeiten wie Magnús Mínus und Kjartan A. Hansen. Das zieht. Die kennt ja jeder, auch wenn er noch nie etwas über ihre Frauen gehört hat. Die Frauen bekommen nun eine Stimme, treten an die Öffentlichkeit und erzählen von sich. Und obwohl sich eigentlich niemand für sie interessiert, richtet sich das Augenmerk auf sie, sobald sie beginnen, ihr Leben als Teil des Privatlebens einer öffentlichen Person zu schildern. Ich bin fest davon überzeugt, dass du ein solches Buch lesen würdest.«

»Ja, das würde mich interessieren«, sagte Terje. »Deshalb bin ich hier. Kann ich das Manuskript sehen?«

»Das Manuskript? Das habe ich noch nicht. Nicht eine Seite. Sie hat letzte Woche in meinem Büro gesessen und mir erzählt, sie sei gut vorangekommen, wolle das Ganze aber noch mal überarbeiten und bis zum 1. Juni abgeben. Freyja muss das Manuskript bei sich in der Wohnung haben. Habt ihr da nicht schon was gefunden? Das wird ein Bestseller!«

Zum Abschied nahm Hervar ein gebundenes Buch aus dem Regal und reichte es Terje.

»Hier ist ›Bettfreuden‹«, sagte der Verleger großzügig. »Du kannst es behalten, aber wenn ihr noch mehr Exemplare braucht, müsst ihr sie natürlich bezahlen. Und ihr müsst mir das ›Walküren‹-Manuskript sofort schicken, wenn ihr es gefunden habt. Der Tod der Autorin ist für die Vermarktung des Buches allerdings ziemlich ungünstig – obwohl …?«

Der Umschlag des Buches glänzte schwarz. Der Titel ›Bettfreuden – Liebhaber und Leidensgenossen‹ sowie der Name der Autorin Freyja Hilmarsdóttir waren mit roter Schrift geprägt. Die Fläche zwischen Titel und Namen zierte ein Foto in roten Farbtönen, offenbar stark vergrößert und grafisch bearbeitet.

»Kannst du erkennen, was das auf dem Foto ist?«, fragte Hervar.

Terje betrachtete das Bild.

»Nein, auf Anhieb nicht. Sieht aus wie ein Farbenspiel der Natur.«

»Ja, nicht schlecht«, sagte Hervar. »Sieh genauer hin.«

Terje musterte das Foto; dann erkannte er es.

»Nein, das glaube ich nicht!«, sagte er.

»Doch, aber das erkennen die wenigsten«, sagte der Verleger. »Es ist eine Klitoris. Und nicht irgendeine, sondern die Klitoris der Autorin. Sie hat das Bild selbst gemacht. Sie hat sich Sachen erlaubt, die sich andere nie getraut hätten. Sie hatte nichts zu verbergen. So eine Autorin war Freyja.«

11 Obduktion

Da Þórhildur nicht zu Hause war, öffnete Víkingur den Kühlschrank und überlegte, was er sich zum Abendessen machen könnte. Er hatte keine Lust gehabt, auf dem Weg nach Hause etwas einzukaufen, und vertraute auf den Kühlschrank. Da war leider nicht viel zu holen. Ein paar Eier in der Kühlschranktür brachten ihn dann aber auf eine Idee: Anstatt durch Schneematsch und Salzlaken hinunter zum Supermarkt zu stapfen, könnte er sich ein Omelett machen und es mit einer Selbstbeschwichtigungsrede über die Notwendigkeit gelegentlicher fettarmer Mahlzeiten garnieren.

Jawohl, unten im Eckschrank waren noch Kartoffeln, und in einem Korb auf der Küchenbank lagen Zwiebeln. Bauernomelett, dachte er, als sein Blick auf eine neue Blechdose im Gewürzregal mit irgendeiner erlesenen Currymischung aus dem Feinkostladen fiel. Indisches Bauernomelett, dachte Víkingur, schaltete das Radio ein, band sich die Schürze um und griff nach der Reibe.

Die Abendnachrichten im Radio hatten gerade begonnen, und erstaunlicherweise war die Menschheit an diesem Tag mal nicht von irgendwelchen Katastrophen heimgesucht worden. Während Víkingur die Kartoffeln unter dem kalten Wasserstrahl wusch, lauschte er dem Klang der sonoren Sprecherstimme. Dann begann er, die Zwiebel mit der Reibe zu raspeln. Schon bald schwammen seine Augen in Tränen, und der alte Hausfrauenrat fiel ihm wieder ein, beim Zwiebelschneiden Wasser laufen zu lassen. Just als er zum Spülbecken ging, sagte der Sprecher etwas über die Reykjavíker Polizei, weshalb Víkingur den Wasserhahn doch nicht aufdrehte und die Ohren spitzte.

Aufgrund eines Hinweises von Sveinbjörn Ragnarsson, der wegen Mordverdachts an seiner Frau in Untersuchungshaft sitzt, suchte die Reykjavíker Polizei heute am Öskjuhlíð nach der Leiche von Ásgerður Halldórsdóttir. Dies ist das dritte Areal, das die Polizei durchkämmt; zuvor gab es bereits umfangreiche Suchaktionen zu Wasser und zu Lande in Geldinganes sowie in der Hafnarfjörður-Lava. Die Suche am Öskjuhlíð wurde heute Vormittag nach zwei Stunden plötzlich abgebrochen, obwohl sie laut Polizeiinformationen nicht erfolgreich gewesen war. Die Kriminalpolizei verweigerte jede Aussage zu den Ermittlungen.

Die Landespolizeidirektion teilte mit, die Kripo Reykjavík habe noch keine Hilfe bei der Ermittlung des Falles in Anspruch genommen. Die Landespolizei verfügt über einen speziell ausgebildeten Suchtrupp, den Polizeiinspektionen im ganzen Land bei Bedarf zur Unterstützung anfordern können.

Lúðvík Ásmundsson, Polizeidirektor in Reykjavík, er-

klärte in einem Gespräch mit der Nachrichtenredaktion, es gäbe keinen Grund, Verstärkung anzufordern, solange man nicht sicher sei, dass die Suche im richtigen Gebiet stattfände.

Länger war die Meldung zum Glück nicht. Seltsam, dieser Einschub, man habe keine Unterstützung bei der Landespolizeidirektion angefordert. Klang so, als habe jemand den Radioreportern einen Wink gegeben.

Víkingur schnitt rasch ein paar große Kartoffeln in Stücke. Er stellte die Pfanne auf den Herd, goss irgendein cholesterinfreies Bioöl hinein und fügte zur Geschmacksverstärkung ein Stück Butter hinzu. Dann ließ er Zwiebeln und Kartoffeln im Fett brutzeln und schlug die Eier, die in diesem Rezept die Hauptrolle spielten. Er erinnerte sich an einen halbvollen Becher Sahne, der schon verdächtig lange im Kühlschrank stand, und schüttete den Rest in die verquirlten Eier. Anschließend wendete er Zwiebeln und Kartoffeln in der Pfanne, pfefferte und salzte; die Kartoffeln waren inzwischen leicht angebrannt, was das Gericht nicht gerade gesünder machte. Nach einer Weile schichtete er die Zwiebeln und die Kartoffeln in der Mitte der Pfanne auf, streute eine Prise Curry in das brutzelnde Fett und gab dann die verquirlten Eier über alles. Er legte den Deckel auf die Pfanne, verringerte die Temperatur, zog die Schürze aus und begann, den Tisch zu decken.

Dann streckte er sich auf dem Sofa aus. Die beiden Siamkatzen, Aladín und Alí Baba, kamen und machten es sich auf ihm bequem.

»Ach, ihr Lieben, könnt ihr mich nicht in Ruhe lassen?«

Sie taten so, als verstünden sie ihn nicht.

Es lief genau so, wie er es sich vorgestellt hat. Þórhildur aß mit gutem Appetit, ihre Begeisterung hielt sich aber in Grenzen.

»Gibt's keinen Salat?«, fragte sie.

»Es war keiner da. Leider«, fügte er hinzu, obwohl ihm klar war, dass sie genau wusste, dass er Salat keineswegs vermisste.

»Was ist denn das Braune in der Mitte?«, fragte sie.

»Das ist Gemüse: Kartoffeln und Zwiebeln«, antwortete er.

»In Öl und Butter gebraten?«

»In diesem neuen fettfreien Diätfett angebraten«, sagte er. »Aus Blumentau und reiner Leopardenmilch. Heißt Leopard-Trim und gibt's in Spraydosen.«

»Aha«, sagte sie. »Ich nehme an, es handelt sich hier um ein Omelett?«

»Um nicht mehr und nicht weniger als um ein indisches Bauernomelett.«

»Aha«, sagte sie wieder.

»Schmeckt's dir?«

»Muss es so angebrannt sein?«

»Ja, es ist sehr wichtig, dass es anbräunt, während der Koch sich kurz hinlegt und darauf wartet, dass seine Frau zum Essen erscheint.«

»Ja, verstehe«, sagte Þórhildur. »Das Omelett ist also meinetwegen angebrannt, aber mal abgesehen davon, wie war dein Tag?«

»Nicht so gut. Ehrlich gesagt: noch schlechter als das Abendessen. Und du bist weder für das eine noch für das andere verantwortlich. Und wie war's bei dir?«

»Es ist was Komisches passiert«, antwortete Þórhildur. »Ich fürchte, dein Tag wird sich noch weiter verschlechtern.«

Þórhildur Magnúsdóttir war Rechtsmedizinerin, daher war es alles andere als ungewöhnlich, dass sich ihre Gespräche beim Abwasch in der Mjóstræti um Leichenschauen, Obduktionen, Gewalt und Tod drehten. Während der ersten Jahre ihres Zusammenlebens hatten sie entschieden, Privatleben und Arbeit voneinander zu trennen, aber nach und nach war ihnen klar geworden, dass man die Arbeit immer mit nach Hause nimmt. Sie waren irgendwann zu dem Schluss gekommen, dass Gedanken über den Job in ihrer Beziehung halt den gleichen Stellenwert hatten wie andere Überlegungen und Strapazen, die Ehepaare und Freunde miteinander teilen.

Þórhildurs Arbeitstag hatte mit der Obduktion eines neunzehnjährigen Mädchens, Þórunn Gunnarsdóttir, begonnen, die vor ihrer Zimmertür im Dachgeschoss eines Hauses in der Vesturgata tot aufgefunden worden war. Ihr Lebensgefährte, Grétar Sigvarðsson, zweiunddreißig Jahre alt, hatte sie, selbst stark alkoholisiert, um halb fünf Uhr nachmittags dort entdeckt.

Nach eigener Aussage hatte er angenommen, sie habe keinen Schlüssel dabeigehabt und sich deshalb vor der Tür hingelegt. Er hatte beschlossen, sie dort liegen zu lassen, und war wieder zurück zum Kaffi Skít in der Austurstræti gegangen, wo ihm wegen Trunkenheit der Eintritt verwehrt wurde. Dort hatte ihn Ebba Kovacs angesprochen, ein siebzehnjähriges Mädchen, das Þórunn aus der Entzugsklinik Vogur kannte, welche die beiden am Vortag gemeinsam auf eigenen Wunsch verlassen hatten.

Als Ebba von Grétar erfuhr, Þórunn sei zu Hause und schliefe, beschloss sie, ihn zu begleiten, da er mittlerweile sehr unsicher auf den Beinen war. Sie fanden

Þórunn auf dem Treppenabsatz. Ebba hegte keinen Zweifel daran, dass sie tot war, rief die 112 an und alarmierte Polizei und Krankenwagen.

Grétar war in einem Zustand, der es ihm unmöglich machte, sich daran zu erinnern, was am Vormittag geschehen war. Er wusste nur noch, dass er mit Þórunn ins Kaffi Skít gegangen war, als dieses am Morgen öffnete. Ebba hatte von anderen Gästen in der Bar erfahren, dass sich Þórunn bis ca. zwei Uhr dort aufgehalten habe, dann aber unglücklich gestürzt sei. Sie sei zum Singen auf einen Stuhl geklettert, da Pálmi Hafsteinsson, meist »der Dürre« oder »das Skelett« genannt, zu einem »Superstar-Wettbewerb« vor Ort aufgerufen und diesen durch die Herausnahme seines Gebisses und das Schneiden von Grimassen selbst eröffnet habe. Anwesende berichteten, die junge Frau sei mit dem Hinterkopf aufgeschlagen. Sie wog siebenundneunzig Kilo.

Þórunn sei nach dem Sturz schwindelig geworden, aber nachdem man ihr auf die Beine geholfen habe, schien sie sich verhältnismäßig schnell zu erholen. Sie habe jedoch über Kopfschmerzen geklagt, die sich auch nicht gebessert hätten, nachdem man ihr einige Schmerztabletten gegeben habe, welche sie mit Bier hinuntergespült hätte. Daher habe sie beschlossen, nach Hause zu gehen und sich einen Moment hinzulegen.

»Ich denke, es besteht kein Zweifel daran, dass dieser Schlag auf den Kopf, den sie sich zuzog, als sie rücklings vom Stuhl stürzte, die Todesursache ist«, sagte Þórhildur. »Sie hatte einen Schädelriss, der Hirnblutungen auslöste. Andere sichtbare Verletzungen hatte sie nicht, es war also ein Unfall oder ein natürlicher Tod, insofern man es als natürlich bezeichnen kann, wenn ein neunzehnjähriger Teenager aufgrund von Alkohol- und Medikamentenmissbrauch am helllichten Tag in der Reykjavíker Innenstadt kollabiert und anschließend stundenlang tot vor der eigenen Wohnungstür liegt.«

»So ein hübsches Mädchen«, bemerkte Víkingur.

»Spielt das irgendeine Rolle, ob sie hübsch war?«, fragte Þórhildur.

»Natürlich nicht«, sagte er. »Die Leute nutzen die Gaben der Natur eben auf unterschiedliche Weise.«

»Sie wog siebenundneunzig Kilo«, sagte Þórhildur, »und hatte trotzdem Mangelerscheinungen.«

Als Nächstes hatte die Obduktion einer Frau angestanden, die sich offenbar in ihrem Auto oben in Rauðhólar umgebracht hatte und am Morgen eingeliefert worden war. Þórhildur hatte Freyja Hilmarsdóttir nie getroffen, kannte sie aber aus den Medien.

»Die Todesursache ist ziemlich eindeutig«, erklärte Þórhildur, »vorbehaltlich der Ergebnisse der Untersuchungen des Bluts und des Mageninhalts: eine typische Gasvergiftung, Kohlendioxid, du weißt ja, wie sich das Gesicht dabei verfärbt, und dann diese Flecken um die Augen. Der Todeszeitpunkt liegt irgendwann zwischen zehn Uhr gestern Abend und vier Uhr nachts. Ich weiß nicht, wie warm es im Auto war und wie lange die Standheizung lief. Wenn ich schätzen müsste – was ich nicht tue –, würde ich sagen, kurz nach Mitternacht. Die Leiche hatte keine weiteren Verletzungen, bis auf ein paar schwache blaue Flecken am rechten Handgelenk und einen kleinen Kratzer unter dem rechten Auge, wie von einer Kralle, vielleicht von einer Katze, könnte aber auch von einem spitzen Gegenstand stammen, unmöglich zu sagen, nur ein winziger Kratzer, den man kaum als Verletzung bezeichnen kann. Vielleicht war es dieser Kratzer oder auch nur Zufall, aber ich habe mir ihre Augen etwas näher angeschaut. Zuerst dachte ich, sie trüge Kontaktlinsen – wie naiv man manchmal ist –, aber dann habe ich begriffen, dass sie eine Augenoperation hatte, und zwar kürzlich.«

»Was für eine Augenoperation?«, fragte Víkingur. »Und was hat ihr Sehvermögen mit der Sache zu tun?«

»Nicht so schnell«, bremste Þórhildur ihn. »Dazu komme ich gleich. Leute, die keine Brille oder Kontaktlinsen mehr tragen wollen, können sich einer simplen Augenoperation unterziehen, einer sogenannten Laserbehandlung. Dabei wird die Hornhaut so eingeschnitten, dass ein Hornhautläppchen hochgeklappt werden kann, während das Auge mit Laser behandelt und Gewebe entfernt wird. Dann wird das Hornhautläppchen wieder zurückgeklappt, und das Auge heilt in kurzer Zeit von alleine. Bei der näheren Untersuchung von Freyjas Augen habe ich festgestellt, dass sie vor kurzem eine solche Operation hat machen lassen. Und obwohl das eher in deinen als in meinen Arbeitsbereich fällt, wollte ich mir das bestätigen lassen und habe ein paar Telefonate geführt. Freyja Hilmarsdóttir hatte gestern um Viertel nach vier eine Laserbehandlung in der Augenklinik in Skeifan. Der Eingriff hat etwa 300 000 Kronen gekostet. Merkwürdig.«

»Ja«, sagte Víkingur. »Es ist in der Tat merkwürdig, dass man sich, ein paar Stunden, bevor man sich das Leben nimmt, einer solchen Operation unterzieht.«

»Das meinte ich gar nicht«, erwiderte Þórhildur. »Menschen sind nun mal unberechenbar. Was mir unwahrscheinlich vorkommt, ist, dass sie so kurz nach der Operation in der Lage war, im Stockdunkeln mit dem Auto den ganzen Weg bis nach Rauðhólar zu fahren.

Normalerweise erlangt man frühestens nach 24 Stunden sein normales Sehvermögen zurück. Und man ist nachtblind.«

»Ich muss Guðrún anrufen«, sagte Víkingur. »Sie hatte Recht mit ihrer Vermutung, dass an der Sache was faul ist.«

12 Eine Entscheidung

Guðrún überprüfte die Nummer im Display, bevor sie ans Telefon ging.

Sie war allein zu Hause, hatte zu Bergþór gesagt, er solle doch mit den Mädchen in ein Restaurant gehen oder ihnen selbst etwas zum Abendessen kochen.

»Du kannst die Silikonschlampe ja mal fragen, ob sie euch zum Essen einladen will«, sagte sie. »Die Kinder würden bestimmt gerne ihre zukünftige Stiefmutter kennenlernen.«

»Kann man mit dir denn gar nicht mehr wie mit einem normalen Menschen reden?«, sagte Bergþór.

»Du findest mich also unnormal?«, entgegnete Guðrún.

»Jetzt hör doch auf mit diesem Mist«, sagte er. »Wir müssen früher oder später reden.«

»Aber nicht heute Abend. Ich will meine Ruhe haben.«

»Was soll ich den Kindern denn sagen? Sie möchten wissen, warum du nicht mitkommst.«

»Dir wird schon was Schlaues einfallen. Verlogen und scheinheilig genug bist du ja.«

Als sie das sagte, trat er einen Schritt zurück. Er hatte sie noch nie so verbittert gesehen.

Guðrún zuckte zusammen, als sie die Furcht in Bergþórs Augen wahrnahm. Er hatte niemals Angst vor ihr gehabt. Sind Respekt und Furcht Geschwister? Es tat jedenfalls gut, die Angst in den Augen dieses verdammen Idioten zu sehen. Er hatte sie nicht nur respektlos behandelt, er hatte sie erniedrigt.

Sie stand in der Schlafzimmertür und fixierte ihn. Wenn ihn nicht alles täuschte, lächelte sie.

Dann knallte sie die Tür zu.

Guðrún ließ sich aufs Bett fallen und schloss die Augen.

Als das Telefon klingelte, zeigte der Wecker auf dem Nachttisch 20:13 Uhr. Sie musste eingeschlafen sein. Sie schaute auf die Nummer im Display, erkannte sie nicht, ging aber trotzdem dran. Ob es die Silikonschlampe war?

»Hallo?«

»Guðrún, hier ist Víkingur. Entschuldige, dass ich dich so spät störe.«

»Ist schon okay. Was ist los?«

»Zum Glück kein Einsatz. Ich wollte dich nur wegen unseres Gesprächs heute Morgen kontaktieren.«

Was genau meinte er? Ihre Eheprobleme? Oder die Kündigung?

»Es geht um deinen sehr berechtigten Verdacht heute Morgen im Zusammenhang mit der Toten in Rauðhólar. Die Sache muss näher untersucht werden; es sind ein paar weitere Dinge ans Licht gekommen.«

Dein sehr berechtigter Verdacht. Wollte er sie auf diese

unbeholfene Weise loben, um sie von der Kündigung abzuhalten? Lieber Himmel!

Nachdem Víkingur ihr alles erzählt hatte, sagte Guðrún: »Und was machen wir jetzt?«

»Wir müssen die Wohnung genauer untersuchen und herausfinden, ob Freyja gestern Abend Besuch hatte, mit allen Nachbarn in dem Wohnblock und den anliegenden Häusern sprechen. Vielleicht hat irgendjemand etwas gesehen.«

Als das Telefonat beendet war, saß sie mit dem Hörer in der Hand da. Ohne lange darüber nachzudenken, hatte sie entschieden, weiterzuarbeiten. Und zu ihrer großen Verwunderung war sie zufrieden mit dieser Entscheidung.

Wenn einem doch nur alle Entscheidungen so zufliegen würden.

2. Tag

Du endest so, wie du es verdient hast. Im Alter musst du dich mit dem Gesicht, den Freundinnen und Freunden, dem Gesundheitszustand und den Kindern abfinden, die du verdient hast.

Fay Weldon,
›Die Decke des Glücks‹

13
E-Mail

Die E-Mail-Adresse des Absenders lautete walkueren@hotmail.com. Die Adresse des Empfängers war magnus@minus.is.

Die erste Nachricht wurde kurz vor Mitternacht von einem Laptop abgeschickt. Der Fahrer saß mit dem Laptop auf den Knien im Auto, das er auf einem Hotspot vor einem Café mit unentgeltlichem drahtlosem Internetzugang in der Pósthússtræti geparkt hatte.

Der Text der E-Mail lautete folgendermaßen:

Herr Magnús Magnússon.
In meiner Obhut befindet sich DAS EINZIGE EXEMPLAR eines interessanten Buchmanuskripts von Freyja Hilmarsdóttir mit dem Titel WALKÜREN. Es beginnt so:

> »Frauen fungieren seit Menschengedenken als Konsumgüter der Männer. Natürlich hat es zu allen Zeiten Männer gegeben, die Frauen als gleichberechtigte Mitmenschen betrachteten. Aber das Anliegen dieses Buches ist nicht, über die Ausnahmen, sondern über die Regel zu sprechen, nicht den Erfolg im Kampf um die Gleichstellung der Geschlechter zu rühmen, sondern die antiquierten Gepflogenheiten und primitiven Denkweisen, die in der heutigen Gesellschaft immer noch verbreitet sind, aufzuzeigen.

In der Dritten Welt werden Frauen bis zum heutigen Tag wie Vieh gehandelt, im Tausch mit Kühen, Schafen, Ziegen oder ein paar Münzen. Eltern, die einen gewissen Wohlstand erlangt haben, versuchen, die Zukunft ihrer Töchter durch Mitgiften zu sichern und sie so für Männer aus ›reicheren‹ Familien, die ihren Besitz vergrößern möchten, attraktiver zu machen. Derartige Mitgiften sind sogar in westlichen Ländern bei Töchtern aus wohlhabenden Familien noch üblich.

In den Wohlstandsgesellschaften nehmen Eltern heute keinen Einfluss mehr auf die Eheschließungen ihrer Kinder. Stattdessen bestimmen Begierde und Wettstreit um Statussymbole in beträchtlichem Maße die Wahl des Ehepartners. Frauen, die nach der jeweils geltenden Mode als schön angesehen werden, sind begehrte Statussymbole und versinnbildlichen die Potenz und die Fähigkeit eines Mannes, sich das begehrenswerteste Exemplar aus der Herde zu suchen.

Die Gesellschaft schärft Frauen von Kindesbeinen an ein, danach zu streben, ein in den Augen der Männer möglichst begehrenswertes Produkt zu werden. Ihre Aufgabe ist es, sich zu vermarkten und den besten Käufer zu finden. Bewertet werden sie nach ihrem Aussehen, nicht nach ihrem Charakter. Gefragt sind ihre Jugend und Schönheit; die Zukunft besteht für sie darin, Lustobjekte, Sexsklavinnen und Statussymbole ihrer Ehemänner sowie Mütter und Ansprechpartner für ihre Kinder zu sein.

Der Wert einer Frau ist während der ersten Phase ihrer Geschlechtsreife am höchsten, und wie bei jeder anderen Ware sinkt er mit zunehmendem Verschleiß, sodass sie als Eigentum und Statussymbol mit Erreichen der Wechseljahre vollständig abgeschrieben ist. Möchte der Mann sein Selbstbild und sein Image von Stärke aufrechterhalten, ist es dann für ihn an der Zeit, Sexpartnerin und Statussymbol zu erneuern – mit anderen Worten, sich von seiner Ehefrau zu trennen und sich eine jüngere Ausgabe zu suchen.

Dieser gängige Ritus mehrerer aufeinanderfolgender Ehen ist die Antwort westlicher Männer auf die Polygamie wohlhabender Muslime, ebenso wie die Liberalität und Promiskuität, die seit Jahrhunderten verbreitet ist und es dem westlichen Mann gestattet, seine Ehefrau zu betrügen und längere oder kürzere sexuelle Beziehungen mit Konkubinen oder Prostituierten einzugehen.

In diesem Buch behandle ich die angesprochenen Themen nicht unter moralischen Gesichtspunkten. Stattdessen beschreibe ich die herrschenden Zustände anhand von Beispielen aus dem Leben zweier isländischer Frauen, beide in der zweiten Hälfte des 20. Jahrhunderts geboren. Freundlicherweise sind sie meinem Gesuch nachgekommen, ihre Erfahrungen mit der Ehe und der Einstellung von Männern zu Frauen zu schildern – nicht als Lebenspartnerinnen und Gleichgesinnte, sondern als austauschbares Konsumgut mit begrenzter Haltbarkeit.

Die Lebenserwartung von Frauen in Island beträgt heute etwa achtzig Jahre. In unserer von männlicher Denkweise geprägten Gesellschaft können Frauen ihren Marktwert etwa zwanzig Jahre lang halten. Mit anderen Worten: Die Abschreibungszeit von Frauen beträgt zwei Jahrzehnte.

Die beiden Frauen, die ihre Lebenserfahrung in diesem Buch mit den Leserinnen und Lesern teilen, heißen Brynhildur Njarðardóttir und Svava Baldursdóttir.

Ihnen gelang es, das höchste Gütesiegel zu erzielen und Männer zu ehelichen, die durch ihren Wohlstand und Einfluss im ganzen Land bekannt waren oder es wurden. Der Beitrag dieser Frauen zum materiellen Reichtum ihrer

Männer wurde, wie es meistens der Fall ist, nie gewürdigt. Als ihre jugendliche Schönheit verblasste, fiel ihr Wert auf dem Fleischmarkt. Sie wurden entsorgt wie Waren, deren Haltbarkeitsdatum überschritten ist, und ihre Ehemänner begaben sich erneut auf den Markt und suchten sich einen frischeren, schlankeren und begehrenswerteren Happen.

Jene Ehemänner und Konsumenten heißen Magnús Magnússon, Geschäftsmann, und Kjartan A. Hansen, Botschafter und ehemaliger Minister.«

So beginnt dieses, gelinde gesagt, unverblümte Buch, das sich nun in meinen Händen befindet. Darin wirst du an vielen Stellen erwähnt. Falls du das folgende Angebot annimmst, kann ich dir gerne weitere Textbeispiele zukommen lassen. Autorin des Buches ist Freyja Hilmarsdóttir, die beabsichtigte, es zu veröffentlichen. Es ist davon auszugehen, dass das Buch das Interesse und die Neugier einer Vielzahl von Lesern wecken wird und somit ein höchst profitables Produkt ist.

Es hat mich einiges gekostet, das Manuskript in meinen Besitz zu bringen. Eine Möglichkeit, meine Kosten und Mühen sowie ein gewisses Risiko zu kompensieren, wäre, es auf dem freien Markt herauszugeben. Aber unter Rücksichtnahme darauf, dass eine Veröffentlichung des Buches einigen Personen, beispielsweise dir, Kummer, Rufschädigung oder gar konkrete finanzielle Verluste zufügen könnte, möchte ich eruieren, ob deinerseits Interesse daran besteht, mich finanziell zu unterstützen, sodass ich auf eine Veröffentlichung des Werks verzichten kann. Dabei denke ich an einen Betrag von einer Million Euro, zahlbar innerhalb einer Woche gemäß weiterer Anweisungen, die ich dir zukommen lassen werde, falls deine Antwort positiv ist.

Sämtliche Versuche, den Absender dieser E-Mail aufzuspüren, machen das Angebot ungültig und führen dazu, dass das Manuskript umgehend der Öffentlichkeit zugänglich gemacht wird.

Hochachtungsvoll,

Odin

Die Empfängeradresse der zweiten E-Mail lautete kjartan.a.hansen@ausw-amt.is, und die Forderung betrug fünfhunderttausend Euro.

Eine Grundregel im Wirtschaftsleben besagt, dass man den Wert einer Ware der Kaufkraft des Marktes anpassen muss.

Als die beiden E-Mails im Netz waren, schaltete der Fahrer den Laptop aus, steckte ihn in eine Tasche auf dem Beifahrersitz und fuhr nach Hause.

14 Morgenwerk

Eine befriedigte Frau strahlt.

Deshalb pflegte Hanna Dís (genauer: Jóhanna Snædís Snæbjörnsdóttir) an Werktagen frühmorgens Geschlechtsverkehr zu haben, bevor sie zur Morgentalkshow bei Plus-TV aufbrach, dem Fernsehsender, den Magnús ihr zuliebe gekauft hatte, obwohl das Fernsehgeschäft in Island nicht unbedingt gewinnbringend war.

»Sag mal, müssen wir denn unbedingt immer in derselben Stellung bumsen? Hältst du dich für einen Missionar, oder was? Ich fass es nicht. Was glaubst du, wofür deine Zunge gut ist?«

Dusche, Müsli, einen Magermilchjoghurt, eine halbe Pampelmuse, Orgasmus. In dieser Reihenfolge.

Dann Klamotten, Make-up und direkt ins Studio.

»Ich wünschte, ich wäre wie du«, sagte sie. »Hast schon einen Orgasmus, wenn du nur die Hose ausziehst. So wäre ich auch gerne. Das würde so viel Zeit sparen.«

Frühzeitiger Samenerguss, das war sein Problem. Er bekam meist innerhalb von einer Minute einen Orgasmus, es sei denn, er war betrunken; in dem Fall konnte er zwar wesentlich länger, doch dann ließ sie ihn unter keinen Umständen ran.

Aber es stimmte – die Zunge war für viele Dinge zu gebrauchen.

Am Anfang war Magnús' Zunge noch ganz ungelenk gewesen. Er hatte kaum Luft bekommen, wenn ihr Hintern auf seine Nase drückte, aber mit der Zeit und regelmäßigem Üben ging es immer besser, und jetzt freute er sich geradezu auf das Morgenwerk, lag im Bett, erregt und ungeduldig, und wartete darauf, dass das Wasser in der Dusche abgedreht wurde, wartete darauf, das Öffnen und Schließen des Kühlschranks zu hören, wartete auf das Tapsen ihrer nackten Füße.

Er bekam nie genug von diesem schlanken, festen Körper.

Sie war federleicht, selbst wenn sie auf seinem Gesicht saß, stöhnte und keuchte und schrie, während seine Zunge zwischen ihren Beinen hin- und herschnellte.

Sie war voller Energie, dynamischer als er, obwohl er doppelt so schwer war wie sie.

Er wog hundertundein Kilo, morgens, bevor er gefrühstückt und nachdem er auf die Toilette gegangen war. Er hatte einmal hunderteinundzwanzig Kilo gewogen, aber sie hatte ihm geholfen, abzunehmen. Nicht, indem sie ihn hungern ließ, sondern indem sie ihn dazu brachte, öfter und weniger auf einmal zu essen.

Sie war gegen Diäten. Sie brachte ihm bei, seinen Lebensstil zu ändern.

Sie wog siebenundvierzig Kilo.

Außerdem war er gut doppelt so alt wie sie, siebenundfünfzig.

Sie war siebenundzwanzig. Ein Altersunterschied von dreißig Jahren. Trotzdem konnte sie unglaublich viel, was er nicht konnte.

Er konnte im Grunde nur arbeiten.

Sie konnte das Leben genießen, interessierte sich für alle möglichen und unmöglichen Dinge – Klamotten, Musik, Mode, Reisen, Bücher, Fitness, Yoga.

Er kannte sich mit Geld und Geschäften aus.

Sie war gebildet und weit gereist. Mit sechzehn war sie ein Jahr als Austauschschülerin in Argentinien gewesen, anschließend sechs Monate durch Südamerika gereist und hatte Portugiesisch in Brasilien gelernt. Sie sprach fließend Englisch und hatte einen Masterabschluss in Medienwissenschaften von der University of California. Außerdem konnte sie Französisch, Spanisch und Deutsch.

Er konnte sich mit Mühe und Not auf Englisch verständigen und beherrschte ein paar Worte Dänisch.

Sie war das Abenteuer seines Lebens.

Er fühlte sich wie neugeboren, zwar im selben alten Körper, aber seine Seele war grundsaniert. Hanna Dís hatte ihm ein neues Sehvermögen geschenkt. Jetzt betrachtete er seine Umgebung mit ihren Augen und achtete auf Dinge, die er nie zuvor registriert hatte. Gleichzeitig verfügte er über seine Erfahrungen. Er konnte innerhalb von Sekunden erkennen, ob ein Geschäft – oder im Grunde jede nur denkbare Firma – gut geführt wurde, sich im Aufschwung oder Niedergang befand.

Er war ein Geschäftsmann von Gottes Gnaden. Gute Preise und freundlicher Service. Das war das Geheimnis. Vielleicht noch etwas Finanzsinn. Und vor allem Fleiß.

Magnús Magnússons berufliche Laufbahn begann im Njörður-Laden im Vitastígur, als er gerade einmal zwölf Jahre alt war. Er fing dort im Frühjahr als Botenjunge an und arbeitete den ganzen Tag. Mit seinem Fleiß und seinem Engagement fiel er sofort auf. Wenn er gerade keinen Botengang zu erledigen hatte, räumte er das Lager im Keller auf oder stapelte Waren in die Regale im Laden. Während der Wintermonate, in denen er noch schulpflichtig war, arbeitete er nach dem Unterricht, und sobald er mit vierzehn seinen Schulabschluss hatte, wurde er fest im Laden angestellt, nicht als Botenjunge, sondern als ebenbürtiger Verkäufer mit demselben Lohn wie die Erwachsenen.

Njörður Bernharðsson, der Ladeninhaber, war schon Ende fünfzig und erkannte nicht, dass die Zeiten sich änderten, dass die Kunden ein vielfältigeres Warenangebot forderten und überall Selbstbedienungsläden aus dem Boden schossen. Njörður pflegte zu sagen, diese Selbstbedienungsläden würden nie zu einer Konkurrenz für den Kaufladen an der Ecke werden, denn dorthin kämen die Kunden, die wüssten, was sie bräuchten, und eine persönliche Bedienung wünschten.

Magnús war vollkommen anderer Meinung, aber Njörður wollte nichts ändern. Dann ereilte Magnús' Arbeitgeber am Heiligabend ein Hirnschlag. Es war in dem Jahr, als Magnús neunzehn wurde. Njörður war halbseitig gelähmt und konnte nicht mehr sprechen. Zweieinhalb Jahre war er bettlägerig, bis er endlich seinen Frieden fand.

Es galt als couragiert, dass Sigurveig, Njörðurs Frau, die mit einem gelähmten Ehemann und vier Töchtern zwischen siebzehn und vierunddreißig dasaß, den jungen Mann zum Geschäftsführer machte und ihm die Führung der Firma überließ. Aber Sigurveig ließ sich davon nicht abbringen. Auch wenn sie es nicht erwähnte, so spekulierte sie doch darauf, dass die Firma in der Familie bleiben würde. Sie hatte nämlich bemerkt, dass die jüngste Tochter, Brynhildur, fleißig im Laden mithalf und zu Hause oft davon erzählte, wie tüchtig und ideenreich der junge Geschäftsführer sei. Dennoch überraschte es Sigurveig, als die jüngste Tochter ihr mitteilte, sie habe sich heimlich mit Magnús verlobt – und sei außerdem von ihm schwanger.

Magnús widmete sich voll und ganz dem Geschäft. Er führte Neuerungen ein, verkaufte mittags günstige warme Mahlzeiten und stellte den Laden auf Selbstbedienung um. Obwohl er ein Mann der Zukunft und der neuen Marktbedingungen war, wurde er dennoch ein bisschen wehmütig, als die Handwerker die alte Verkaufstheke entsorgten. Just unter dieser Theke war das Kind gezeugt worden, das seine Verlobte Brynhildur im Bauch trug.

Das Geschäft lief gut. Als Njörður starb, kaufte Magnús der Witwe den Laden ab. Zwei Jahre später war es an der Zeit, zu expandieren, und Magnús eröffnete einen zweiten Laden in Seltjarnarnes und später im selben Jahr noch einen im Árbærviertel. Seine Idee war der Betrieb kleiner Selbstbedienungsläden und die Ablösung der Kaufläden an der Ecke in den meisten Stadtvierteln. Es wurden sieben Filialen. Je mehr Läden er besaß, desto stärker konnte Magnús den Betrieb rationalisieren und desto bessere Konditionen bekam er bei den Großhändlern. Die Njörður-Läden waren beliebt; hier kaufte man gerne ein. Dennoch warfen sie nicht genug ab, denn die Kunden strömten immer häufiger in die Hagkaup-Läden, wo man mehr Wert auf niedrige Preise als auf guten Service legte.

Als Magnús beschloss, etwas zu verändern, war es zu spät. Die Schulden hatten sich in astronomischer Geschwindigkeit angehäuft, und weder Banken noch Gläubiger hatten Verständnis dafür, dass er Spielraum brauchte, um den Konkurrenzkampf mit dem Riesen Hagkaup aufnehmen zu können. Die Leute wollten offenkundig lieber gute Preise als guten Service. Der Konkurs war unvermeidlich.

Zu jener Zeit waren schon drei Kinder auf der Welt. Der Älteste war der zwölfjährige Njörður, Sigurveig war neun und Elfar sieben Jahre alt. Brynhildur kümmerte sich um Haus und Kinder. Sie lebten zusammen, waren aber nicht miteinander verheiratet; dafür hatte immer die Zeit gefehlt. Durch den Konkurs verloren sie ihr gesamtes Hab und Gut und mussten aus dem neuen Einfamilienhaus, das Magnús auf einem sündhaft teuren Grundstück in Stigahlíð gebaut hatte, ausziehen. Zwar hätten sie die Möglichkeit gehabt, in die Kellerwohnung zur Schwiegermutter zu ziehen, aber das kam für Brynhildur nicht in Frage. So mieteten sie auf ihren Namen eine Wohnung in der Snorrabraut; Brynhildur arbeitete als Tagesmutter, und die Wohnung füllte sich mit Kleinkindern. Magnús war nach dem Konkurs monatelang arbeitslos, bis er endlich seinen Stolz hinunterschluckte und stellvertretender Geschäftsleiter in einer Hagkaup-Filiale wurde – bei der Konkurrenz, die ihn in die Knie gezwungen hatte.

Drei Jahre dauerte die Zeit der Erniedrigung. Dann bekam Magnús wieder Aufwind. Er mietete einen Laden in Seltjarnarnes, ursprünglich ein ausgedientes Kühlhaus, und importierte Waren von einer billigen Supermarktkette aus Deutschland, die er als Handelspartner hatte gewinnen können. Die Geschäftsidee war einfach – die niedrigsten Preise am Markt anzubieten – und sie schlug ein. Ein Jahr später eröffnete er einen zweiten Mínus-Laden in Akureyri. Die Zeiten waren gut, und die Leute schienen Unmengen von Geld zur Verfügung zu haben. Die Sparsamen kauften bei Mínus ein, die anderen gingen in die Hagkaup- oder Nóatún-Läden.

Nicht nur Magnús hatte herausgefunden, dass die Allgemeinheit dort einkaufen wollte, wo es am billigsten war. Bónus, Krónan, Nettó, Europris – aber Mínus war Marktführer. Im ganzen Land entstanden immer neue Filialen. Der Import wurde billiger und der Profit wuchs. Im Jahr 2000 kaufte Magnús die Geschäftsanteile seiner deutschen Partner, wurde alleiniger Eigentümer des Mínus-Imperiums und der Investmentgesellschaft Mínus Group. Der Wohlstand im Land war inzwischen so stark angewachsen, dass die Nachfrage nach Aktienanteilen fast so groß war wie die nach Lebensmitteln. Magnús brachte seine Firma an die isländische Börse, verkaufte 40 % der Firmenanteile und investierte die daraus gewonnenen Milliarden in andere Firmen, beispielsweise Icelandair. Außerdem profitierte er von der Privatisierung der Banken, deren Wert sich vervielfachte, als ihre Aktienanteile auf den Markt geschmissen wurden.

Neben Haraldur Rúriksson, der in Russland Geld gemacht und dann die Volksbank für einen günstigen Preis gekauft hatte, war Magnús einer der beiden wohlhabendsten Männer Islands geworden. Im Volksmund wurde er nach seinem Geschäftsimperium stets Magnús Mínus genannt, was er als Ehrentitel ansah.

Das Erste, was Magnús tat, als er um halb acht sein Büro in dem Neubau betrat, in dem die Mínus Group ihren Hauptsitz hatte, war, den Computer einzuschalten. Obwohl er es nicht zugeben wollte, war ihm dieses Gerät nicht ganz geheuer. Er verstand nicht so recht, wie es funktionierte, konnte aber seine E-Mails öffnen und einfache Schreibdateien anlegen. Mehr musste er letztlich nicht können. Sein Motto: Man muss nicht alles selbst können; man muss andere, die über die notwendigen Kenntnisse verfügen, für sich arbeiten lassen.

In seinem Computer erwarteten ihn zweiunddreißig ungelesene Nachrichten. Einige auf Isländisch, andere auf Englisch. Er bekam nicht gerne E-Mails in ausländischen Sprachen. Er glaubte, sich einmal zum Idioten gemacht zu haben, als er seine Sekretärin gebeten hatte, ihm eine eingegangene Nachricht zu übersetzen, die er immer wieder zugeschickt bekam, obwohl er nie darauf geantwortet hatte und den Absender nicht kannte. Seine Sekretärin hatte ihm kichernd erklärt, es handle sich um ein exklusives Angebot für ein spezielles Verfahren, mit dem man seinen Penis vergrößern konnte. Ein Angebot für eine Schwanzvergrößerung, hatte sie gesagt und ihn angeschaut, als habe sie den Verdacht, er könnte so etwas brauchen. Seither hütete er sich davor, Anhänge von unbekannten Absendern zu öffnen.

Jetzt weckte eine Mail mit der Betreffzeile VERTRAULICH seine Aufmerksamkeit. Der Absender hieß walkueren@hotmail.com und war ihm unbekannt, aber die Neugier war stärker als die Vernunft, und Magnús öffnete die Nachricht:

Herr Magnús Magnússon.
In meiner Obhut befindet sich DAS EINZIGE EXEMPLAR eines interessanten Buchmanuskripts von Freyja Hilmarsdóttir mit dem Titel WALKÜREN. Es beginnt so:

»Frauen fungieren seit Menschengedenken als Konsumgüter der Männer ...«

Magnús las die Nachricht vom Anfang bis zum Ende. Zweimal.

... Aber unter Rücksichtnahme darauf, dass eine Veröffentlichung des Buches einigen Personen, beispielsweise dir, Kummer, Rufschädigung oder gar konkrete finanzielle Verluste zufügen könnte ...

... einer Million Euro, zahlbar innerhalb einer Woche ...

Sämtliche Versuche, den Absender dieser E-Mail aufzuspüren ... führen dazu, dass das Manuskript umgehend der Öffentlichkeit zugänglich gemacht wird.

Er las die Nachricht ein drittes Mal und hielt einen Moment inne. Dann stand er auf, ging ins Vorzimmer und sagte zu seiner Sekretärin:

»Es gibt da eine Sache, über die ich nachdenken muss. Bitte bis auf weiteres keine Störungen.«

Dann setzte er sich wieder an seinen Schreibtisch und schaute gedankenversunken aus dem Fenster. Er griff in seine Brusttasche, zog ein kleines Telefonbüchlein hervor, suchte nach einer Nummer und führte ein Telefonat.

Von seinem Handy, nicht über die Zentrale.

Eine Million Euro, das waren fast neunzig Millionen Isländische Kronen. Eine ziemlich hohe Summe für ein Buch, dessen Inhalt man nicht kennt.

Auf dem Flachbildschirm an der Bürowand sah Magnús, dass die Morgentalkshow bei Plus-TV begonnen hatte. Der Ton war ausgeschaltet, aber er konnte sehen, wie Hanna Dís mit irgendwelchen Frauen plauderte, die neben ihr wie Kartoffelsäcke aussahen.

Es ging ein Glanz von ihr aus.

Sie strahlte.

15 Wohnungsdurchsuchung

Guðrún ging nicht nach vorn, obwohl sie hörte, dass Bergþór und die Mädchen in der Küche frühstückten. Sie wartete, bis sie die Haustür ins Schloss fallen und den Diesel-Jeep wegfahren hörte. Dann gab sie sich einen Ruck, sprang kurz unter die Dusche, trocknete sich das Haar und unterzog ihr Gesicht den allernotwendigsten Wiederbelebungsmaßnahmen. Sie betrachtete sich im Spiegel und stellte fest, dass ihre Anstrengungen diesmal nicht sonderlich von Erfolg gekrönt waren. Aus irgendeinem Grund fiel ihr das Wort »Leichenschminke« ein, als sie ihre finstere Miene im Spiegel sah. Nein, so schlimm war es nun auch wieder nicht. Sie presste ein Lächeln hervor. Kein wirklich fröhliches, aber immerhin ein Lächeln.

Anstatt direkt zur Arbeit zu fahren, machte sie einen Umweg. Irgendwann am vergangenen Abend oder in der Nacht hatte sie den Entschluss gefasst, vor dem Morgenmeeting zu Freyja Hilmarsdóttirs Wohnung in Álfheimar zu fahren. Sie hatte das Gefühl, etwas übersehen zu haben, als sie sich mit Terje am Tag zuvor in der Wohnung umgesehen hatte. Natürlich war das nur dummes Zeug, aber als Víkingur dann anrief, hatte sich ihr vager Verdacht, Freyja sei keines natürlichen Todes gestorben, in die Gewissheit verwandelt, dass es sich um Mord handelte. Sie war die Erste gewesen, die ein Verbrechen vermutet hatte, und sie würde der Sache auf den Grund gehen.

Unterwegs schoss ihr Bergþór immer wieder durch den Kopf. Wie ein Stück Scheiße, das sich nicht runterspülen ließ, dachte sie. Nein. Nicht so verbittert. Nicht so negativ. Trotzdem fand sie den Vergleich recht amüsant. Er hatte sich ihr gegenüber wie ein Mistkerl verhalten. Sie sah ihn vor sich, wie er sich verschwitzt mit der Silikonschlampe herumwälzte, beide mit beginnendem Bauchansatz. Vielleicht war das auch gar nicht sein einziger Seitensprung. Vielleicht betrog er sie schon seit Jahren. Ein beschissenes Hobby. Ein beschissener Kerl. Scheiße in der Kloschüssel. Kein sehr poetischer Vergleich, aber sie war ja auch keine Dichterin, sondern Hausfrau. Hausfrau und Polizistin. Oder war sie zuerst Polizistin und dann Hausfrau?

Ich bin keines von beidem, dachte sie, und beides

gleichzeitig. Ich bin ich. Ich bin so, wie ich sein will. Ich gehöre mir. Morgens Polizistin. Abends Rachegöttin.

Was wäre ich lieber: Polizistin oder Hausfrau?

Polizistin, keine Frage.

Wäre ich lieber Polizistin oder Mutter? Polizistin oder Ehefrau? Warum muss das eine das andere ausschließen?

Ach, so ein Quatsch. Es wird sich schon alles ergeben.

Sie parkte den Wagen auf dem Parkplatz vor dem Wohnblock in Álfheimar und schaute auf die Uhr im Armaturenbrett. 8:42 Uhr. Das Morgenmeeting begann normalerweise um zehn nach neun. Am besten, sie gäbe kurz Bescheid.

Sie rief Terje an.

»Hallo.«

»Bist du das, Terje?«

»Nein, das ist mein automatischer Anrufbeantworter.«

»Ach komm, lass stecken. Hör zu, ich komme vielleicht ein bisschen später. Ich war schon auf dem Weg ins Büro, und da kam mir die Idee, mal kurz in Álfheimar vorbeizufahren und mich dort noch mal genauer umzusehen.«

»Du willst dich in Álfheimar umsehen?«

»In der Wohnung. Du weißt schon.«

»Die wir gestern untersucht haben?«

»Ja«, sagte sie und fand, dass das irgendwie albern klang. »Hast du damit ein Problem?«

»Nein, nein«, entgegnete er. »Aber ist mit dir alles in Ordnung?«

Die Frage überraschte sie.

»Mit mir? Doch. Klar.«

»Okay«, sagte Terje.

»Okay, also sag bitte den anderen Bescheid.«

»Wenn ich dran denke«, sagte Terje und legte auf.

Warum fragte er, ob alles in Ordnung sei? War sie zum Gesprächsthema der Wache geworden? Alle müssen nett zu Guðrún sein, weil ihr Mann sie satthat und sich eine andere geangelt hat? Und wisst ihr was? Seine Geliebte ist nicht mal jünger als seine Ehefrau! Habt ihr so was schon mal gehört? Wer hatte wohl über sie hergezogen? Víkingur? Theódór? Blödsinn. Sie war schon paranoid.

Als Guðrún den Schlüssel ins Schloss steckte, entdeckte sie Kratzer am Türrahmen. Gestern hatte sie keinerlei Spuren an der Tür bemerkt. Aber da war Terje vorgegangen. Er hatte aufgeschlossen. Er hatte die Schlüssel gehabt.

Als sie den Flur betrat, hatte sie sofort das Gefühl, nicht allein in der Wohnung zu sein. Ich bin tatsächlich hysterisch, dachte sie. Paranoid, überreizt, nervenschwach.

Trotz alledem konnte sie nicht an sich halten und durchbrach die Stille, indem sie gepresst rief:

»Hallo? Ist da wer?«

Die Antwort entsprach nicht dem, was sie erwartet hatte. Sie hörte hinter sich aus dem Schlafzimmer ein Rascheln, aber bevor sie sich umdrehen konnte, wurde sie von einem schweren Gegenstand am Kopf getroffen und sah nur noch Sternchen. Dann wurde alles schwarz.

Sonderbarerweise war Randver ziemlich ungehalten, als Terje ihm mitteilte, Guðrún käme wahrscheinlich später zum Meeting, da sie auf dem Weg zur Arbeit in Freyjas Wohnung vorbeischauen wolle.

»Wo kämen wir denn da hin, wenn alle in der Gegend rumfahren würden, um alles, was ihnen gerade in den Sinn kommt, auf eigene Faust auszukundschaften?«, sagte Randver. »Vielleicht ist es ja bei den Kollegen von der Technischen Abteilung üblich, dass jeder nach seinen eigenen Vorstellungen arbeitet, aber wir hier bei der Kripo gehen anders vor. Hier arbeitet man im Team.«

Terje versuchte, dem Assistenten des Hauptkommissars zu erklären, Víkingur habe Guðrún am Tag zuvor beauftragt, der Kripo in diesem speziellen Fall zur Hand zu gehen, »oder so«.

»Da gibt's kein ›oder so‹«, erwiderte Randver. »Wir halten uns hier an die Vorschriften und nicht an irgendein dummes Zeug, das man im Fernsehen sieht. Und was eine Wohnungsdurchsuchung betrifft, da geht man zu zweit hin. Deshalb wirst du jetzt losfahren und sie bei ihren Nachforschungen überraschen, mein Freund. Meinetwegen kannst du ruhig anklopfen und sie erschrecken. Hauptsache, sie lernt, dass man bei den Ermittlungsarbeiten von Kapitalverbrechen nicht allein unterwegs ist. Selbst Sherlock Holmes hatte immer Watson dabei, und der war bestimmt nicht regeltreu. Sag ihr das.«

Um in den Hausflur zu gelangen, drückte Terje auf sämtliche Klingelknöpfe, außer auf Freyja Hilmarsdóttirs. Niemand sprach durch die Gegensprechanlage, aber er hörte ein Summen, und die Haustür öffnete sich. Terje rannte die Treppe hinauf. Die Wohnungstür war geschlossen, also befolgte er Randvers Anweisung und klopfte. Kräftig.

Terje legte sein Ohr an die Tür und lauschte auf Geräusche aus der Wohnung. Es war totenstill, daher klopfte er noch einmal, diesmal bedeutend energischer als beim ersten Mal. Er wartete einen Moment und legte wieder sein Ohr an die Tür.

Von drinnen hörte er ein Geräusch. Stöhnen? Rascheln?

Er klopfte wieder und rief:

»Mach auf, Guðrún, ich bin's, Terje.«

Er erschrak, als die Tür aufging und sie vor ihm stand. Eine Hälfte ihres Gesichts war blutverschmiert, die andere leichenblass. Hinter ihr auf dem Fußboden waren Blutspritzer. Blut tropfte ihr ins Auge. Sie versuchte, es wegzuwischen, und wunderte sich, als sie sah, dass ihre Hand rot war.

»Was ist passiert?«, fragte Terje. »Bist du in Ohnmacht gefallen?«

»Jemand war hier, als ich reingekommen bin«, antwortete sie. »Ich hab's gespürt. Er stand hinter mir und hat mich niedergeschlagen.«

»Komm mit«, sagte Terje und führte sie ins Badezimmer, wo er sie auf den Klodeckel setzte. »Warte, ich hole was, um das Blut abzuwischen.«

»Nein«, erwiderte sie, »du darfst nichts berühren. Wir müssen hier noch weitersuchen.«

Terje reagierte nicht. Er öffnete einen Schrank im Flur. Darin lagen zwar keine Handtücher, aber er griff sich irgendein Laken.

»Du bist außerordentlich zuvorkommend«, sagte sie. »Für ein Trampeltier.«

»Ein Trampeltier?«, fragte er. »Wo kommst du denn her? Bei uns nennt man so was einen tollen Hecht.«

Sie musste lächeln und spürte im selben Augenblick einen stechenden Kopfschmerz.

»Mein Kopf tut weh«, sagte sie.

»Wundert mich nicht«, entgegnete er und wühlte in dem Spiegelschrank im Bad. »Hier sind vier Aspirin. Nimm die, auch wenn sie bei echten Kopfschmerzen nicht viel bringen. Vielleicht haben sie ja eine psychologische Wirkung. Warte, ich hol dir ein Glas Wasser.«

Er ging in die Küche und kam mit einem Glas Wasser und einem Tablett mit Eiswürfeln wieder, die er im Tiefkühlfach gefunden hatte.

Sie stöhnte, als sie daran dachte, dass er überall Fingerabdrücke hinterließ.

»Das ist gut gegen die Kopfschmerzen«, sagte er in der Annahme, sie stöhne wegen der Kopfverletzung. Dann zog er ein Taschenmesser hervor, schnitt das Laken ein, riss ein Stück heraus, wickelte es um die Eiswürfel und legte sie auf die Wunde.

»Kannst du das so festhalten?«

»Jetzt fällt's mir wieder ein!«, sagte sie.

»Wer dich niedergeschlagen hat?«

»Nein, aber ich weiß wieder, was ich hier gesehen habe.«

»Was denn?«

»Ein Taschenmesser.«

»Ich rufe den Einsatztrupp raus«, sagte Terje. »Soll ich dich in die Notaufnahme fahren oder einen Krankenwagen bestellen?«

»Es geht schon«, sagte sie. »Ich muss nicht in die Notaufnahme. Es blutet schon gar nicht mehr.«

Als Beweis nahm sie den Beutel mit den Eiswürfeln von der Wunde, und sofort begann die Wunde wieder zu bluten.

»Das muss genäht werden, du brauchst gar nicht zu protestieren«, sagte Terje. »Gehen wir.«

Im Flur sahen sie, was als Waffe verwendet worden war: ein schwarzer Spazierstock mit einem silbernen Knauf.

»Da muss wohl der Großvater wiederauferstanden sein«, bemerkte Terje. »Es war bestimmt nicht so angenehm, diesen Silberklumpen auf den Kopf zu kriegen.«

»Warte mal«, bat Guðrún und drehte sich im Flur einmal um sich selbst. Neben der Garderobe stand eine kleine Telefonbank mit einem Tischchen, auf dem sich eine Tonschale mit einem Überzug aus Lavastein befand.

»Sieh mal«, sagte Guðrún und zeigte darauf.

»Was?«, fragte Terje. »Die Schale?«

»Ja.«

»Du kannst froh sein, dass er dich mit dem Stock und nicht mit der Schale getroffen hat. Sonst wärst du bestimmt nicht wieder aufgestanden.«

»Warum sagst du ›er‹?«

»Ich habe den Eindruck, dass hier ein Kerl am Werk war«, erklärte Terje.

»Ich hab nicht gesehen, wer es war«, sagte Guðrún. »Ich hab ins Wohnzimmer geschaut. Er kam von hinten.«

»Er?«, fragte Terje.

»Oder sie. Der Täter oder die Täterin. Aber sieh doch mal, die Schale ist leer.«

»Ja, das sehe ich«, sagte Terje. »Na und?«

»Ich könnte schwören, dass da gestern noch was dringelegen hat. Ich glaube, es war ein Taschenmesser. Es lag etwas in der Wohnung, was überhaupt nicht hergepasst hat, aber ich konnte mich erst nicht mehr daran erinnern, was es war. Es muss ein Taschenmesser gewesen sein. Ein großes Taschenmesser.«

»Dann muss es sich ja um ein bemerkenswertes Taschenmesser handeln, wenn jemand deswegen hier eingebrochen ist. Und dann ihr ganzes Arbeitszimmer und das Schlafzimmer auf den Kopf gestellt hat.«

»Jemand hat das Manuskript gesucht.«

»Langsam bin ich wirklich neugierig auf dieses Manuskript«, sagte Terje. »Ich habe gestern Abend in ihrem Buch gelesen, dieses Buch über die Bettfreuden, und ich muss sagen, da wird wirklich kein Blatt vor den Mund genommen. Ich habe die Männer, die mit ihr im Bett waren, wirklich bemitleidet, und die Frauen genau genommen auch. Alles mit Namen und Datum versehen. Wirklich knallhart; sie hat nicht die geringste Rücksicht auf deren Privatsphäre genommen.«

»Deiner Meinung nach ist es also in Ordnung, wenn Männer über Sex schreiben, aber wenn Frauen das tun, ist es pornografisch?«

»Was soll der Unsinn?«, sagte Terje verärgert. »Was ein Mann und eine Frau im Bett tun, war bis jetzt ihre Privatangelegenheit und geht niemanden was an. Wie fändest du es denn, wenn dein Mann ein Buch darüber schreiben würde, wie er dich im Bett findet? Nein. Das war falsch gefragt: Was glaubst du, wie dein Mann es fände, wenn du ein Buch mit ausführlichen Auskünften über seine Fähigkeiten im Bett herausgeben wolltest?«

»Ein interessanter Gedanke«, entgegnete Guðrún. »Ich zweifle allerdings an einem größeren Publikumsinteresse.«

»So. Und jetzt pass mal auf«, sagte Terje.

»Ja?«

»Wir fahren sofort zur Notaufnahme. Hoffentlich ist gerade eine talentierte Schneiderin im Dienst.«

Er sah Guðrúns Gesichtsausdruck und beeilte sich, hinzuzufügen: »Oder ein Schneider. Männer können auch sehr geschickte Hände haben.«

Das Personal von der Nachtschicht, das die abendlichen und nächtlichen Wunden in der Notaufnahme verbunden hatte, war längst nach Hause gegangen. Die Tagesschicht kümmerte sich in den Morgenstunden hauptsächlich um Patienten, die zur Kontrolle kamen.

Ein Lieferwagen parkte in Türnähe, und ein junger Mann in Handwerkerkluft stand daneben und beobachtete, wie sich Guðrún und Terje näherten. Die Wunde blutete noch immer. Guðrún hielt den Eisbeutel in der einen Hand und ein blutverschmiertes Tuch in der anderen.

Der Mann starrte die beiden unverhohlen an, und als sie an ihm vorbeigingen, rief er Terje hinterher: »Sag bloß, deine Frau hat sich an einer Tür gestoßen?«

Daraufhin setzte er sich in den Wagen und fuhr davon, bevor Terje ein Wort erwidern konnte.

Das Wartezimmer und der Empfang waren leer. Terje klopfte geräuschvoll mit dem Autoschlüssel gegen die Glasscheibe.

»Die Frau hat einen Schlag auf den Kopf bekommen. Sie hat eine Platzwunde, die genäht werden muss«, sagte er, als sich eine hochgewachsene blonde Frau im Kittel der Glaswand am Empfang näherte.

Um die Dringlichkeit der Angelegenheit zu verdeutlichen, hielt Terje seinen Polizeiausweis an die Scheibe.

»Sie arbeitet bei der Polizei«, fügte er hinzu, um neuerliche Missverständnisse zu vermeiden.

Die blonde Krankenschwester schien unbeeindruckt. Sie setzte sich an den Computer hinter dem Tresen, schaute auf und sagte:

»Name und Adresse?«

»Kann man das nicht hinterher aufnehmen?«

»Doch, das wäre sicher möglich«, antwortete die Krankenschwester. »Aber die Frau ist ja bei Bewusstsein, also können wir uns an die Regeln halten. Wie heißt sie?«

»Sie heißt Guðrún.« Terje zögerte, denn er konnte

sich beim besten Willen nicht an den Nachnamen seiner Kollegin erinnern.

»Hallsdóttir«, ergänzte Guðrún.

Die Krankenschwester tippte den Namen ein. Dann sah sie sich die Patientin an, die sich, so gut es ging, das Blut aus dem Gesicht gewischt hatte und jetzt ihre Lederjacke untersuchte, die glücklicherweise rot und wahrscheinlich unversehrt war.

Guðrún leierte ihre Identifikationsnummer herunter, trat an die Glasscheibe, und ihr Blick fiel auf das Namensschild der Schwester über der linken Brust: ÁSDÍS, Oberschwester.

Ásdís? Oberschwester in der Notaufnahme? Das glaube ich jetzt nicht! Blond und sorgfältig hergerichtet wie ein Regierungsgebäude. Künstliche Wimpern, künstliche Fingernägel und mit Sicherheit ein Wonderbra. Am frühen Morgen! Sämtliche Köder ausgelegt. Keine andere als die Silikonschlampe, die die Institution der Ehe nicht akzeptierte und sich nicht darum kümmerte, in welchen Gewässern sie fischte.

»Und die Adresse?«, fragte die Silikonschlampe, ohne mit der Wimper zu zucken.

Guðrún stand schweigend da. Terje sah sie an und befürchtete, sie würde jeden Moment in Ohnmacht fallen. Daher war er unglaublich froh, als sich die Stationstür öffnete, Bergþór herauskam und hastig zur Tat schritt.

»Adresse!«, insistierte die Silikonschlampe, ohne aufzuschauen.

Bergþór eilte mit fliegenden Kittelschößen durch die Tür des Patientenempfangs. Er sah Guðrún und Terje. Er sah auch, wer am Empfang saß, und war mit einem Satz bei ihnen. Er fasste seine Frau bei den Schultern.

»Um Himmels willen, wie siehst du denn aus?«, sagte er. »Komm rein. Ich hab schon mit dem Stationsarzt gesprochen. Er wird sich persönlich um dich kümmern. Ich komme dann gleich wieder«, sagte er zu Terje. »Danke, dass du angerufen hast.«

»Keine Ursache«, entgegnete Terje. »Ich setze mich solange hier hin und werfe einen Blick in die Zeitschriften.«

Nachdem Bergþór mit seiner Frau in der Patientenaufnahme verschwunden war, wollte sich Terje gerade hinsetzen, als ihm einfiel, dass die Frage nach Guðrúns Adresse immer noch unbeantwortet war. Er wusste haargenau, wo im Breiðholtviertel sie wohnte, erinnerte sich aber nicht an den Straßennamen. Der würde bestimmt im Computer erscheinen, wenn man die Identifikationsnummer eingab. Er trat an die Glasscheibe und wollte mit der blonden Krankenschwester sprechen, aber sie war verschwunden, mitsamt allem Botox und Silikon wie vom Erdboden verschluckt. Die Adresse schien plötzlich keine Rolle mehr zu spielen.

Obwohl Terje nicht besonders sensibel auf Schwingungen in seiner Umgebung reagierte, spürte er: Hier läuft irgendwas. War dieser unscheinbare Arzt etwa hinter den Krankenschwestern her? Die Dame hatte ja einen ziemlichen Vorbau.

Er setzte sich und griff nach einer monatealten Klatschzeitschrift mit einem Bericht über einen Fernsehstar mittleren Alters, der nach Thailand gezogen war und dort sein Glück gefunden hatte.

Vielleicht sollte man nach Thailand ziehen, dachte Terje. Da muss man bestimmt keine ewige Liebe und Treue und Ehe versprechen, um eine Frau rumzukriegen.

Terje war Single. Als Scheidungskind glaubte er nur

bedingt an ein reibungsloses Funktionieren des Zusammenlebens von Mann und Frau. Andererseits hatte er Spaß an Sex und hätte für seinen Teil nichts dagegen einzuwenden gehabt, nicht mehr so viel Freizeit damit vergeuden zu müssen, jemanden dafür zu ergattern – mit, gelinde gesagt, mäßigem Erfolg.

16 E-Mail

Kjartan A. Hansen, ehemaliger Finanzminister und inzwischen isländischer Botschafter in Kanada, war schlecht gelaunt, als er den Computer in seinem Büro in der Botschaft in Ottawa einschaltete. Der Morgen war nicht seine Zeit. Morgens herrschte Katerstimmung – der Teil des gesellschaftlichen Lebens, den er am wenigsten schätzte.

Seiner Meinung nach spielte Kanada im Vergleich mit den Vereinigten Staaten ungefähr dieselbe Rolle in der westlichen Hemisphäre wie Sibirien im Vergleich zu Russland im Osten. Endlos weite Flächen, Tundra und Wald.

Er war hereingelegt worden. So einfach war das. Ministerpräsident Jökull Pétursson hatte ihn aus der Politik vertreiben wollen, und Kjartan war während seiner Zeit als Finanzminister auch Generalsekretär der Demokratischen Partei gewesen. Deshalb hatte Jökull den Außenminister veranlasst, Kjartan einen Botschafterposten zu verschaffen.

»Beim nächsten Parteitag wird sich bekanntermaßen alles um die Neuwahl des Generalsekretärpostens drehen«, erklärte Jökull. »Die Frauenriege drängt auf eine Repräsentantin in der Parteiführung, und Jórunn Halla bekommt viel Unterstützung. Niemand weiß, wie diese Wahl ausgehen wird. Wahlen sind ja grundsätzlich eine feine Sache, aber man sollte sie, wenn möglich, umgehen. Es sei denn, man ist sich sicher, zu gewinnen. Diesmal werden wir die Regierung ein wenig umbilden, die Weiber jammern ja andauernd, sie würden übergangen.«

»Es gibt doch wirklich keinen Grund, sich das ewige Gemaule dieser irren Frauenrechtlerinnen anzuhören«, sagte Kjartan. »Jede vernünftige Frau würde eher in die Prostitution als in die Politik gehen. Politik ist ein Sport, den Männer für Männer erfunden haben. Frauenpolitik ist wie Frauenfußball – ein Witz, den sich nur Perverse und Lesben angucken.«

»Tja, so ist das nun mal«, entgegnete der Ministerpräsident. »Aber das ist auch nicht der Hauptgrund. Wir stehen kurz vor der Privatisierung der Banken und verschiedener Staatsbetriebe, und soweit ich weiß, besitzt deine Familie beträchtliche Anteile an den meisten Aktiengesellschaften, die als Käufer in Frage kommen. Es macht gar keinen guten Eindruck, wenn du ausgerechnet jetzt Finanzminister bleibst.«

»Aber nach China gehe ich auf keinen Fall«, protestierte Kjartan A. Hansen. »Ich ertrage es nicht, mit Leuten zu verkehren, die kein Besteck in den Händen halten können.«

»In Asien haben sie eine ziemlich alte Kultur«, sagte der Ministerpräsident, »obwohl ich dir Recht geben muss: Es sieht nicht besonders elegant aus, wie sie ihr Essen traktieren.«

»Kultur?«, fragte Kjartan A. Hansen. »Das sind doch Kommunisten. Eine Diktatur, die die Weltmacht anstrebt. Ich für meinen Teil verstehe nicht, warum ein erstklassiger Mann wie Bush solche Wirrköpfe wie diesen Saddam verfolgt, der überhaupt keine Rolle spielt, statt die wirkliche Bedrohung der Weltordnung zu bekämpfen. Schon möglich, dass Saddam ein paar Kurden umgelegt hat, aber das haben andere ja auch getan, zum Beispiel die Türken, und denen wird jetzt eine Mitgliedschaft in der EU angeboten, und sie dürfen als feine Herren in Brüssel herumstolzieren. Die Kommunisten sind das Problem, und die sitzen in China.«

»Aber sie haben sich westliche Wirtschaftsprinzipien angeeignet.«

»Dann werden sie erst recht gefährlich.«

»Und Kommunisten gibt es auch auf Kuba«, sagte Ministerpräsident Jökull, der den Theorien seines Kollegen im Großen und Ganzen zustimmte, selbst aber auch einen Aspekt beisteuern wollte.

»Das ist doch nicht vergleichbar«, meinte Kjartan. »Der alte Castro bedroht ja nicht mehr den Weltfrieden.«

»Tjajaja«, sagte Jökull. »Ich hab das mit dem Botschafterposten jedenfalls schon mit der Koalition abgesprochen.«

»Und was ist dabei herausgekommen?«

»In der letzten Zeit wurde einem Idioten nach dem anderen ein Botschafterposten verschafft, völlig gleichgültig, ob überhaupt irgendwelche Botschaften vakant waren«, erklärte Jökull. »Deshalb konnte der Außenminister nicht viel dagegen sagen, als ich ihm mitgeteilt habe, du wollest etwas kürzertreten. Wir haben das per Handschlag geregelt. Du brauchst keine Befürchtungen wegen China oder Russland zu haben. Der Außenminister hat wortwörtlich zu mir gesagt: Ich schicke ihn in den Westen.«

»In den Westen?«

»Ja.«

»Nach Amerika?«

»Ja.«

»Washington?«

»Das liegt in Amerika.«

»Ein solches Angebot kann man nicht ausschlagen«, entgegnete Kjartan A. Hansen, und das waren seine letzten Worte in der isländischen Politik.

In der darauffolgenden Woche begab er sich ins Außenministerium, um aus den Händen des persönlichen Referenten des Außenministers seine Weisung entgegenzunehmen. Der Außenminister war zu einem wichtigen Treffen mit Expräsident Nelson Mandela, Bob Geldof und internationalen Popstars nach Südafrika geflogen, wo ein Konzert zur Unterstützung der hungernden Menschen in der Welt stattfinden sollte.

Als Kjartan A. Hansen den Weisungsbrief überflog, entglitt ihm sein angeborener blasierter Upperclass-Gesichtsausdruck. Dort stand, er solle Botschafter der Republik Island in Ottawa werden.

»Da muss ein Missverständnis vorliegen, das muss korrigiert werden«, sagte Kjartan zu dem Referenten, einem Jungspund aus der Medien- oder Werbebranche. »Der Ministerpräsident hat mir mitgeteilt, es sei vereinbart worden, dass ich nach Amerika gehe.«

»Kanada ist in Amerika«, erwiderte der Jungspund, der sauer war, weil er mit der Drecksarbeit zu Hause saß und nicht zum Konzert fahren und Mandela treffen durfte.

»Ich weiß, wo Kanada liegt.«

»Kanada ist das größte Land in Amerika«, fuhr der Jungspund, ohne mit der Wimper zu zucken, fort. »Größer als die USA oder Brasilien.«

»Es wurde vereinbart, dass ich in den Westen gehe«, sagte Kjartan mit eiskalter Verachtung. »Der Ministerpräsident hat mir gesagt, die Sache sei per Handschlag besiegelt und in die Wege geleitet worden.«

»Ich war Zeuge dieses Gesprächs«, erklärte der Referent des Außenministers. »Und ich kann mir nicht vorstellen, dass Uneinigkeit darüber herrscht, in welcher Himmelsrichtung Kanada liegt. Die Herren verwendeten die Formulierung ›in den Westen‹. Aber in dem Gespräch war weder von Kanada noch von den USA die Rede.«

Kjartan sagte nichts mehr. Er war lange genug in der Politik, um zu begreifen, dass er kaltgestellt worden war. Erst vom Ministerpräsidenten, dann vom Außenminister, und beide hatten erreicht, was sie wollten.

Von diesem Moment an dachte er vor allem darüber nach, wie er seine Rückkehr in die isländische Politik vorbereiten und organisieren könnte. Er verfolgte die isländischen Nachrichten aufmerksam und freute sich jeden Morgen darauf, den Computer einzuschalten und sich an den Fehlern seiner Exkollegen zu ergötzen.

Das Büro des Botschafters befand sich im selben Gebäude wie sein Wohnsitz. Wenn Kjartan morgens nicht ausschlief, um sich von den Amtspflichten des vergangenen Abends zu erholen, schlüpfte er einfach nur in Bademantel und Hausschuhe und rief seine E-Mails und die isländischen Nachrichtenseiten auf.

Er öffnete die E-Mails der Reihe nach und leitete die meisten weiter an die Botschaftssekretärin, die sich morgens um alles kümmerte, während die Aktivitäten des Botschafters sich eher über die Nachmittags- und Abendstunden erstreckten. Gerade wollte er eine Mail mit dem Betreff VERTRAULICH weiterleiten, stutzte jedoch im letzten Moment und las die Nachricht Wort für Wort, auch wenn der Anfang bloß dummes Gewäsch war.

»Frauen fungieren seit Menschengedenken als Konsumgüter der Männer … Bewertet werden sie nach ihrem Aussehen, nicht nach ihrem Charakter … Lustobjekte, Sexsklavinnen und Statussymbole ihrer Ehemänner … für ihn an der Zeit, Sexpartnerin und Statussymbol zu erneuern – mit anderen Worten, sich von seiner Ehefrau zu trennen und sich eine jüngere Ausgabe zu suchen.

Jene Ehemänner und Konsumenten heißen Magnús Magnússon, Geschäftsmann, und Kjartan A. Hansen, Botschafter und ehemaliger Minister.«

… Aber unter Rücksichtnahme darauf, dass eine Veröffentlichung des Buches einigen Personen, beispielsweise dir, Kummer, Rufschädigung oder gar konkrete finanzielle Verluste zufügen könnte … fünfhunderttausend Euro, zahlbar innerhalb einer Woche …

Sämtliche Versuche, den Absender dieser E-Mail aufzuspüren, machen das Angebot ungültig und führen dazu, dass das Manuskript umgehend der Öffentlichkeit zugänglich gemacht wird.

Obwohl Kjartan A. Hansens wichtigster Lebens- und Arbeitsgrundsatz war, vor dem Mittagessen nichts zu trinken, erhob er sich von seinem Stuhl, ging zur Anrichte und schenkte sich einen Wodka ein. Er leerte das Glas in einem Zug, schenkte erneut ein, ging mit dem Glas in der einen und der Flasche in der anderen Hand zu seinem Schreibtisch und stellte beides auf den Tisch neben seinen Computer.

Die Mail von walkueren@hotmail.com leitete er weiter an die Adresse daniel.dadason@justizmin.is. Anschließend griff er nach dem Haustelefon.

»Hallo. Verbinde mich mit dem Justizminister, es ist dringend. Sehr dringend.«

»Mit dem isländischen Justizminister?«, fragte die Sekretärin.

»Nein, mit dem von der Elfenbeinküste«, entgegnete Kjartan A. Hansen. »Was ist das für eine dämliche Frage? Selbstverständlich will ich mit Daníel Daðason, dem isländischen Justizminister, sprechen. Gibt's hier noch irgendjemanden mit einem Funken Verstand?«

Dann legte er auf und wartete auf die Verbindung mit Daníel.

Sie waren Cousins.

17 Dringliches Meeting

Justizminister Daníel Daðason benutzte das Wort »Meeting« für nahezu jeglichen zwischenmenschlichen Kontakt während der Arbeitszeit. Auch wenn er mit seinem Assistenten zu einem Plausch beisammensaß, hieß es, er befinde sich in einem »Meeting«. Bereits nach wenigen Wochen Amtszeit war es ihm gelungen, sämtlichen Mitarbeitern des Ministeriums anzugewöhnen, ihn mit »Herr Minister« anzusprechen. Den Intelligentesten unter ihnen brachte er bei, dies in der dritten Person zu tun: »Darf ich den Herrn Minister fragen? Ich stimme dem Herrn Minister zu!« Daníel war der festen Überzeugung, dass es keineswegs ausgeschlossen sei, den Isländern Manieren beizubringen – wie anderen Nationen auch –, wenn man es nur richtig anpackte.

Der Justizminister war arbeitsam und betrachtete seine Zeit als äußerst kostbar, weshalb er ausschließlich »dringliche Meetings« abhielt; weniger dringende Angelegenheiten überließ er seinen Mitarbeitern, bis sie entweder vergessen oder so dringend geworden waren, dass er sie selbst klärte.

Kein Mensch im Ministerium wäre je auf die Idee gekommen, ohne eine eindeutige Anweisung des Justizministers eine Entscheidung zu treffen, am besten eine schriftliche Anweisung, denn es gab Beispiele dafür, dass sich der Minister nicht daran erinnern konnte, eine Entscheidung getroffen zu haben, es sei denn, sie war schriftlich dokumentiert oder von ihm unterschrieben oder zumindest mit seinem Kürzel versehen. Dieser Unterschriftenwahn der Mitarbeiter führte dazu, dass Daníel anstrebte, das Justizministerium zu einem »papierfreien Büro« zu machen, denn er hatte sich schon früh für Computer und die damit verbundenen neuen Perspektiven interessiert. Dazu zählte auch die Möglichkeit, sich in einem Blog zu äußern, ohne Einmischung eines Redakteurs und ohne Druckerschwärze seine Meinung kundzutun, ohne in körperlicher Anwesenheit mit allen möglichen Dummköpfen hadern oder die Hände völlig fremder Menschen schütteln zu müssen, auf denen es von Bakterien nur so wimmelte, die es aber als ihr besonderes Privileg ansahen, mit dem Minister zu verkehren, weil sie in derselben Partei waren.

Jeden Abend, bevor er zu Bett ging, rief der Minister seine Blogseite auf und schrieb mit großer Sachkenntnis sowohl über internationale Politik, in der er sich durch die Lektüre amerikanischer Tageszeitungen hervorragend auskannte, als auch über innenpolitische Themen, die sowieso allen bekannt waren. Darüber hinaus bereitete es ihm Vergnügen, kurze Aufsätze historischen Inhalts zu schreiben, in denen es meist um Kriminalität und die Boshaftigkeit des Kommunismus ging. Außerdem war es Daníel ein besonderes Anliegen, vor der heimtückischen Propaganda im öffentlich-rechtlichen Radio zu warnen, denn ihm war schon vor langer Zeit klar geworden, dass diese Institution eine Brutstätte unsozialer Ansichten und eine Propagandamaschine heimlicher Kommunisten unter dem Deckmäntelchen von Liberalität und freier Gesinnung war.

Die Blogseite des Ministers hatte den Vorteil, dass nichts leichter war, als einen veralteten Text im Internet zu verändern, einen Text, der Zeuge seiner Zeit gewesen war, vor dem Hintergrund neuer Tatsachen zu bearbeiten, sodass Historiker kommender Generationen den täglichen Blog des Ministers studieren und beeindruckt sein würden von seinem Weitblick, seiner politischen Intuition und seinen weisen Prophezeiungen.

Zum ersten Meeting an jenem Morgen hatte der Justizminister die beiden Polizeichefs geladen – die Landespolizeichefin und den Reykjavíker Polizeidirektor – sowie deren engste Mitarbeiter. Der Minister freute sich normalerweise nicht besonders auf diese Meetings, denn der Reykjavíker Polizeidirektor war einer der wenigen Menschen, denen Daníel misstraute, und leider einer der wenigen, mit denen er von Amts wegen ab und an verkehren musste, ob er wollte oder nicht. Aber diesmal hatte Daníel schlechte Nachrichten für den Polizeidirektor; deshalb lächelte er, als seine Sekretärin um Punkt zehn an die Tür klopfte und ihren Kopf ins Büro steckte.

»Landespolizeichefin Elín Óskarsdóttir und ihr Assistent Eysteinn Brandsson sind eingetroffen und warten. Lúðvík und sein Assistent sind allerdings immer noch nicht da. Sollen die beiden draußen warten oder möchte der Herr Minister mit dem Meeting beginnen, auch wenn noch nicht alle vollzählig sind?«

»Die Zeit vergeht und wartet auf niemanden«, sagte der Minister und beschloss, sich diesen Satz zu notieren und ihn bei Gelegenheit beim Bloggen zu benutzen. »Das Meeting beginnt pünktlich.«

Er notierte den Satz: Die Zeit wartet auf keinen Menschen. Das klang besser. Oder vielleicht »auf keinen Mann«? Wobei er natürlich die Frauen nicht ausgrenzen wollte; Frauen waren schließlich auch Menschen. Er erhob sich von seinem Schreibtisch und ging zur Tür, um die Landespolizeichefin in Empfang zu nehmen. Er kannte sie seit ihrer Geburt – sie war die Tochter von Óskar Oddleifsson, des mittlerweile verstorbenen Leiters der staatlichen Alkoholläden, welcher wiederum der Bruder von Gestur, dem Parlamentarischen Geschäftsführer der Demokratischen Partei, war. Deshalb setzte Daníel sein legendäres, freudloses Lächeln auf, entblößte beide Zahnreihen und reichte ihr die Hand.

»Landespolizeichefin.«

»Guten Tag, Herr Minister. Danke für die Einladung.«

»Es ist mir ein Vergnügen«, sagte er. »Ich wünschte, alle meine Gäste wären so willkommen wie du.«

»Darf ich dem Herrn Minister vorstellen?«, sagte

Elín. »Das ist Eysteinn Brandsson, mit landespolizeilichen Sonderaufgaben betraut. Er ist Harvard-MBA. Ich habe dir schon von ihm erzählt.«

»Freut mich«, sagte der junge, hochgewachsene Mann, der die Landespolizeichefin begleitete, und streckte seine Hand aus. Sie war trocken und weich.

Daníel gefiel der Mann sofort. Auch wenn der Minister nicht besonders gesellig war, traf er gern Menschen mit guten Manieren, und über die verfügte der Mann. Er verbeugte sich sogar gekonnt: ein bisschen mehr als nur ein Kopfnicken, ohne jedoch eine übertriebene oder gezwungene Haltung einzunehmen. Das Haupt neigen, sagte man dazu. Dieser Mann musste aus guter Familie stammen. Seltsam, dass der Minister nichts über seine Verwandtschaftsverhältnisse gehört hatte.

Der Justizminister warf einen raschen Blick auf den Sekundenzeiger an der Wanduhr. Pünktlichkeit zählte zu seinen Leidenschaften.

»Was ist eigentlich los? Ist Lúðvík immer noch nicht da? Ich verstehe das nicht.«

Als der Minister gerade die Tür schließen wollte, sah er, dass seine Sekretärin aufgesprungen war, mit entsetztem Gesicht den Telefonhörer in der Hand hielt und ihm mit der anderen Hand zuwinkte.

»Moment, wartet mal«, raunte die Sekretärin ins Telefon, riss sich dann zusammen und sagte: »Das ist der Empfang. Anscheinend haben sie Polizeidirektor Lúðvík nicht hereingelassen. Er konnte sich nicht ausweisen.«

18 Das Tribunal der Straße

Genau genommen wunderte sich Magnús Mínus nicht über Brynhildurs Unmut über die Scheidung, obwohl er der Meinung gewesen war, sie anständig behandelt zu haben, zumindest finanziell, und was ihr Privatleben betraf: das war ohnehin nicht besonders turbulent gewesen. Um größere Auseinandersetzungen zu vermeiden, war er nur selten zu Hause gewesen. Er hatte sich um die Geschäfte gekümmert, sie um ihr Zuhause. Fairer konnte eine Arbeitsteilung gar nicht sein, und es bestand kein Zweifel daran, wer von ihnen mehr gearbeitet und mehr Besitz angehäuft hatte.

Nun waren sie geschieden, und sie konnte sich nicht mehr länger über ihn beschweren. Ihm persönlich war es völlig gleichgültig, welche Klatschgeschichten die Leute in die Welt setzten, aber leider konnten auch Dinge, die einen selbst nicht sonderlich interessierten, verheerende wirtschaftliche Folgen haben.

Die Geschäfte liefen gut. Aber der Wettbewerb war härter als je zuvor. Um im Preiskampf der Supermarktketten bestehen zu können, wurden alle Register gezogen: Bónus, Nettó, Krónan, Europris – lauter hartgesottene, gefährliche Konkurrenten im Buhlen um die Gunst der Kundschaft. Meistens entschieden die Frauen, wo der Familieneinkauf getätigt werden sollte, und Magnús wusste aus Erfahrung, dass Frauen eben oft die Läden mit den niedrigsten Preisen bevorzugten.

Bei Imageverlust, Klatsch und Verleumdung musste

er einfach nur kräftig die Preise senken, um die Kundschaft zu halten. Niedrigere Preise bedeuteten weniger Gewinn. Eine beachtliche Preissenkung bedeutete noch weniger Gewinn.

Eigentlich war es ein Schnäppchen, sich für eine Million Euro freizukaufen und damit den Firmenwert zu bewahren. Würde sich die Kundschaft von ihm abwenden, müsste er die Preise um 10 % senken, oder vielleicht auch nur um 5 %, um sie wieder anzulocken. 5 % des Umsatzes war keine geringe Summe. Und das nicht nur ein Jahr lang. Würde er die Preise erheblich senken, würden die anderen Supermarktketten nachziehen, und natürliche Preiserhöhungen wären für eine unbestimmte Zeit undenkbar. Vielleicht sogar über mehrere Jahre. Der Firmenwert der Läden war doch höher, als er im ersten Moment überschlagen hatte.

Eine andere Sache war es, jemandem, den er nicht kannte, eine Million Euro zu zahlen für etwas, das er ebenso wenig kannte wie den Empfänger des Geldes. Und eine noch andere Sache war es, sich geschäftlich in die Enge treiben zu lassen.

Seine Lage sah so aus: Jemand hatte ein Buchmanuskript in der Hand, das ihm bestenfalls persönlichen Imageverlust und schlimmstenfalls wirtschaftlichen Schaden zufügen konnte. Nur ließ sich schwer einschätzen, wie realistisch derartige Schäden eintreten würden, und wenn ja, wie groß sie wären.

Der E-Mail nach zu schließen, die er am Morgen bekommen hatte, bestand kein Zweifel daran, dass der Absender tatsächlich über das Manuskript verfügte. Es begann mit dem üblichen Emanzipationsquatsch, hysterischen Analysen über die Rolle der Frau als Ware.

Er hatte Brynhildur seinerzeit keineswegs gekauft. Er

hatte im Laden ihres Vaters gearbeitet und konnte sich kaum selbst über Wasser halten, besaß nichts als seinen Fleiß und Disziplin.

Er war nicht derjenige gewesen, der sich beklagt hatte und die Ehe annullieren wollte.

Er war nicht in ein eigenes Schlafzimmer gezogen.

Er hatte sich nicht geweigert, das Haus zu verlassen und am gesellschaftlichen Leben teilzunehmen.

Sie hatte die Trennung und die Scheidung gefordert.

Nicht er.

Aber solche Argumente über Schuld und Unschuld möchte niemand hören. Das Tribunal der Straße verzichtet auf eine faire Untersuchung des Falls, braucht keine Zeugenaussagen. Es urteilt auf der Basis von Klatsch, Gerüchten, übler Nachrede und begründet sein Urteil mit leidenschaftlichem Gerechtigkeitsempfinden. Es urteilt nicht nach Indizien, sondern nach der gesellschaftlichen Stellung der Beteiligten, und misstraut den Starken, Reichen und Mächtigen, die durch ihre Taten sprechen. Das Tribunal der Straße solidarisiert sich mit der Eifersucht, dem Hass und der Verbitterung der Neider von Wohlstand, Mut und Fleiß.

Wer vor das Tribunal der Straße gezerrt wird, hat keinen Anspruch auf einen Verteidiger. Wem einmal der Nachttopf über dem Kopf ausgeleert wurde, dem haftet Uringeruch an, ungeachtet seiner Schuld oder Unschuld.

Plötzlich hörte er hinter sich Vogelgezwitscher. Magnús erschrak bei dem Geräusch. Es konnte sich wohl kaum ein Vogel durchs Fenster verirrt haben. Mitten im Winter. Nur langsam schaltete er. Es war das Klingeln seines Handys in seiner Jackentasche. Hanna Dís änderte ständig die Klingeltöne in seinem Handy. Sie beteuerte, ein normaler Klingelton sei lächerlich, und klassische

Musik, wie etwa die Ouvertüre aus Wilhelm Tell, die er anregend und hübsch fand, sei noch geschmackloser.

Magnús fischte das Handy aus seiner Jackentasche.

»Magnús«, antwortete er, ohne auf die Nummer des Anrufers zu achten. Das war er nicht gewöhnt. Nur wenige kannten seine Privatnummer.

»Die Sache ist nicht so einfach«, sagte die Stimme am Telefon.

»Wie?«

»Es ist nicht auffindbar, und wir suchen schon …«

Magnús schnitt seinem Gesprächspartner das Wort ab und sagte: »Ich möchte nicht wissen, wo ihr gesucht habt und was ihr gemacht habt. Die Sache läuft nicht in meinem Auftrag oder auf meine Verantwortung. Ich will es nur haben, und fertig. Kein weiteres Wort darüber.«

»Ich bezweifle langsam, ob sie es wirklich schon geschrieben hat.«

»Da gibt's nichts zu zweifeln. Ich hab einen Auszug per E-Mail bekommen.«

»Per E-Mail?«

»Ja. Heute Morgen. Lässt sich so was rückverfolgen?«

»In den meisten Fällen ist das sicher möglich – es sei denn, es wurden spezielle Sicherheitsvorkehrungen getroffen. Ich kann dir einen Jungen vorbeischicken, ein Computergenie, wenn auch ein bisschen weltfremd.«

»Schick ihn sofort her.«

»Vor heute Abend läuft da gar nichts.«

»Nicht später als fünf«, sagte Magnús und legte auf. Er kannte jede Menge Leute und hatte viele Kontakte.

Es sah nicht gut aus. Er öffnete die E-Mail noch einmal, klickte auf »Antworten« und schrieb die folgende Nachricht an den Absender mit der Adresse walkueren@hotmail.com:

Falls es wirklich möglich ist, zu verhindern, dass sich meine Exfrau öffentlich lächerlich macht, bin ich bereit, das Angebot in Erwägung zu ziehen.
MM

19
Besser spät als nie

Terje quälte sich gerade durch einen Artikel in einem abgegriffenen dänischen ›Hjemmet‹-Heft, in dem eiskalt behauptet wurde, der dänische Thronfolger habe mit einem australischen Mädchen angebandelt, als Guðrún wieder auftauchte. Er hatte erwartet, sie leichenblass und mit verbundenem Kopf zu sehen, aber überraschenderweise wirkte sie fast fröhlich, und die Wunde unter dem hautfarbenen Pflaster am Haaransatz war unauffällig.

»Wartest du etwa auf mich?«, fragte sie und machte ein erstauntes Gesicht.

»Ja, auf wen denn sonst?«, antwortete er.

»Ich hab gar nicht gewusst, dass du so ritterlich bist«, sagte sie. »Vielen Dank, aber ich hätte natürlich auch ein Taxi nehmen können.«

»Eben war ich noch ein Trampeltier. Jetzt bin ich ein Ritter. Wenn das keine Entwicklung ist! Natürlich fahre ich dich nach Hause«, sagte Terje und fügte hinzu: »Wo ist dein Mann?«

»Bergþór ist wieder auf seiner Station, bei seiner Arbeit, und ich gehe jetzt wieder zu meiner Arbeit.«

»Und wenn du eine Gehirnerschütterung hast?«

»Dann möchte ich lieber einen Ritter an meiner Seite haben, als allein zu Hause zu sitzen«, antwortete sie. »Außerdem halte ich es für sehr unwahrscheinlich, dass ich heute noch einen weiteren Schlag abbekomme.«

»Ich soll zurück nach Álfheimar fahren«, sagte Terje. »Theódór durchsucht die Wohnung. Jón und Marinó befragen die Bewohner des Wohnblocks, ob jemand etwas gesehen hat. Heute Morgen oder vorletzte Nacht oder irgendwann.«

Theódór und Erla, die neue Mitarbeiterin aus der Technischen Abteilung, untersuchten Freyjas Wohnung. Sie trugen weiße Overalls und hatten Plastikbänder vor die Türen gespannt, damit niemand ungebeten hineinkommen konnte.

Guðrún war erleichtert, dass Theódór sie nicht darauf ansprach, was sie am Morgen allein hier zu suchen gehabt hatte, sondern sie nur nach ihrem Befinden fragte und die perfekt verarztete Wunde an ihrer Stirn bewunderte.

»Ich hab ja immer gesagt, dass du einen Dickkopf hast«, sagte er. »Du bist eine echte Powerfrau.«

»Soll ich euch helfen?«

»Nein«, antwortete Theódór. »Víkingur und Randver haben heute Morgen bei der Besprechung bekannt gegeben, du seiest zeitweilig von der Technischen Abteilung freigestellt, um dich um die Ermittlung des Todes der Frau, die hier gewohnt hat, zu kümmern. Seit heute wird das wohl als Mordfall angesehen, und dann kam heute Morgen noch Körperverletzung oder vielleicht sogar ein Mordversuch hinzu.«

»Was sagst du da?«, fragte Guðrún. »Körperverletzung

und Mordversuch?« Im selben Moment, als sie die Frage gestellt hatte, wurde ihr klar, dass Theódór von ihrem eigenen Zwischenfall am Morgen sprach.

»Ach so, das meinst du«, sagte sie. »Ich glaube, der Angreifer wollte sich nur ungesehen davonmachen. Hast du schon eine Ahnung, wonach er gesucht hat?«

»Schwer zu sagen«, entgegnete Theódór. »Wer aufs Geratewohl einbricht und nach leicht verkäuflichen Wertgegenständen sucht, beginnt meistens im Wohnzimmer. Dieser Einbrecher hat im Arbeitszimmer angefangen. Soweit ich weiß, stand da kein Computer, aber es gibt ein Modem oder einen Router oder wie dieses Gerät für drahtlosen Empfang heißt. Ich weiß nicht, wie viel so was kostet, aber er hat es jedenfalls dagelassen. Überall sind Unterlagen und CDs verstreut; vielleicht hat er davon was mitgenommen. Anschließend hat er das Schlafzimmer durchsucht. Erla verdunkelt gerade die Fenster, und dann werden wir mal schauen, ob wir mit diesen neuen Geräten irgendwelche Fußspuren finden.«

»Ja, heute Morgen war es nass draußen, man müsste Abdrücke der Sohlen sehen können«, sagte Guðrún. Zu ihrer großen Verwunderung war sie auf Erla, die von Theódór unterwiesen und angeleitet wurde, eifersüchtig.

»Jón und Marinó klingeln gerade an allen Wohnungstüren«, erzählte Theódór weiter. »Wie die Zeugen Jehovas. Es ist unglaublich, wie wenig die Leute über ihre Nachbarn wissen. Die Frau, die eine Etage höher wohnt, wusste noch nicht mal, dass Freyja hier gelebt hat. Obwohl ihre Schlafzimmer nur ein paar Zentimeter auseinanderliegen; nur eine Zimmerdecke hat sie voneinander getrennt. Früher auf dem Land kannte jeder jeden, selbst wenn die Höfe weit voneinander entfernt waren und nur im äußersten Notfall das Telefon benutzt wurde.«

»Die Zeiten ändern sich eben«, sagte Guðrún, die froh gewesen war, aus dem Dorf, in dem sie aufgewachsen war, nach Reykjavík ziehen zu können.

»Ja, es nimmt wohl alles seinen Lauf«, sagte Theódór. »Als ich eben auf der Eingangstreppe stand, hab ich gesehen, wie sich in einem Fenster in dem Wohnblock gegenüber jemand bewegt hat. Das war das einzige Lebenszeichen, das ich entdecken konnte. In der letzten Wohnung im zweiten Stock. Der Balkon und ein großes Fenster zeigen in unsere Richtung, wahrscheinlich das Wohnzimmerfenster, falls die Wohnung dieser hier ähnelt.«

»Hast du das Marinó oder Jón erzählt?«, fragte Guðrún.

»Die kümmern sich doch nicht um Hinweise aus der Technischen Abteilung«, antwortete Theódór. »Das sind erfahrene Männer, die ihren Job beherrschen.«

Die Haustür öffnete sich nicht gleich. Stattdessen ertönte eine Stimme in der Gegensprechanlage und fragte, wer da sei.

»Guðrún Hallsdóttir von der Kriminalpolizei.«

»Wer sagt mir denn, dass das stimmt?«, fragte die Stimme; eine Frau, bestimmt schon etwas betagter.

»Wenn du mich reinlässt, zeige ich dir meinen Ausweis.«

»Wie kann ich dich denn wohl reinlassen, wenn ich den Ausweis noch gar nicht gesehen habe?«, fragte die Stimme.

Terje konnte sich nicht zurückhalten und lachte laut auf.

»Eine Zwickmühle«, sagte er.

»Hast du einen Mann dabei?«

»Terje Joensen, ich bin auch von der Kripo«, erklärte Terje. »Bitte sei so freundlich und öffne die Tür.«

»Was wollt ihr?«

»Wir möchten nur kurz mit dir sprechen«, sagte Guðrún.

»Mit der Polizei habe ich nichts mehr zu schaffen«, sagte die Stimme. »Vor über zwanzig Jahren habe ich die Polizei mal gerufen, das war an Silvester, und ihr seid nicht gekommen, und seitdem hab ich nichts mehr mit euch zu schaffen.«

»Besser spät als nie. Die Verspätung tut mir leid … nein, aber mal im Ernst«, sagte Guðrún. »Wir sind wegen einer anderen Sache hier. Mir wird langsam kalt, und ich möchte dich bitten, uns hereinzulassen.«

»Es war aber auch an der Zeit, dass sich mal jemand entschuldigt«, sagte die Stimme und seufzte.

Dann ertönte ein elektrisches Summen, und sie traten ein.

Auf dem Weg nach oben tippte sich Terje an die Schläfe und verdrehte die Augen.

»Das kann ja ein aufschlussreiches Gespräch werden«, sagte er.

Als sie den Treppenabsatz im zweiten Stock erreicht hatten, sahen sie durch einen Spalt in der Türöffnung ein wachsames Auge, das sie beobachtete. Als sie näher kamen, erkannten sie, dass der Spalt von einer Sicherheitskette begrenzt wurde, eine in Island seltene Ausstattung, selbst in der Hauptstadt.

»Guten Tag«, sagte Guðrún, als sie an die Tür trat.

»Ja«, sagte die Frau trocken. »Du hast gesagt, du hättest einen Ausweis dabei. Hat der Mann auch einen?«

Sie hielten ihre Polizeiausweise hoch.

»Glaubt ihr, ich könnte die so erkennen?«, fragte die

Frau. »Gebt mir die Ausweise, damit ich sie mir ansehen kann.«

Sie steckten die Ausweise durch den Spalt, wo sie von knochigen Fingern entgegengenommen wurden. Dann fiel die Tür ins Schloss.

»Ich muss meine Brille suchen«, klang es laut von drinnen, und schleppende Schritte waren zu hören.

An der Tür hing ein blank poliertes Messingschild:

Sigurður Guðmundsson Bürovorsteher
Bára Thomsen

»Das funktioniert so nicht. Ohne Brille findet sie ihre Brille bestimmt nicht«, sagte Terje, nachdem sie eine Weile gewartet hatten. »Das funktioniert nicht. Ich klopfe jetzt.«

»Glaubst du, sie wird dann zutraulicher?«, fragte Guðrún. »Das ist eben eine alte Frau. Könnte deine Großmutter sein.«

»Urgroßmutter«, entgegnete Terje.

20 Mutatis mutandis

»Besser spät als nie«, sagte der Justizminister, nachdem er dem Reykjavíker Polizeidirektor einen Platz am Konferenztisch angeboten hatte. »Es tut mir leid, dass das Empfangspersonal dir den Eintritt verweigert hat. Aber dort unten müssen alle ihren Ausweis vorzeigen, und außerdem wurden für dieses Meeting zwei Personen von der Reykjavíker Polizei erwartet, nicht eine.«

»Hauptkommissar Víkingur Gunnarsson ist mit wichtigen Aufgaben beschäftigt. Er lässt grüßen«, sagte Lúðvík. »Sie haben mir nicht den Eintritt verweigert, sie haben mich rausgeschmissen. Diese Gorillas, die du da engagiert hast, sind ganz schön zupackend. Man wird immer so verdammt aufbrausend von diesen Anabolika. Sei froh, wenn die Medien keinen Wind davon bekommen. Ich sehe die Schlagzeilen schon vor mir: *Justizministerium in den Händen von Gorillas* – oder gar *Anabolikagorillas!* Journalisten neigen ja zu Übertreibungen. Die Hünen haben hoffentlich keine Schwierigkeiten, dich zu erkennen, wenn du morgens kommst?«

»Nein«, sagte der Minister. »Ich zeige meinen Ausweis, wenn ich komme. Das müssen alle tun, und ich gehe mit gutem Beispiel voran.«

»Der Häuptling regiert die Glieder«, bemerkte Lúðvík. »Äh, der Kopf, meine ich. Wer hat sich dieses System ausgedacht, wenn ich fragen darf? Ich wusste zwar, dass du bei einem Sicherheitsdienst Leibwächter engagiert hast, aber nicht, dass das bei euch so perfekt läuft.«

Der Minister konnte in der Stimme des Polizeidirektors keine Ironie ausmachen, war aber dennoch vorsichtig, denn er reagierte empfindlich auf Spott. Der Mann versucht doch wohl nicht, sich über mich lustig zu machen?, dachte er. Nein, zum Teufel. Er ist nur erschrocken, weil er es mit einem echten Sicherheitsdienst zu tun hatte.

»Man kann das nicht als System bezeichnen«, erklärte Daníel Daðason. »Aber in Zeiten des internationalen Terrorismus fand ich es absurd, dass Hinz und Kunz in diesem Ministerium ein und aus gehen können, ohne sich ausweisen zu müssen. Und weil die Polizei wichtigere Aufgaben hat, als die Regierung zu beschützen, habe ich beschlossen, mich an eine private Firma zu wenden. Das hat bis jetzt gut funktioniert, und wir denken darüber nach, es in allen Ministerien und den wichtigsten öffentlichen Gebäuden zu etablieren.«

»Wenn diese ganzen starken Jungs tagsüber einer geregelten Arbeit nachgehen, gibt es nachts hoffentlich weniger Körperverletzungen und Knochenbrüche«, sagte Lúðvík und lächelte.

»Schön wär's«, sagte die Landespolizeichefin Elín. »Der Herr Polizeidirektor ist sich hoffentlich darüber im Klaren, dass nächtliche Gewaltverbrechen in der Hauptstadt an Zahl und Intensität zugenommen haben, stärker als an vielen anderen Orten auf der Welt, außer in Kriegsgebieten.«

»Das Bemerkenswerte an den Zuständen in der Reykjavíker Innenstadt ist«, erwiderte Lúðvík, »dass sie noch viel schlimmer sein könnten. Wir haben an den Wochenenden nur siebzehn Polizeibeamte in der Nachtschicht, die Streife fahren und sich um viel mehr Menschen kümmern müssen als bei irgendeinem der vielen Open-Air-Festivals auf dem Land. Im Hauptstadtgebiet leben über 150 000 Menschen mit nahezu unbegrenztem Zugang zu Alkohol und Drogen.«

Elín lächelte. Der »Dressman« ging in die Verteidigung. Jetzt konnte das Meeting beginnen.

Es war Elíns Idee gewesen, den Reykjavíker Polizeidirektor »Dressman« zu nennen, denn im Gegensatz zu vielen anderen hochgestellten Beamten scherte er sich nur wenig um seine Kleidung.

Aber Lúðvík war noch nicht fertig: »Es ist mir seit

langem ein Trost, dass wir trotz aller Vergehen immer noch eines der wenigen Länder der Welt sind, in dem eine so offene Demokratie herrscht, dass sich die Allgemeinheit den von ihr gewählten Repräsentanten nähern kann, ohne vorher mit einem Metalldetektor abgesucht zu werden. Ich weiß nicht, ob sich die Zeiten ändern und die Menschen mit ihnen oder umgekehrt. Bis jetzt hat uns die Polizei genügt. Warum braucht der Justizminister Leibwächter – während wir zur gleichen Zeit bei der Polizei kein zusätzliches Personal genehmigt bekommen?«

Daníel beschloss, einen leichteren Ton anzuschlagen, damit die beiden Polizeivorsteher nicht sofort aneinandergerieten.

»Es heißt zwar immer, die Polizei braucht mehr Personal«, sagte er. »Aber möchten wir das wirklich?«

Da niemand antwortete, als der Justizminister in die Runde blickte, fuhr er fort: »Nein, das möchten wir natürlich nicht. Wir sind eine Demokratie und möchten nicht in einem Polizeistaat leben.«

»Entschuldige, dass ich so schwer von Begriff bin«, entgegnete Lúðvík, »aber meint der Herr Minister, die Polizei würde die Demokratie bedrohen?«

Der Justizminister schaute den Polizeidirektor erschöpft an. Dieser erwiderte seinen Blick. Beide dachten genau dasselbe von ihrem jeweiligen Gegenüber:

Wie war dieser Mann nur in dieses Amt gekommen?

Wer nichts tut, macht auch keine Fehler. Das wissen alle Politiker und die meisten Beamten.

Obwohl Polizeidirektor Lúðvík Ásmundsson Beamter war, hatte er diese Grundregel eines jeden Verwaltungsapparats offenbar vergessen.

Als die Besprechung zwischen dem Justizminister, der

Landespolizeichefin und dem Reykjavíker Polizeidirektor beendet war, erkannte Lúðvík, dass es ein Fehler gewesen war, das Memo vorzulegen. An und für sich stand darin nichts, was bei ihren Meetings nicht schon lang und breit besprochen worden war, aber die Vorgehensweise, eine schriftliche Zusammenfassung vorzulegen, verlangte nach Reaktionen. Und selbst wenn diese Reaktionen in der Luft gelegen haben mochten, war es ein Fehler von ihm gewesen, sie zu provozieren.

Auf dem Memo stand Folgendes:

Es ist lediglich eine Frage der Zeit, wann das organisierte Verbrechen, wie wir es aus dem Ausland kennen, auch in Island an Boden gewinnen wird; dafür gibt es genügend Beispiele in Ost- und Südeuropa, auf dem Balkan und in den Vereinigten Staaten von Amerika. Kennzeichen dieser Machenschaften sind Prostitution, Drogenschmuggel und -handel, Geldwäsche, Wirtschaftskriminalität sowie bewaffnete Gewalt und brutale Verbrechen gegen Leib und Leben.

Die herkömmlichen Arbeitsmethoden der Polizei sind ineffektiv und unzulänglich für die Aufklärung und den Nachweis solcher Delikte. Die Polizei kann die Sicherheit der Bürger, die von kriminellen Vereinigungen bedroht werden, sowie von etwaigen Zeugen nicht länger gewährleisten. Wir brauchen neue Instrumente und neue Arbeitsmethoden zur Bekämpfung neuer Gefahren, denen unsere Gesellschaft jetzt und in Zukunft ausgesetzt ist bzw. sein wird.

Die notwendigen Instrumente sind politische Entscheidungen und eine Gesetzgebung, die neue Arbeitsmethoden ermöglicht. Seit Jahren zögern die Politiker eine Stellungnahme zur Erweiterung der polizeilichen Befugnisse für Telefonüberwachungen hinaus. Seit Jahren fordert die Polizei ein Zeugenschutzgesetz. Seit Jahren wartet die Polizei auf eine Genehmigung für Undercover-Ermittlungen, um kriminelle Vereinigungen und geplante Verbrechen rechtzeitig aufdecken zu können.

Selbstverständlich muss die Notwendigkeit einer entsprechenden Gesetzgebung sorgfältig abgewogen werden gegenüber der Gefahr der Beeinträchtigung unbescholtener Mitbürger und deren Privatsphäre.

Selbstverständlich müssen einer derartigen Gesetzgebung Missbrauchsrichtlinien und Bestimmungen zugrunde liegen, die die Anwendung nur im Fall absoluter Notwendigkeit regeln. In einer Demokratie stellt die Polizei indes keine Bedrohung für unbescholtene Bürger und deren Privatsphäre dar, sondern sie versucht, deren Sicherheit zu gewährleisten und die Gemeinschaft zu schützen.

Die isländische Gesetzgebung muss unverzüglich zur Situation und künftigen Ausrichtung der Polizei Stellung nehmen und es ihr ermöglichen, mit harten Mitteln gegen organisierte Kriminalität vorzugehen. Die Gesellschaft muss zeigen, dass sie stärker ist als die Kräfte, die die Eckpfeiler unseres Rechtssystems bedrohen.

Abschließend sei darauf hingewiesen, dass es der Polizei hierbei nicht um größere finanzielle Mittel geht, sondern um erweiterte Befugnisse, um in einer immer komplizierter werdenden Gesellschaft ihren Pflichten gerecht werden zu können.

Als Lúðvík den Text vorgelesen hatte, blickte er in die Runde. Alle schwiegen. Lúðvík hatte zwar nicht mit Applaus gerechnet, aber die völlige Stille schmerzte ihn in den Ohren.

»Also«, sagte der Justizminister endlich. »Möchte jemand etwas anmerken? Die Landespolizeichefin vielleicht?«

Elín ließ sich nicht lange bitten. Sie räusperte sich und sagte:

»An und für sich muss man den meisten Punkten zustimmen. Aber aus meiner Perspektive scheint es fragwürdig, dass der Reykjavíker Polizeidirektor, der zweifelsohne für die Polizei im Hauptstadtgebiet zuständig ist, sich bemüßigt fühlt, die Initiative zu ergreifen und den Justizminister um eine Gesetzesänderung zu ersuchen, die das gesamte Land betrifft und nicht nur seinen Amtsbereich. Ich hätte vollstes Verständnis dafür, wenn der Polizeidirektor Vorschläge für mögliche Änderungen der Polizeiverordnung in Reykjavík machen würde, aber in diesem Fall hat er sich, mit Verlaub, weit über seinen Zuständigkeitsbereich hinausbewegt.«

Elín lächelte, so als wollte sie ihre Reaktion abschwächen, aber ihr höfliches Entgegenkommen erreichte Lúðvík nicht, denn er hatte die Augen halb geschlossen und den Kopf auf seine Hand gestützt. Schlief der Mann etwa?

»Außerdem bin ich der Meinung«, fuhr Elín fort, »dass es vielmehr Aufgabe der Polizei ist, die geltenden Gesetze durchzusetzen. Selbstverständlich kann sie auch bei der Ausarbeitung neuer Gesetze beratend zur Seite stehen – falls dies gewünscht wird.«

»Das ist der Kern der Sache«, sagte der Justizminister und schaute die Landespolizeichefin liebenswürdig an. »Es ist zwar nicht gerade unmoralisch, wenn die Polizeiführung Gesetzesänderungen wünscht, aber die Grundregel jedweder Demokratie besagt doch, dass das gesetzgebende Organ, das Althing, seiner wichtigen Arbeit unbeeinflusst von Interessenverbänden und der Verwaltung nachgehen muss.«

»Entschuldigt bitte«, sagte Lúðvík, ohne die Augen zu öffnen. »Aber nichts liegt mir ferner, als das hochgeschätzte Althing zu behelligen. Andererseits ist es meine Amtspflicht, meinen Vorgesetzten, den Herrn Justizminister, der sowohl dem Althing als auch dem Volk verpflichtet ist, über die Entwicklung und die sich verändernde Lage in meinem Amtsbereich zu informieren.«

Nun öffnete Lúðvík die Augen und schaute erst den Justizminister, dann Elín an, erwiderte ihr Lächeln – von dem sie dachte, er hätte es nicht gesehen – und sprach weiter: »Der Kommentar der Landespolizeichefin, ich würde meinen Kompetenz- oder Amtsbereich überschreiten, scheint auf einem Missverständnis zu beruhen. Dazu möchte ich Folgendes sagen: Die Reykjavíker Polizei hält den größten Amtsbereich im ganzen Land, auch wenn die Landespolizeidirektion in der letzten Zeit sehr bereitwillig die meisten unserer Aufgaben übernommen hat. Die ganze Nation kennt unseren Leitsatz, wie schon in der ›Njáls saga‹ geschrieben: Durch Gesetze wird unser Land erbaut. Dies gilt für ganz Island, nicht nur für Reykjavík. Und nach diesem Leitsatz arbeiten wir, bis wir andere Vorschriften bekommen.«

Nimmt dieses verdammte Gezänk um die Zuständigkeitsbereiche denn nie ein Ende?, dachte der Justizminister. Er hatte schon lange die Nase voll von dem Kompetenzgerangel der beiden. Laut sagte er: »Im Großen und Ganzen kann ich vielem, was hier gesagt wurde, zustimmen und die Standpunkte beider Amtsbereiche sehr gut nachvollziehen. Ich danke dem Reykjavíker Polizeidirektor für das vorliegende Papier, das ich selbstverständlich überdenken werde. Wie jedem vernunftbegabten

Menschen bereitet mir die zunehmende Kriminalität in der heutigen Zeit natürlich Sorgen. Aber so war es schon immer. Die Verbrechen, die du schilderst, Lúðvík, sind nicht neu. Mich beunruhigen ganz andere Dinge. Was mich am meisten ängstigt, ist der nationale Extremismus, nicht unbedingt ausländische Terroristen, Islamisten und so weiter, sondern antidemokratische Bestrebungen im Inland von Leuten, die eine rechtmäßig gewählte Regierung nicht akzeptieren. Davor müssen wir auf der Hut sein. Zunächst möchte ich vor allzu hohen Erwartungen warnen, dass tiefgreifende Gesetzesänderungen unsere Arbeit in absehbarer Zeit erleichtern werden. Es hat sich schon oft gezeigt, dass neue Gesetze nicht zwingend besser sind als die alten. Hinzu kommen die unglaublichen Schwierigkeiten, die notwendigen Gesetzesänderungen durch das Althing zu bringen. Die Opposition misstraut grundsätzlich sämtlichen Vorschlägen, und die Medien tun alles, um die Regierung zu untergraben, indem sie unsere Verordnungen gern falsch interpretieren und ad absurdum führen. Könnt ihr euch vorstellen, was morgen im Althing und in den Medien los wäre, wenn ich vorschlagen würde, die Befugnisse für Telefonüberwachungen zu erweitern?«

Bei diesen Worten breitete der Minister am Ende des Tisches seine Arme aus, um den Anwesenden zu demonstrieren, in welcher Stellung man ihn kreuzigen würde. Er machte eine Pause und musterte seine Zuhörer mit ernstem Gesicht. Lúðvík schien geistig nicht wirklich anwesend zu sein, weshalb die Kreuzigungsmetapher mehr oder minder ihr Ziel verfehlte.

»Wir dürfen nicht ausschließlich auf irgendwelche neuen Gesetze vertrauen«, fuhr Daníel fort. »Intelligenten Männern – und Frauen«, fügte er aus Rücksicht auf

Elín hinzu, »stehen immer alternative Wege offen. Wir sollten bedenken, dass alle Gesetze Kinder ihrer Zeit sind, und auch wenn sie nicht geändert werden, ist ihre Auslegung sehr dehnbar«, an dieser Stelle konnte sich der Justizminister nicht zurückhalten, seine Lieblingsformulierung zu verwenden, »also mutatis mutandis.«

Diese Redewendung machte sich immer gut, klang hochgestochen und verhinderte in den meisten Fällen Widersprüche, denn es gab nur wenige Personen im Land, die sie verstanden. Möglicherweise gehörte Lúðvík zu ihnen, aber das tat nichts zur Sache, denn er schien gerade wieder eingeschlafen zu sein. Sehr gut. Der nächste Tagesordnungspunkt waren die neuen Pläne für den Aufbau einer »Polizeilichen Sicherheitstruppe« – die Spaßvögel wahrscheinlich mit PS abkürzen würden.

Lúðvík schlief aber nicht. Sobald der Justizminister mit leiser Stimme die Pläne für den Aufbau einer »Sicherheitstruppe« erwähnt hatte, öffnete Lúðvík ein wenig die Augen und fragte: »Welche Pläne? Soweit ich weiß, soll Hauptkommissar Víkingur Gunnarsson die Leitung dieser Abteilung übernehmen, sobald sie offiziell gegründet wurde, und mir ist bekannt, dass Víkingur in den letzten Monaten viel Vorbereitungsarbeit geleistet hat und bereit ist, ein Konzept und Vorschläge vorzulegen, sobald er dazu aufgefordert wird.«

»Er ist nicht hier«, entgegnete der Justizminister.

»Nein«, sagte Lúðvík. »Er ist nicht hier, weil ich keine Ahnung hatte, dass es bei diesem Meeting um den Aufbau der Sicherheitsabteilung gehen sollte. Daher habe ich entschieden, dass er Wichtigeres zu tun hat, als an einer Routinebesprechung teilzunehmen.«

»Routine hin oder her«, sagte Daníel und setzte sein

berühmtes Lächeln auf, das zwei Reihen ungewöhnlich kräftiger Zähne entblößte und zu erkennen gab, dass ihm nicht zum Lachen zumute war. »Das ist jetzt schon das dritte Meeting, zu dem der Hauptkommissar nicht erschienen ist. Wir können uns durch seine Abwesenheit nicht länger daran hindern lassen, dringende Themen zu verschieben.«

»Vielleicht werde ich ja langsam senil«, sagte Lúðvík und tat so, als habe er den Denkfehler des Ministers nicht bemerkt. »Aber ich kann mich nicht daran erinnern, dass irgendwelche Themen bei den letzten Besprechungen aufgrund von Víkingurs Abwesenheit verschoben worden wären. Außerdem wählen Elín und ich die Kollegen, die mit zu den Meetings kommen, jedes Mal selbst aus. Es ist also gar nicht selbstverständlich, davon auszugehen, dass Víkingur an unseren Treffen teilnimmt.«

»Wir sollten uns nicht über bürokratische Petitessen streiten«, sagte der Justizminister. »Es handelt sich hier um formlose Gesprächsrunden, Informationsaustausch, und es werden die Themen diskutiert, die gerade anstehen.« Er dachte darüber nach, den Satz mit einem »mutatis mutandis« abzuschließen, ließ es aber bleiben und fuhr fort: »Übrigens hatte ich kürzlich ein informelles Treffen mit dem Hauptkommissar, unter vier Augen, bei dem ich ihn darauf hingewiesen habe, dass bei den besagten Vorbereitungen möglicherweise unmenschliche Belastungen auf ihn zukämen, die ihn noch mehr unter Druck setzen würden, wenn man bedenkt, dass er erst kürzlich im Dienst verletzt wurde und nicht ganz auf der Höhe ist.«

»Nicht ganz auf der Höhe?«, fragte Lúðvík. »Der Mann ist topfit. Er hat sich letzten Herbst einen Finger gebrochen, als der Russe aus der Volksbank auf ihn geschossen hat. Und er hatte eine Rauchvergiftung. Zwei Tage später war er wieder bei der Arbeit.«

»Gut möglich«, entgegnete der Justizminister. »Aber bezüglich der Beauftragung Víkingur Gunnarssons mit der Leitung der Sicherheitsabteilung mache ich mir weniger Gedanken über seine körperliche Gesundheit als über seine seelische. Dir als seinem Vorgesetzten ist vermutlich bekannt, dass der Hauptkommissar regelmäßig Psychopharmaka einnimmt?«

Polizeidirektor Lúðvík Ásmundsson riss ungläubig die Augen auf.

21 Katzen in der Nacht

Die alte Dame kam wieder zur Tür und löste die Sicherheitskette. Sie schien sich von der Gültigkeit der Ausweise überzeugt zu haben, denn sie öffnete und bat sie hinein.

»Das sind ja nun wirklich keine eindrucksvollen Papiere«, sagte sie, als sie ihnen die Ausweise zurückgab.

»Bist du Bára Thomsen?«, fragte Terje.

»Niemand kann mehr siezen«, sagte die alte Frau. »Als ich seinerzeit unser Heim einrichtete, konnten noch alle siezen, zumindest die Angestellten im öffentlichen Dienst. Mein Mann war Beamter. Bürovorsteher beim Elektrizitätswerk.«

Dann schaute sie Terje an und sagte: »Ja, ich bin Frau

Bára Thomsen. Bitte kommt ins Wohnzimmer und nehmt Platz.«

Wie artige Kinder zogen beide ihre Schuhe an der Wohnungstür aus und folgten der alten Dame auf Socken in den Flur.

Die Wände im Flur und im Wohnzimmer waren von Bücherregalen und Gemälden bedeckt. Guðrún, die sich für Kunst interessierte, war begeistert. Dort hingen Gemälde und Zeichnungen von Þorvaldur Skúlason, Kjarval, Ásgrímur, Finnur Jónsson, Svavar Guðnason, Kristján Davíðsson und anderen Meistern der letzten Jahrhunderte.

»Ich habe noch nie eine so großartige Gemäldesammlung in einer Privatwohnung gesehen«, sagte Guðrún. »Das ist ja einmalig.«

»Ja, gute Bilder können viel Freude bereiten«, entgegnete Frau Bára Thomsen und bat sie, auf einem Sofa mit Seidenbezug unter einem großen Þingvellir-Gemälde von Kjarval Platz zu nehmen. »Mein Mann pflegte mir an jedem Hochzeitstag ein Bild zu schenken. 1976 habe ich das letzte Gemälde bekommen. Er verstarb am 3. Oktober.«

Das Wohnzimmer hätte die Kulisse für ein Theaterstück über Wohlstand und Kultur des Bürgertums Mitte des 20. Jahrhunderts sein können.

»Darf ich euch Kaffee anbieten?«, fragte Frau Bára, die neben dem Couchtisch stand und sie musterte.

»Nein, danke«, antwortete Terje. Guðrún fand, dass er das Angebot zu voreilig ablehnte. Sie hatte das Gefühl, die Sache könnte länger dauern.

»Wir sind im Dienst«, erklärte sie entschuldigend, »und haben noch viel zu tun, wir möchten dir keine unnötigen Umstände bereiten.«

Die alte Frau schaute zu dem bequemen Lehnstuhl am Fenster, setzte sich dann aber auf die andere Seite des Couchtischs.

»Eine Rakete wurde durchs Fenster geschossen«, sagte sie. »So etwas tut man nicht, auch nicht an Silvester. Deshalb habe ich bei der Polizei angerufen. Die Gardine hat Feuer gefangen; das hätte schlimm ausgehen können. Aber ich war zu Hause und konnte das Feuer rechtzeitig löschen.«

»Ein Glück«, sagte Guðrún.

»Das hatte ich aber nicht der Polizei zu verdanken«, erwiderte Frau Bára.

»Nein, ich verstehe«, sagte Guðrún. »Aber die Polizei kann nicht immer überall sein. Wir sind wegen einer anderen Sache hier.«

»Das musst du mir nicht erklären«, sagte die alte Frau. »Ich bin zwar schon dreiundneunzig, aber noch gut bei Verstand, was man von vielen Jüngeren nicht behaupten kann.«

Terje wollte etwas sagen, aber Guðrún stieß ihn mit dem Ellbogen an. Sie war fest entschlossen, das Gespräch mit dieser bemerkenswerten Frau selbst in die Hand zu nehmen.

»Wir sind hier, weil wir in einem Todesfall ermitteln. Wir versuchen herauszufinden, wie es dazu gekommen ist. Kennst du eine Frau namens Freyja Hilmarsdóttir?«

»Nein, ich habe sie nicht gekannt«, sagte die alte Frau.

»Aber du weißt, wer sie war?«

»Natürlich weiß ich, wer sie war. Sie wohnte ja in dem Wohnblock hier gegenüber. In der ersten Etage. Sie war eine bekannte Person, über die viel in der Zeitung stand. Sie war sogar im Parlament – was nie hätte passieren dürfen.«

»Warum meinst du das?«

»Weil ihr Auftreten und ihre Ausdrucksweise, die vielleicht zu irgendwelchen Straßenjungs gepasst hätten, beschämend waren. Es gibt zwar vereinzelt Männer, die sich unehrenhaft verhalten, aber Frauen dürfen das nicht. So habe ich es zumindest gelernt.«

»Da sind wir uns einig.« Terje konnte sich seinen Kommentar nicht verkneifen.

Frau Bára schaute ihn mitleidig an.

»Das bezweifle ich«, sagte sie. »Wenn du glaubst, wir seien einer Meinung, dann hast du mich wahrscheinlich falsch verstanden. Wenn du glaubst, ich würde meinen, dass sich die Frau dem Mann unterordnen soll, dann irrst du dich. Ich glaube, dass Frauen den Männern in vielen Bereichen überlegen sind, und dort sollen sie glänzen, anstatt zu versuchen, sich mit den Männern in Kraftausdrücken und Flegelhaftigkeit zu messen. Wir müssen versuchen, die Männer heranzubilden und zur Vernunft zu erziehen, und nicht ihre Dummheiten nachäffen.«

Guðrún merkte, dass Ellbogenstöße jetzt nicht mehr ausreichten, um Terje zum Schweigen zu bringen, weshalb sie versuchte, unauffällig gegen sein Bein zu treten.

»Versuch nicht, den Jungen zum Schweigen zu bringen, meine Liebe«, sagte die alte Dame. »Wenn er etwas sagen möchte, bin ich mir nicht zu fein, ihm zu antworten.«

Terje ließ sich auch gar nicht abbringen: »Da stimme ich ebenfalls voll und ganz mit dir überein.«

»Das ist schön, mein Lieber«, sagte die alte Dame. »Aber vielleicht solltest du die junge Frau jetzt trotzdem reden lassen.« Dann wandte sie sich an Guðrún und sagte: »Ich habe im Radio gehört, dass diese Freyja verstorben ist, und jetzt erzählst du, es würde in einem Todesfall ermittelt. Was heißt das denn genau?«

»Das ist eigentlich vertraulich«, sagte Guðrún. »Aber unter uns kann ich dir sagen, dass zuerst alles nach einem Selbstmord aussah, aber dann ist das eine oder andere ans Licht gekommen, sodass wir den Fall nun genauer untersuchen müssen.«

»Ich habe sie vorgestern Abend aus dem Haus gehen sehen. Danach ist sie wohl nicht mehr nach Hause gekommen. Ihr Auto hat auch nicht mehr auf dem Parkplatz gestanden. Sie hat immer direkt vor der Treppe geparkt. Manche Leute tun einfach keinen Schritt zu viel.«

Diese präzise Antwort überraschte sie beide.

»Weißt du vielleicht, wie spät es war, als du sie hinausgehen sehen hast?«, fragte Terje.

»Natürlich weiß ich das«, antwortete die alte Frau. »Es war kurz nach Mitternacht. Ich schätze, zehn oder fünfzehn Minuten nach zwölf. Ich fand das eine ungewöhnliche Zeit für eine Reise.«

»Wieso?«

Die alte Frau stöhnte über die dumme Frage und antwortete: »Wer verreist denn um zwölf Uhr nachts?«

»Ich meine, warum dachtest du, sie würde verreisen?«

»Weil der Mann neben ihr eine große Tasche getragen hat. Kein normaler Koffer, wie man sie früher hatte, sondern so ein großer Beutel.«

»Ein Mann war bei ihr?«

»Ja. Habe ich doch gesagt.«

»Und hast du den Mann gesehen?«, warf Terje ein.

»Sonst hätte ich euch wohl kaum von ihm erzählen können«, erklärte Frau Bára. »Glaubst du vielleicht, ich würde Geschichten über meine Nachbarn erfinden?«

»Nein, keineswegs«, beeilte er sich zu sagen. »Ich meine, hast du ihn so genau gesehen, dass du ihn beschreiben könntest?«

»Das kommt darauf an, was du unter genau verstehst«, sagte die alte Dame. »Ich habe ihn genau genug gesehen, um zu erkennen, dass es ein Mann war, aber nicht gut genug, um sein Äußeres exakt beschreiben zu können. Es war dunkel, aber bis tief in die Nacht hinein sternenklar. Gegen Morgen hat es sich dann zugezogen.«

»Aber du bist dir sicher, dass es ein Mann war?«

»Ja, eigentlich schon.« Bára Thomsen dachte nach. »Das konnte man leicht an seiner Haltung erkennen. Es war ein großer Mann, ziemlich schlank. Er trug eine dunkle Jacke, ungefähr hüftlang, mit einer dünnen Kapuze, und entweder einen Schal darunter oder einen Rollkragenpullover, sodass ich sein Gesicht nicht richtig sehen konnte. Aber er war zweifellos stark und hat sich wie ein junger Mann bewegt.«

»Wie konntest du sehen, dass er stark war?«

»Er hatte ja in der einen Hand die Tasche. Ich weiß natürlich nicht, ob sie leicht oder schwer war, aber mit der anderen Hand hielt er die Frau umfasst und trug sie beinahe. Sie konnte sich nicht richtig auf den Beinen halten, die Arme. Ich hab sie vorher noch nie in einem solchen Zustand gesehen. Ich dachte, sie sei betrunken, aber als ich gehört habe, dass sie tot ist, habe ich begriffen, dass sie wohl krank gewesen sein muss.«

»Wo warst du, als du das beobachtet hast?«, fragte Guðrún Sólveig.

»Ich hab auf meinem üblichen Platz auf dem Stuhl da am Fenster gesessen. Da sitze ich meistens abends und morgens und lese oder versuche, Radio zu hören. Ich brauche nicht mehr so viel Schlaf. Normalerweise reichen mir nachts ein paar Stündchen, und meistens lege ich mich nach den Mittagsnachrichten noch einmal hin und versuche, zwei, drei Stunden zu schlafen.«

»Hast du gesehen, ob sie dich bemerkt haben? Haben sie hochgeschaut?«

»Ja, der Mann hat sich mehrmals umgeschaut, aber ich war zu müde zum Lesen und hatte das Licht ausgeschaltet. Ich sitze gern im Dämmerlicht.«

»Kannst du noch mal ganz genau beschreiben, was du gesehen hast?«

»Ich habe gehört, wie jemand durch die Haustür im Wohnblock gegenüber gegangen ist, und als ich aus dem Fenster geschaut habe, habe ich sie zum Auto gehen sehen. Der Mann hat die Tasche abgestellt und die Frau gestützt, die Wagentür geöffnet und sie ins Auto gesetzt. Dann hat er die Tür zugemacht. Nicht mit übermäßig viel Lärm, wie es viele tun. Dann ist er um das Auto herumgegangen, hat die Fahrerseite geöffnet und die Tasche auf den Rücksitz gestellt, und dann ist er weggefahren.«

»Würdest du den Mann wiedererkennen, wenn du ihn sehen würdest?«

»Nein, das glaube ich nicht. Nachts sind alle Katzen grau. Aber es sind dennoch Katzen.«

»Hattest du deine Brille auf?«, fragte Terje. »Die Brille, die du holen musstest, um dir unsere Ausweise anzuschauen?«

»Ich benutze keine Lesebrille, um aus dem Fenster zu gucken, mein Lieber«, antwortete die alte Dame und warf Guðrún einen teilnahmsvollen Blick zu, weil sie mit einem solchen Dummkopf zusammenarbeiten musste. »Dich habe ich auch gesehen, meine Liebe, als du heute Morgen hier warst. Hast du den Mann auf der Treppe getroffen?«

»Welchen Mann?«

»Na, den, der aus dem Haus gerannt kam, nachdem du hineingegangen warst. Draußen wartete ein Auto auf ihn. Ich dachte, er sei zu spät zum Training unterwegs. Soweit ich sehen konnte, hatte er eine Sporttasche dabei.«

»War das derselbe Mann wie der, den du vorgestern Abend gesehen hast?«, fragte Guðrún.

»Ich bin mir nicht sicher«, antwortete Bára Thomsen. »Es war noch nicht hell. Und nachts …«

»… sind alle Katzen grau«, ergänzte Terje.

»Aber du hast mich doch auch erkannt«, insistierte Guðrún.

»Das ist ja nicht schwer, bei diesem schönen Haar.«

»Hör zu«, sagte Guðrún. »Ich hätte jetzt liebend gerne einen Kaffee, falls es nicht zu viele Umstände macht.«

22 Keine Geheimnisse

Als das Meeting beendet war, verabschiedete sich der Justizminister von seinen Gästen, bat aber die Landespolizeichefin, noch einen Moment zu bleiben. »Es gibt da eine delikate Angelegenheit, die ich mit dir besprechen möchte«, sagte er. »Hat überhaupt nichts mit unserem Meeting zu tun. Ich habe eine sehr beunruhigende E-Mail erhalten.«

Eysteinn Brandsson wartete eine ganze Weile im Auto auf seine Vorgesetzte. Als Elín in der Tür des Ministeriums erschien, stieg er aus und öffnete ihr die Beifahrertür.

Immerhin pflegte sie sich nach vorn zu setzen, anstatt

sich in voller Montur auf dem Rücksitz breitzumachen. Sie war natürlich seine Vorgesetzte, und deshalb gehörte es zu seinen Aufgaben, den Wagen zu fahren. Das war ärgerlich, und er bedauerte es, nicht irgendeinen Polizeibeamten als Fahrer zugeteilt bekommen zu haben. Dann hätten sie wie Gleichberechtigte nebeneinander auf der Rückbank sitzen können.

Als Elín ins Auto stieg, sah Eysteinn, wie sich die schwarze Hose über ihren Schenkeln spannte. Sie wurde langsam rundlich. War aber trotzdem hübsch. Mehr als das – eine Frau in ihrer Spätsommerblüte, achtunddreißig Jahre alt.

Er streifte ihr die Hose hinunter (in seiner Fantasie ging das sehr schnell); darunter trug sie schwarze Netzstrümpfe. Die Uniformjacke, schwarz, aus hauchdünnem Wollstoff, hatte genau die richtige Länge, reichte exakt bis zur Mitte ihrer straffen, appetitlichen Pobacken.

Sie war sehr modebewusst und hatte diese prachtvollste Uniformjacke im ganzen Land selbst entworfen – goldene, mit Sternen verzierte Schulterklappen, Goldknöpfe mit dem wachsamen Polizeiauge, die Ärmel an den Ellbogen mit einer goldbestickten Bordüre.

Eysteinn sah, wie sich die Brustwarzen ihrer schweren, vorstehenden Brüste unter der Jacke abzeichneten, als die Landespolizeichefin es sich im Sitz bequem machte und ihre langen Beine übereinanderschlug, sodass die Netzstrümpfe knisterten.

Ihre glänzenden Fingernägel hatten dieselbe karminrote Farbe wie ihre vollen Lippen, und Eysteinn wurde steif, als er sich vorstellte, wie Elín ihre linke Hand zwischen seine Beine führte und sich an seinem Reißverschluss zu schaffen machte, während sie mit der rechten Hand den Autositz zurückstellte.

»Woran denkst du?«, fragte sie und schaute ihn an, während sie versuchte, irgendeinen Krümel aus ihrem Augenwinkel zu entfernen. Sie verwendete farblosen Nagellack.

Eysteinn ließ den Motor an und setzte zurück.

»An dasselbe wie du, nehme ich an«, antwortete er.

»Aha«, sagte sie und lächelte. »Und woran denke ich?«

»Man denkt an so vieles«, sagte er. »Ich weiß nicht, ob es angebracht ist, das laut zu äußern.«

»Bis jetzt konnten wir uns doch alles anvertrauen«, entgegnete sie.

Er zögerte mit einer Antwort und tat so, als konzentrierte er sich voll und ganz auf den Verkehr, während er im Geiste damit beschäftigt war, einen Pornofilm mit Elín und sich selbst in den Hauptrollen zu drehen.

In dem Moment, als er vom Parkplatz gefahren war, hatte sie ihre prallen Hüften angehoben und ihren roten Slip, nein, ihren String-Tanga abgestreift und um ihren Zeigefinger gewickelt. Sie deutete verführerisch in Großaufnahme mit dem Finger auf Eysteinn.

»Keine Geheimnisse«, sagte sie leise.

Eysteinn stoppte den Film in seinem Kopf abrupt und schaute sie an.

»Ich finde, dass Lúðvík …«

»Dressman.«

»Ja, Dressman. Ich fand es ungeschickt vom Polizeidirektor, dieses Memo vorzulegen.«

»Das fand ich auch«, sagte Elín. »Der Justizminister war ja auch nicht gerade erfreut, ein Bestellformular für zweifelhafte und unpopuläre Gesetze ausgehändigt zu bekommen. Er hatte übrigens schon vor diesem Meeting beschlossen, mir die Sicherheitsabteilung zu übergeben, es war also nicht überraschend für mich.«

»Ja«, sagte Eysteinn. »Gut möglich, dass die Reykjavíker Polizei Gesetze braucht, aber für eine Sicherheitspolizei braucht man nun mal keine. Eine Geheimpolizei ist keine Kriminalpolizei, und was die Geheimpolizei tut, ist, wie der Name schon sagt, geheim. Dann wäre es höchst widersprüchlich, Regeln aufzustellen, die ihre Arbeit transparent machen.«

»Genau«, sagte Elín, stemmte sich kurz in ihrem Sitz hoch und strich mit den Händen über die Unterseite ihrer Oberschenkel, damit die Bügelfalten in ihrer Hose nicht zerknitterten. »Das Ganze ist natürlich mit sehr viel Verantwortung verbunden, und ich möchte nicht, dass irgendetwas ohne mein Wissen geschieht. Nur dass das von Anfang an klar ist.«

»Selbstverständlich«, entgegnete Eysteinn. Die Spannung war verflogen, und seine Erektion verschwand in dem Moment, wo seine Vorgesetzte ihn so von »oben« ansprach.

Er verstand überhaupt nicht, was er manchmal in ihr sah. Sie war nicht mehr die Jüngste und hatte an Hüften und Oberschenkeln beträchtlich zugelegt, sie war auf dem besten Wege, füllig zu werden, wie man so sagte.

Es war albern, sie sich in Netzstrümpfen vorzustellen. Wahrscheinlich hatte sie Orangenhaut.

Vielleicht war es gar nicht ihre Persönlichkeit, die diesen Einfluss auf ihn ausübte, sondern nur ihr aufreizender Lippenstift?

Oder die dichten Augenbrauen, die über der Nase fast zusammengewachsen waren?

»Und übrigens«, sagte sie. »Ich habe nicht an dasselbe gedacht wie du.«

»Wie bitte?«

»Ja, du hast gesagt, wir hätten an dasselbe gedacht.«

»Das war nur so dahergesagt.«

»Ich habe nicht an Dressman gedacht. Ich habe daran gedacht, dass du keine Uniform trägst«, sagte Elín. »Das müssen wir bei Gelegenheit ändern.«

Aus Leder, dachte Eysteinn. Meinte sie wirklich eine Uniform? Oder vielleicht etwas ganz anderes? Laut sagte er:

»Ich brauche keine Uniform.«

»Wir werden sehen«, entgegnete sie.

Wie war das, konnten manche Leute Gedanken lesen? Nein, zum Teufel.

Er schaute ihr versuchsweise kurz in die Augen und lächelte, während er ihr gleichzeitig wieder die Hose herunterstreifte.

Welches Parfüm sie wohl benutzte?

Sie erwiderte sein Lächeln. Er war ein attraktiver Mann, unverheiratet und nicht liiert. Er hatte Stil.

Ob er schwul war?

23
Überheblichkeit?

Der Psychologe Hinrik Pálsson fertigte häufig psychiatrische Gutachten für die Polizei und das Gericht an. An diesem Morgen sprach er mit Sveinbjörn Ragnarsson, der unter Verdacht stand, seine Frau mit einem Brecheisen totgeschlagen zu haben. Sveinbjörn war schlecht gelaunt und beschwerte sich: Es sei erniedrigend, zu einem Gespräch mit einem Psychologen gezwungen zu werden. Er behauptete, seelisch kerngesund zu sein, obwohl es ihn natürlich sehr belaste, unter Mordverdacht zu stehen. Er schlafe schlecht und brauche Beruhigungsmittel. Als das Gespräch beendet war, ging Hinrik zum Büro von Randver Andrésson, dem Assistenten des Hauptkommissars, wo er auch auf Kriminalkommissarin Dagný Axelsdóttir sowie Sveinbjörns Rechtsanwalt Guðbjartur Sveinsson traf.

»Meiner Meinung nach gibt es keine seelischen oder körperlichen Anzeichen dafür, dass die Gesundheit des Mannes gefährdet sein könnte, wenn er die üblichen Vernehmungen durchläuft«, sagte der Psychologe. »Ich werde natürlich noch intensiver mit ihm sprechen und ein psychiatrisches Gutachten in unverständlichem Medizinerlatein einreichen, aber dieser Gedächtnisverlust, von dem er spricht, ist Simulation, also größtenteils oder komplett erfunden. Er versucht einfach, sich die Dinge zu seinem Vorteil zurechtzubiegen, indem er sich selbst als Opfer darstellt. Er behauptet, sich an so gut wie gar nichts im Zusammenhang mit seiner Familie erinnern zu können, aber dann zählt er komplizierte lateinische Namen von Medikamenten auf und versucht, Beruhigungsmittel von mir zu schnorren. Er wird euch bei den Vernehmungen noch in Erstaunen versetzen.«

»Bei einer Anklage geht es in erster Linie um die Zurechnungsfähigkeit«, sagte Guðbjartur.

»Im Moment habe ich den Eindruck, dass er psychische Krankheit und Gedächtnisverlust simuliert«, sagte Hinrik. »Ich muss mir natürlich noch ein genaueres Bild machen, aber im Augenblick bin ich mir sehr sicher, dass ihm vollkommen klar ist, dass man Menschen nicht misshandeln oder umbringen darf.«

»Glaubst du, dass er noch weiß, was er mit der Leiche der Frau gemacht hat?«, fragte Randver.

»Ja, ich denke, das war sogar für ihn ein ziemlich einschneidendes Erlebnis«, antwortete der Psychologe. »Ich weiß nicht, wie genau er sich an die Details erinnern kann, aber in groben Zügen weiß er ganz genau, was er getan hat.«

»Nur noch eine Frage«, sagte Randver. »Glaubst du, er möchte es erzählen?«

»Das ist eine gute Frage«, entgegnete Hinrik. »Die Antwort lautet ja und nein. Ja, weil er die Sache hinter sich bringen und zeigen will, dass er die Oberhand behalten kann und ein Mensch ist, den man besser ernst nimmt. Und nein, weil er Angst vor den Konsequenzen seiner Tat hat und die Realität – und vor allem sich selbst – nicht akzeptieren kann.«

Rechtsanwalt Guðbjartur Sveinsson war bei der Vernehmung anwesend; ein fülliger Mann um die sechzig, spezialisiert auf jenen schmalen Bereich der Rechtswissenschaften, der sich um die Verteidigung derjenigen dreht, die gegen das Strafgesetz verstoßen. In den allermeisten Fällen war die Schuld seiner Mandanten so offenkundig, dass seine Aufgabe hauptsächlich darin bestand, ihre Interessen zu vertreten und sich um die Inanspruchnahme ihrer rechtlichen Hilfen zu kümmern, falls möglich auf mildernde Umstände zu plädieren und den Richter davon zu überzeugen, dass der Betreffende keinen größeren Wunsch hatte, als ein neues Leben zu beginnen, ohne die Verzögerung, die ein Gefängnisaufenthalt mit sich bringt. Guðbjartur war unter den wenigen isländischen Rechtsanwälten nicht nur für seine Marotte bekannt, sich lieber mit schlecht bezahlten Scherereien und Verbrechern abzugeben, als lukrativen Inkassogeschäften für ehrenhafte Firmen und Privatpersonen nachzugehen.

Außer seinen Kollegen hatte auch die Ärzteschaft ein brennendes Interesse an Guðbjartur. Grund für den medizinischen Eifer war die Bekanntheit des Anwalts dafür, kaum etwas anderes als Fleisch zu sich zu nehmen, oft gebraten oder gekocht, meistens jedoch gegrillt. Das ganze Jahr über stand er auf der Veranda seines Hauses neben dem Gasgrill und bereitete das Abendessen für sich und seine Frau zu – Fleisch, in rauen Mengen. Seine Frau war gertenschlank, gemäß der berühmten Theorie von Dr. Atkins, die besagt, dass kohlenhydratarme Kost der beste Schutz vor Übergewicht sei. Guðbjartur hingegen wurde von Jahr zu Jahr fetter, obwohl er sich ausschließlich von frischen, tierischen Proteinen ernährte.

Die einzige Erklärung der Ärzteschaft für Guðbjarturs anomalen Stoffwechsel war, dass er heimlich trinke und sein Übergewicht vom Alkohol herrühre, den seine leistungsstarke Leber in Fett umgewandelt hatte. Diese Erklärung war jedoch in der Realität kaum haltbar, denn Guðbjartur war ein maßvoller Trinker und konsumierte jeden Abend eine Flasche Rotwein, genau eine Flasche, nicht mehr und nicht weniger, während seine Frau dazu neigte, sich noch mal nachzuschenken. Viele Ärzte träumten davon, den Anwalt zu untersuchen, aber ihr Wunsch wurde nicht erfüllt, denn Guðbjartur mied Medikamente und Ärzte so nachdrücklich, wie es seine Mandanten nach Rauschmitteln verlangte.

Zu Beginn der Vernehmung legte Randver drei Fotos vor dem Angeklagten auf den Tisch. Darauf zu sehen waren dessen Kinder und seine verschwundene Frau.

»Das sind eure Kinder«, erklärte Randver. »Man hat ihnen erzählt, ihre Mutter sei verschwunden. Bist du dir im Klaren darüber, dass du verantwortlich bist, wenn deine Kinder immer glauben werden, ihre Mutter habe sich auf- und davongemacht und sie zurückgelassen? Versuch doch mal, dich in deine Kinder hineinzuversetzen! Meinst du nicht, es ist an der Zeit, die Konsequenzen für dein Tun zu übernehmen? Das wäre für alle das Beste.«

Sveinbjörn hörte aufmerksam zu und lächelte dumpf.

Randver fuhr fort: »Die Ergebnisse der DNA-Untersuchung sind da, ein Abgleich mit dem Haar und dem Blut auf dem Brecheisen; dieselbe DNA wurde auf dem Kopfkissen deiner Frau gefunden. Die Ergebnisse beweisen, dass deine Frau mit diesem Brecheisen geschlagen wurde, und die Fingerabdrücke darauf zeigen, dass du es warst, der es in der Hand hielt.«

Sveinbjörn rutschte auf seinem Stuhl hin und her und blickte zu seinem Rechtsanwalt, der keine Miene verzog. Guðbjartur hatte schon früh gelernt, sich bei Vernehmungen zurückzuhalten und lediglich ab und zu durch höfliches Räuspern an seine juristische Anwesenheit zu erinnern.

»Ich weiß, ihr glaubt mir nicht, dass ich mich an nichts erinnern kann«, sagte Sveinbjörn. »Aber leider ist die Realität manchmal viel unglaublicher als irgendeine Lügengeschichte. Wenn ich zugebe, dass ich diesen Gedächtnisverlust teilweise erfunden habe, würdet ihr mir dann meine Geschichte glauben? Sie ist nämlich wahr. Ihr müsst versuchen, mir zu glauben.«

»Ich glaube dir alles«, entgegnete Randver, »solange es die Wahrheit ist.«

»Glaubst du an Außerirdische?«, fragte Sveinbjörn daraufhin. »Oder bist du so unendlich überheblich zu glauben, es gäbe im Universum kein anderes Leben, außer auf unserem dreckigen, kleinen Planeten?«

24 Informationen

Wenn Polizeidirektor Lúðvík Ásmundsson mit seinen Mitarbeitern sprechen wollte, ging er normalerweise zu ihnen. Er hatte dann die Angewohnheit, über Gott und die Welt zu plaudern, bevor er zum Thema kam. Daher war Víkingur überrascht, als die Sekretärin anrief und ihm mitteilte, der Polizeidirektor erwarte ihn »so bald wie möglich« in seinem Büro.

Noch überraschender war, dass Lúðvík unverzüglich zum Thema kam, nachdem Víkingur Platz genommen hatte.

»Ich komme gerade von diesem Meeting beim Justizminister, und es war entgegen allen Erwartungen interessant. Elín war da, mit diesem Wichtigtuer mit dem tollen Uniabschluss, BMA oder irgend so ein Mist.«

»MBA«, berichtigte ihn Víkingur. »Eysteinn Brandsson; er arbeitet als eine Art Organisations- oder Rationalisierungsmanager.«

»Nicht mehr«, entgegnete Lúðvík. »Mir wurde mitgeteilt, der Justizminister habe sich entschieden, uns die neue Sicherheitsabteilung doch nicht zu übergeben, sondern die Landespolizeichefin mit der Gründung zu beauftragen. Ich habe den Eindruck, dass dieser Eysteinn dahintersteckt.«

»Aha, so so«, sagte Víkingur. »Dann hat Elín ihr Ziel ja erreicht. Ich kann nicht sagen, dass mich das besonders überrascht. Es war von Anfang an ihr Traum, einen Geheimdienst oder eine Spionageabteilung auf die Beine zu stellen. Vor einer guten Woche bin ich zum Justizminister gerufen worden, um ihn über die laufenden Vorbereitungen zu unterrichten, und ich hatte sofort das Gefühl, dass meine Vorschläge ihm nicht in den Kram passten.«

»Das hast du mir ja gar nicht erzählt«, wunderte sich Lúðvík.

»Doch, habe ich«, sagte Víkingur. »Ich hab dir gesagt, dass bei diesem Gespräch nichts Konkretes herausgekommen ist und dass der Minister ein ziemlich geringes Interesse am Fortschreiten der Sache hat.«

»Hör zu«, sagte Lúðvík. »Es ist nicht deine Schuld, wenn diese Sicherheitsabteilung der Landespolizei unterstellt wird. Der Ministerpräsident hat damals gesagt, sie würde unserem Bereich unterstellt, unter deiner Leitung, aber da war er noch im Dankesrausch, weil er glaubte, du hättest ihm und der Volksbank die Russenmafia vom Hals gehalten. Davon ist er aber leider wieder abgekommen. Hier geht es nur um Kompetenzstreitigkeiten und die Machtinteressen der Landespolizeichefin. Sie träumt von einer Abteilung, die ohne rechtliche Grundlage im Geheimen arbeitet und von niemandem kontrolliert wird. Und wer wird wohl dort arbeiten? Das widerspricht doch absolut unseren demokratischen Vorstellungen.«

»Was kann man denn dagegen tun?«, fragte Víkingur.

Lúðvík schaute ihn an und öffnete endlich ganz die Augen.

»Ich weiß es nicht«, antwortete er. »Aber ich weiß, dass Demokratie keine Selbstverständlichkeit ist. Sie liegt nicht einfach in der Luft. Zumindest nicht im Büro des Justizministers. Aber erzähl mir ein bisschen genauer, worüber ihr bei diesem Treffen gesprochen habt. Habt ihr euch gestritten?«

Víkingur überlegte.

»Nein, nicht direkt.«

»Also dann indirekt?«

»Es ist bestimmt ein Zufall, aber als wir über eine Geheimpolizei und die innere Sicherheit sprachen, erwähnte er etwas, das mir heute Morgen wieder eingefallen ist, als ich eine bestimmte Sache auf dem Tisch hatte.«

»Aha?«, murmelte Lúðvík. »Ich hab mich schon immer für Zufälle interessiert, auch wenn ich nicht besonders esoterisch veranlagt bin.«

»Bei diesem Gespräch über Interessen und die innere Sicherheit erwähnte der Minister eine Meldung, die kürzlich im ›Abendblatt‹ erschienen ist. Ich fand es, wie soll ich sagen, ein bisschen lächerlich. Er sprach davon, dass diese ehemalige Frauenparteilerin, Freyja Hilmarsdóttir, dabei sei, ein Buch über Ehescheidungen oder so zu schreiben – die aber ohnehin in allen Klatschzeitungen breitgetreten werden. Jeder weiß, dass Magnús Mínus und Kjartan A. Hansen sich von ihren Frauen getrennt und etwa zur gleichen Zeit mit Jüngeren angebandelt haben. Aber der Minister betrachtet diese Buchveröffentlichung offenbar als ein Beispiel für eine mögliche Bedrohung der inneren Sicherheit.«

Lúðvík stöhnte.

»Und du hast ihm natürlich widersprochen?«

»Tja, ich habe ihn darauf aufmerksam gemacht, dass es gemäß der in der isländischen Verfassung verankerten Meinungsfreiheit kaum rechtswidrig sein kann, Bücher zu schreiben. Falls es sich um Fälle von Rufmord oder die Verletzung von Persönlichkeitsrechten handelt, regelt die Gesetzgebung entsprechende Strafmaßnahmen – nach der Veröffentlichung. Außerdem sind auch der Meinungsfreiheit gewisse Grenzen gesetzt: Man kann zum Beispiel klagen, wenn man die Herausgabe eines Buches verbieten lassen möchte – vorausgesetzt, es gibt triftige Gründe dafür.«

»Ich hab mir schon gedacht, dass du es dir nicht verkneifen konntest, das mit ihm zu diskutieren«, sagte Lúðvík. »Diskussionen mit Politikern bringen aber überhaupt nichts. Mit denen muss man wie mit Kindern sprechen, wenn man sie überzeugen will. Was solltest du denn seiner Meinung nach in der Sache unternehmen?«

»Er hat nichts vorgeschlagen. Nicht direkt.«

»Und indirekt?«

»So wie ich ihn verstanden habe, ist er der Meinung, es gehöre zu den Aufgaben eines polizeilichen Sicherheitstrupps, zu kontrollieren, dass niemand brisante Bücher schreibt. Ein ›brisantes Buch‹, so hat er das ausgedrückt.«

»Und wie hast du reagiert?«

»Das weiß ich gar nicht mehr so genau.«

»Du hast das Gespräch also nicht besonders wichtig genommen.«

»Könnte man so sagen. Ich hatte es sogar schon vergessen. Es fiel mir erst gestern Morgen wieder ein, als ich hörte, dass Freyja Hilmarsdóttir in der Nacht gestorben war. Man hat sie in ihrem Wagen oben in den Rauðhólar gefunden; die Auspuffgase waren ins Auto geleitet worden. Es sah ganz nach einem Selbstmord aus. Terje und Guðrún waren in der Wohnung der Toten. Sie haben sich gewundert, dass sie dort keine Spur von dem Buch gefunden haben.«

»Das war wohl ein glücklicher Zufall«, sagte Lúðvík. »Bedeutsamer als der, den du eben erwähnt hast.«

»Wieso?«, sagte Víkingur. »Es kann doch auch sein, dass sie gar keines verfasst hatte. Viel merkwürdiger ist das Ergebnis der Obduktion. Dabei hat sich herausgestellt, dass sie kurz vor ihrem Tod eine Augenoperation hatte. Es wäre einem Wunder gleichgekommen, wenn sie im Stockdunkeln mit dem Auto hoch in die Rauðhólar hätte fahren können. Aber wir haben, wie gesagt, gerade erst angefangen, den Fall zu untersuchen.«

»Ja«, sagte Lúðvík. Er schien von irgendetwas draußen auf der Straße abgelenkt zu sein und starrte aus dem Fenster. »Aber es ist wohl an der Zeit, dass ich zum Thema komme. Sag mal, stimmt es, dass du Medikamente nimmst?«

»Worauf willst du hinaus?«, fragte Víkingur entgeistert. »Willst du wissen, ob ich drogenabhängig bin?«

Lúðvík schloss wieder halb die Augen und neigte den Kopf.

»Gibt es dafür deiner Meinung nach irgendwelche Anzeichen?«, fragte Víkingur.

»Schön wär's«, antwortete Lúðvík und schaute ihn an. »Dann könntest du für zwei, drei Wochen zu einer Therapie nach Amerika fahren und anschließend engelsgleich und strahlend wieder zurückkehren und alle mögliche Unterstützung bekommen.«

»Was ist es dann?«, fragte Víkingur, der im Moment nicht verstand, in welche Richtung sich das Gespräch entwickelte.

Lúðvík schaute wieder aus dem Fenster. »Ich habe nie Medikamente genommen, außer morgens Lebertran und abends Kräuterschnaps«, erklärte er. »Ich bin nämlich in der glücklichen Lage, einen robusten Körper geerbt zu haben, und außerdem habe ich nie bemerkt, dass ich ein Gefühlsleben besitze, was in meinem Job sehr hilfreich sein kann. Aber mir ist schon klar, dass nicht alle so viel Glück haben wie ich. Ich hab schon oft festgestellt, dass

Leute mit einem sensiblen Gemüt häufig in unnötigen Schwierigkeiten landen, gegen die auch kein Lebertran hilft.«

Endlich riss sich der Polizeidirektor von dem monotonen Straßenverkehr vor dem Fenster los und sah Víkingur an.

»Der Justizminister hat mir heute Morgen mitgeteilt, er würde dir die Gründung der neuen Sicherheitsabteilung nicht zutrauen, da ihm Informationen über Medikamentenkonsum zugetragen worden seien. Er meinte, dies deute darauf hin, dass du den Ansprüchen an einen Leiter für Sicherheitsfragen der Republik Island nicht gerecht werden könntest. Er war so freundlich, mir als Nachweis eine Apothekenliste über alle Medikamente auszuhändigen, die dir seit Jahresbeginn verschrieben wurden. Hier steht zum Beispiel Seroxat, was seiner Aussage nach ein Psychopharmakon ist. Kennst du das?«

»Ja, natürlich kenne ich das«, entgegnete Víkingur. »Seroxat ist ein Medikament gegen bestimmte Depressionen, die von Ärzten Dysthymie oder neurotische Depression genannt werden. Ich halte sie ihm Zaum, indem ich morgens zwei Tabletten nehme, genauer gesagt vierzig Milligramm. Weißt du eigentlich, wie viele Leute dieses oder ein ähnliches Medikament einnehmen?«

Lúðvík antwortete nicht, sondern schaute auf den Zettel und fuhr fort: »Dann steht hier Sobril, ein Beruhigungsmittel, das mit Diazepam-Pillen verwandt ist. Sie werden manchmal Hausfrauendope genannt und machen süchtig.«

»Ich nehme diese Medikamente selbstverständlich in Absprache mit meinem Psychologen ein. Es gibt viele Arten von Depressionen, und bei mir ist es eine bohrende Angst, die mit Seroxat allein nicht in den Griff zu bekommen ist. Sobril dient der Behandlung von Angstzuständen, und ich nehme morgens zehn Milligramm davon. Das kann man ja wohl kaum als Drogenabhängigkeit oder Medikamentenmissbrauch bezeichnen.«

Lúðvík lächelte erschöpft.

»Niemand spricht von Medikamentenmissbrauch. Wir sprechen von Medikamentenkonsum. Aber hier stehen noch weitere: Stillnox, Rohypnol und Imovane. Ich bin zwar kein Medikamentenexperte, aber ich weiß, dass das Schlafmittel sind.«

Víkingur schaute seinen Vorgesetzten an. Wenn sich jemand anderes erlaubt hätte, dieses Thema anzusprechen, hätte er es ihm übel genommen. Aber zwischen den beiden bestand ein Vertrauensverhältnis, das sich über Jahre hinweg entwickelt hatte und zu etwas geworden war, das man als Freundschaft bezeichnen konnte. Er antwortete: »Natürlich sind das Schlafmittel. Ich nehme sie nicht ständig, aber ich probiere aus, welches mir am besten hilft. Schlafstörungen sind häufig Begleiterscheinungen von Depressionen. Manchmal schlafe ich gut, aber manchmal brauche ich eben Schlaftabletten.«

»Hm«, machte Lúðvík. »Wir sind noch nicht am Ende. Hier steht noch Viagra, über das ich schon viel gelesen habe und das ich manchmal gerne ausprobiert hätte, und dann noch etwas namens Cialis.«

Víkingur spürte, wie sich seine Wangen röteten, ein Gefühl, das er lange nicht mehr gehabt hatte.

»Dieses Gespräch wird ja immer merkwürdiger«, sagte er. »Und persönlicher. Ich habe wirklich nicht damit gerechnet, dass diese Informationen bei dir oder jemand anderem landen.«

»Ich habe sie vom Justizminister«, erklärte Lúðvík. »Woher der sie hat, ist eine andere Sache, über die wir noch sprechen werden. Ich kann nichts Verwerfliches daran finden, dass du Viagra nimmst, wenn du es erquicklich findest. Ich will nur hoffen, dass das, was danach kommt, sich auch lohnt – es ist nämlich sauteuer. Und was ist Cialis?«

»Cialis ist wie Viagra ein Medikament gegen Erektionsstörungen und hat eine ähnliche Wirkung, bleibt aber länger im Blut und ist so gesehen billiger. Eine Pille kann bis zu 24 Stunden wirken. Zu den Nebenwirkungen von Medikamenten wie Seroxat zählt häufig ein verminderter Sexualtrieb. Die sexuelle Empfindung verändert sich, sodass es schwierig oder sogar unmöglich wird, zum Erguss zu kommen. Mit Hilfe dieser Medikamente ist es möglich, vielleicht nicht auf ganz natürliche Weise, aber zumindest möglich, Sex zu haben.«

»Diese Zeiten sind bei mir ja zum Glück schon lange vorbei«, sagte Lúðvík, »und ich bin sehr froh darüber. Aber du bist ja noch relativ jung, deshalb kann ich verstehen, dass du deinen Spaß haben willst, obwohl ich immer fand, dass Sex total überschätzt wird. Kommen wir also wieder zu den Psychopharmaka.«

»Nein«, widersprach Víkingur. »Das tun wir nicht. Seit ich bei der Polizei bin, habe ich keinen einzigen Tag aufgrund der Depressionen, mit denen ich zu kämpfen habe, gefehlt. Das funktioniert nur deshalb, weil es Medikamente gibt, die es einem ermöglichen, ein normales Leben zu führen und ohne Ausfälle zu arbeiten. Trotz dieser Krankheit kann ich mir von jedem Psychologen bestätigen lassen, dass ich mich in seelischem Gleichgewicht befinde und ein ungetrübtes Urteilsvermögen habe, zumal die Art von Depressionen, die mich plagen, nicht als schwerwiegender angesehen werden als zum Beispiel Diabetes. Ich habe keine Ahnung, wie eine genaue Aufstellung meines Medikamentenkonsums ausgerechnet in die Hände des Justizministers fallen konnte, aber ich weiß, dass es gegen Persönlichkeitsrechte und das Recht auf eine unangetastete Privatsphäre verstößt.«

»Das ist aber leider nicht das Wichtigste an der Sache«, warf Lúðvík ein. »Du weißt genauso gut wie ich, dass man an alles Wichtige herankommt, ganz egal, wie gut es geschützt ist. Das gilt sowohl für Informationen als auch für reale Dinge wie Geld. Sogar Landesteile oder Ölquellen kann man sich aneignen, wenn man mächtig genug ist. Da fragt auch niemand, was legal ist und was nicht.

Es werden doch über jeden einzelnen Bürger massenweise Informationen gesammelt: über seine ökonomischen Verhältnisse, Konsumgewohnheiten, Eigenschaften und Vorlieben, und nicht zuletzt über seinen Gesundheitszustand. Es ist doch kindisch, zu glauben, dass diese Daten nur für ehrenhafte, positive Zwecke genutzt werden. Alles, was man nutzen kann, kann man auch missbrauchen. Die Akten, die die Stasi in mühevoller Kleinarbeit für fast jeden DDR-Bürger angelegt hat, sind nahezu lächerlich unvollständig und primitiv im Vergleich zu den Informationen, die heutzutage automatisch über jeden von der Geburt bis zum Tod in Computern erfasst werden.

Seit dem Tag, an dem in unserem Land Identifikationsnummern eingeführt wurden, ist doch jegliches Gerede über den Schutz der Persönlichkeitsrechte und die Unantastbarkeit der Privatsphäre dummes Zeug. Aber noch sind nicht alle Nationen so untertänige Sklaven des Computer- und Informationszeitalters wie wir Isländer. In England gibt es keine Identifikationsnummern, und wahrscheinlich würden die Bürger Englands zu den

Waffen greifen, wenn die Politiker ein solches Spionagesystem einführen wollten …«

An dieser Stelle verstummte Lúðvík, runzelte die Stirn und schaute zu Víkingur.

»Was wollte ich eigentlich sagen?«

»Das weiß ich leider auch nicht«, entgegnete Víkingur.

»Nein, es ist hoffnungslos«, sagte Lúðvík. »Ich werde langsam senil. Worüber haben wir eben gesprochen?«

»Du hast gesagt, Persönlichkeitsschutz und Unantastbarkeit des Privatlebens seien nicht das Wichtigste bei dieser Sache.«

»Ja, genau«, sagte der Polizeidirektor, froh, den Faden wiedergefunden zu haben. »Es gibt zwei wichtige Punkte: Erstens hast du nichts getan, was in irgendeiner Weise unnatürlich oder gesetzeswidrig wäre. Ich stärke mich mit einem Kräuterschnaps. Du schluckst eine Pille. Ich kaufe im Alkoholladen ein, du in der Apotheke. Beides ist erlaubt. Zweitens brauchte der Justizminister einen Vorwand, um der Landespolizei die Spionageabteilung zuzuschustern. Niemand redet von Medikamentenmissbrauch, denen genügt offenbar die Einnahme von Medikamenten, um argwöhnisch zu werden. Und das bereitet mir Sorge. Aber wir werden uns in aller Ruhe etwas überlegen. Wenn sie diesen Vorwand nicht gefunden hätten, wäre es eben ein anderer gewesen. Mach dir deshalb keine Gedanken.«

»Leichter gesagt, als getan«, erwiderte Víkingur.

»Ja.« Lúðvík stand auf, um zu signalisieren, dass das Gespräch beendet sei.

Als Víkingur schon an der Tür war, rief Lúðvík ihm hinterher: »Hör mal, Víkingur!«

»Ja?«

»Hast du schon mal drüber nachgedacht, dass es nicht

schaden könnte, dieses Seroxat ein bisschen höher zu dosieren, wo du es sowieso einnehmen musst?«

»Nein. Warum?«

»Du wirkst in letzter Zeit ziemlich niedergeschlagen, selten fröhlich.«

»Ich bin immer dann fröhlich, wenn ich einen Grund habe.«

»Da würde ich an deiner Stelle noch mal drüber nachdenken«, sagte der Polizeidirektor. »Ich hab festgestellt, dass diejenigen, die einen speziellen Grund zum Fröhlichsein brauchen, nur äußerst selten fröhlich sind.«

25

»So wahr ich hier sitze«

Randver hatte nicht vor, die Frage, ob er an Außerirdische glaube, zu beantworten, zumal er sich noch nie ernsthaft Gedanken darüber gemacht hatte.

»Hör zu«, sagte er zu Sveinbjörn. »Ich finde, es macht keinen Unterschied, ob ich an Leben auf anderen Planeten glaube oder nicht. Aber ich weiß, dass dieses Verhör wesentlich besser verlaufen wird, wenn wir uns darauf einigen könnten, dass ich frage und du antwortest.«

»Ich habe ein Recht auf Gleichbehandlung«, sagte Sveinbjörn an seinen Anwalt Guðbjartur gerichtet. »Laut Grundgesetz bin ich berechtigt, über Außerirdische zu sprechen, ohne von Beamten diskriminiert zu werden. Ihr seid euch ja auch nicht zu fein dafür, euch von mir und anderen Steuerzahlern eure Gehälter finanzieren zu lassen.«

Guðbjartur kam nicht darum herum, seinem Mandanten zu antworten. Er räusperte sich und sagte: »Ohne Vorbereitung ist es sehr schwer zu sagen, welche juristische Stellung Außerirdische nach isländischem oder internationalem Recht hätten. Falls Außerirdische in irgendeiner Weise mit der Sache zu tun haben, schlage ich vor, dass du erläuterst, inwiefern dies der Fall ist, und dann sehen wir weiter, wie es sich entwickelt.«

»Sich entwickelt? Was soll das heißen?«, fragte Sveinbjörn und kniff die Augen zusammen.

»Ich meine, wir werden sehen, wie wir weiter vorgehen. Das ist im Augenblick ein wenig unklar.«

»Okay«, sagte Sveinbjörn. »Ich möchte euch liebend gern erzählen, wie es zu alldem gekommen ist, aber eins muss klar sein: Es ist nicht an mir, meine Aussage zu beweisen, sondern Aufgabe der Polizei, sie zu widerlegen. Und damit meine ich *widerlegen*. Ihr könnt nicht einfach sagen, sie ist unglaubwürdig, und mich dann ins Gefängnis stecken.«

»Ich stecke niemanden ins Gefängnis«, sagte Randver. »Meine Aufgabe ist es, die Wahrheit herauszufinden. Das Gericht urteilt anschließend gemäß der Rechtsprechung.«

»Das hat Pilatus auch gesagt«, erwiderte Sveinbjörn.

»Schon möglich, dass Pilatus kein besonders guter Beamter war«, sagte Randver. »Aber er war nicht bei der Kripo Reykjavík. Und außerdem verhöre ich nicht Jesus Christus, sondern dich. Ich will nichts anderes hören als die Wahrheit, wie fantastisch sie auch sein mag. Wie du ganz richtig bemerkt hast, werde ich von deinen Steuergeldern finanziert, und daher habe ich alle Zeit der Welt, mir anzuhören, was du zu sagen hast.«

Dann kam die Geschichte. Der Anfang ähnelte dem, was Sveinbjörn bereits vor seinem Gedächtnisverlust erzählt hatte.

Obwohl Ásgerður und er sich getrennt hatten, wollten sie sich noch einmal treffen, um über die Zukunft zu sprechen, nicht zuletzt im Hinblick auf ihre Kinder. Ásgerðurs Schwester hatte die Kleinen über Nacht zu sich genommen. Das Gespräch verlief sehr freundschaftlich, und am Ende beschlossen sie, alle alten Streitigkeiten zu begraben und es noch einmal miteinander zu versuchen. Sie waren sich darüber einig, dass sie sich noch liebten. Um die Versöhnung zu besiegeln, wollten sie sich einen schönen Abend machen, zusammen ausgehen und feiern. Sie waren sich allerdings nicht ganz einig darüber, welches Lokal sie aufsuchen sollten. Dies war die Erklärung für die Aussagen der Türsteher in der Glaumbar. Die hatten behauptet, Sveinbjörn habe Ásgerður an den Haaren hinausgeschleift.

»Das ist glatt gelogen«, sagte Sveinbjörn. »Ich hab ihr ganz nett den Arm um die Schultern gelegt und sie gebeten, sich zu beeilen, weil sie rumgetrödelt hat und die Rausschmeißer bitten wollte, ein Taxi zu rufen. Ich hab sie vielleicht ein bisschen gestoßen, aber das war nur Spaß.«

»Danach wurdet ihr im Kringlukrá gesehen«, sagte Randver. »Wie seid ihr dahin gekommen?«

»Mit dem Auto natürlich«, antwortete Sveinbjörn.

»Mit welchem Auto?«

»Mit meinem.«

»Wer ist gefahren?«

»Sie ist gefahren. Ich hatte schon was getrunken.«

»Konnte Ásgerður Auto fahren? Sie hatte keinen Führerschein.«

»Doch, für eine Frau konnte sie ganz gut fahren. Ich hab ihr beigebracht, den Jeep zu fahren.«

»Und sie war nüchtern?«

»Nee, sie war nicht ganz nüchtern. Sie hatte schon ziemlich was intus. Und sie ist auch nicht gefahren, sondern ich. Ich sage euch jetzt die Wahrheit; ihr könnt protokollieren, dass ich gefahren bin, obwohl ich unter leichtem Alkoholeinfluss stand. Vielleicht war es auch ein bisschen zu viel. Ich werde die gerechte Strafe dafür auf mich nehmen.«

»Ihr seid also zum Kringlukrá gefahren?«

»Ja.«

»Und da bist du dann um Viertel nach eins rausgeflogen?«

»Nein, das stimmt ganz und gar nicht. Ich bin freiwillig gegangen, und Ásgerður ist mitgekommen.«

»Nachdem du einen Mann an der Bar angegriffen und ihn bezichtigt hast, ein Verhältnis mit deiner Frau zu haben?«

»Hör zu«, sagte Sveinbjörn. »Ich versuche, euch die Wahrheit zu sagen, aber ich werde ständig unterbrochen und mir werden alle möglichen Lügengeschichten unterstellt. Ich habe keinen Mann im Kringlukrá angegriffen. Ich habe ihn geschubst, um mich zu verteidigen, als er mich angegriffen hat. So war das.«

»Warum hat dich dieser Mann angegriffen?«

»Vollkommen grundlos. Ich hab ihn höflich gebeten, meine Frau nicht zu belästigen.«

»Sie zu belästigen, inwiefern?«

»Er hat sie angemacht, wollte ihr was ausgeben und hat sie sogar gefragt, ob sie mit zu ihm nach Hause kommen würde.«

»Ein völlig unbekannter Mann?«

»Ja, kann man so sagen, ich hatte ihn allerdings vorher schon mal gesehen. Er arbeitet in einer Netzfabrik.«

»Der Mann heißt Ómar Elías Skaptason und beteuert, Ásgerður habe ihn mehr als einmal aufgesucht, weil du sie misshandelt hättest.«

»Er lügt! Dieser Mann ist ein Schmarotzer, der sich von Frauen aushalten lässt, die ihm angeblich leidtun. Er hat sich meiner Frau gegenüber unmöglich benommen. Ich habe sie nach Hause begleitet, um ihn loszuwerden.«

»Die Türsteher sagen, du hättest es so eilig gehabt, dass du sie die Treppe runtergestoßen hättest.«

»Wieder gelogen. Diese verdammten Türsteher haben sich gegen mich verschworen, wahrscheinlich, weil ich ihnen nie einen ausgegeben habe. Ásgerður ist auf der Treppe gestolpert, sie war ziemlich abgefüllt, und ich konnte sie nicht auffangen. Aber ich bin ihr nachgelaufen und hab ihr auf die Beine geholfen und sogar die Wagentür für sie aufgehalten.«

»Wart ihr noch woanders?«

»Nein, wir sind direkt nach Hause gefahren.«

»Wohin nach Hause?«

»Zu uns nach Hause natürlich. Ásgerður hat in unserer Wohnung gewohnt, und wir wollten es ja noch mal miteinander probieren, deshalb sind wir natürlich zu uns nach Hause gefahren.«

»Und was ist dann passiert?«

»Wir sind schlafen gegangen.«

»Ihr seid wohl kaum direkt schlafen gegangen?«

»Nein, natürlich nicht.«

»Was ist zwischen euch passiert?«

»Das Übliche, was zwischen Ehepartnern passiert«, sagte Sveinbjörn. »Das muss ich ja wohl nicht näher beschreiben. Ich dachte, was in den eigenen vier Wänden geschieht, sei Privatsache.«

»Zier dich nicht so«, sagte Randver. »Du weißt, dass deine Frau verschwunden ist, und die Hintergründe sind keine Privatsache.«

»Das verstehe ich ja«, entgegnete Sveinbjörn. »Und ich helfe euch, so gut ich kann. Aber wir haben nur das gemacht, was ein normales Ehepaar macht, wenn es vom Feiern nach Hause kommt. Wir haben uns unterhalten und sind dann ins Bett gegangen – und wenn du es unbedingt wissen möchtest, haben wir es gemacht, bevor wir eingeschlafen sind; das, was man landläufig Geschlechtsverkehr nennt.«

»Mit ihrem Einverständnis?«

»Um Himmels willen!«, stieß Sveinbjörn aus. »Was will man mir denn noch alles unterstellen? Dass ich meine Frau vergewaltigt habe? Jesses, wie soll man denn seine eigene Frau vergewaltigen?«

»So ähnlich wie andere Frauen auch«, warf Dagný ein.

»Ich hab keine Frauen vergewaltigt«, rief Sveinbjörn. »Du hast dir vorgenommen, mir was anzuhängen, nur, weil ich ein Mann bin.« Dann wandte er sich wieder an seinen Anwalt: »Bin ich verpflichtet, mich von irgendwelchen Lesben verhören zu lassen?«

Guðbjartur räusperte sich.

»Wir sind bisher gut vorangekommen, und mein Mandant war sehr kooperativ. Ich denke, es ist am besten, wenn er bei seinen weiteren Ausführungen so wenig wie möglich unterbrochen wird.«

»Wenn dem nur so wäre«, seufzte Randver. »Wir versuchen nur, seinem Bericht zu folgen. Ihr kamt also nach Hause und habt euch unterhalten. Worüber habt ihr euch unterhalten?«

»Das weiß ich nicht mehr so genau«, antwortete Sveinbjörn. »Über dies und das.«

»Versuch bitte, dich genauer zu erinnern«, sagte Randver. »Es war das letzte Gespräch, das du mit deiner Frau geführt hast. Du musst dich doch daran erinnern können, worüber ihr gesprochen habt. Die Nachbarn meinen jedenfalls, es sei ziemlich laut gewesen.«

»In diesem Haus darf man nicht mal atmen, ohne dass sich die Nachbarn beschweren«, entgegnete Sveinbjörn. »Kann sein, dass wir den Fernseher eine Weile laufen hatten. Den kann man nie leise genug drehen.«

»Was lief im Fernsehen?«

»Weiß ich nicht mehr. Jedenfalls nichts, was mich interessiert hätte. Vielleicht hab ich auch eine DVD angemacht. Ich weiß es einfach nicht mehr, aber es erklärt den Lärm.«

»Welchen Lärm?«

»Na, den die Nachbarn angeblich gehört haben.«

»Sie haben Geschrei und Scheppern gehört. Es wäre also schön, wenn du uns sagen könntest, um welchen Film es sich handelte.«

»Ich hab doch gesagt, ich weiß es nicht mehr. Aber Geschrei und Scheppern kann ich erklären. Die machen aus einer Mücke einen Elefanten. Ich war wie gesagt im Wohnzimmer und hab die Anlage eingeschaltet, während Ása in der Küche war und uns noch einen letzten Drink eingeschenkt hat. Um uns verständigen zu können, mussten wir also rufen. Das war das Geschrei.«

»Und das Knallen und Krachen?«

»Davon weiß ich nichts«, antwortete Sveinbjörn. »Das müssen die sich eingebildet haben. Oder doch, vielleicht als der Stuhl umgefallen ist.«

»Welcher Stuhl?«

»Ach, da stand ein Stuhl im Wohnzimmer; der ist umgefallen, als Ása aus der Küche kam. Sie ist gestolpert und dagegengestoßen, und er ist umgekippt, und möglicherweise hat sie einen Schrei ausgestoßen, und dann hat man vielleicht gehört, wie ich den Stuhl wieder hingestellt habe.«

»Warum ist sie gegen den Stuhl gestoßen?«

»Sie war nicht mehr ganz sicher auf den Beinen. Sie vertrug nicht viel. Und diese hochhackigen Schuhe sind lebensgefährlich.«

»Hat Ásgerður nur das eine Mal geschrien, als sie gegen den Stuhl gestoßen ist?«

»Ja, ich glaube schon. Es kann natürlich sein, dass man sie hören konnte, nachdem wir ins Bett gegangen waren.«

»Vor Schmerz?«

»Schmerz?« Sveinbjörn machte ein verwundertes und beleidigtes Gesicht. »Ich weiß ja nicht, wie das bei euch Lesben ist, aber wenn echte Männer Frauen befriedigen, dann geben die Frauen alle möglichen Geräusche von sich. Ihr verpasst da so einiges.«

»Abgesehen von der Ursache des Lärms«, sagte Randver. »Was passierte dann?«

»Tja, wir sind einfach eingeschlafen.«

»Ihr habt die Sache nicht weiter besprochen?«

»Welche Sache?«

»Eure Sache. Die Trennung und die Zukunft.«

»Nein, das hatten wir wie gesagt alles schon vorher ausdiskutiert. Wir haben beschlossen, uns doch nicht zu trennen, sind rausgegangen und haben gefeiert, das Ganze im Bett noch fortgesetzt und sind dann beide eingeschlafen.«

»Gut und schön«, sagte Randver. »Was geschah am nächsten Morgen, als ihr aufgewacht seid?«

»Nichts geschah am nächsten Morgen. Es geschah in der Nacht«, erklärte Sveinbjörn. »Wie gesagt, ich bin schnell eingeschlafen; ich schlafe normalerweise die ganze Nacht durch, bis ich aufwache, weil ich aufs Klo muss. Unglaublich, ich weiß.«

»Wir hören«, brummelte Randver.

»Diesmal war es anders. Ich bin mitten in der Nacht aufgewacht. Das Licht war ausgeschaltet und es war düster, sodass man gerade noch die Umrisse der Möbel im Dunkeln erkennen konnte. Ich hab sofort gemerkt, dass Ása auch aufgewacht war, und hab sie gefragt, ob sie irgendwas gehört hätte.

›Nein‹, hat sie geantwortet, ›aber ich hab das Gefühl, dass mich jemand anschaut.‹

Normalerweise hätte ich ihr gesagt, sie solle kein dummes Zeug reden, aber das Komische war, dass ich genau dasselbe Gefühl hatte. Als würde mich jemand anschauen. Und dann füllte sich das Zimmer im Handumdrehen mit irgendwelchen Wesen, die waren so grüngelblich, als würden sie von innen strahlen. Sie kamen durch die Außenwände ins Zimmer, einfach so, als würden sie durch Wasser gehen. Ich hab mich natürlich total erschreckt und wollte aus dem Bett stürzen, aber da merke ich, dass ich wie gelähmt bin und mich überhaupt nicht bewegen, ja, noch nicht mal ein Geräusch von mir geben kann. Das Erste, was mir einfällt, ist, dass ich entweder träume oder dass es Geister sind. Als mir klar wird, dass ich wach bin, sehe ich, dass es keine Geister sein können, weil es natürlich in Wirklichkeit keine Geister gibt, und ich begreife, dass es Außerirdische sein müssen. Da hab ich richtig Angst bekommen.«

»Was hast du dann gemacht?«, fragte Dagný.

»Gemacht? Was zum Teufel glaubst du denn, was ich

gemacht habe? Was hättest du gemacht? Ich konnte mich nicht bewegen. Ich war komplett gelähmt. Ich hab im Geiste zu Gott gebetet, dass er mir helfen soll, und ich bin fest davon überzeugt, dass mir das das Leben gerettet hat. Obwohl es mir auch nichts bringt, wenn er mich nur von den Außerirdischen befreit hat, damit ich dann bei euch lande.«

»Hör zu«, sagte Randver. »Wir wiederholen das noch mal kurz. Damit ich dich auch ganz bestimmt richtig verstehe. Ihr liegt schlafend im Bett, du und Ásgerður, und dann wacht ihr beide gleichzeitig auf und habt das Gefühl, jemand würde euch anschauen. Als Nächstes füllt sich das Zimmer mit Außerirdischen, die durch die Wand kommen, als würden sie durch Wasser gehen.«

»Haargenau«, bestätigte Sveinbjörn. »So war es.«

»Kannst du diese Außerirdischen näher beschreiben?«

»Man muss sie natürlich selbst sehen. Es ist sehr schwer, sie jemandem zu beschreiben, der sie nicht gesehen hat, wie wenn man den Hottentotten Schnee beschreibt. Diese Wesen sind grünlich, fast durchsichtig, man sieht, wie sich ihre Muskeln und Venen abzeichnen. Sie sind nicht groß. Ich würde sagen, so groß wie ein zehn- oder zwölfjähriges Kind, nur der Kopf ist so groß wie bei einem Erwachsenen. Die Augen waren wie Glühbirnen, ich meine, sie haben hell gestrahlt, wie weißes Licht, und sie waren schräg. Nicht wie bei Chinesen oder Japanern, sondern viel größer, ungefähr wie ein Ei. Ein Ei von der Seite, meine ich.«

»Haben diese Wesen irgendwelche Laute von sich gegeben?«

Sveinbjörn dachte einen Moment nach und sagte dann: »Ja, ich bin mir sicher, dass sie sich miteinander unterhalten haben. Sie haben ab und zu Geräusche gemacht, die man schwer beschreiben kann. So wie Knacken und Knistern im Radio, wenn man einen Sender sucht. Jedenfalls sind diese Wesen ins Schlafzimmer gekommen, durch die Tür ins Wohnzimmer und wahrscheinlich auch in die Küche gegangen und haben uns angestarrt. Und nicht nur das, sie haben auch die Bettdecke weggezogen – wir lagen unter einer Decke – und weiter gestarrt. Das war sehr unangenehm.«

»Konntest du etwas tun?«

»Nein, ich war vollkommen gelähmt, konnte nur die Augen ein bisschen bewegen. Sie standen im Kreis um uns herum, sogar in der Wand am Kopfende des Bettes. In der Wand, stellt euch das mal vor, sie ragten so halb heraus. Ich konnte nichts tun. Nur vollkommen steif daliegen. Als Nächstes hat mir ein Außerirdischer die Hand auf die Stirn gelegt. Ich hab die Berührung gespürt. Es war nicht wie eine normale Berührung. Mehr wie ein Windzug. Ein kühler Wind. Und als er mich berührt hat, konnte ich nichts mehr sehen, mir wurde schwarz vor Augen. Ich hatte das Gefühl, aus dem Bett zu schweben. Eine Weile hörte ich dieses Knacken um mich herum, wie im Radio, und dann weiß ich nichts mehr. Sie müssen mich hypnotisiert haben. Jedenfalls war ich bewusstlos.«

»Ja, hm«, machte Randver. »Und was ist das Nächste, an das du dich erinnern kannst?«

»Ich kam mir vor wie im Inneren einer Apfelsine. Ich meine, ich war in einem Zimmer mit einer kugelförmigen Decke in der Farbe einer Apfelsinenschale. Es war hell, obwohl es keine Lichter oder Lampen gab. Ich liege auf einer Bahre, und alle Außerirdischen stehen im Kreis um mich herum. Und dann kann ich die Augen bewegen und sehe, dass Ása auf einer anderen Bahre direkt neben mir liegt, und sie traktieren sie mit irgendwelchen Geräten.«

»Was für Geräte?«

»Das konnte ich nicht richtig erkennen. Messer und Zangen und Hämmer und so, nur ganz anders als die, die wir benutzen. Ich konnte sehen, dass sie blutete, aber ich hatte genug mit mir selbst zu tun, denn auf einmal begann einer von ihnen mit bloßen Händen im mir herumzuwühlen.«

»Wie hat er das gemacht?«

»Das kann ich nicht beschreiben, es war, als könnten diese Wesen durch alles hindurchgreifen. Sie sind einfach so durch Wände und Möbel gegangen, und dann haben sie angefangen, meine Eingeweide anzufassen. Einer hat die Lunge aus meiner Brust genommen und ein anderer das Herz hochgehalten. Ich konnte sehen, wie es in seinen Händen schlug. Da dachte ich, meine letzte Stunde sei gekommen. Und neben mir sehe ich, wie Ása blutet, und das war das Letzte, was ich gesehen hab, denn dann hat einer von ihnen kapiert, dass ich wach war, und seine Hand auf meine Stirn gelegt, und dann wurde alles schwarz.«

»Wo befandest du dich, als du wieder bei Bewusstsein warst?«

»Ich bin in meinem Bett aufgewacht und konnte mich an nichts erinnern, also gehe ich aufs Klo, pinkele, trinke einen Schluck Wasser, und als ich ins Wohnzimmer komme, sehe ich, dass Blut auf dem Fußboden ist, sogar Blutspritzer an den Wänden, und ich erschrecke mich und renne wieder ins Schlafzimmer, und Ása ist nicht im Bett, und ich hab keine Ahnung, was passiert ist.«

Sveinbjörn verstummte und musterte seine Zuhörer.

»Ich wusste es. Ich sehe euch an, dass ihr mir nicht

glaubt. Es hat überhaupt keinen Sinn, mit euch zu sprechen.«

»Die Geschichte ist noch nicht zu Ende, oder?«, sagte Randver. »Wir sollten sie bis zum Ende durchgehen, bevor wir entscheiden, was wir glauben und was nicht. Wie spät war es, als du aufgewacht bist, und wie ging es dir da?«

»Es ging mir natürlich nicht gut. Ich war ein bisschen verkatert und dachte, ich hätte einen Blackout gehabt. Ich hab versucht, mich zu erinnern, was zwischen mir und Ása passiert war. Dann kam die Erinnerung nach und nach zurück. Ich wusste wieder, dass wir uns am Abend versöhnt und beschlossen hatten, es noch einmal zu versuchen, vor allem wegen der Kinder, und dann kam alles wieder, und ich muss zugeben, dass ich eine Scheißangst hatte, als ich mich an die Außerirdischen erinnerte, wie sie durch die Wand kamen und um uns herumstanden.«

»Wie spät war es, als du aufgewacht bist?«

»Ich hab nicht auf die Uhr geguckt. Ich stand unter schwerem Schock und musste über andere Dinge nachdenken.«

»Über was denn?«

»Darüber, was passiert war. Wo Ása war. Warum das ganze Wohnzimmer voller Blut war. Ob mir jemand glauben würde, dass sie von Außerirdischen entführt worden war.«

»Haben die Außerirdischen auch das blutverschmierte Brecheisen in deinem Auto zurückgelassen?«

»Nein, natürlich nicht. Ich bin selbst damit zum Auto gegangen und hab vergessen, es abzuwaschen.«

»Warum hattest du das Brecheisen überhaupt mit zu Ásgerður genommen?«

»Ich hab es immer dabei, um mich verteidigen zu können. In der Stadt gibt's alle möglichen seltsamen Typen, und die Polizei beschützt einen ja nicht.«

»Trägst du wegen deiner Drogenschulden eine Waffe bei dir?«

»Nein, keinesfalls. Ich bin so gut wie clean. Man kann auch andere Schulden als Drogenschulden haben. Und man kann einem auch Schulden unterstellen.«

»Was hast du gemacht, bevor du an dem fraglichen Morgen die Wohnung verlassen hast?«

»Ich wusste weder ein noch aus. Ich hatte Angst, was mit Ása passiert sein könnte, und Panik davor, dass die Wesen zurückkommen und mich mitnehmen würden. Dann hab ich darüber nachgedacht, dass es schlecht für mich aussähe, wenn die Wesen Ása nicht wieder zurückbringen würden, wenn sie einfach verschwunden bliebe und überall Blutspuren. Ich weiß genau, wie die Polizei denkt.«

»Und was hast du dann gemacht?«

»Ich hab schnell die Wohnung geputzt, das Blut weggewischt, vom Fußboden und von den Wänden, damit niemand auf die Idee käme, mich dafür verantwortlich zu machen.«

»Hast du aus der Wohnung etwas mitgenommen?«

»Warum hätte ich das tun sollen? Haltet ihr mich für einen Dieb, der bei sich selbst einbricht? Das ist meine Wohnung, verdammt noch mal.«

»Und was ist mit den Zeugen, die behaupten, du hättest gegen halb neun am fraglichen Morgen eine große schwarze Plastiktüte zu deinem Auto geschleppt?«

»Ja, okay, ich geb's ja zu. Ich hab den Teppich aus dem Wohnzimmer mitgenommen, hab ihn aufgerollt und in eine Plastiktüte gesteckt.«

»Warum?«

»Der Teppich gehörte mir genauso wie Ása.«

»Warum hast du den Teppich mitgenommen?«

»Weil Blut drauf war. Ich wollte ihn zur Reinigung bringen. Das erklärt natürlich auch das Blut, das ihr im Auto und auf dem Brecheisen gefunden habt. Das hab ich nämlich in den Teppich gelegt. Und die Putzsachen, den Wischlappen, den Kehrbesen und den Eimer hab ich auch mitgenommen.«

»Du hast also versucht, sämtliche Spuren zu beseitigen.«

»Ja, das gebe ich zu. Ich hatte tierische Angst. Was hättet ihr denn getan? Ich wusste, wenn Ása nicht zurückkommen würde, wäre man mir auf den Fersen, würde mich dafür verantwortlich machen. Und ich wusste, dass mir niemand glauben würde, wenn ich erzählen würde, was in der Nacht wirklich passiert ist. Aber am meisten Angst hatte ich davor, dass sie zurückkommen und mich holen würden. Sie können durch Wände gehen. Nee, wow, Mann, guck mal, da steht einer hinter dir!«

Randver konnte es sich nicht verkneifen, sich umzudrehen.

Sveinbjörn strahlte über das ganze Gesicht.

»Ha, jetzt hatte ich dich. War nur ein Witz, Mann. Aber dass das klar ist: Ich hab euch die ganze Wahrheit erzählt und mehr weiß ich nicht. Und Gott weiß, dass ich das Ganze am liebsten vergessen würde. Warum geht ihr nicht raus und sucht Ása, anstatt hier zu rumzusitzen und mich zu quälen?«

»Es wurde schon sehr gründlich nach ihr gesucht«, sagte Randver.

»Aber offenbar nicht am richtigen Ort«, entgegnete Sveinbjörn. Dann zog sich ein Lächeln über seine Lippen und er kicherte: »Wie ist das, stehen den Bullen keine Ufos zur Verfügung?«

Randver rechnete fast damit, dass er Dagný packen und davon abhalten müsste, sich auf den Verdächtigen zu stürzen. Aber seine Sorge war unbegründet. Sie sprang einfach auf und rannte zur Tür hinaus.

»Was ist denn mit der Lesbe los?«, fragte Sveinbjörn. »Ich tue das alles doch nur euch zuliebe. Ich hab alles gesagt, was ich zu sagen habe, und auch wenn das vielleicht unglaublich klingt, es ist wahr! Alles! So wahr ich hier sitze.«

26 Auf der Folterbank

Landespolizeichefin Elín Óskarsdóttir war ein penibler, regeltreuer Mensch. Sie war bekannt für ihren großen Ehrgeiz, aber sie war auch gewissenhaft und aufrichtig.

Zwei Dinge konnte sie nicht ausstehen.

Erstens machte ihr das Gerücht zu schaffen, die Landespolizeibehörde sei speziell auf sie zugeschnitten und für sie gegründet worden, damit sie auch irgendwo unterkäme, wenn sie nach ihrem Jurastudium die Zusatzausbildung an der FBI-Academy in Quantico, Virginia, dem Jungfernstaat der USA, absolviert hätte.

Für den Grund ihres Aufstiegs hielt man die Tatsache, dass sie die Nichte Gestur Oddleifssons, des Parlamentarischen Geschäftsführers der Demokratischen Partei war, den manche für den mächtigsten Mann Islands hielten. Elíns Vater Óskar war das schwarze Schaf in der Familie gewesen. Er starb, als Elín aufs Gymnasium kam, ertrank nachts im Þingvallavatn. Er war nach einer Auseinandersetzung mit seiner Frau im familieneigenen Sommerhaus allein mit dem Boot auf den See hinausgefahren. Seine Leiche wurde nie gefunden. Gestur hatte selbst keine Kinder und übernahm für die drei Töchter seines Bruders die Vaterrolle. Elín war die älteste. »Die kleine Mama in der Schar«, pflegte Gestur zu sagen. »Die kleine Mama.«

Selbstverständlich hatte Elín von den Gründungsplänen für die neue Landespolizeibehörde gewusst. Natürlich hatte sie darauf hingearbeitet, das Amt zu bekommen – daher das Spielchen mit der Zusatzausbildung in Strafverfolgung und Betriebsführung beim FBI. Sie war schlicht und ergreifend die qualifizierteste Bewerberin gewesen, und weil sie eine Frau war und Gestur Oddleifsson ihr Onkel, nutzten dessen politische Gegner die Gelegenheit, ließen dies in den Medien durchsickern und erzählten jedem, der es hören wollte, sie sei ein weiteres Beispiel für Nächsten- und vor allem Verwandtenliebe in der isländischen Politik.

Es war schwer, mit diesem boshaften Gerücht zu leben, und Elín hatte einmal einen Mann in einem Restaurant niedergeschlagen, weil er sie als »Polizeichefin der Demokratischen Partei« verhöhnt hatte. Bei diesem Vorkommnis hatte sie auch die Bemerkung fallen lassen, ein am Körper baumelndes Geschlechtsteil sei noch lange kein Zeichen geistiger oder körperlicher Überlegenheit.

Was Elín noch störte, waren Aufschübe. Sie war ungeduldig und betrachtete Aufschübe als dauerhafte Form von Chaos. »Entweder jetzt oder sofort« war ihr Lieblingsspruch. Es nervte sie, wie langsam die meisten ihrer Kollegen arbeiteten. Die einfachsten Dinge dauerten eine Ewigkeit, und die meisten Fälle hatten die Neigung, mit anderen Verbrechen, die während der Ermittlungen geschahen, in Zusammenhang zu stehen und noch mehr Zeit in Anspruch zu nehmen, noch mehr Arbeit, noch mehr Überstunden, noch mehr Personal und unendlich viel Geld.

Während ihrer Ausbildung war sie gar nicht auf die Idee gekommen, dass sie sich als Landespolizeichefin in erster Linie um Finanzen und Personalfragen kümmern müsste. Sie hatte sich vorgestellt, dass es mit den gegebenen polizeilichen Mitteln möglich sei, sämtliche Verstöße gegen das Gesetz zu bekämpfen und die Gesellschaft sicher und friedlich zu machen. Sie war zwar nicht so naiv, zu glauben, dass ein mächtiger Polizeiapparat die menschliche Natur verändern könnte, aber sie hatte gehofft, beweisen zu können, dass sich Verbrechen nicht lohnen. Inzwischen wusste sie, dass sich manche Verbrechen durchaus lohnten. Die Voraussetzung für lohnende Verbrechen war natürlich, dass sie nicht aufflogen. Die schlausten Verbrecher hatten längst begriffen, dass der einfachste Weg war, sich voll und ganz auf solche Verbrechen zu konzentrieren, die von Polizei und Allgemeinheit überhaupt nicht registriert wurden. Der Abteilung für Wirtschaftskriminalität müssten beispielsweise mindestens hundert ausgebildete Wirtschaftsprüfer zur Seite stehen, damit sie die schlimmsten Vergehen aufdecken könnte. Jeder Trottel war in der Lage, einem zugedröhnten Schwachkopf, der eine geklaute Kreditkarte benutzte, auf die Schliche zu kommen, aber ein Direktor oder Geschäftsführer, der auf Kosten der Allgemeinheit Blut aus dem eigenen Unternehmen abzapfte, ließ sich von der Polizei nicht so leicht festnageln. Die Betriebsprüfung der Mínus Group war im Grunde die Bewährungsprobe für die Tauglichkeit der Behörde, anspruchsvolle Aufgaben bewältigen zu können. Elín hoffte, die Sache einwandfrei zu erledigen, wagte es jedoch nicht, auf bahnbrechende Erfolge in naher Zukunft zu hoffen.

Daher war ihre Schlussfolgerung, dass die Polizei im Kampf gegen Gesetzesverstöße jener Gruppe von Menschen, die für gewöhnlich Verbrecher genannt werden, aber überwiegend Alkoholiker oder Junkies sind, hervorragend vorankam. Diese »Verbrecher« verübten derart dumme Diebstähle oder wendeten so unüberlegt Gewalt an, dass ihre Festnahme und Verurteilung eigentlich unvermeidlich war, wie unterbesetzt und stümperhaft die Polizei auch sein mochte. Der Kampf der Polizei gegen jene Verbrechen, die von mehr oder weniger nüchternen Personen vorsätzlich begangen wurden – Wirtschaftsverbrechen, Gewalt in der Familie, Kindesmissbrauch, Drogenhandel –, war hingegen ebenso erfolglos wie die Bemühungen der Priester um die Einhaltung der Zehn Gebote.

Elín fühlte sich einsam an der Spitze der Pyramide. Sie war Leiterin der Behörde und hatte ihre Macht und ihren Einfluss auf die verschiedenen Polizeiinspektionen im Land ausgeweitet. Ihre Vision war eine einzige Polizeibehörde für das ganze Land, die Landespolizeibehörde: zentralisiert, modern, computerisiert und reaktionsschnell. Dann wäre sie von fähigen Abteilungsleitern umgeben, denen sie die Aufsicht über die verschiedenen Fälle übertragen könnte, ganz nach Qualifikation jedes Einzelnen.

Vereint stehen wir, gespalten fallen wir, dachte Elín. Dabei kam ihr natürlich, wie ein unheilverkündendes

Omen, Dressman in den Sinn. Keiner hatte so hartnäckig gegen ihre Fusions-, Spar- und Modernisierungspläne angekämpft wie der Reykjavíker Polizeidirektor, der wie ein Hund sein Revier bewachte und verteidigte, wie eine trotzige, blöde Bulldogge, die nicht weiß, dass Wachhunde eine aussterbende Erscheinung sind, denn Bewegungsmelder und Überwachungskameras müssen nie schlafen, brauchen kein Futter, keine Streicheleinheiten und müssen nicht Gassi geführt werden.

Einen Augenblick tauchte das Bild vor ihr auf, wie sie den Laugavegur hinunterging, vor ihr an der Leine tapsend, lächelnd und glücklich, der Polizeidirektor, und die Leute zeigten lachend auf sie, als er sich plötzlich in den Rinnstein hockte und die Hose herunterließ. »Das musst du aber nachher wegmachen«, rief einer der Gaffer. Das Bild verschwand. Die Modernisierung des Polizeiapparats war ihre Mission.

In ihrer Einsamkeit als Vorgesetzte hielt sich Elín an die Devise, ihren Mitarbeitern keine Gelegenheit zu geben, sie näher kennenzulernen. Ihr Kontakt zu ihnen war ein rein beruflicher. Sie stellte sich jedoch vor, dass sich dies in Zukunft ändern würde. Wenn die Landespolizeibehörde für das ganze Land zuständig wäre. Dann könnte sie die Mitarbeiter selbst aussuchen, und das Arbeitsklima würde sich ändern. Sie wäre eine von ihnen. Vorgesetzte und Führungsperson zwar, aber eine Vorgesetzte, der die Mitarbeiter Respekt zollten, weil sie gesehen hatten, dass sie mit anpacken konnte, und wussten, wozu sie fähig war. Sie war knallhart. Kein verzogenes Gör aus der Oberschicht, das auf Staatskosten ein gefährliches Spielzeug in die Hand bekommen hatte.

Der einzige Mitarbeiter, der ganz nach Elíns Geschmack

war, arbeitete seit zweieinhalb Jahren in der Behörde. Er trug die Dienstbezeichnung »Spezialist«, weil sein MBA-Titel sich nicht in das veraltete Vergütungssystem der Behörde einfügen ließ – noch nicht. Eysteinn Brandsson traf schnell Entscheidungen. Er übernahm bereitwillig neue Aufgaben. Er trat überzeugend auf und konnte gut reden. Und er hatte Manieren. Was für eine gut erzogene, viel gereiste Frau, die während ihrer Arbeitszeit ansonsten überwiegend von Trantüten oder Fachidioten umgeben war, zweifellos eine Rolle spielte.

Deshalb war Elín unangenehm überrascht, als ein winziger Fall, den Eysteinn nach eigener Aussage bereits geklärt hatte, auf einmal zu einer Erpressermail in den Händen des verstörten Justizministers geworden war. Falls es einen Mann in der Politik gab, mit dem sie sich gutstellen wollte, dann war es Justizminister Daníel Daðason – ungeachtet der abwegigen Ideen, die er manchmal von sich gab.

Sie legte die ausgedruckte E-Mail vor sich auf den Tisch. Es war überflüssig, das Blatt in eine Plastikhülle zu stecken, auf einer E-Mail befanden sich keine Fingerabdrücke des Absenders. Sie betätigte eine interne Telefontaste und sagte zu ihrer Sekretärin:

»Bitte ruf Eysteinn Brandsson an und sag ihm, dass ich mit ihm sprechen möchte. Gleich.«

Als Eysteinn eine Sekunde später die Nachricht erhielt, er solle ins Büro der Polizeichefin kommen, war ihm auf Anhieb klar, dass *gleich* aus ihrem Munde so viel wie *sofort* oder *auf der Stelle* bedeutete. Daher stand er schon auf der Matte, bevor sie sich überhaupt zurechtlegen konnte, was sie ihm zu sagen hatte. Eysteinn machte ein neugieriges Gesicht. Er ging nicht davon aus, dass die Polizeichefin diesen plötzlich anberaumten Termin dazu nutzen wollte, den Entwurf seiner neuen Uniform zu besprechen.

»Nimm bitte Platz«, sagte Elín und deutete auf einen der beiden Holzstühle gegenüber ihrem Schreibtisch. Diese Besucherstühle hatten keine Polster und waren aus Hartholz. Die Mitarbeiter der Behörde, denen dort ein Platz angeboten wurde, erwartete nichts Gutes. Sie nannten sie Folterbänke, denn wenn Elín ihre Mitarbeiter in friedlicher Absicht zu einer Unterredung bestellte, erhob sie sich meist von ihrem Schreibtisch und führte sie in die Sofaecke.

Eysteinn ließ sich auf einer Folterbank nieder.

Elín musterte ihn und musste plötzlich daran denken, wie sehr sie George Clooney vermisst hatte, als er bei ›Emergency Room‹ aufhörte.

Sie sagte nichts, reichte Eysteinn nur den Ausdruck der E-Mail, den ihr der Justizminister gegeben hatte.

Der Empfänger der Nachricht war kjartan.a.hansen@ausw-amt.is.

Der Absender hieß walkueren@hotmail.com.

In der Betreffzeile stand VERTRAULICH, und die Mail begann wie folgt:

Herr Kjartan A. Hansen.
In meiner Obhut befindet sich DAS EINZIGE EXEMPLAR eines interessanten Buchmanuskripts von Freyja Hilmarsdóttir mit dem Titel WALKÜREN. Es beginnt so:

> »Frauen fungieren seit Menschengedenken als Konsumgüter der Männer …«

Eysteinn las die E-Mail aufmerksam. Als er den Betrag sah, den der Erpresser forderte, stieß er einen leisen Pfiff aus: fünfhunderttausend Euro.

»Über vierzig Millionen Kronen«, sagte er und legte das Blatt auf Elíns Schreibtisch. »Für ein Buch, das nie geschrieben wurde.«

27 Dotcom

Magnús wäre nie auf die Idee gekommen, irgendjemandem seinen Computer anzuvertrauen. Deshalb wich er, als sein Vertrauensmann das Computergenie brachte, nicht von dessen Seite, als der sich an dem Gerät zu schaffen machte. Magnús dachte darüber nach, dass in der gesamten Menschheitsgeschichte noch nie eine Gesellschaftsgruppe so viel Einblick in die Gedankenwelt und das Privatleben der Leute gehabt hatte wie die heutigen Computerfreaks. Jeder Computer enthielt eine Riesenmenge an Informationen über seinen Benutzer. Neben Privatkorrespondenz und Finanzinformationen enthielt er auch die Pfade seines Besitzers durch das Internet; jeder Schritt, den dieser unter eigenem Namen oder dem Schutz eines Pseudonyms im Sündenpfuhl der Computerwelt machte, wurde auf der Festplatte gespeichert.

Im Grunde machte Magnús sich nur wenige Gedanken darüber, dass das Jüngelchen beim Wühlen in den Eingeweiden des Computers auf wichtige Informationen über die Firma oder seine Geschäftspartner stoßen würde. Viel eher befürchtete er, der Junge könnte sich darüber lustig machen, dass Magnús Mínus gern und häufig zu Gast war auf den härtesten Pornoseiten, die das Netz zu bieten hatte. Es war schon seltsam, dass Priester, Ärzte und sogar Anwälte ihren Klienten und Schützlingen gegenüber Schweigepflicht wahren mussten, während Computerfreaks, die auf ihren schmutzigen Turnschuhen bis in die dunkelsten Winkel der menschlichen Seele hineintappen konnten, keinen ethischen Grundsätzen unterstellt waren.

Der Computerfreak tippte und hämmerte eifrig auf die Tastatur ein, leicht zusammengesunken und mit hängenden Schultern. Magnús saß an der Ecke des Schreibtischs und hatte keine Ahnung, was der Junge da tat, hoffte nur, dass er sich aufgrund von Magnús' Anwesenheit allein darauf konzentrieren würde, herauszufinden, wer sich hinter der E-Mail-Adresse walkueren@hotmail.com verbarg, und seine Neugier ansonsten zügelte.

Endlich schien der Freak genug herumgewerkelt zu haben. Er schob seinen Stuhl zurück und schaute Magnús an.

»Da war totales Chaos bei dir«, sagte er. »Ich hab in 147 Dateien Viren gefunden und sie gelöscht.«

»Welche Dateien hast du gelöscht?«

»Ich hab keine Dateien gelöscht. Ich hab dir nur die Viren vom Hals geschafft. Hast du denn nicht gemerkt, dass dein Computer immer langsamer geworden ist?«

»Da hab ich nicht so drauf geachtet.«

»Du solltest dir einen neuen zulegen«, bemerkte der Freak. »Der hier ist doch schon mindestens zwei Jahre alt.«

»Hör zu, darum geht es nicht«, entgegnete Magnús.

»Ich habe dich nicht darum gebeten, nach irgendwelchen Viren zu suchen. Du sollst herausfinden, ob sich diese E-Mail zurückverfolgen lässt, zu walkueren@hotmail. Ich muss wissen, wer sich hinter der Adresse verbirgt.«

»Dotcom«, ergänzte der Freak

Magnús schaute ihn fragend an.

»Dotcom«, wiederholte der Freak, »walkueren@hotmail.com.«

»Ja, hab ich doch gesagt«, erwiderte Magnús.

»Zuerst muss man den Computer auf Viren scannen«, erklärte der Freak, ohne näher auf die E-Mail-Adresse einzugehen. »Du willst doch bestimmt nicht, dass dein Computer auf einmal sämtliche E-Mails, die du bekommen hast, an alle Einträge in deinem Adressbuch verschickt oder so was. Also, es ist kein Problem, rauszukriegen, von wo die Mail abgeschickt wurde, oder ihre IP-Nummer festzustellen. IP steht übrigens für Internet Protocol. Jeder Computer, mit dem man ins Internet geht, hat eine bestimmte IP-Nummer, die sich aus vier Zahlengruppen mit jeweils bis zu drei Ziffern zusammensetzt. Deine IP-Nummer ist zum Beispiel 84.210.53.179, aber sie könnte auch länger sein, zum Beispiel 96.214.174.193, oder noch länger, also eigentlich jede Zahl, die zwölf oder weniger Ziffern hat, unter Berücksichtigung bestimmter Regeln. Es ist kein Problem, die IP-Nummer eines Computers rauszukriegen, wenn er vor einem steht. Eigentlich wie bei einem Fingerabdruck. Das Problem ist, dass man trotz der IP-Nummer keine Ahnung hat, wer den entsprechenden Computer benutzt hat. Verstehst du? Das ist auch wie mit Fingerabdrücken. Es ist eine Sache, die Fingerabdrücke zu finden, aber eine andere, rauszukriegen, wer sie hinterlassen hat, verstehst du?«

»Man kann also nicht zurückverfolgen, von welchem Computer diese Mail stammt?«

»Doch, theoretisch weiß man, woher eine Mail kommt. Man weiß nur nicht, ob der Computerbesitzer sie selbst geschrieben oder irgendein anderer User die Mail abgeschickt hat. Manchmal kann man durchaus sehen, von wo die Mail losgeschickt wurde. Das Problem ist nur, dass es in Reykjavík und in der ganzen Welt unzählige Orte gibt, die kostenlosen Internetzugang anbieten; *Hotspots* werden die genannt. Ich glaube, auf Isländisch nennt man sie *Heiße Felder*.«

»Du kannst es also nicht rauskriegen?«

»Eigentlich nicht; ich kann nur sehen, dass die Mail von Hotmail geschickt wurde. Der Absender kann irgendjemand irgendwo gewesen sein.«

»Können wir bei denen nicht nachfragen?«

»Das ist nicht so einfach. Die reagieren nur, wenn sich die Polizei einschaltet. Außerdem kann der Absender auch irgendwo im Auto vor einem Haus mit drahtlosem Netzzugang gesessen haben. Man muss nicht unbedingt in ein Internetcafé gehen, um diesen Service in Anspruch zu nehmen. Hotspots werden nicht von Hauswänden begrenzt; man muss einfach nur mit seinem Laptop in der Nähe sein. Als ich zum letzten Mal gezählt habe, gab es circa achtundzwanzig Hotspots in Reykjavík.«

»Der Eigentümer des Cafés hat also keine Ahnung, wer bei ihm alles das Internet benutzt?«

»Genau.« Der Freak war zufrieden, dass dieser berühmte Mann das Problem des Datenaustauschs im Internet verstanden hatte, obwohl er unbestreitbar nicht mehr der Jüngste war.

»Also gut, mein Junge, so ist es nun mal. Danke für deine Hilfe«, sagte Magnús.

»Kein Problem«, entgegnete der Computerfreak und schob seine CDs in den Rucksack. Zum Abschied sagte er: »Es ist an der Zeit, dass du deinen Computer aufrüstest; der ist tierisch langsam.«

Magnús antwortete nicht. Er hatte über Wichtigeres nachzudenken.

Obwohl sein Besitz einen Wert von mehreren tausend Millionen Kronen hatte, war er jedes Mal genervt, wenn ihm jemand riet, in etwas zu investieren, das man weder gewinnbringend verkaufen noch sonst wie zu Geld machen konnte.

28

»Ein unwiderrufliches Statement«

Landespolizeichefin Elín betrachtete den verwunderten Gesichtsausdruck ihres Mitarbeiters Eysteinn Brandsson und überlegte, ob dieser adrette Typ am Ende nicht doch nur ein völliger Idiot war.

»Deine Aussagen«, erklärte sie, »haben mich dazu veranlasst, zu glauben, dass dieses Buch nie geschrieben wurde. Und als ich dann erfahren habe, dass diese Freyja Hilmarsdóttir sich das Leben genommen hat, war ich davon überzeugt, dass du Recht hattest. Du hast mir gesagt, sie sei depressiv und bedauere es, sich für diese Sache hergegeben zu haben.«

»Das hat sie mir ja auch erzählt«, sagte Eysteinn. »Es täte ihr wirklich leid, dass sie vorgehabt hätte, sich in die Privatangelegenheiten anderer Leute einzumischen, denn sie habe genug mit sich selbst zu tun. Sie würde sich darum kümmern, dass die Pressemeldungen zu dem Buch dementiert würden. Aber ich bin nicht auf die Idee gekommen, dass sie einen solchen Weg einschlagen würde.«

»Nein«, sagte Elín. »Selbstmord ist ein ziemlich unwiderrufliches Statement.«

»Sie hat mir erzählt, sie hätte sämtliches Material für das Buch, Tonbandaufnahmen, Notizen, Konzepte und so weiter, vernichtet.«

»Dann gibt es zwei Möglichkeiten«, meinte Elín. »Entweder hat sie dich angelogen, oder jemand ist doch an dieses Material gekommen. Vielleicht war sie mit dem Buch schon weiter, als sie dir erzählt hat.«

Eysteinn schwieg einen Moment und sagte dann:

»Es gibt auch noch eine dritte Möglichkeit.«

»Worauf willst du hinaus?«

»Ich glaube erst, dass Freyja mich angelogen hat, wenn ich's schwarz auf weiß habe. Wir hatten ein sehr gutes Verhältnis. Alles, was in dieser Mail steht, hätte auch jemand anders schreiben können.«

»Und sich die Einleitung und den Titel des Buches ausdenken können?«

»Es war ja bereits bekannt, dass das Buch ›Walküren‹ heißen und wovon es handeln sollte. Man muss kein Prophet sein, um sich ausrechnen zu können, wie Freyja an das Thema herangehen würde.«

»Du meinst also, jemand versucht, sich zu bereichern, indem er behauptet, ein Manuskript zu besitzen, das nie geschrieben wurde? Und damit erpresst er Kjartan A. Hansen? Wer sollte denn auf so eine Idee kommen?«

»Ich weiß es nicht«, antwortete Eysteinn. »Ich hab den

Gedanken noch nicht zu Ende gedacht. Aber zum Beispiel könnten irgendwelche fanatischen Feministinnen auf eine solche Idee kommen.«

Obwohl Elín kaum etwas mit einer fanatischen Feministin gemein hatte, fühlte sie sich angegriffen: »Glaubst du ernsthaft, Feministinnen sind scharf darauf, Leute zu erpressen?«

»Selbstverständlich nicht. Aber ich glaube, am Ende erliegen alle Ismen dieser Welt dem Geld. Wenn man so schlau ist, danach zu fragen, wer von etwas profitiert, dann wird vieles verständlich, was vorher kompliziert aussah.«

»Hm«, murmelte Elín und musterte ihn. »Danke, dass du deine allgemeinen Überlegungen zum Feminismus und zur Philosophie mit mir teilst. Wenn wir uns anschauen, wer in diesem Fall versucht, zu profitieren, dann ist es der Erpresser – einer oder mehrere. Aber das wussten wir schon vorher. Mir ist nicht klar, was diese Spekulationen für einen Sinn haben sollen.«

»Man profitiert nicht nur in Form von Geld«, erwiderte Eysteinn. »Ich will darauf hinaus, dass in allen möglichen Dingen Profit stecken kann. Manche denken nur ans Geld, andere wollen Anhänger für ihre Ideologien gewinnen, wieder andere wollen sich rächen, Aufmerksamkeit erregen oder Verwirrung stiften. Und dann gibt es vollkommen Verrückte, die unvorhersehbare Dinge tun.«

»Widersprichst du dir jetzt nicht selbst?«, fragte Elín. »Hast du nicht eben noch gesagt, dass sich letztendlich alles in der Welt ums Geld dreht?«

»Ja, ich denke halt laut und erwäge verschiedene Möglichkeiten«, antwortete Eysteinn und dachte bei sich: Was soll eigentlich diese Wortklauberei? Glaubt die Frau wirklich, dass sie intelligenter ist als ich, nur weil sie sich meine Vorgesetzte schimpft?

»Es ist ja nicht verkehrt, verschiedene Möglichkeiten zu erwägen, wie du es nennst«, sagte Elín. »Aber die Frage ist doch: Wer verschickt erpresserische E-Mails und unterschreibt sie mit Odin? Wenn wir Odin finden, kommen die anderen Antworten von selbst.«

»Sollen wir die Mail vielleicht so einem Profiler zeigen, damit er analysieren kann, wer der Absender ist?«, fragte Eysteinn mit ironischem Unterton in der Stimme. »Vielleicht deutet Odin ja darauf hin, dass es ein Einäugiger ist. Von denen wird es in Island wohl nicht so viele geben.«

Diesen Versuch, witzig zu sein, hätte sich Eysteinn besser gespart. Elín war nicht sonderlich amüsiert.

»Ich meine ja nur«, lenkte er ein. »Jedenfalls ist klar, dass hier was geschieht, das wir näher untersuchen müssen. Ich für meinen Teil bin davon überzeugt, dass kein Buch mit dem Titel ›Walküren‹ existiert, und wenn es doch existiert, dann hat Freyja es nicht geschrieben. Soll ich der Sache nachgehen?«

»Ja«, antwortete Elín. »Aber du solltest heute noch niemanden davon in Kenntnis setzen. Ich muss darüber nachdenken, wie wir am besten vorgehen.« Sie wusste, dass dieser Fall zu heftigem Kompetenzgerangel mit der Reykjavíker Polizeibehörde führen könnte. Zumindest war es schon mal von Vorteil, dass das Erpressungsopfer in Kanada wohnte. Ottawa fiel wohl kaum in den Zuständigkeitsbereich der Reykjavíker Polizei.

Sie fragt mich noch nicht mal, wo ich eigentlich mit den Recherchen anfangen will, dachte Eysteinn. Amateurin.

»Ich denke, du solltest Kontakt mit Botschafter Kjartan A. Hansen aufnehmen und ihm mitteilen, dass wir an dem Fall dran sind. Er soll auf die E-Mail antworten und weitere Beweise dafür verlangen, dass wirklich ein Buch oder Text existiert, der ihm Unannehmlichkeiten bereiten könnte. Wir müssen alles dransetzen, Zeit zu gewinnen. Wir haben natürlich keine Chance, eine einzige Mail zurückzuverfolgen.«

»Einverstanden«, sagte Eysteinn. Unnötig, sie gegen sich aufzubringen.

»Dann belassen wir es erst mal dabei«, sagte Elín, um das Gespräch zum Ende zu bringen. Eysteinn erhob sich.

»Möchtest du, dass ich ihn anrufe, oder soll ich ihm eine Mail schreiben?«

»Ruf ihn an. Ich schätze, er ist im Augenblick ein bisschen empfindlich, was E-Mails angeht. Außerdem ist es am besten, wenn so wenig Schriftverkehr wie möglich über den Fall existiert, zumindest in der Botschaft.«

»Ich rufe ihn an«, sagte Eysteinn.

Elín nickte zustimmend. Dann vertiefte sie sich in die Unterlagen auf ihrem Schreibtisch und schaute erst wieder auf, als sie hörte, dass Eysteinn die Tür hinter sich zugezogen hatte. Ursprünglich hatte sie ihn bis ins kleinste Detail über seinen Kontakt zu Freyja ausfragen wollen.

Das konnte warten.

29
Schnappmesser

Das Nachmittagsmeeting begann um 18:12 Uhr, als Randver eintraf und sich ans Kopfende des Tisches setzte. Er kam als Letzter, war bei einer Besprechung mit Polizeidirektor Lúðvík, Víkingur und irgendwelchen Erbsenzählern vom Landesrechnungshof gewesen, die beabsichtigten, die Wache einer Betriebsprüfung zu unterziehen. Randver wusste, dass Polizeidirektor Lúðvík davon überzeugt war, der Justizminister hätte ihm das Finanzamt auf den Hals gehetzt, um ihm das Leben schwer zu machen – am liebsten unerträglich.

Marinó nutzte die Zeit vor Beginn des Meetings, um seine Kollegen ein Gesuch an den Polizeidirektor für einen neuen Kaffeeautomaten unterzeichnen zu lassen. Marinó war magenkrank und litt häufig unter Bauchschmerzen und Blähungen. Den Kaffeeautomaten im Flur vor dem Besprechungszimmer hielt er für die Ursache seiner Beschwerden, da dieser eine giftige Brühe produzierte und nicht jenes gesunde, anregende Qualitätsgetränk, das die Gedanken schärft und den Geist belebt.

Alle unterzeichneten bereitwillig, aber Marinós Enttäuschung war groß, als er sich an den Tisch setzte und die Unterschriften seiner Kollegen näher betrachtete. Als Erster hatte Terje mit Sherlock Holmes statt mit Terje Joensen unterschrieben. Dagný war seinem Beispiel gefolgt und hatte mit Annika Bengtzon unterschrieben; auch Jón hatte bei dem Ulk mitgemacht und Hercule Poirot hingekritzelt. Sogar der neue Kollege,

Karl Ágústsson, hatte es für angebracht gehalten, sich für Batman zu entscheiden. Was für eine kindische Truppe. Inspector Morse (Theódór) und Steve Carella (Helgi). Und Guðrún? Warum hatte sie sich für Gunvald Larsson entschieden?

Marinó wurde durch das schallende Gelächter am Tisch aus seinen Gedanken gerissen; natürlich glaubte er, man lache auf seine Kosten. Daher begriff er zunächst gar nicht, worum es ging, als Jón ihm erklärte, Dagný habe von den Außerirdischen erzählt.

»Dagný hat Außerirdische gesehen?«, fragte Marinó. Jón erklärte es ihm.

»Und der Mann glaubt das allen Ernstes?«, sagte Marinó, der sich seiner eingeschränkten Humorfähigkeit bewusst war und sich oft darüber wunderte, dass dieses Defizit immer wieder für Heiterkeit bei seinen Kollegen sorgte.

Randver nahm es Terje nicht übel, als der ihn fragte, ob bei der Besprechung beim Polizeidirektor ebenfalls irgendwelche Außerirdischen aufgetaucht seien.

»Nein«, antwortete Randver, »es sei denn, die Typen vom Landesrechnungshof kommen von einem anderen Planeten.«

»Ach, da waren welche vom Landesrechnungshof?«, fragte Marinó. »Hast du das mit dem Kaffeeautomaten angesprochen?«

»Gehen wir kurz durch, was heute passiert ist«, fuhr Randver ungerührt fort. »Dagný hat euch offenbar schon von Sveinbjörns Vernehmung erzählt, deshalb fängst du am besten an, Guðrún.«

Guðrún erzählte: Sie war am Morgen in Freyjas Wohnung gewesen und dort von jemandem überrascht worden. Mit Terje hatte sie dann Frau Bára Thomsen im

Wohnblock gegenüber besucht, und die alte Dame sei sich sicher gewesen, einen Mann gesehen zu haben, der Freyja in der Mordnacht auf dem Weg zu ihrem Auto gestützt habe.

»Ich weiß nicht, wie genau sie ihn beschreiben kann«, erklärte Guðrún. »Die Frau ist über neunzig. Aber sie sieht ausgezeichnet. Immerhin hat sie mich durchs Fenster erkannt.«

»Dieses schöne Haar«, feixte Terje.

»Jedenfalls hat Frau Bára gesehen, dass Freyja in der besagten Nacht in Begleitung eines Mannes war.«

»Und andere Nachbarn im Wohnblock oder im näheren Umkreis? Haben die in der Nacht oder in den letzten Tagen etwas gesehen?«, fragte Randver.

Jón fasste kurz zusammen: Marinó und er hatten alle Bewohner des Blocks aufgesucht, aber niemanden gefunden, der in den letzten Tagen oder Nächten etwas von Freyja mitbekommen hätte.

Jón wohnte selbst in einem Wohnblock in Breiðholt und fühlte sich dort wohl, auch wenn seine Frau sich immerzu den Kopf darüber zerbrach, wie erstrebenswert es doch sei, sich für den Rest ihres Lebens zu verschulden und irgendwo ein kleines Reihenhäuschen zu kaufen.

»Meiner Meinung nach zeigt das deutlich«, sagte er vollmundig, »wie abwegig es ist, zu glauben, wer in einem Wohnblock lebt, hätte kein Privatleben, weil alle ständig die Nase in die Angelegenheiten ihrer Nachbarn steckten. In einem Block lebt es sich oft viel unbeobachteter als in einem Einfamilienhaus.« Er konnte es kaum erwarten, diesen Vortrag am Abend zu Hause zu wiederholen, obwohl er wusste, dass Ástríður sich früher oder später durchsetzen würde.

In unterschiedlicher epischer Breite rekapitulierte

man den Tag und verteilte grob die Aufgaben für den kommenden. Terje und Guðrún wurden beauftragt, mit den Frauen zu sprechen, von denen das angepriesene, aber unauffindbare Buch handeln sollte.

Kurz vor Ende des Meetings schaute Randver zu Guðrún und sagte: »Was diesen Überfall heute Morgen angeht, möchte ich noch einmal wiederholen, damit das auch allen klar ist: Wir arbeiten bei den Ermittlungen von Kapitalverbrechen alle zusammen. Es ist völlig unsinnig, dass jemand alleine und eigenmächtig irgendwelche Nachforschungen anstellt. So was gibt's nur im Kino oder in Büchern und geht meistens schief. Ich finde es gut, wenn jemand die Initiative ergreift, aber über allem anderen steht nun mal unsere Teamarbeit.«

Guðrún errötete bei dieser Rüge. Sie wusste, dass sie gerechtfertigt war. Aber Randver war noch nicht fertig.

»Nichtsdestotrotz würde ich doch gern wissen, warum du unbedingt noch mal in die Wohnung wolltest«, sagte er.

»Ich hatte das Gefühl, gestern Morgen etwas übersehen zu haben, als ich mit Terje dort war. Ich wusste nicht, was, hatte nur diese Ahnung. Nur so ein Gefühl.«

»Und bist du jetzt weitergekommen?«

»Ich bin mir natürlich nicht hundertprozentig sicher«, antwortete sie. »Heute Morgen, als ich in die Wohnung kam, war es verschwunden – und es kann ja auch Einbildung gewesen sein, und ich hab es vielleicht gar nicht wirklich gesehen.«

»Was war es denn?«

»Ein Messer«, sagte Guðrún. »Auf der Kommode im Flur steht eine Schale mit Kleinkram. Gestern lag da ein Messer drin. Heute Morgen war es weg. Es war ein Taschenmesser, mit so einer Klinge, die hochschnellt, wenn man eine Feder auslöst, glaube ich. Ein Schnappmesser, heißt das nicht so? Flick Knife. Butterfly Knife oder so ähnlich?«

»Bist du dir sicher?«, fragte Randver.

»Nein«, antwortete Guðrún. »Natürlich bin ich mir nicht sicher. Und gleichzeitig ganz sicher. Warum sollte Freyja ein solches Messer besessen und in dieser Schale aufbewahrt haben? Warum sollte ich auf die Idee kommen, ein solches Messer gesehen zu haben, wenn es gar nicht da war?«

30 Mittel gegen Schlaflosigkeit

Þórhildur ging vor ihm ins Bett. Mit einem Buch, wie üblich. Víkingur schaute noch eine englische Polizeiserie im Fernsehen.

Die abwegigen Vorstellungen mancher Drehbuchautoren von der Polizeiarbeit versetzten ihn in Erstaunen. Warum konnte man den Polizeijob nicht genauso korrekt beschreiben wie andere Berufe? Was würden die Leute wohl sagen, wenn in einer Gärtnerserie behauptet würde, Kartoffeln wüchsen auf Bäumen? Oder wenn bei ›Emergency Room‹ die Ärzte einem Patienten mit der Zange den Blinddarm aus dem Kopf zögen?

Nun denn.

Als er sich neben Þórhildur legte, setzte sie ihre Lesebrille ab und schaute ihn an.

Er gab ihr einen Kuss, strich ihr übers Ohr, zupfte an ihrem Ohrläppchen und sagte dann: »Setz ruhig wieder die Brille auf. Ich bin müde und will schlafen.«

»Vergisst du da nicht was?«

»Kann schon sein«, antwortete er. »Aber wenn ich mich an das, was ich vergessen habe, erinnern würde, hätte ich es ja nicht vergessen.«

»Jeden Abend kommst du nach Hause und erzählst, du hättest einen miesen oder schweren Tag gehabt. Was war denn so mies?«

»Ich hab eine gute und eine schlechte Nachricht – und eine sehr schlechte.«

»Erst die gute Nachricht.«

»Ich bin die Verantwortung für die Gründung dieser neuen Sicherheitsabteilung los, die der Justizminister unbedingt aufbauen möchte. Es versteht ja sowieso niemand, am allerwenigsten ich, wozu die eigentlich dienen soll.«

»Das ist doch prima«, sagte Þórhildur. »Dann kann sich jemand anders mit diesem Unfug rumärgern.«

»Die schlechte Nachricht ist, dass beschlossen wurde, die Landespolizeibehörde mit der Gründung zu beauftragen. Wenn mich nicht alles täuscht, geht damit der Traum des Justizministers von einer isländischen Armee in Erfüllung. Schließlich haben wir schon sogenannte Friedenstruppen im Irak und in Afghanistan, was nur ein harmloseres Wort für bewaffnete Soldaten ist. Angeblich sind sie wegen ihrer hervorragenden Manövrierfähigkeiten in schwierigem Gelände dort. Da schickt man die Jungs nach Afghanistan, damit sie ihren Jeep-Tick ausleben dürfen! Und die Küstenwache wird zur Marine und Luftwaffe umfunktioniert, die neben der Sicherung der Hoheitsgewässer noch auf Terroristenjagd gehen soll. Die Landespolizeichefin hat mittlerweile ein bewaffnetes Sonderkommando mit einem Ableger in Akureyri. Und weil wir ja schon ein bewaffnetes Heer im Ausland haben, ist es selbstverständlich notwendig, auch einen isländischen Verfassungsschutz und Geheimdienst zu gründen.«

»Sei froh, dass du damit nichts zu tun haben wirst«, sagte Þórhildur. »Soweit ich das beurteilen kann, entbehrt die Sache jeglicher gesetzlicher Grundlage. Irgendwann werden die entsprechenden Personen dafür zur Rechenschaft gezogen.«

»Tja, das denkst du«, sagte Víkingur. »Aber du vergisst, dass wir noch lange nicht so weit sind, dass alle Gesetzesbrecher auch bestraft werden. Ganz zu schweigen von den ganzen Schlaumeiern, denen es gelingt, durch irgendwelche Gesetzeslücken zu schlüpfen.«

»Du bist vielleicht pessimistisch«, warf sie ein. »Vielleicht stehen wirklich nur die besten Absichten dahinter. Manche glauben eben, man muss mit Waffen winken können, um sich auf internationalem Parkett bemerkbar zu machen. Die Außenminister armeeloser Länder kommen sich bei NATO-Treffen wahrscheinlich vor wie Vegetarier, die von Menschenfressern umzingelt sind. Die Jungs in Afghanistan sind doch vor allem damit beschäftigt, Teppiche zu kaufen und Wasserpfeife zu rauchen, oder? Das ist doch alles nur Aufschneiderei! Du darfst nicht vergessen, dass die Welt von kleinen Jungs regiert wird.«

»Sagst du«, entgegnete Víkingur.

»Jedenfalls nicht von Mädchen«, sagte Þórhildur.

»Ich bin vielleicht nicht gerade der Cleverste, aber ich bin mir ziemlich sicher, dass die Landespolizeichefin kein Junge ist«, sagte Víkingur.

»Aber sie ist ein maskuliner Typ, hätte eigentlich ein Junge werden sollen«, erwiderte Þórhildur. »Und was hat die Landespolizeichefin mit der Sache zu tun? Die hat in dieser Welt ja nun nicht übermäßig viel zu sagen.«

»Der Justizminister hat meinem Chef heute Morgen ein Dokument mit Informationen über mich gezeigt, um ihn davon zu überzeugen, dass man mir keine Bereiche der inneren Sicherheit anvertrauen kann.«

Þórhildur setzte sich im Bett auf und legte ihr Buch beiseite.

»Was für Informationen?«

»Eine Liste der Medikamente, die ich einnehme. Sie haben zwar nichts dazu gesagt, dass ich Viagra nehme, aber die Psychopharmaka, das Sobril und die Schlafmittel missfallen ihnen anscheinend.«

»Wie bitte?«, sagte Þórhildur. »Das ist doch nicht dein Ernst? Wie ist denn das möglich?«

»Alles ist möglich«, sagte Víkingur.

»Und was willst du jetzt tun?«

»Nichts. Erst mal. Meine Medikamente weiternehmen.«

»Also hör mal«, empörte sich Þórhildur. »Das sind ja wirklich denkwürdige Neuigkeiten, Schatz.«

»Ja. Es geschieht so allerlei Denkwürdiges.«

»Ich fürchte, jetzt kann ich nicht mehr einschlafen. Aber ein guter Orgasmus könnte die Sache möglicherweise retten. Glaubst du, du könntest mir dabei behilflich sein?«

»Da gibt's nur einen Weg, um das rauszufinden«, sagte er und schob seinen Fuß unter ihre Bettdecke.

»Am besten wäre natürlich ein multipler Orgasmus«, sagte sie.

31
Problemgespräch

Für einen glücklich verheirateten Mann wie Bergþór Valþórsson, der eine Chefarztstelle anstrebt, war es überhaupt nicht witzig, des Ehebruchs mit einer älteren Krankenschwester von der benachbarten Station im selben Krankenhaus überführt zu werden, daraufhin in einen Scheidungsprozess und womöglich einen Vormundschaftsstreit zu schlittern. Die Konkurrenz um Chefarztstellen war hart, und Krankenhausklatsch breitete sich schneller aus als jedes Lauffeuer. Ehebruch galt als Zeichen dafür, dass die Karriere, das Fachgebiet und die Patienten nicht an erster Stelle im Leben standen. Da kommt der sexbesessene Arzt, flüsterten die Leute, wenn sie einem auf dem Gang begegneten. Einige drehten sich um und schauten einem nach. Ob er wohl auf dem Weg zu einem Schäferstündchen mit einer Krankenschwester oder gar einer Pflegerin war? War die Putzkolonne aus Asien oder Afrika vor ihm sicher?

Natürlich wusste er nicht, welche Kreise der Klatsch bereits gezogen hatte, aber in letzter Zeit konnte er feststellen, dass die teilnahmslosen, aber freundlichen Gesichter seiner Kollegen zunehmend prüfendere, neugierigere Ausdrücke annahmen. Leute, die ihm nie übermäßig viel Beachtung geschenkt hatten, warfen ihm Blicke zu oder musterten ihn, wenn sie glaubten, er merke es nicht.

Ásdís meinte, es sei ausgeschlossen, dass sich ihr Verhältnis herumgesprochen hätte. Sie waren immer vorsichtig gewesen, außer am Anfang, als sie bei der Arbeit jede Gelegenheit genutzt hatten, um zusammen zu sein. Aber schon bald hatten sie sich ja nur noch außerhalb der Arbeit getroffen. Außer das eine Mal in der Dusche bei der Nachtschicht.

Das hatte vielleicht ausgereicht. Irgendjemand konnte natürlich etwas gesehen haben. Irgendwie war Guðrún jedenfalls dahintergekommen. Ásdís versicherte hoch und heilig, sie hätte niemandem von ihrem Abenteuer erzählt. Niemandem. Noch nicht einmal unter vier Augen. Aber konnte man ihr vertrauen?

Natürlich nicht.

Bergþór war nie auf den Gedanken gekommen, dass er seine Karriere, seine Familie und seine Ehe aufs Spiel setzen könnte. Die Arbeit hatte Vorrang, und eigentlich war er ganz automatisch davon ausgegangen, dass alles, was am Arbeitsplatz geschah, zum Job gehörte, in die diskrete Welt der Medizin. Er lebte in zwei Welten. Job und Familie. Der Job bedeutete Wachzeit: Konzentration, Organisation. Viel Trubel. Die Familie bedeutete Verschnaufpause und Erholung. Ruhe und Frieden.

Allerdings war die Familie nie der Zufluchtsort gewesen, den er sich gewünscht hatte, außer vielleicht im ersten Jahr, als er in England sein Fachstudium absolvierte. Damals war Guðrún zu Hause geblieben und hatte sich um das Nest gekümmert. Dann wollte sie ihr Leben mehr ausfüllen und sich weiterbilden – als sei Laborantin kein guter Beruf für eine Arztgattin. Am Anfang war die Rede davon, nur ein paar Vorlesungen zu besuchen, aber bevor er sich's versah, war aus einigen Vorlesungen ein komplettes Studium geworden – sie nannte es Spurensicherung oder Forensik: Blutspuren und Fingerabdrücke und andere von Tätern hinterlassene Spuren.

Vielleicht wusste sie ja auch gar nichts. Vielleicht hatte sie nur spekuliert wegen irgendwelcher Spuren: Lippenstift am Kragen. Ein langes Haar auf dem Jackenärmel. Obwohl er vorsichtig gewesen war. Hatte immer hinterher geduscht. Vielleicht hatte sie einen Knutschfleck gesehen? Oder eine Kratzspur? Ásdís war so hemmungslos. Vielleicht hatte Guðrún auch sein Handy kontrolliert. Die SMS-Nachrichten? Überprüft, welche Nummern er gewählt hatte? Kontrolliert, wer ihn angerufen hatte? Sie musste ihm nachspioniert haben. Sich in die Arbeitswelt eingemischt haben, die die Familie nichts anging, die Arbeitswelt, über die sie abends nicht mit ihm reden wollte. Sie interessierte sich nicht für die Machtkämpfe zwischen den Ärzten und der Krankenhausleitung. Tat so, als gingen sie seine Träume von der Chefarztstelle nichts an. Sie fragte ihn nie nach seinem Krankenhausalltag. Sie interessierte sich nur für ihre eigene Arbeit, und trotzdem hatte sie ihm nachspioniert.

Auch das Heim war ihr immer unwichtiger geworden. Sie sprach nicht mehr darüber, dass sie die Möbel ausbessern, die Einrichtung verändern, neue Gardinen kaufen müssten. Sie kümmerte sich um den Einkauf und das Kochen. Den Rest machten die beiden Mädchen, die nachmittags abwechselnd kamen und sich ums Putzen, die Wäsche, den Haushalt kümmerten, obwohl sie noch nicht mal richtig Hemden bügeln konnten.

Guðrún fragte ihn nie um Rat. Sie hatte sogar auf eigene Faust den Zweitwagen verkauft und sich ein neues Auto angeschafft, ohne mit ihm darüber zu sprechen. Hatte den kleinen Renault verkauft und sich stattdessen einen Suzuki-Jeep zugelegt. Den europäischen Wagen verscherbelt und stattdessen eine Reisschüssel gekauft. Diese japanischen Autos hatten doch keinen Stil, außer vielleicht ein Landcruiser. Das war doch nichts für die Gattin eines künftigen Chefarztes! Sie behauptete, ein Auto mit Vierradantrieb zu brauchen, um mobil zu sein. Hinten im Jeep könne sie alles transportieren, was sie für Tatortuntersuchungen benötigte.

Wenn man versuchte, die Sache objektiv zu betrachten, dann war es eigentlich ihre Schuld, dass er überhaupt in diese Affäre im Krankenhaus hineingestolpert war. Vielleicht war es aber auch falsch, ihr die Schuld zu geben; es war sowieso Unsinn, von Schuld oder Unschuld zu sprechen, als handele es sich um ein Verbrechen. Es war kein Vergehen, sondern ein rein menschliches Verhalten. Ursache und Wirkung. Die Ursache war, dass sie, Guðrún, sich verändert hatte. Und er nicht. Sie hatte sich von ihm entfernt. Sich aus ihrem gemeinsamen Heim in ihre eigene Welt zurückgezogen. Sich in ihrem Polizeispiel verwirklicht. So war es, wenn man die Sache emotionslos und rational betrachtete.

Natürlich wusste Bergþór, dass es keinen Sinn hatte, die Sache mit Guðrún emotionslos und rational zu besprechen, auch wenn er hieb- und stichfeste Argumente über Ursache und Wirkung auf den Tisch legen und ihr beweisen könnte, dass die Veränderung in ihrem Leben die Ursache dafür war, dass er sein Verhalten geändert hatte.

Es war zwecklos, das Thema mit Vernunft und Logik anzugehen. Er war ein Mann. Sie war eine Frau. Er musste verantwortlich handeln und die Schuld auf sich nehmen. Die einzige Möglichkeit, die Sache beizulegen, war, sie um Verzeihung zu bitten, sich zu entschuldigen, seinen Fehler einzugestehen und sie zu beschwören, die Kinder davor zu schützen, dass alles auf den Kopf gestellt, die Familie aufgelöst und die gescheiterte Ehe zum Dauergesprächsthema im Krankenhaus werden würde. Das wäre höchst ungut: Es hätte einen schlechten Einfluss auf die unschuldigen Kinder und nicht zuletzt auf ihre beiden Jobs.

Diese Argumentation würde sie schon verstehen. Familie. Kinder – und sogar dieser Job, der ihr offenbar so wichtig war.

Als Bergþór abends nach Hause kam, hatte er sich im Geiste perfekt auf das Gespräch über ihre Zukunft vorbereitet. Er konnte guten Gewissens sagen, dass er Guðrún liebte; sie war die Frau seines Lebens, Ásdís war lediglich ein Zeitvertreib am Arbeitsplatz. Es war ihm nie in den Sinn gekommen, dass ihr Verhältnis mehr sein könnte als das Spiel zweier Arbeitskollegen mit dem Feuer. Ein Zeitvertreib.

Er war bereit, alle Schuld auf sich zu nehmen. Er war bereit, sich vor Guðrún zu erniedrigen und um Verzeihung zu bitten.

Irgendwie überstanden sie das Abendessen, und als er die Mädchen ins Bett gebracht hatte, war Guðrún schon im Schlafzimmer verschwunden und hatte sich hingelegt. Er klopfte an die Tür und schaute hinein.

»Also«, fing er an. »Ich möchte dich um Verzeihung bitten und dir sagen, dass es mir wirklich leidtut. Aber es ist keine Lösung, die Probleme zu verdrängen. Wir müssen uns hinsetzen und sie besprechen.«

»Welche Probleme?«, murmelte Guðrún und starrte den Mann, der sich ihr in friedlicher Absicht nähern wollte, wütend an.

»Unsere Probleme«, sagte Bergþór. »Meine Probleme und deine Probleme. Wir müssen miteinander reden.«

»Im Augenblick gibt es nichts, was sich *unsere Probleme* nennt. Du kannst deine Probleme gern mit der

Silikonschlampe besprechen. Meine Probleme gehen dich nichts an.«

»Aber Liebling«, schmeichelte Bergþór. »Ich kann ja gut verstehen, dass du sauer bist, aber mit Wut löst man keine Probleme. Wir müssen jetzt vernünftig sein und miteinander reden.«

»Weißt du«, erwiderte sie, »es kann gut sein, dass ich irgendwann dazu gezwungen sein werde, mit dir zu reden. Aber jetzt habe ich keine Lust dazu. Ich habe nur eine Bitte an dich, und wenn du es nicht für mich tun willst, dann tu es bitte für die Kinder.«

»Natürlich«, antwortete er. »Natürlich bin ich bereit, alles für dich und die Kinder zu tun.«

»Danke«, sagte Guðrún. »Dann bitte ich dich hiermit: Halt's Maul, verpiss dich und lass mich in Ruhe!«

Wo hatte seine kultivierte Frau nur diese Ausdrucksweise her?

Natürlich von der Polizei.

32 Ladyburn

Ein zielstrebiger Brandstifter sollte sein Hauptaugenmerk darauf richten, nicht schon beim Zündeln erwischt zu werden. Das wusste Konditormeister Guttormur Níelsson sehr gut, er war aber dennoch weit davon entfernt, zielstrebig zu sein. Gewiss hatte er die Tat im Geiste schon viele Male vorbereitet und durchgeführt. Aber als es schließlich so weit war, hatte er so viel Alkohol intus – genauer gesagt, einen der besten Malt Whiskys, die weltweit erhältlich sind, Saint Magdalene (neunzehn Jahre alt, 1979/1988) von einer Brennerei in den schottischen Lowlands –, dass Vorsicht nicht den größten Raum in seinem Kopf einnahm, sondern der Gedanke, dass jetzt, genau jetzt, der richtige Zeitpunkt sei, die Tat durchzuführen. Er hatte die Saint-Magdalene-Flasche mittags geöffnet, und als er sie leer getrunken hatte, war es elf Uhr abends. Mit einer entschlossenen Bewegung stellte er das Glas ab, ging ins Schlafzimmer und zog sich nackt aus. Er war zwar nicht volltrunken, aber eine 700-Milliliter-Flasche Edelwhisky blieb nicht ohne Wirkung.

Neben Kuchenverzierungen waren Whiskysorten Guttormurs liebstes Hobby, vor allem die Marken aus den Lowlands, die wesentlich seltener sind als Highland- oder Inselwhiskys und deren Brennereien am Fluss Spey liegen. Wie dem auch sei, Lowland-Whiskys schmeichelten seinem Gaumen, und er hatte sich ein ansehnliches Sortiment mit nahezu zwanzig Sorten sowie ein paar kleine Abfüllmaschinen zugelegt. Manche sammelten kleine Miniaturfläschchen, aber wirkliche Sammler kauften ihren Whisky in richtigen Flaschen oder sogar Fässern, falls sie das nötige Kleingeld dafür hatten. Guttormur dachte mit Bedauern daran, dass jetzt nur noch eine Flasche Saint Magdalene übrig war. Er könnte zwar weitere erwerben, aber das Angebot war inzwischen sehr eingeschränkt, denn die Brennerei, die dieses Gütegetränk produzierte, hatte 1983 Pleite gemacht und nur noch begrenzte Vorräte am Lager.

Alles in der Welt ist vergänglich, dachte er und ging splitternackt in den Flur und von dort aus in die Garage, wo alles sorgfältig vorbereitet war.

Mitten im Raum stand ein Pappkarton mit den Klamotten, die er anziehen würde. Er wusste, dass sich der Geruch von Rauch und Petroleum in ihnen festsetzen würde, weshalb er vorhatte, nach getaner Arbeit alles auszuziehen und den Karton komplett zu entsorgen. Die kurze Lederjacke von Marco Polo war zwar recht teuer gewesen, aber irgendwie hatte er sich darin nie richtig wohlgefühlt, weshalb er sie ebenso gut benutzen konnte. Schwarze Jeans, eine alte Boss, ein schwarzes T-Shirt von Donna Karan, eine alte Unterhose von Calvin Klein, weiße Sportsocken irgendeiner Billigmarke und alte Turnschuhe von Puma.

Guttormur schlüpfte rasch in die Kleidung, fühlte sich leicht beduselt, als er seine Schuhe zuband, aber was sollte es, mit vierzig vertrug man eben nicht mehr so viel wie mit zwanzig.

Auf dem Boden neben dem Petroleumkanister waren eine Packung Kaminstreichhölzer, ein großer Vorschlaghammer und zwei Fünfliterkanister Benzin. Nach langem Hin- und Herüberlegen hatte er beschlossen, sich an Petroleum zu halten, nicht, um zu sparen, sondern wegen der Explosionsgefahr von Benzin. Der Nachteil von Petroleum war natürlich, dass es nicht so leicht entzündlich war, aber dann musste man sich wenigstens keine Sorgen darum machen, dass einem der Kanister in der Hand explodierte. Und ein bisschen Benzin sollte ausreichen, um das Feuer anzufachen und das Petroleum richtig zu entzünden.

Guttormur nahm die Kaminstreichhölzer und einen der beiden Benzinkanister. Dann faltete er eine neue Mülltüte auseinander und stellte Petroleum- und Benzinkanister hinein. Der Petroleumgestank sollte sich nicht im Auto ausbreiten. Es war schließlich nicht so, dass er nicht an alles gedacht hätte. Anschließend schulterte er die Plastiktüte, nahm den Vorschlaghammer, klopfte seine Hosentaschen nach dem Feuerzeug ab – die Kaminstreichhölzer dienten nur als Reserve – und entschied, durch den Flur hinauszugehen, anstatt das Garagentor zu öffnen.

Die Tüte war schwerer, als er vermutet hatte, und er stellte sie im Flur ab. Er hatte Herzklopfen. Vor Anstrengung? Oder vor Aufregung? Ruhig bleiben. Nur dumm, dass die Flasche leer war. Aber zum Teufel damit! Es war doch genug da. Das einzige Problem beim Alkohol ist, sich für den richtigen zu entscheiden, pflegte er zu sagen.

Er ging ins Whiskyzimmer und schaute sich um. Dort standen sie in alphabetischer Reihenfolge, seine Schätzchen.

Sollte er A, Auchentoshan, oder B, Bladnoch, oder D, Dumbarton Interleven, oder gar Dunglas wählen? Oder sollte er sich zur Feier des Tages für seine Lieblingssorte, Littlemill, entscheiden? Er streckte die Hand aus, nahm die Littlemill-Flasche aber nicht heraus, denn sein Blick fiel auf den Namen der danebenstehenden Marke. Warum war ihm das nicht früher eingefallen? L für Ladyburn. Ladyburn von 1967. Das Jahr, in dem Sigrún geboren wurde.

Es war wie das Zeichen einer höheren Macht. Rache ist gerecht.

Ladyburn.

Lady, burn!

Die beiden Jungs, Gussi und Krummi, fuhren einfach nur durch die Stadt und quatschten. Gussi hatte gerade seinen Führerschein zurückbekommen. Der Lappen war einen Tag nach der bestandenen Prüfung wegen erhöhter Geschwindigkeit eingezogen worden, und Gussi wollte ihn so bald nicht wieder verlieren. Sie saßen im Toyota Corolla von Gussis Mutter, die ihnen untersagt hatte, im Wagen zu rauchen. Deshalb hatten sie alle Fensterscheiben heruntergekurbelt und hielten die Zigaretten, so gut es ging, aus dem Fenster.

Als sie durch Síðumúli rollten und aufzählten, wie viele Schwarzweißfilme sie gesehen hatten, entdeckte Gussi durchs Fenster etwas, drosselte das Tempo und starrte in den Rückspiegel.

»Hey, da ist gerade jemand eingebrochen«, sagte er, als Krummi fragte, was los sei. »Er hat mit einem Hammer Glasreste aus der Tür geschlagen.«

»Komm, das checken wir«, sagte Krummi. »Kehr um!«

»Nee, wir drehen eine Runde und fahren dann noch mal dran vorbei«, entgegnete Gussi.

»Sollen wir die Bullen rufen?«, fragte Krummi.

»Nö, lass uns das erst abchecken. Man muss ganz sicher sein«, antwortete Gussi und steuerte mit Vollgas auf die nächste Ecke zu.

Eineinhalb Minuten später waren sie wieder an der Stelle, an der Gussi den Einbrecher gesehen hatte. Sie fuhren im Schneckentempo. Als sie das Haus mit dem großen Schild mit der Aufschrift *Altúnga – Buchverlag* passierten, sahen sie, dass die Eingangstür aus Glas zersplittert war. Gussi hielt mitten auf der Straße an.

»Er ist da drin«, sagte Gussi. »Ruf die Bullen an.«

»Ein Buchverlag?«, wunderte sich Krummi. »Wer kommt denn auf die Idee, Bücher zu klauen?«

Er hielt sein Handy in der Hand und tippte die 112 ein.

»Warte mal, wie heißt die Straße hier eigentlich?«, fragte er, bevor er die Wähltaste drückte.

»Keine Ahnung«, antwortete Gussi. »Ich dreh noch eine Runde, dann checken wir das Straßenschild.«

Feuer entsteht, wenn brennbare Stoffe, meist bestimmte Kohlehydratketten, mit Sauerstoff reagieren. Die chemische Reaktion setzt enorme Energie frei, Wasser (H_2O), Kohlendioxid (CO_2) sowie diverse Reststoffe (Ruß, Kohlenmonoxid usw.).

Um die Reaktion in Gang zu setzen, muss ein Auslöser, beispielsweise ein Funke oder die Flamme eines Feuerzeugs, mit brennbarem Material in Kontakt kommen und es erhitzen, bis eine chemische Kettenreaktion entsteht.

Zum Entfachen eines Feuers benötigt man drei Dinge: brennbares Material, Sauerstoff und eine gewisse Temperatur.

Guttormur wusste das – auch wenn er es nicht wissenschaftlich erklären konnte.

Als die Jungs zum dritten Mal ins Síðumúli einbogen, fiel ihr Blick sofort auf den Buchverlag Altúnga, denn durch die offene Tür drangen schwarze Rauchschwaden und Feuerschein.

Gleichzeitig sahen sie, wie sich ein silberner Mercedes in hohem Tempo vom Haus entfernte.

Das Telefon wurde sofort abgenommen, und Krummi meldete einen Einbruch und Brand in Síðumúli.

»Wir verfolgen ihn«, sagte Gussi und versuchte im selben Moment, als der silberne Mercedes hinter der nächsten Ecke verschwand, einen Kavalierstart hinzulegen.

Guttormur Níelsson war fassungslos, als der Mercedes orgelte und nicht anspringen wollte. In der letzten Zeit war er nämlich am Ende immer angesprungen, aber jetzt klang er ungewöhnlich kraftlos, so als hätte die Batterie in diesem Augenblick entschieden, aufzugeben. Guttormur versuchte, ruhig zu atmen und sich darauf zu konzentrieren, Benzin in den Motor zu pumpen, aber das war leichter gesagt als getan, denn er musste wegen des Rauchs husten und bekam kaum Sauerstoff in die Lungen. Im Grunde war nichts schiefgegangen, außer dass das Zündeln wesentlich besser funktioniert hatte, als er es sich in seinen kühnsten Träumen ausgemalt hatte.

Offenbar fand das Feuer dort drinnen genügend Nahrung. Er hatte das Petroleum rasch über die Schreibtische und Bücher und Trennwände gegossen. Zur Sicherheit hatte er Benzin aus dem kleinen Kanister über die Computer gekippt, denn er konnte sich daran erinnern, einmal in der Zeitung gelesen zu haben, dass Festplatten einen Brand mehr oder weniger unbeschadet überstehen können. Deshalb hatte er schon vor langer Zeit beschlossen, alles gründlich vorzubereiten.

Dennoch war er überrascht über die leichte Entzündlichkeit des Petroleums. Er konnte gerade noch das Streichholz fallen lassen, da war das Feuer schon überall. Zum Glück erreichte er die Bürotür, bevor der schwarze Rauch ihm die Sicht versperrte. Obwohl der Kanister nur klein war, hatte das Benzin den Rest erledigt – die Computer explodierten einer nach dem anderen, und irgendein Teil landete auf Guttormurs Arm und erinnerte ihn daran, dass es höchste Zeit war, seine Haut zu retten. Auf einen Schlag wurde es unerträglich heiß, in nur wenigen Sekunden von Zimmertemperatur zum Höllenfeuer. Er musste tatsächlich die Füße in die Hand nehmen.

Guttormur bekam einen heftigen Hustenanfall, trat aber weiterhin das Gaspedal durch, bis der Mercedes ebenfalls hustete, und am Ende glückte es: Während Guttormur nach Luft schnappte, sprang der Mercedes an. Guttormur fuhr los und beeilte sich, um die nächste Ecke zu kommen. Dann drosselte er das Tempo. Es war unnötig, sich wegen erhöhter Geschwindigkeit und Alkohol am Steuer anhalten zu lassen. Was ihn auf die Idee brachte, nach der Ladyburn-Flasche im Handschuhfach zu greifen; Ladyburn war heute Abend seine gute Fee. Er klemmte sie zwischen seine Schenkel und öffnete den Verschluss.

Als Sigrún ihn verlassen hatte, hatte er geheult und sie gefragt, warum sie ihn denn überhaupt geheiratet hätte, wenn sie jetzt behauptete, ihn nie wirklich geliebt zu haben. Ich fand dich immer so angenehm feminin, hatte sie gesagt.

Feminin!

Wie viele Frauen in dieser Welt sammelten schon Malt Whisky? Und wie viele Frauen hätten es gewagt, aus Rache durchs Feuer zu gehen?

Das Feuer breitete sich mit rasender Geschwindigkeit aus. Als Polizei und Feuerwehr eintrafen, stand das Erdgeschoss komplett in Flammen. Da war offensichtlich nichts mehr zu retten, aber Feuerwehrleute mit Atemschutzgeräten wurden ins Gebäude geschickt, um sich davon zu überzeugen, dass sich im ersten Stock niemand mehr aufhielt. Dort befand sich eine Praxis für chinesische Medizin mit Massage und Akupunktur. Zum Glück schienen alle Patienten und Angestellten schon längst nach Hause gegangen zu sein.

Da die Einsatzzentrale der Polizei die Information erhalten hatte, es handele sich um Brandstiftung, wurde auch die Bereitschaft der Kripo zum Tatort gerufen: Helgi Filippusson und der neue Mitarbeiter, Karl Ágústsson.

Helgi vertiefte sich eine Weile in das fantastische Schauspiel, ein großes Gebäude in Flammen aufgehen zu sehen. Er beneidete seine Kollegen von der Feuerwehr um ihr routiniertes Auftreten, als sie zum Angriff auf die wütende Naturgewalt bliesen. Karl hingegen saß ruhig im Auto und sprach mit der Einsatzzentrale, erstens, um mitzuteilen, dass Kripobeamte am Tatort eingetroffen seien, und zweitens, um in Erfahrung zu bringen, wie der Brand gemeldet worden war.

Karl musste seinen Kollegen wegzerren, damit er sich von dem Anblick des Feuers löste.

»Was soll denn das?«, fragte Helgi. »Ich will mir das hier ansehen.«

Helgi ließ sich widerwillig von Karl zum Auto schleppen, während der gerade versuchte, ihm zu erklären, Zeugen der Brandstiftung hätten den Täter verfolgt und säßen nun im Auto vor einem Haus, in dem dieser verschwunden sei.

»Welche Zeugen?«, fragte Helgi, verärgert darüber, dass er beim Beobachten des spannenden Kampfes der Feuerwehrleute gegen das Feuer gestört worden war.

»Zwei junge Männer haben beobachtet, wie ein Mann ins Erdgeschoss eingebrochen ist. Sie haben die Flammen gesehen und einen wegfahrenden Wagen verfolgt. Deshalb wissen wir, wo sich der Täter aufhält. Wir müssen uns beeilen und ihn festnehmen. Schließlich kommt es nicht oft vor, dass innerhalb von einer halben Stunde der Brandstifter festgenommen und die Tat aufgeklärt wird. Das bringt ein fettes Lob, wenn wir ihn erwischen.«

»Sollten wir nicht lieber einen Streifenwagen hinschicken?«, fragte Helgi, unbeeindruckt von dem fetten Lob, das sein Kollege in Aussicht gestellt hatte. »Oder das Sondereinsatzkommando rufen? Dieser Mann ist offenbar nicht ganz normal.«

»Die Streife hat genug mit der Überwachung des Brandorts zu tun«, entgegnete Karl. »Es sind zwei zusätzliche Wagen unterwegs. Ich rufe kein Sondereinsatzkommando, bevor ich mich nicht davon überzeugt habe, dass wir diesen Typen nicht auch alleine festnehmen können. Beeilen wir uns. Die Jungs sitzen im Auto vor dem Haus und halten Telefonkontakt mit uns.« Er presste sein Handy ans Ohr und rief: »Hallo, hallo, bist du noch dran?«

Krummi erzählte am anderen Ende der Leitung aufgeregt, dass sie gesehen hätten, wie der Mann ins Haus gegangen sei. Aber er musste passen, als Karl ihn nach Straßennamen und Hausnummer fragte. Die Jungs hatten keine Ahnung, wie die Straße hieß. »Das ist irgendwo hier in Breiðholt«, sagte Krummi.

»Oberes oder unteres Breiðholt?«

»Keine Ahnung. Ich wohne in Kópavogur.«

»Wir fahren nach Breiðholt«, sagte Karl zu Helgi, der sich ans Steuer setzte und losfuhr. Dann befahl er Krummi, auszusteigen und auf das nächste Straßenschild zu schauen. »Aber einer von euch bleibt ruhig im Wagen sitzen und beobachtet weiter das Haus. Gib mir Bescheid, wie die Straße heißt, sobald du das Schild gefunden hast. Wir sind unterwegs. Ihr wartet einfach und tut nichts. Und leg nicht auf. Wir müssen in Verbindung bleiben.«

Kurz darauf hatten sie den Namen der Straße und die Hausnummer 14.

»Es ist eins von diesen Reihenhäusern«, erklärte Krummi, »mit Garagen dazwischen.«

Helgi rief bei der Zentrale an und hörte, dass in Haus Nummer 14 nur eine Person gemeldet war: Guttormur Níelsson, Konditormeister.

»Konditormeister?«, fragte Karl. »Ist das nicht so eine Art Bäcker?«

»Ich denke schon«, antwortete Helgi. »Zumindest scheint er einen Haufen Ärger zu backen.«

Karl schaute seinen Kollegen irritiert an. Er konnte sich nicht daran erinnern, dass Helgi schon einmal einen Scherz gemacht hatte.

»Früher hat man doch mit Feuer gebacken«, erklärte Helgi. »Deshalb hab ich gesagt, er backt Ärger.«

»Ja, ich hab das schon kapiert«, entgegnete Karl. Er hatte von Anfang an vermutet, dass Helgi nicht unbedingt der Schlauste war. Karl war erschüttert, dass dieser Mann ihn anscheinend für so begriffsstutzig hielt, dass man ihm die einfachsten Wortspiele erklären musste.

Die Jungen stiegen aus dem Wagen, als die Polizisten angefahren kamen.

»Ihr habt ja lange gebraucht! Ich dachte schon, ihr würdet gar nicht mehr kommen«, begrüßte Gussi sie.

Als die beiden den Polizisten ins Haus folgen wollten, wies Helgi sie an, umzukehren und sich wieder ins Auto zu setzen.

»Von da aus könnt ihr alles mitverfolgen, aber es wird nicht viel zu sehen geben. Wir reden nur kurz mit dem Mann und bitten ihn wahrscheinlich, mit auf die Wache zu kommen.«

Die Jungs machten lange Gesichter, gingen aber gehorsam zurück zum Wagen. Dort blieben sie stehen, anstatt sich hineinzusetzen. Sie würden ganz bestimmt nichts verpassen.

Falls einer der beiden Polizeibeamten Zweifel an dem Hinweis gehabt haben sollte, verflüchtigten die sich, als der Hausherr von Nummer 14 öffnete.

Der Mann bot einen bemerkenswerten Anblick. Sein dünnes, kohlrabenschwarzes Haar stand in alle Richtungen, die Haarspitzen waren angesengt. Er verzog das Gesicht und rieb sich mit dem Handrücken über die Augen, so als sei Seife hineingelangt. Er war vom Scheitel bis zur Sohle klatschnass.

Aber sein Anblick war nichts im Vergleich zu seinem Geruch, einer Mischung aus Alkoholfahne, Benzingestank und Petroleummief.

Bei diesem Mann waren sie wohl an der richtigen Adresse.

»Guttormur Níelsson?«, fragte Helgi. Der Mann nickte.

»Wir sind von der Kriminalpolizei und müssen dich bitten, mit auf die Wache zu kommen.«

»Jetzt sofort?«, fragte der Mann.

»Ja.«

»Warte mal kurz, mein Freund. Ich muss nachsehen, ob du bewaffnet bist«, erklärte Karl, huschte hinter den Rücken des Mannes und schob dessen Arme nach oben, sodass dieser dastand wie bei einer Kreuzigung.

Guttormur widersetzte sich nicht – schließlich hielt er das Zippo-Feuerzeug in der Hand und hatte nichts Strafbares in seiner Kleidung versteckt. Das restliche Benzin aus der Garage hatte er über sich ausgeleert.

Karl tastete ihn geschickt ab und dachte darüber nach, dass es überhaupt nicht lustig wäre, wenn Benzin oder

Petroleum an seine Klamotten gelangte. In der rechten Brusttasche der Lederjacke des Mannes ertastete er ein Päckchen.

»Dreh dich zu mir, mein Freund«, sagte Karl, und Guttormur drehte sich lammfromm zu ihm um. »Ich schaue nur mal kurz nach, was du da hast«, fuhr Karl fort und fischte eine große Packung Kaminstreichhölzer aus der Jackentasche. »Die hebe ich wohl besser auf. Du bist so leicht entzündlich, dass du keine Streichhölzer bei dir tragen solltest, nicht wahr?«

»Hm«, machte Guttormur und rieb sich die Augen mit den Knöcheln. Schrecklich, wie das Benzin in den Augen brannte. »Darf ich euch zu einem Malt Whisky einladen?«

Helgi dachte, er hätte sich verhört, und schaute so fragend, dass Guttormur sein Angebot wiederholte.

»Nein danke, jetzt nicht. Jetzt ist kein guter Zeitpunkt, um noch mehr Whisky zu trinken.«

Karl schaute seinen Kollegen fragend an und lüftete seine Jacke, sodass die Handschellen aufblitzten. Helgi schüttelte den Kopf.

»Das wird schon wieder«, sagte er. »Meinst du nicht?«

Die Frage ging völlig an Guttormur vorbei, der nichts mehr sehen konnte. Er rieb sich die Augen mit den Knöcheln, und Tränen liefen ihm über die Wangen.

»Wo sind die Hausschlüssel?«, fragte Helgi.

»Die hängen im Flur«, antwortete Guttormur. »Hier ist alles an seinem Platz.«

Karl holte die Schlüssel und schmiss die Haustür ins Schloss. Sie gingen zum Auto.

Als sie näher kamen, setzten sich die beiden Jungen in den Toyota, mit dem sie gekommen waren. Karl wunderte sich darüber, dass die Neugier der beiden plötzlich verschwunden war, kam dann aber darauf, dass sie vermeiden wollten, dass der Mann, den sie verraten hatten, ihre Gesichter sähe.

Helgi öffnete die hintere Wagentür. Es war ein ziviler Streifenwagen, ein Volvo neueren Baujahrs.

Bevor Guttormur einstieg, zögerte er einen Moment, räusperte sich und sagte:

»Danke, dass ihr mich abgeholt habt ...«

»Keine Ursache, mein Freund«, sagte Karl.

»... so schnell«, sagte Guttormur und setzte sich auf den Rücksitz.

Helgi schlug die Tür zu, blickte dann zu seinem lächelnden Kollegen und hielt sich die Nase zu, um seinen Ekel vor dem Benzingestank zum Ausdruck zu bringen. Das Benzin verflog rasch und bildete Gase, die sich blitzschnell im ganzen Auto ausbreiteten. Die Verteilung war allerdings ungleichmäßig; die meisten Gase befanden sich selbstverständlich an der Quelle, also an Guttormur; auf der Oberfläche seiner Kleidung enthielten die Gase über 8 % Benzin, verdünnten sich jedoch, je weiter sie sich von dem Mann entfernten.

Ein winziger Funke genügte, um Benzin zu entzünden. Das wusste Guttormur.

Urplötzlich passierte alles gleichzeitig: Der Insasse auf dem Rücksitz stand in hellen Flammen, bevor die Anwesenden begriffen hatten, was geschehen war. Das Raummaß des Wagens betrug etwa drei Kubikmeter. Leicht entzündbare Gase schwebten durch das Wageninnere. Als sich dieses Gasgemisch durch den Funken eines Feuerzeugs entzündete, entstand eine extrem schnelle chemische Reaktion.

Innerhalb von einer Sekunde entflammten die Benzingase.

In derselben Sekunde fing Guttormurs Kleidung Feuer, und er stand in Flammen. Einen Augenblick später entzündete sich schließlich alles im Auto, was brennen konnte. Die Luft in dem geschlossenen Raum dehnte sich aus und vervielfältigte sich, da die Temperatur in Sekundenschnelle von 11° auf ungefähr 600° Celsius anstieg und gleichzeitig mit gewaltiger Kraft einen Ausweg suchte, sodass die Fahrertür aufschlug und Helgi umschmiss, der sie gerade öffnen und sich ans Steuer setzen wollte.

Als es Karl gelang, die Hintertür des Wagens zu öffnen, war es schon zu spät. Feuerzungen und gewaltige Hitze hinderten ihn daran, zu Guttormur zu gelangen. Helgi lag auf der Straße und hielt seinen Oberschenkel umfasst. Die Jungen in dem Toyota starrten in einigen Metern Entfernung entsetzt aus dem Autofenster. Karl erkannte, dass der Mann nicht zu retten war, und brüllte die Jungen an, sich in Sicherheit zu bringen, aber sie hörten ihn nicht.

»Ich kann nicht aufstehen«, stöhnte Helgi. »Ich glaub, mein Bein ist gebrochen.«

Die Jungen waren aus dem Wagen gestiegen.

»Helft mir mit dem Mann«, schrie Karl. Zu dritt konnten sie Helgi weg von dem brennenden Auto hinter einen LKW schleifen, der in einigermaßen sicherer Entfernung am Straßenrand stand.

Die Explosion des Tanks, mit der Karl rechnete, ließ auf sich warten. Er hatte bereits den Notruf 112 benachrichtigt. Jetzt starrte er in das Flammenmeer im Auto und meinte zu erkennen, wie der Insasse noch versuchte, sich aufzurichten und auf den Fahrersitz zu klettern. Vielleicht war es aber auch nur eine Täuschung. Was hätte er tun sollen? Was hatte er falsch gemacht? Was konnte er jetzt noch tun?

Die Explosion war viel gewaltiger, als sie erwartet hatten. Die eine Hälfte des Dachs wurde vom Auto gerissen und landete auf dem Bürgersteig. Die Frontscheibe des Toyotas, der drei, vier Meter hinter dem Volvo stand, zersplitterte in tausend Stücke, und überall regneten Glassplitter und Autoteile nieder.

Im selben Moment begann es zu schneien.

3. Tag

Schönheit ist das erste Geschenk, das die Natur den Frauen gibt, und das erste, das sie ihnen wieder wegnimmt.

Fay Weldon

33
Frau – Satan

Man sagt es über Kinder, aber es gilt auch für Erwachsene: Schlechte Laune kommt von Erschöpfung, Anspannung, Hunger oder Schlafmangel. Víkingur war erschöpft, angespannt, hungrig und müde und spürte, wie die schlechte Laune in ihm rumorte. Seine Kollegen konnten sich glücklich schätzen, dass sich Víkingurs schlechte Laune in erster Linie nach innen, nicht nach außen richtete.

Der Einsatzruf kam, kurz nachdem er eingeschlafen war, und als er vor die Tür trat, hatte es angefangen zu schneien. Er musste die Autofenster mit bloßen Händen vom Schnee befreien, da der Eiskratzer, der im Seitenfach der Fahrertür hätte stecken sollen, offenbar die vorangegangene Regenperiode genutzt hatte, um spurlos in eine andere Dimension zu verschwinden.

Bei der Ankunft in Hrútasel im Breiðholtviertel besserte sich seine Laune nicht im Geringsten. Irgendein armer Unglücksrabe hatte sich selbst angezündet und zusammen mit dem vermutlich besten Wagen der Kripo in die Luft gesprengt. Eine komplette Zusatzstreife musste gerufen werden, um mitten in der Nacht bei Dunkelheit und Schneefall nach den Körperteilen des Mannes zu suchen. Der letzten Meldung zufolge schienen inzwischen nur noch die linke Hand und ein Teil des Unterkiefers zu fehlen. Es wäre zweifelsohne von Vorteil, wenn die Polizei diese fände, bevor Schulkinder oder andere Passanten am nächsten Morgen eine unverhoffte Entdeckung machten.

Die Verhaftung des Mannes war offenbar ein einziger Schlamassel gewesen. Ein Mann in Polizeigewahrsam sollte sich nicht selbst anzünden, geschweige denn ein ganzes Polizeiauto in die Luft jagen können. Aber das Unmögliche ließ sich wohl nie ganz ausschließen. Es war Glück im Unglück gewesen, dass der Vorfall nicht noch weitere Menschenleben gekostet hatte und dass Helgi, der sich in unmittelbarer Nähe des Mannes befunden hatte, mit einem Beinbruch davongekommen war.

Víkingur selbst und kein anderer war für dieses Chaos verantwortlich. Es war ziemlich offensichtlich, dass die Brandstiftung im Buchverlag Altúnga auf irgendeine Weise mit dem Tod von Freyja Hilmarsdóttir zusammenhing. Oder besser: dem Mord, den er mit sträflicher Fahrlässigkeit behandelt und dessen Ermittlung er in Guðrúns Hände gelegt hatte – eine Mitarbeiterin, die trotz beträchtlicher Erfahrung in der Technischen Abteilung noch nie in ihrem Leben wirkliche Ermittlungsarbeit ausgeführt, geschweige denn sie geleitet hatte. Man konnte es gewiss als Weltrekord in leichtfertiger Amtsführung eines leitenden Polizeibeamten bezeichnen, einer Anfängerin die Aufsicht über die Ermittlung eines Falls anzuvertrauen, nur weil sich ihre Arbeit womöglich positiv auf ihre Ehe auswirken könnte. Und ein Weltrekord in dilettantischer Eheberatung, einer betrogenen Ehefrau sprachlos gegenüberzustehen und sie dann zwecks Unterstützung beim Lösen ihrer Eheprobleme mit einer Mordermittlung zu beauftragen.

Bin ich eigentlich hirntot?, dachte er. Ist es denn nicht genug, dass mich diese verdammten Psychopharmaka emotional abstumpfen lassen und sexuell so gut wie impotent machen? Bin ich schon so dumpf und gleichgültig, dass ich nicht mehr klar denken kann? Ist es vertretbar, diesen Pillenmüll gegen die Beschwerden in sich hineinzustopfen, wenn das dazu führt, dass man wie ein Schlafwandler durchs Leben stolpert?

Wieder einmal dachte er daran, dass es an der Zeit sei, Polizeidirektor Lúðvík aufzusuchen und ihm die Kündigung zu überreichen. Und anschließend zum Bischofsbüro zu gehen, mit seinem alten Theologieabschluss in der Tasche und einem Antrag auf Übernahme der abgelegensten Pfarrei im ganzen Land. Den Rest seines Lebens damit zu verbringen, viel zu schlafen und ein paar Bücher zu lesen. An Weihnachten und Ostern die Messe zu halten. Zwischendurch das eine oder andere Mütterchen zu beerdigen und am Ende als einziger Einwohner der Gemeinde übrig zu bleiben.

Víkingur fand diese Vorstellung wirklich verlockend, bis auf einmal Þórhildur ungebeten in seinen Gedanken auftauchte, ihn schelmisch anschaute und den Kopf schüttelte.

Nein, Junge, kommt nicht in Frage! Hör jetzt auf, dich zu bemitleiden, und versuch, etwas Sinnvolles zu tun.

Rechtsmedizinerin Þórhildur Magnúsdóttir hatte keine Ahnung, dass sie just in diesem Augenblick in den Gedanken ihres Mannes den Kopf schüttelte. Víkingur hatte sie um fünf Uhr morgens angerufen und gebeten, aufzustehen und sich anzukleiden, um die Körperteile eines bei einer Explosion ums Leben gekommenen Mannes wieder zusammenzusetzen.

»Warum ist das denn so dringend?«, fragte sie. »Es spielt doch keine Rolle, ob ich ihn ein paar Stunden früher oder später zusammenflicke – eine Wiederbelebung scheint mir eher unwahrscheinlich …«

Er erklärte ihr rasch, dass die Polizei sichergehen wollte, nicht irgendein Körperteil übersehen zu haben, damit im Viertel keine Panik ausbrach.

»Okay«, sagte sie. »Ich bin in einer Dreiviertelstunde da. Entschuldige, dass ich so begriffsstutzig bin, wenn ich aufwache.«

»Danke«, entgegnete er. »Ich habe größtes Verständnis für Begriffsstutzigkeit.«

Er war ziemlich schlecht drauf. Aber Þórhildur hatte jetzt keine Zeit, darüber nachzudenken. Sie musste sich darauf konzentrieren, die angesengten, verschrumpelten Überreste eines Menschen zu untersuchen, die in einer Art Embryostellung auf dem Obduktionstisch lagen. Der linke Arm befand sich in zwei Teilen neben dem Rumpf, aber ein Stück fehlte: die Hand. Der andere Arm war nicht abgetrennt worden, sondern ruhte dicht neben dem Körper, die Hand auf dem Bauch zu einer Faust geballt. Zwischen den schwarzen Fingerknöcheln blitzte ein silberner Gegenstand auf. Sie versuchte, ihn zu lösen. Es war nicht schwierig. Þórhildurs geschickte Hände bekamen das Ding zu fassen. Drei verkohlte Fingerknochen brachen von der Hand der Leiche ab und fielen auf den Tisch.

Ein Benzinfeuerzeug der Marke Zippo.

Sie schnippte den Deckel hoch und drehte am Zündrad. Die Flamme flackerte beim ersten Versuch auf.

Ein Zippo versagt nie.

Guðrún dachte darüber nach, mit einer Sonnenbrille bei der Arbeit aufzukreuzen, als sie kurz nach Mitternacht den Einsatzruf erhielt. Sie hatte lange Zeit nicht einschlafen können, hatte wach gelegen und versucht, nüchtern über die Zukunft nachzudenken, zuallererst über die Kinder, dann über sich selbst. Aber wie sehr sie auch versuchte, sachlich zu bleiben, sie kam immer zu dem Ergebnis, dass die Grundlage ihres Lebens zerbrochen war und sie sich im freien Fall in einen ungewissen Abgrund befand.

Abgesehen von der Erniedrigung war das Vertrauen in ihren Mann wie weggewischt. Und was blieb dann noch übrig?

Liebe? Baute Liebe nicht auf bedingungslosem Vertrauen auf, wenn die Wogen der Leidenschaft abgeflaut waren und das Leben sich um Kindererziehung, Haushalt, Schuldentilgung und schmutzige Unterhosen drehte?

Gewohnheit? War es nicht das Vertrauen, welches das Zusammenleben mit einem anderen Menschen überhaupt möglich machte? Konnte man sich daran gewöhnen, mit Misstrauen und Unsicherheit zu leben? Eine Trennung wäre natürlich ein Schock für die Kinder. Aber andererseits täte es ihnen nicht gut, in einer Atmosphäre voller Argwohn und Kälte aufzuwachsen.

Verzeihen? Konnte man die eigenen Gefühle steuern und sich aus Vernunftgründen zum Verzeihen zwingen?

Oder war Ehebruch wie andere Sorgen und Probleme ein natürlicher Bestandteil des Lebens?

Mitten in ihren wirren Gedanken brach sie in Tränen aus, als der Einsatzruf kam. Guðrún wollte nicht mit verheulten Augen und verquollenem Gesicht bei der

Arbeit erscheinen, aber mitten in der Nacht mit einer Sonnenbrille aufzutauchen, wäre auch nicht gerade geschickt.

Die Feuerwehr war immer noch bei den Überresten des Altúnga-Hauses in Síðumúli im Einsatz, weshalb sich die Kripoleute und Techniker auf die Untersuchung von Guttormurs Einfamilienhaus in Hrútasel 14 konzentrierten.

In dem Reihenhaus gab es nur wenige Möbel. Im Schlafzimmer stand ein Doppelbett mit zwei Matratzen. Die eine Seite war ordentlich gemacht, Bettdecke und Kissen lagen unter einem hellblauen Überwurf. Die andere Matratze war mit einer weißen Plastikplane überzogen, auf die ein nackter, lebensgroßer Frauenkörper mit riesengroßen Brüsten und spitz hervorstehenden Brustwarzen gezeichnet war. Zwischen den Beinen befand sich nicht das klassische Dreieck, sondern ein männliches Geschlechtsorgan in grotesker Übergröße, der Penis voll erigiert und die Eichel so groß wie der Kopf des gezeichneten Geschöpfs. Der eigentliche Kopf war weiblich, mit wallendem Haar, allerdings mit zwei aus der Stirn wachsenden Teufelshörnern versehen. Zwischen den wollüstigen, geschwungenen Lippen ragten zwei lange, scharfe Eckzähne hervor, auf die jeder Vampir stolz gewesen wäre. Auf der einen Hüfte stand in Druckbuchstaben SATAN und auf der anderen FRAU.

Im Kleiderschrank befand sich einiges an Herrenkleidung in Größe 52, ausnahmslos Qualitätsware berühmter Designer und Marken, aber in schlechtem Zustand und meilenweit von der aktuellen Mode entfernt.

Im Wohnzimmer standen nur ein Esstisch und acht

Stühle. Nirgends in der Wohnung gab es Teppichböden oder Läufer. Im Wohnzimmer hingen keine Bilder, obwohl an vielen Stellen Nägel aus den Wänden ragten und bezeugten, dass es hier irgendwann einmal ganz anders ausgesehen hatte. Ein Lehnstuhl mit Fußbänkchen nahm fast die gesamte Fläche des Fernsehzimmers ein – es war eher eine Fernsehnische zwischen Wohnzimmer und Flur. Der Sony-Fernseher hatte einen 32-Zoll-Bildschirm, der einmal modern gewesen war, als es noch keine flachen Fernseher mit Breitwandbildschirmen gegeben hatte. Auf dem Fußboden neben dem Lehnstuhl lagen Abfahrtskier mit Skischuhen, die nur darauf zu warten schienen, dass sich ihr Besitzer zur Erholung vom Fernsehen daraufschwingen und losdüsen würde.

Das Allerheiligste war offenbar das hinter dem Wohnzimmer liegende Zimmer mit der größten Alkoholsammlung, die die Anwesenden je gesehen hatten. Die Fenster des Raums waren verhängt, um Einbrecher fernzuhalten und mehr Stellplatz zu schaffen. Sämtliche Wände waren mit Regalen voller Flaschen schottischen Malt Whiskys bedeckt, achtzehn verschiedene Sorten, wobei der Sammler offenbar die Angewohnheit hatte, von jeder Sorte eine ganze Kiste zu kaufen und seiner Sammlung einzuverleiben.

»Das finde ich viel vernünftiger, als Briefmarken zu sammeln«, stellte Terje fest. »Oder irgendeinen überflüssigen Krempel.«

»Was hältst du denn für überflüssigen Krempel?«, fragte Marinó.

»Alles, was nicht essbar oder trinkbar ist, mit dem du nicht tanzen und an dem du dich nicht wärmen kannst – das ist überflüssig«, antwortete Terje.

»Wenn ich etwas sammeln würde, dann Kaffeesorten«, sagte Marinó verträumt. »Aber das wäre sinnlos; Kaffee würde mit der Zeit nur verderben.«

»Sieh mal, er hat die Sorten sogar alphabetisch sortiert«, sagte Terje. »Ein Perfektionist.«

Marinó, der sich nicht vorstellen konnte, mit Terje über irgendetwas einer Meinung zu sein, gab zu bedenken, dass der Besitzer die Sorten aber nicht in alphabetischer Reihenfolge getrunken hätte, denn von einigen Marken gab es bis zu elf Flaschen, während andere bereits zur Neige gingen.

In der Küche befanden sich außer zwei Töpfen und einer Pfanne nur wenige Küchengegenstände, und der Inhalt der Besteckschublade ließ erkennen, dass es in diesem Haus weder viele Gäste gegeben hatte noch komplizierte Gerichte gekocht worden waren – es lagen nur eine Gabel, ein Messer und ein Löffel darin, außerdem ein Pfannenheber, eine Kelle, Rührlöffel und Quirl, ein Kreuzschraubenzieher und ein kleiner Schraubenschlüssel. Im Spülbecken stand ein Kristallglas, gefüllt mit kaltem Wasser. In der Mülltüte waren drei leere Flaschen verschiedener Whiskymarken sowie Verpackungen aller möglicher Tiefkühlgerichte, überwiegend Pizza.

»Seine Frau hat ihn bestimmt schon vor vielen Monaten, wenn nicht gar Jahren verlassen«, bemerkte Karl.

»Wie kommst du darauf?«, fragte Guðrún.

»Nichts ist so trostlos wie die Wohnungen von Geschiedenen«, erklärte Karl. »Vor allem die von Männern. Obwohl dieser hier eine Ausnahme ist, weil er das Haus behalten hat und die Frau fast mit dem gesamten Hausrat ausgezogen ist. Normalerweise werden die Männer rausgeschmissen und hausen in irgendwelchen Dreckslöchern oder Kellern und ernähren sich von Pizza, Bier und Fernsehen, bis sie genug vom Onanieren haben und von der Natur in eine neue Beziehung getrieben werden. Die Frauen bleiben normalerweise in der gemeinsamen Wohnung oder dem Haus, mit den Wohnzimmermöbeln, den Küchengeräten, dem Staubsauger und der Waschmaschine, und haben es nett und gemütlich, bis sie bereit sind, die letzte Beziehung zu vergessen und sich wieder umzuschauen.«

Als Guðrún diese emotionslose Beschreibung des Lebens Geschiedener zu hören bekam, lief ihr ein kalter Schauer über den Rücken. Sie sah die Überreste ihres Heims vor sich. Karl bemerkte ihren unglücklichen Gesichtsausdruck und beeilte sich zu sagen:

»Hey, was ist denn? Das war doch nur ein Witz. Ich will damit nur sagen, dass es manchmal total trostlos ist, in die Wohnung von Geschiedenen zu kommen, und damit meine ich Frauen genauso wie Männer. Ist alles in Ordnung?«

Am liebsten hätte sie ihn angeblafft, verkniff es sich aber. Sie brachte es nicht fertig, diesen gut aussehenden Musterknaben zu verletzen, indem sie ihn des Chauvitums und der politischen Inkorrektheit bezichtigte.

Theódór steckte den Kopf in die Küche und sagte:

»Er ist ständig auf Pornoseiten rumgesurft, der arme Kerl.«

Theódór, auf den meisten Gebieten die Bescheidenheit in Person, ließ es sich nie nehmen, mit seinen Computerkenntnissen zu prahlen, die sicherlich weit über dem herkömmlichen Maß der über Siebzigjährigen lagen. Es hatte ihn große Beharrlichkeit und Anstrengung gekostet, sich jene Technik anzueignen, die wie ein Wirbelwind angebraust war, die Welt auf den Kopf gestellt und alte Schriften, von den Gelehrten des Zeitalters der Druckkunst mit Schweiß und Tinte niedergeschrieben, hoch in die Luft gefegt hatte. Theódór bildete sich einiges darauf ein, diese neumodischen Höllenmaschinen zu beherrschen. Er war dahintergekommen, dass sich im Grunde nur die Schreibwerkzeuge geändert hatten; die Welt war immer noch genauso wie vorher, nur dass man jetzt ein Passwort benötigte.

Der Computer stand auf einer IKEA-Spanplatte auf Tischböcken. Es gab auch einen Drucker, und die Zimmerwände waren mit Internet-Ausdrucken übersät, die auf den ersten Blick alle die Bosheit der Muslime und die Notwendigkeit eines Kreuzzuges der westlichen Welt gegen die Anhänger des Islam verkündeten. Der Präsident der Vereinigten Staaten belegte Ehrenplätze an drei Wänden, während die bärtigen Verdammten an der vierten hingen, in einer Nische auf die bullernde Heizung unter dem Fenster geklebt: oben Osama bin Laden und in der Mitte Fidel Castro, wobei nicht ersichtlich war, welcher von beiden der Bösere sein sollte.

»Außer für Alkohol scheint er sich vor allem für Religion, Rassismus und Pornografie interessiert zu haben«, meinte Theódór.

In dem Raum gab es weder Regale noch Aktenschränke; auf dem Schreibtisch stapelten sich Unterlagen, sodass der Computer und der Drucker kaum mehr zu sehen waren. Es stellte sich jedoch heraus, dass der Hausherr ein bestimmtes System verwendet hatte. Unterlagen und Papiere, die nicht übermäßig wichtig waren, hatte er in Plastiktüten der Supermärkte Bónus und Mínus sortiert, bedeutendere Dokumente lagen in den Tüten teurerer Geschäfte wie Hagkaup und Nóatún. Die Plastiktüten bedeckten den gesamten Fußboden und stapelten sich unter der Schreibtischplatte. Nur von der Tür bis zum Klappstuhl am Computer führte ein freier Gang. Die wichtigsten Unterlagen waren offenbar in größeren, stabileren Tüten von Modeboutiquen aufbewahrt, die sich auf den einfacheren Tüten stapelten. Die größte und schickste Tüte stammte von Harrod's in London und enthielt das Allerwichtigste. Víkingur inspizierte sie als Erster und überlegte, ob der Papiersammler ausgerechnet dieser Tüte den kostbarsten Inhalt anvertraut hätte, wenn er gewusst hätte, dass der Inhaber von Harrod's Mohammed Al Fajed hieß und unter den Anhängern des Propheten in Ägypten geboren und aufgewachsen war.

Aus der Tüte kam eine graue Mappe aus Recyclingpapier in A3-Größe zum Vorschein. Darauf stand mit Filzstift:

TAGEBUCH DES RÄCHERS

In der Mappe lagen lose Blätter, Computerausdrucke, Zeitungsschnipsel und ein Exemplar einer über drei Jahre alten Zeitschrift. Es handelte sich um die erste Ausgabe der Wochenendbeilage des Abendblatts, die viele aus brennendem Interesse an ihren Mitmenschen lasen, sich aber zugleich für ihre Neugier schämten und behaupteten, dieses Blatt unterbiete alles, was es im isländischen Journalismus je gegeben habe. Es war eine Ausgabe von ›Leute und Neues‹.

Das oberste Blatt auf dem Stapel war in Druckbuchstaben beschriftet.

Ganz oben stand:

Dann folgte eine Namensliste:

Freyja Hilmarsdóttir = Viper = Giftschlange = Satan
Gottes Gerechtigkeit zeigt sich in seinem Werk
die Frau ist Satan
Buchverlag Altúnga = Höllenfeuer
das Abendblatt – kleine Teufel Teitur Jónsson und Tómas Davidsson
Stefán Hauksson – der große Dieb
UND!!!
Sigrún Freysdóttir – am Tag des Gerichts werden dich die Flammen der Hölle einschließen!!!!!!

»Ganz oben auf dieser Liste steht Freyja Hilmarsdóttir. Sie wurde am Dienstagmorgen tot aufgefunden. Dann kommt der Buchverlag Altúnga, der vom Verfasser der Liste heute Abend in Brand gesteckt wurde.«

»Was für ein merkwürdiger Zufall«, sagte Karl und versuchte, sarkastisch zu klingen.

»Messerscharf geschlossen«, sagte Víkingur und klang ungewollt sarkastisch. Als er die Worte ausgesprochen hatte, biss er sich auf die Zunge. Es war unschön, seine schlechte Laune und Unzufriedenheit an seinen Mitarbeitern auszulassen. »Entschuldige. Ich wollte nichts andeuten, ich bin nur wütend auf mich selbst, darauf, wie ich den Fall angepackt habe.«

»Was habe ich denn falsch gemacht?«, fragte Guðrún. Sie schien kurz davor zu sein, in Tränen auszubrechen.

»*Du* hast gar nichts falsch gemacht. Dir haben wir es zu verdanken, dass wir überhaupt angefangen haben, der Sache nachzugehen. Ich hab mich wie ein blöder

Hammel verhalten«, sagte Víkingur, ohne genauer zu erklären, was er damit meinte. Jetzt waren alle niedergeschlagen. Die Stimmung war so schon unangenehm genug, da musste er es nicht noch schlimmer machen und ihnen seine unzusammenhängenden Gedanken aufdrängen. Am besten, er fuhr jetzt erst mal auf die Wache und ließ die anderen in Ruhe.

Nachdem Víkingur gegangen war, wurde weitergearbeitet. Marinó stieß Terje an und sagte: »Du hast eben gesagt, alles, was nicht essbar oder trinkbar ist, mit dem man nicht tanzen und an dem man sich nicht wärmen kann, sei überflüssig.«

»Ja, na und?«

»Ich verstehe alles, außer dem Tanzen. Warum soll Tanzen nicht überflüssig sein? Tanzt du so gerne?«

»Ich tanze zwar nicht besonders oft«, antwortete Terje. »Aber es gibt so vieles, was mit dem Tanz verbunden ist. Denk nur an alles, was Takt oder Rhythmus hat. Gedichte, ein schöner Satz, Schritte, ein tropfender Wasserhahn, eine Katze, die sich reckt, oder die Bewegungen der Sterne – das ist alles Musik, und jede Musik ist Tanz.«

»Da sehe ich aber anders«, sagte Marinó.

»Schlecht für dich«, erwiderte Terje, »weil es nämlich einfach so ist.«

34 Logik

Obwohl Víkingur versuchte, sich seine Gefühle nicht anmerken zu lassen, hingen seine Selbstbezichtigungen wie Gewitterwolken über der Kripoabteilung.

»Ich bin zum Teil ja auch schuld«, sagte Randver. »In meiner Sturheit war ich mit meinen Gedanken viel zu sehr bei diesem Sveinbjörn. Vielleicht sollte ich es Dagný überlassen, ihm aus der Nase zu ziehen, was er mit der Leiche seiner Frau angestellt hat. Jedenfalls habe ich den Eindruck, dass er mir bis jetzt ganz gut gewachsen war. Vor allem, nachdem ihm die kleinen grünen Männchen zu Hilfe gekommen sind.«

»Es ist doch wirklich komisch, dass *wir* uns mit Schuldgefühlen plagen, weil wir vielleicht etwas hätten tun sollen, während ein Mörder, der etwas getan hat, gar nicht auf die Idee kommt, sich schuldig zu fühlen«, sinnierte Víkingur und versuchte, seinem Kollegen zuzulächeln.

»Ich habe eigentlich keine Schuldgefühle«, sagte Randver. »Es ist ja nicht so, dass wir nichts getan hätten. Im Fall von Freyja haben wir die Wohnung durchsucht, die Nachbarn überprüft, mit dem Verleger gesprochen, mit Bekannten der Frau gesprochen, eine potentielle Zeugin aus dem Nachbarhaus gefunden, und dann wollten wir versuchen, ein Phantombild des Mannes anzufertigen, mit dem sie am Tatabend gesehen wurde. Das wird wohl nach den Ereignissen der letzten Nacht nicht mehr nötig sein.«

»Aber wenn Guðrún nicht so aufmerksam gewesen wäre, hätten wir übersehen, dass Freyja Hilmarsdóttir keinen Selbstmord begangen hat, sondern ermordet wurde«, entgegnete Víkingur.

»Warum bist du denn so unglaublich pessimistisch?«, fragte Randver. »Guðrún hat bewiesen, dass sie Augen im Kopf hat, und apropos Augen – schließlich kam auch bei der Obduktion von Freyjas Leiche ans Licht, dass sie nach dieser Augenoperation kaum selbst hätte Auto fahren können.«

Randvers Argumente schienen an Víkingur abzuprallen.

»Anstatt in die Vergangenheit zu schauen, versteifen wir uns darauf, dass jemand die Veröffentlichung ihres berühmt-berüchtigten Buches verhindern wollte. Wir haben keine Spur von diesem Buch gefunden. Und jetzt sieht es auf einmal so aus, als ginge es um ein ganz anderes Buch, das Freyja vor drei Jahren geschrieben hat, und um einen rachsüchtigen Mann, der meint, sie habe seine Ehe zerstört.«

Víkingur griff nach der ersten Ausgabe der Wochenendbeilage des Abendblatts ›Leute und Neues‹ und zeigte auf die Titelseite.

»Hier ist sogar ein Foto von dem Mann.«

Es war unglaublich, wie viele fette Schlagzeilen und Fotos auf eine so kleine Titelseite passten.

Die Hauptschlagzeile lautete: DREIECKSBEZIEHUNG IN ALLER MUNDE, und darunter stand: DAS HEISSESTE PAAR DER STADT: FREYJA HILMARS UND KONDITOREI-SIGRÚN. Das größte Foto zeigte Sigrún Freysdóttir und ihren Mann Guttormur Níelsson. Es war auseinandergerissen, sodass eine Lücke zwischen dem lächelnden Ehepaar klaffte. Neben das Foto von Sigrún war ein

Porträt von Freyja Hilmarsdóttir montiert, und beide Gesichter waren mit zwei verbundenen Herzen eingerahmt worden.

Die weiteren Schlagzeilen lauteten: MIT KREDITKARTE VON STAATSBETRIEB PROSTITUIERTE BEZAHLT – LILJA DRÖFN FREIZÜGIG IN HOLLYWOOD – REICHE SOZIALHILFEEMPFÄNGER – DER KÖNIG IST GESTÜRZT – JAGUAR ALS ZWEITWAGEN FÜR DIE GATTIN sowie eine Überschrift, die wissenschaftlich wirkte und auf einen Artikel auf Seite 48 im Innenteil verwies: KALORIEN VERBRENNEN MIT KAMASUTRA – ABNEHMEN UND FIT BLEIBEN IM BETT!

»Falls du darauf hinauswillst, dass sich der Mann wegen einer Schlagzeile in diesem Klatschblättchen an Freyja rächen wollte, dann finde ich das etwas fragwürdig. Wenn irgendjemand diesen Quatsch ernst nehmen würde, wäre doch schon längst die gesamte Journalistenmischpoke ausgerottet«, sagte Randver. »Obwohl es natürlich gut möglich ist, dass Guttormur so eifersüchtig war, dass er seine Exfrau gehasst hat. Und er hegte bestimmt keine freundlichen Gefühle für Freyja Hilmarsdóttir.«

»Geschieden, eifersüchtig, alkoholabhängig«, sagte Víkingur. »Zu allem bereit. Aber diese Liste, die Liste der Gerechtigkeit, ist trotzdem ein bisschen merkwürdig.«

»Natürlich ist sie merkwürdig«, entgegnete Randver. »Der Mann war offenbar nicht ganz richtig im Kopf.«

»Werfen wir noch mal einen Blick darauf«, schlug Víkingur vor.

Freyja Hilmarsdóttir = Viper = Giftschlange = Satan
Gottes Gerechtigkeit zeigt sich in seinem Werk
die Frau ist Satan
Buchverlag Altúnga = Höllenfeuer
das Abendblatt – kleine Teufel Teitur Jónsson und Tómas Davidsson
Stefán Hauksson – der große Dieb
UND!!!
Sigrún Freysdóttir – am Tag des Gerichts werden dich die Flammen der Hölle einschließen!!!!!!

»Als er das geschrieben hat, war Guttormur anscheinend der Meinung, Freyja Hilmarsdóttir sei eine Viper. Von der Viper kommt er auf die Giftschlange im Garten Eden, und dann ist auch schon der Teufel persönlich zur Stelle. Freyja ist eine Schlange, der Teufel ist eine Schlange, und somit ist Freyja der Teufel. Das ist perfekte Logik. Und weil Freyja der Teufel ist und weil sie eine Frau ist, muss der Teufel eine Frau sein.«

»Aber das ist doch nur fair«, warf Randver ein. »Soweit ich weiß, wurde auch schon bewiesen, dass Gott eine Frau ist.«

»Gottes Wege sind unergründlich«, entgegnete Víkingur. »Ich glaube, wir sollten uns darauf konzentrieren, welchen Handel dieser Guttormur mit dem Teufel in Gestalt von Freyja Hilmarsdóttir treiben wollte. Und wo ist eigentlich Sigrún Freysdóttir? Wenn sie die Exfrau des Mannes ist, wo hält sie sich dann auf?«

»Das finden wir noch heraus«, antwortete Randver. »Keine Frage. Problematisch ist nur, dass die Kripo so wenig Personal hat, dass wir gerade mal das Tagesgeschäft geregelt kriegen: Einbrüche, Überfälle, Körperverletzungen. Wenn ein Mord stattfindet, für dessen

Aufklärung man länger als einen halben Tag braucht, kommen wir in Schwierigkeiten. Wir schaffen einfach nicht mehr. Unsere Leute können nichts dafür, wenn sich die Sachen hinziehen. Und du kannst auch nichts dafür. So ist es nun mal.«

»Man findet immer für alles eine Entschuldigung«, sagte Víkingur. »Mit einer besseren Führung würde man ein besseres Ergebnis erzielen.«

»Ich hab nicht um eine Führungsposition gebeten«, erwiderte Randver. »Und falls du über dich selbst sprichst – du hast nun mal keinen Einfluss darauf, wann dieser Sveinbjörn beschließt, die Ermittlungen nicht länger zu behindern und uns zu sagen, was er mit seiner Frau gemacht hat. Es lag nie in deiner Macht, zu entscheiden, wann Freyja umgebracht wird, und genauso wenig hättest du den Zeitpunkt hinauszögern können, wann dieser arme Kerl den Buchverlag und sich selbst in Brand steckt – bis es der Polizei besser in den Kram gepasst hätte. Es kommt nun mal selten ein Unglück allein, und das hat weder mit mir noch mit dir etwas zu tun.«

»Bitte versteh mich nicht falsch«, bat Víkingur. »Ich wollte dich für nichts verantwortlich machen.«

Randver redete weiter, ohne Víkingur anzuschauen.

»Übrigens«, sagte er, »wollte ich dich schon lange mal fragen, ob alles in Ordnung ist?«

»Alles in Ordnung? Wie meinst du das?«

»Ich meine bei dir, so allgemein. Ich hatte in der letzten Zeit den Eindruck, dass du nicht ganz du selbst bist.«

»Inwiefern?«

»Also«, sagte Randver. »Ich weiß sehr gut, dass dir meine Behäbigkeit schon immer auf die Nerven gegangen ist.«

»So ein Quatsch«, protestierte Víkingur. »Du bist mir nie auf die Nerven gegangen.«

»Nein, vielleicht nicht ich persönlich, aber du fandest mich manchmal schon ein bisschen langsam und träge. Und ich muss zugeben, dass ich mir manchmal ein Vergnügen daraus gemacht habe, dich zu reizen, damit du in die Gänge kommst.«

»In die Gänge? Wozu?« Víkingur fand, dass das Gespräch eine unerwartete Wendung nahm.

»Tja, um dich anzutreiben«, antwortete Randver. »Du bist immer am besten, wenn du ein bisschen in Fahrt kommst.«

»Man sollte also am besten gar nicht mehr nachdenken, sondern in Aktionismus verfallen?«, sagte Víkingur.

»Das habe ich nicht gesagt«, antwortete Randver. »Aber ich finde, du denkst in letzter Zeit furchtbar viel nach. Ich habe wirklich den Eindruck, dass du leicht depressiv bist. Deshalb hab ich dich gefragt, ob alles in Ordnung ist.«

»Wann zum Teufel ist schon alles in Ordnung in dieser Welt?«, fragte Víkingur.

»Ich hab ja auch nicht nach der Welt gefragt«, konterte Randver, »sondern nach dir.«

35 Scharf ist das Auge des Gastes

Als der Präsident der Vereinigten Staaten von Amerika den isländischen Ministerpräsidenten Jökull Pétursson anrief und ihn um den Gefallen bat, einen Gast in Island zu empfangen, stand es für Jökull außer Frage, auf dieses Gesuch liebenswürdig zu reagieren. Besagter Gast war ein spezieller Gesandter der irakischen Regierung, der in Washington gewesen war, um vom amerikanischen Präsidenten wichtige Instruktionen entgegenzunehmen.

Trotzdem war das Ganze im Grunde Drecksarbeit. Am liebsten hätte Jökull mit diesem Besuch nichts zu tun gehabt und den Außenminister damit betraut.

Jökull hatte sich seinerzeit voreilig von Bush überreden lassen, Island auf eine Liste der Nationen zu setzen, die bereit seien, die USA und Großbritannien beim Angriff auf den Irak zu unterstützen, um den bösen Schurken Saddam Hussein auszumerzen und zu verhindern, dass dieser aus purem Vergnügen mit Massenvernichtungswaffen um sich schmeißen und einen Weltkrieg anzetteln würde. Bush hatte ihm versichert, für die mächtigste Armee der Weltgeschichte sei es keine große Sache, einen schmutzigen Araber einen Kopf kürzer zu machen. Er benötige lediglich moralische Unterstützung und würde sich noch lange daran erinnern, welche Länder im Kampf gegen die dunklen Mächte standhaft seien. »Wer nicht für uns ist, ist gegen uns«, hatte Bush gesagt.

Seit der Gründung der Republik war die isländische Außenpolitik auf bedingungslose Anpassung an die Vereinigten Staaten ausgerichtet, denn allen fortschrittsorientierten Isländern war klar, dass ihr armes Land noch nie eine solche Milchkuh wie den amerikanischen Militärstützpunkt in Keflavík besessen hatte.

Leider ging der Kalte Krieg viel zu schnell zu Ende. Militärtechnische Fortschritte trugen dazu bei, dass Island seine strategische Bedeutung als Glied in der Verteidigungskette der USA verlor. Sparmaßnahmen und gesunder Menschenverstand, soweit dieser in militärischen Dingen vorhanden war, waren die Ursachen dafür, dass die Amerikaner durchblicken ließen, sie dächten darüber nach, die Milchkuh, den Militärstützpunkt, zu schlachten.

Jökull Pétursson begriff sofort, dass es nicht ratsam war, über die Friedensliebe der Isländer zu schwadronieren, als ihn der amerikanische Präsident endlich anrief und um moralische Unterstützung bei seinem Kreuzzug gegen Abtrünnige und Verbrecher bat.

Da der US-Präsident nun einmal in Kriegslaune war, blieb weder Zeit noch Raum, ihm zu erklären, dass es der isländischen Regierung unter formalen Gesichtspunkten gemäß einer uralten Verfassung streng untersagt sei, das Land in militärische Auseinandersetzungen zu verwickeln, wie gut und ehrenhaft deren Zweck auch sein mochte. Es war leichter, einfach ja zu sagen, und das tat Jökull. Außerdem bat er den amerikanischen Präsidenten, niemals zu vergessen, dass Island die standhafteste Nation von allen sei.

Wegen dieser Lappalie gab es beträchtlichen Ärger. Im Althing versuchte die Opposition, die Regierung in die Enge zu treiben, indem sie etwas von Verfassungswidrigkeit faselte, und sämtliche Kommunistenwichte im Land stimmten mit ein. Sogar die Medien wagten es, anzuzweifeln, ob Ministerpräsident Jökull Pétursson eigenmächtig beschließen dürfe, die Isländer zu Kriegsunterstützern zu machen. Niemand begriff, dass es sich nicht um einen Krieg, sondern um einen Kreuzzug handelte.

Tatsächlich fiel es den Amerikanern und ihren standhaften Freunden nicht schwer, Saddams Armee zu besiegen, und es dauerte nur wenige Monate, den Mann in dem Erdloch festzunehmen. Schlimmer hingegen war, dass er – obgleich besiegt und nur mit Unterhosen bekleidet den Journalisten vorgeführt – sich hartnäckig weigerte, zu erzählen, wo er seine Massenvernichtungswaffen versteckt hatte. Und die Iraker waren allesamt wenig begeistert oder gar verärgert über den Kreuzzug und kämpften weiter gegen die guten Menschen, die den langen Weg auf sich genommen hatten, um die Bösen zu töten und die Überlebenden in die Freiheit und Demokratie des Westens einzuweisen und Ölverträge mit ihnen abzuschließen.

Zur Beruhigung der Bevölkerung installierten die Amerikaner eine einheimische Marionettenregierung, in der Hoffnung, das genüge, um den Irakern ihr Selbstwertgefühl wiederzugeben. Diese Regierung genoss national wie international nur begrenzt Achtung und Wohlwollen, und nun verlangte Präsident Bush von Jökull, dass die Isländer einen speziellen Gesandten der irakischen Regierung empfangen und ihm Respekt und Gastfreundschaft zollen sollten.

Jökull hatte keine Chance, diesen Empfang an den Außenminister zu delegieren, denn der gute Mann befand sich auf einer wichtigen Konferenz in Brasilien, die zufälligerweise am selben Tag stattfand wie das Fußballendspiel der Südamerikameisterschaften. Selbstverständlich kam Jökull nicht auf die Idee, den Staatspräsidenten in den Besuch mit einzubeziehen, denn dann müsste er damit rechnen, dass der Präsidententrottel, wie er Dr. Angantýr nannte, die Medien auf den Plan rufen und die Gelegenheit nutzen würde, eine schreckenerregende Friedenspredigt zu halten. Die Diskussion über den Irakkrieg war in den isländischen Medien größtenteils eingeschlafen. Sie galt nicht länger als aktuell, obwohl die Sprengstoffanschläge der irakischen Miliz täglich Dutzende von Menschenleben kosteten. Das Wichtigste war, dass die negative Diskussion über die Verantwortung und Teilnahme Islands an diesem gesegneten Krieg nicht wieder hochkochte.

Hakim Abdul-Raman al-Riyadh reiste mit einer amerikanischen Düsenmaschine, die ihm das Pentagon zur Verfügung gestellt hatte, und machte auf seinem Weg aus den USA nach Hause morgens auf dem Flughafen von Keflavík einen Zwischenstopp. Am Nachmittag wollte er weiter nach London fliegen.

Der isländische Ministerpräsident freute sich darauf, den Würdenträger zu bitten, Tony und Cherie seine Grüße auszurichten. Deshalb stand er schleunigst auf und ließ sich nach Keflavík fahren, um den Mann dort zu empfangen. Er hatte den Aufenthalt sorgfältig vorbereitet, damit die Medien nichts bemerkten.

Jökull stand persönlich auf dem Flugfeld, um seinen Gast in Empfang zu nehmen, und verfrachtete ihn und seine engsten Begleiter unverzüglich an Bord eines in der Nähe stehenden Grenzschutz-Hubschraubers. Der übereilte Empfang wurde damit erklärt, dass das Tageslicht in Island zu dieser Jahreszeit nur sehr kurz andauere, man also keine Zeit vergeuden und dem werten Herrn

Gesandten Einblick in die Schönheit des nördlichen Endes der Welt gewähren wolle.

Hakim Abdul-Rahman al-Riyadh entpuppte sich als äußerst angenehmer Zeitgenosse, der einfache Gespräche auf Englisch führen konnte. Er hatte auch eine Dolmetscherin dabei, ein hübsches Mädchen namens Jamila.

»Das bedeutet *die Schöne*«, erklärte Hakim, der die Frau wesentlich respektvoller behandelte als hochgestellte Christen normalerweise ihre Angestellten. Jamila, die Schöne, revanchierte sich, indem sie »Hakim« mit *der Weise* übersetzte.

Die isländische Weite präsentierte sich an jenem Tag von ihrer schönsten Seite. In der Nacht hatte es geschneit, doch bei Tagesanbruch zogen die Wolken ab und ließen das Land unter einem strahlend blauen Himmel zurück. Es war windstill, und die klare Luft funkelte über dem Schnee wie eine Decke aus Diamanten.

Der Hubschrauber mit dem Ehrengast landete auf dem schneebepackten Berg Skjaldbreið, und da sie keine Zeit für längere Ausflüge hatten, beschloss Jökull, seine Gäste zu erfreuen, indem er ihnen vorflunkerte, sie befänden sich auf einem echten Gletscher. Es sorgte für große Erheiterung unter den Reisegefährten, dass der Ministerpräsident dieses arktischen Landes *glacier* heißen sollte, das englische Wort für *jökull.* Hieraus entspann sich eine Unterhaltung über die Gemeinsamkeit der Isländer und der Iraker, da beider Namen bestimmte Bedeutungen hatten.

»Now I can tell everybody that I have a friend whose name is Glacier Stoneson«, sagte Hakim und lachte verhalten. Anschließend erklärte Jamila, Abdul-Rahman heiße *Diener des Barmherzigen*, einer der Namen für den

Propheten, Friede sei mit ihm, und al-Riyadh bedeute *aus dem Garten Eden.*

Ihre Ankunft war von Servicepersonal und Meisterköchen vorbereitet worden, die mit Motorschlitten auf den Berg gefahren waren und ein köstliches Mittagessen in einem weißen Zelt kredenzten. Jökulls Glück wurde nur davon überschattet, dass die ausländischen Gäste jeglichen Alkohol dankend ablehnten, sich aber ansonsten an den Speisen gütlich taten. Er beschloss daher, es ihnen gleichzutun, ließ sich lediglich auf eindringliches Bitten des Chefkochs dazu verleiten, Champagner zum Essen zu trinken, nachdem er kontrolliert hatte, dass sich in seiner Jackentasche seine Pfefferminze befanden.

Das nächste Ziel war die Wiege der Demokratie. Þingvellir. Der Gründungsort des ältesten Parlaments der Welt. Jökull hielt es für angebracht, den arabischen Gästen zu zeigen, wie weit zurück in die Jahrhunderte die Wurzeln der isländischen Kultur reichten.

»Hier wurde das älteste noch existierende Parlament der Welt gegründet«, erklärte er, als sie aus dem Hubschrauber auf den Parkplatz unterhalb des Weges stiegen, der zur Almännerschlucht führte. »Im Jahr 930!«

»Vor oder nach Christus?«, fragte Hakim.

»Nach Christus«, antwortete Jökull. »Vor über tausend Jahren!«

»Unglaublich«, bemerkte Hakim. »Großartig – nach westlichen Maßstäben.«

»Nach westlichen Maßstäben?«, fragte Jökull. »Was meinen Sie damit, Wertester?«

»Man wundert sich manchmal darüber, wie lange die Menschheit braucht, um zu lernen«, erläuterte Hakim. »Und in welch kleinen Etappen der Fortschritt vorangeht. Seit der Niederschrift des Gesetzbuches Hammurabis in meiner Heimat vergingen fast drei Jahrtausende bis zur Gründung der ersten Gesetzesversammlung in Europa. Und dann dauerte es noch einmal tausend Jahre, bis es ein Parlament in Nordamerika gab. Das ist erst zweihundert Jahre her. Einstein hatte vermutlich Recht damit, dass die Zeit relativ ist.«

Will der Mann mich verhöhnen?, dachte Jökull. Aber Hakim machte ein todernstes, gedankenvolles Gesicht.

Jökull und er spazierten Seite an Seite den kurzen Weg entlang zur Brücke über den Fluss Öxará zum Ertränkungspfuhl. Das Gefolge kam hinterher. Jökull bückte sich, griff nach einer Handvoll Schnee und formte einen Schneeball, den er in die Schlucht schmiss. Der Schneeball rollte hinab und wurde immer größer. Dies weckte große Begeisterung; die Gäste aus dem Süden schienen sich königlich zu amüsieren.

»Hat dieses Parlament gute Gesetze geschaffen?«, fragte Hakim, als sie auf der Brücke stehen blieben und sich umschauten.

»Sie waren natürlich unterschiedlich gut«, antwortete Jökull. »Einige gelten immer noch, andere sind seit langem überholt. Aber das Althing war nicht nur eine gesetzgebende Versammlung, sondern auch ein Gerichtshof, der die Einhaltung der Gesetze überprüfte, ob sie nun gut oder schlecht waren.«

Er zeigte seinem Gast den Pfuhl im Fluss oberhalb der Brücke. »Dies ist ein sehr spezieller Ort«, erklärte er. »Hier wurden früher Frauen getötet; sie wurden ertränkt. Dieser Pfuhl heißt Ertränkungspfuhl.«

»Warum wurden sie denn ertränkt?«, fragte Hakim. »Was hatten sie verbrochen?«

»Es handelte sich um Keuschheitsverbrechen«, antwortete Jökull. »Uneheliche Kinder, Ehebruch und dergleichen.«

»Ertrinken scheint ein guter Tod zu sein«, meinte Hakim. »Ihr könnt euch glücklich schätzen, in einem Land zu leben, in dem es möglich ist, Frauen zu ertränken. Bei uns in der Wüste wäre das sehr hilfreich. Wir müssen sie steinigen.«

»Werden in Island immer noch Frauen ertränkt?«, fragte Jamila und erschauderte, entweder vor Kälte oder bei dem Gedanken, sich an einem Hinrichtungsort zu befinden.

»Nein«, sagte Jökull und lachte. »Noch nicht mal die sogenannten Feministinnen.«

Er schaute in die verdutzten Gesichter von Hakim und seiner Dolmetscherin und erinnerte sich schlagartig daran, dass er im Gegensatz zu ihnen Champagner zum Essen getrunken hatte. Außerdem haben Araber vermutlich einen anderen Sinn für Humor als Skandinavier, und wenn man es genau nimmt, hat jeder Mensch seinen eigenen Humor, und meiner ist ein bisschen speziell, dachte Jökull. Er sagte: »Das war nur ein Scherz. In Island wird niemand getötet, weder Frauen noch Männer.«

Im selben Moment erblickte Jamila die Frau und stieß einen Schrei aus. Jökull wurde schwarz vor Augen, als er zu Boden ging.

Einer der jungen Männer, die Hakim als Kabinettsvertreter vorgestellt hatte, warf sich auf Jökull und drückte mit einer Hand seinen Kopf in den Schnee. In der anderen hielt er eine Pistole.

Trotz allem war es überhaupt nicht unangenehm. Jökull spürte, wie sich die Muskeln in dem jungen Körper anspannten, als der Mann nach allen Seiten schaute, um auszumachen, aus welcher Richtung Gefahr drohte. Seine Muskeln waren fest wie Stahlseile, und er roch gut, eine Mischung aus schwer duftendem Rasierwasser und exotischen Gewürzen. Die Berührung war intensiv, und Jökull, der in Island seit über zehn Jahren am Tage wie in der Nacht alleinherrschend war, verspürte eine merkwürdige Erleichterung darüber, jeglicher Verantwortung entledigt und vollständig in der Gewalt eines anderen Mannes zu sein, der den eigenen Körper als Schutzschild benutzte und sich an ihn presste. Er überwand jedoch das Verlangen, seinen Beschützer zu umarmen, und drehte seinen Kopf ein klein wenig, um die Nase aus dem Schnee heben zu können.

Jökull sah, dass zwei andere Kabinettsvertreter sich auf Hakim und Jamila geworfen hatten, mit Schusswaffen herumfuchtelten und aufgebracht um sich blickten. Es schien nicht zu den Aufgaben der Leibwächter zu gehören, den Protokollanten des isländischen Außenministeriums zu beschützen, denn dieser saß mit ausgestreckten Beinen im Schnee, hatte seinen Hut verloren und machte, gelinde gesagt, ein verwundertes Gesicht.

Jamila schrie etwas in ihrer Muttersprache, und der Mann, der auf ihr lag, brüllte lauthals zurück und versuchte zudem, sie zur Besinnung zu bringen, indem er sie leicht mit der freien Hand ohrfeigte.

Hakim Abdul-Rahman lag totenstill unter seinem Leibwächter und regte sich nicht. Hatte er einen Schuss abbekommen? Jökull zuckte bei dem Gedanken zusammen. War es möglich, dass sie von Terroristen umzingelt waren, Attentätern, die sie aus dem Hinterhalt beschossen hatten und sich jetzt heranschlichen? Jökull spürte, wie ihm bei dem Gedanken, er könne womöglich eine

Kugel in den Kopf bekommen, feucht zwischen den Beinen wurde. Er presste sein Gesicht wieder in den Schnee und kämpfte damit, das Rinnsal zu stoppen. Natürlich war Hakim das Ziel.

Jökull selbst hatte mit keinem Menschen Streit, zumindest mit niemandem im Orient. Terroristen waren schließlich auch eine Art Politiker, und als solche würden sie verstehen, dass er vollkommen unschuldig war und keinerlei Verantwortung für den Einmarsch feindlicher Truppen in ihr Land und die dazugehörigen Verluste trug. Sie mussten begreifen, dass die Unterstützungserklärung für die Vereinigten Staaten lediglich ein politischer Akt war, mit dem Ziel, die Verbindung zwischen Island und den USA zu stärken und profitable Geschäfte isländischer Firmen voranzutreiben. Die Amerikaner hätten Saddam so oder so den Krieg erklärt, ob die Isländer nun ihren Segen dazu gaben oder nicht. Kapierten sie denn nicht, dass Island keine Rolle spielte? Wollten sie einen unschuldigen Mann, der sich im Grunde überhaupt nicht für sie interessierte, kaltblütig ermorden?

Jökull hielt die Luft an und versuchte, ganz still zu liegen. Er lauschte angestrengt auf Schüsse, aber das Einzige, was er hörte, war das gurgelnde Gespräch zwischen Jamila und dem Leibwächter und das Klatschen der Ohrfeigen, die dieser zwischendurch wie Satzzeichen verwendete, um Jamilas Worte zu strukturieren. Sie hallten durch die Schlucht. Zum Glück waren keine Schüsse zu hören. Dennoch rang Jökull nach Atem. Ihm wurde klar, dass man gemäß Geschwindigkeitsberechnungen keinen Schuss hört, wenn man eine Kugel in den Kopf bekommt, da diese sich schneller bewegt als der Ton. Warum zum Teufel habe ich diese Leute empfangen?, dachte er und bedauerte es, nicht wesentlich mehr Champagner getrunken zu haben.

Man sagt, viele Menschen würden im Angesicht des Todes noch einmal ihr gesamtes Leben rekapitulieren. Jökull verschwendete keine Zeit daran, sich noch einmal jede Kleinigkeit ins Gedächtnis zu rufen, sondern dachte darüber nach, ob sein Ziel, Ministerpräsident zu werden, richtig gewesen war. Die Frage war nicht leicht zu beantworten. In vielerlei Hinsicht war es ein Drecksjob, und er würde einige Aufgaben nicht einmal seinem Hund zumuten. Andererseits gab es natürlich gewisse Vorteile und angenehme Privilegien. Obwohl sein Hund zu Hause nicht in Gefahr war, wollte er doch lieber Ministerpräsident sein als Hund.

Das musste bedeuten, dass er mit seinem Leben zufrieden war.

Weiter kam Jökull mit seiner Lebensbilanz nicht, denn er spürte, wie der Leibwächter aufstand. Jökull wälzte sich auf den Rücken und rappelte sich dann hoch. Zum Glück war sein Mantel lang genug, um die Nässe an den Innenseiten seiner Hosenbeine zu verdecken. Er musste daran denken, am Abend Penicillin zu nehmen, um einer Blasenentzündung vorzubeugen. Was war eigentlich passiert?

Hakim hatte sich erhoben, stand am Brückengeländer und beugte sich über den Pfuhl. Jamila stand neben ihm und fuchtelte und gestikulierte mit den Händen. Der Leibwächter, der sie eben noch eifrig geohrfeigt hatte, schien nun irgendwelche Anweisungen von ihr zu befolgen. Er hatte die Brücke verlassen und tastete sich vorsichtig über den glatten, verharschten Schnee hinunter zum Fluss, der gemächlich zwischen den Eisschichten an der Uferböschung hindurchfloss.

Als Jökull ans Brückengeländer trat, war der Leibwächter Jamilas Handzeichen und Anweisungen so weit gefolgt, dass er bis zu dem Eisrand am Pfuhl vorgedrungen war. Er streckte seinen Arm über das dunkelblaue Wasser. Unter der Wasseroberfläche blitzte etwas auf. Der Leibwächter starrte wie hypnotisiert ins Wasser und wartete darauf, dass die Strömung das Ding näher zu ihm treiben würde. Er konnte Frauenhaar erkennen, von wunderschöner goldener Farbe. Schnell ergriff er die Gelegenheit, packte die Frau am Haar und zog sie zu sich.

Erst tauchte ihr Gesicht auf, blassbläulich und aufgedunsen und ebenso unheimlich, wie ihr Haar auf wundersame Weise schön war.

Als der Körper der Frau an die Wasseroberfläche kam, konnte man erkennen, dass sie nackt war.

Der Leibwächter stellte fest, dass das Haar nicht mehr fest genug am Kopf saß, um die Leiche ans Ufer ziehen zu können. Er musste den Körper zu packen bekommen. Als er seine andere Hand ausstreckte und die Leiche an den Schultern fassen wollte, rutschte er auf dem Eis aus und stürzte kopfüber in den Pfuhl, der blonden Frau, die ihn in ihrer schamlosen Nacktheit empfing, direkt in die Arme.

Jökull starrte entsetzt ins Wasser. Aus der Reaktion des Leibwächters folgerte er, dass Schwimmen in dessen Heimat wohl nicht zu den Pflichtschulfächern gehörte. Der Mann zappelte und schlug um sich, ohne jedoch das Haar der Frau loszulassen, deren Kopf ab und zu aus dem Wasser auftauchte und ihn mit offenem Mund auszulachen schien.

Aus unerwarteter Richtung kam Hilfe. Jökull und der Protokollant standen wie gelähmt da und beobachteten den Todestanz. Sie waren beide keine riskanten Aktivitäten gewohnt. Hakim wandte die Augen nicht von dem Pfuhl ab und hing über dem Brückengeländer. Es war Jamila, die dem Mann zu Hilfe kam. Sie tastete sich hinunter zum Pfuhl, wobei sie ihre hohen Absätze wie Steigeisen benutzte, um Halt zu bekommen. Dann wickelte sie ihren langen Schal vom Hals und versuchte, dem Leibwächter, der im Wasser herumstrampelte, das eine Ende zuzuschmeißen. Beim zweiten Versuch gelang es ihr, den Schal weit genug ins Wasser zu schleudern, sodass der Mann ihn greifen konnte. Langsam und vorsichtig zog sie ihn mit der Leiche im Schlepptau gegen die Strömung. Als der Leibwächter sich dem Ufer näherte, bekam er Boden unter den Füßen und konnte an Land krabbeln, ohne seine Weggefährtin loszulassen.

Jamila watete ins Wasser, packte die Frau unter den Achseln und schleifte die Leiche auf das vereiste Ufer, wo sie totenbleich im weißen Schnee liegen blieb.

Die Anspannung wich ebenso schnell, wie sie gekommen war.

Der Leibwächter hockte auf allen vieren neben der Leiche, erbrach sich und spuckte Wasser.

Jamila hatte den Mann zwar lebend geborgen, aber die Frau war offenbar schon länger tot. Jamila nahm den Schal, mit dem sie den Leibwächter gerettet hatte, und verhüllte die Leiche.

Hakim durchbrach die Stille. Er lächelte Jökull zu, so als sei dieses Schauspiel eine gelungene Vorführung seines Gastgebers gewesen.

»Bei allem Respekt«, sagte Hakim Abdul-Rahman und betrachtete die Leiche auf dem weißen Eis, »ich kann nicht feststellen, dass die Isländer in Gleichberechtigungsfragen wesentlich weiter wären als wir.«

36
Leute und Neues

Der Traum von Teitur Jónsson, dem Ressortleiter Nachrichten des Abendblatts, eine Zeitschrift zu publizieren und einen Chefredakteursposten zu übernehmen, ging in Erfüllung, als die Wochenendbeilage des Abendblatts ins Leben gerufen wurde. Sie bekam den Namen ›Leute und Neues‹ und wurde – aufgrund der ausführlichen Berichterstattung über Dinge, die man bisher für Privatangelegenheiten gehalten hatte, über die man nur flüsternd und unter dem Motto »Ich darf's eigentlich nicht weitersagen, aber du behältst es ja für dich« sprach – innerhalb kürzester Zeit zur meistdebattierten Zeitschrift des Landes. Teitur war der Meinung, das Bedürfnis nach Informationen über Landsleute sei in einer so kleinen Gesellschaft genauso groß wie das Interesse an ausländischen Königsfamilien, Popstars, Fußballikonen, Millionären und Schicksalsschlägen internationaler Prominenter. Schon seit Jahrzehnten kursierte jede Menge Klatsch über Ausländer. Teitur folgerte, dass das Volk aber auch wie ein Individuum handelt: Jedes Individuum interessiert sich in erster Linie für sich selbst. Dieser Prämisse folgte die Berichterstattung der neuen Zeitschrift. Durch den Abdruck von Informationen über sexuelle Vorlieben, Ess- oder Trinkgewohnheiten namentlich genannter Personen verursachte sie viel Wirbel. Besonderen Wert legte man darauf, Leute, die mit dem Gesetz in Konflikt geraten waren, namentlich zu nennen und abzulichten. Allgemeinen Anklang fand die Vorgehensweise, Fotos von vermeintlichen Kinderschändern zu veröffentlichen, während ansonsten geteilte Meinungen über die unverfrorene Berichterstattung herrschten. Jeder schien Bescheid zu wissen, worüber in ›Leute und Neues‹ berichtet wurde, obwohl nur wenige zugaben, die Zeitschrift zu lesen, geschweige denn, sie zu kaufen. Das Blatt lief hervorragend, und Teitur scherte sich nicht darum, wenn die Leser sich gegenseitig in ihrer Geringschätzung der Zeitschrift übertrafen.

Heuchelei kann eine ganze Nation erfassen, genauso wie ein Individuum, dachte er und war zufrieden mit sich und der Welt.

An jenem Morgen kam Teitur zur Polizeiwache, um seine Anklage gegen zwei Geldeintreiber zu verfolgen: Gangsta-Gísli und Jói Brecher. Von ihnen hieß es, sie hätten jede Menge Leute malträtiert, verschuldete Junkies ebenso wie Eltern, die sich weigerten, die Finanzschulden ihrer Sprösslinge bei Drogendealern zu begleichen. Die beiden Geldeintreiber hatten sich über Teitur entrüstet, als Fotos von ihnen auf der Titelseite von ›Leute und Neues‹ erschienen waren. Sie protestierten gegen die Berichterstattung über Dinge, die sie als selbstverständliche und notwendige Dienstleistung in einer modernen Gesellschaft ansahen, indem sie die Redaktion des Abendblatts, wo auch Teiturs Zeitschrift hergestellt wurde, stürmten. Der eine Geldeintreiber machte seiner Empörung Luft, indem er Teitur an der Gurgel packte und niederriss, während der andere seine Meinung über diese Art von Journalismus dadurch kundtat, dass er dem am Boden liegenden Chefredakteur mit einem Baseballschläger den Arm brach. Teitur hatte den Vorfall bei der Polizei gemeldet, aber als die zum Tatort gekommen war, um die Aussage aufzunehmen, waren die Geldeintreiber schon längst wieder verschwunden und mit anderen dringlichen Aufgaben in der Stadt beschäftigt. Im gemeinschaftlichen Redaktionsbüro von Abendblatt und ›Leute und Neues‹ gab es ungefähr dreißig Zeugen des Vorfalls, weshalb allgemeines Unverständnis darüber herrschte, dass die Polizei die Gewalttäter nicht umgehend dingfest gemacht hatte.

Der Polizeidirektor hatte an diesem Morgen keine Zeit, Teitur zu empfangen. Weitere Mitarbeiter, mit denen der Chefredakteur sprach, erklärten ihm, der Fall sei »in Bearbeitung«. Teitur hielt das für eine dumme Ausrede und drohte seinen Gesprächspartnern damit, eine Serie über die Unfähigkeit der Polizei zu veröffentlichen.

Nachdem ein Oberkommissar, ein wachhabender Beamter sowie der Leiter der Parkgebühreneinnahmestelle Teitur aus ihren Büros verwiesen hatten, kam der auf die Idee, Hauptkommissar Víkingur Gunnarsson bei der Kripo einen Besuch abzustatten, denn sie kannten sich von früher.

»Wenn man vom Teufel spricht«, sagte Víkingur, als Teiturs Kopf in seiner Bürotür auftauchte. »Bitte, komm rein und setz dich.«

Teitur nahm das Angebot an, betrat das Büro jedoch zögerlich, denn er war es aufgrund seines Jobs nicht gewohnt, freundlich begrüßt zu werden oder willkommen zu sein.

»Wir haben zufälligerweise gerade über deine Zeitschrift gesprochen«, sagte Víkingur. »Das ist Guðrún Sólveig Hallsdóttir von der Technischen Abteilung, und das ist Teitur Jónsson, Redakteur von ›Leute und Neues‹. Er kommt wie gerufen, um uns diese Dreiecksbeziehung, über die wir gerade nachgedacht haben, näher zu erläutern.«

»Welche Dreiecksbeziehung?«, fragte Teitur und witterte Neuigkeiten.

Víkingur zeigte ihm die Titelseite von ›Leute und Neues‹, die während der nächtlichen Hausdurchsuchung bei Guttormur Níelsson gefunden worden war, mit der Schlagzeile: DREIECKSBEZIEHUNG IN ALLER MUNDE und der Unterzeile: DAS HEISSESTE PAAR DER STADT: FREYJA HILMARS UND KONDITOREI-SIGRÚN.

»Wir würden gern mehr über diese Dreiecksbeziehung erfahren«, erklärte Víkingur und zeigte auf das zerrissene Titelfoto von Sigrún Freysdóttir und ihrem Mann Guttormur Níelsson, daneben Freyja Hilmarsdóttir, durch zwei verschlungene Herzen mit Sigrúns Gesicht verbunden.

»Das ist doch uralt und längst vorbei«, sagte Teitur. Er konnte seine Enttäuschung über die angestaubte Nachricht nicht verbergen. »Das mit Freyja und Sigrún war nie mehr als ein Abenteuer für eine Nacht, und der arme Gutti hat die Konditorei verkauft und sich in sein Schneckenhaus zurückgezogen. Er war allerdings schon immer ziemlich seltsam. Welcher Mann kommt schon auf die Idee, nach Kopenhagen zu fahren, um zu lernen, wie man Torten dekoriert?«

»Könnte ich mir durchaus vorstellen«, entgegnete Víkingur.

Teitur sah schon eine nette kleine Schlagzeile vor sich: »Kripo-Hauptkommissar wäre gerne Konditor geworden«, und dazu ein Foto von Víkingur neben einer Sahnetorte.

»Ich hätte nicht gedacht, dass du so feminin bist«, stellte Teitur fest.

»Man entdeckt ständig neue Seiten an sich«, erwiderte Víkingur.

Teitur fügte im Geiste eine Unterzeile hinzu: »Schön, seine femininen Seiten zu entdecken – sagt Víkingur Gunnarsson.«

»Ich kann sehen, woran du gerade denkst«, sagte Víkingur. »Untersteh dich, auch nur davon zu träumen.«

»Ich hab an nichts Bestimmtes gedacht«, sagte Teitur, »nur dass ein kleines Interview mit einem Hauptkommissar interessant sein könnte, so ein ›Der-Mensch-hinter-dem-Job-Gespräch‹ über die dunklen Seiten eines Polizisten.«

»Wenn du auch nur ein Wort ohne meine Erlaubnis über mich abdruckst«, drohte Víkingur, »hole ich nach, was die Geldeintreiber letztens gerne mit dir gemacht hätten, sich aber nicht getraut haben. Abgesehen davon habe ich keine dunklen Seiten. Ich bin hart wie Stahl. Aber du könntest versuchen, mich zu besänftigen, indem du mir erzählst, was du über diese Leute – Freyja, Sigrún und Guttormur – weißt. Und kennst du einen Stefán Hauksson?«

»Ich kenne ihn nicht, aber ich weiß alles über ihn«, antwortete Teitur. »Warum fragst du?«

Víkingur stöhnte, und Teitur beschloss, fürs Erste nicht nach weiteren Erklärungen zu bohren.

»Stefán Hauksson ist ein versoffener Bäcker, der Gutti die Konditorei abgekauft hat, als er und Sigrún sich getrennt haben.«

»Warum haben sie sich getrennt?«

»Glaub bloß nicht, was Gutti rumerzählt«, sagte Teitur. »Der war schon immer durchgeknallt.«

»Was erzählt Gutti denn rum?«, fragte Víkingur.

»Er erzählt, ›Leute und Neues‹ sei schuld daran, dass Sigrún ihn verlassen habe. Nur weil wir geschrieben haben, was eh schon alle wussten, nämlich dass sie mit Freyja Hilmars lesbische Spielchen getrieben hat. Du weißt doch, wer sie war: die ehemalige Frauenparteilerin, die sich vorgestern umgebracht hat.«

»Über die reden wir später«, sagte Víkingur. »Erzähl mir von Guttormur und Sigrún.«

»Es lief alles super bei ihnen, als Guttormur noch normal war, oder zumindest normal für seine Verhältnisse. Sie haben die Konditorei eröffnet und mit Kaffee und Sahnetorten gut verdient. Dann bekam Guttormur immer öfter solche Wahnvorstellungen. Ich weiß, dass ihre Ehe schon längst kaputt war, als Sigrún auf diesen Lesbentrip mit Freyja kam und sich von ihm trennte. Sie konnte die Bäckerei natürlich nicht mit ihrem verrückten Ehemann weiterführen, also hat Stefán Hauksson ihnen die Firma abgekauft. Sigrún war dann noch mit ein paar anderen Lesben zusammen, bis sie einen Schafzüchter aus dem Bárðardalur kennengelernt hat und zu ihm gezogen ist. Ich hab vor ein paar Wochen ein Interview mit den beiden abgedruckt. Ich weiß nicht mehr, wie der Bauer heißt, aber er ist ziemlich mystisch veranlagt, glaubt an Elfen und so. Sigrún fühlt sich offenbar zu Bekloppten hingezogen. Ich hab mehrmals versucht, Gutti wegen eines Interviews zu kontaktieren, aber er glaubt offenbar, George Bush sei der Messias – eine interessante Einstellung.«

»Hm«, machte Víkingur. »Und was weißt du über Freyja Hilmarsdóttir?«

»Nur das, was alle wissen. Frauenparteilerin, Feministin, Schriftstellerin. Und alle warten gespannt auf ihr Buch. Es soll um die spektakulären Eheerfahrungen von Frauen gehen, die mit Top-Promis, zum Beispiel Magnús Mínus, verheiratet waren. Ein unverblümtes, spannendes Buch. Soll ›Walküren‹ heißen.«

»Das wissen ja nun wirklich alle«, bemerkte Víkingur. »Was weißt du sonst noch?«

»Sie war natürlich bi«, sagte Teitur.

»Bi-was?«

»Bisexuell. Mal mit Frauen, mal mit Männern. Ich hab sie kaum gekannt, bin aber gut mit ihr ausgekommen.«

»Warum?«

»Weil sie getan hat, was sie wollte, und auf die ganze Heuchelei geschissen hat. Sie hat nichts vorgespiegelt und offen ihre Meinung gesagt. Solche Leute kommen in der Politik nur selten nach oben, und sie ist ja auch von ihrem Mandat zurückgetreten. Die anderen Weiber bei der Frauenpartei waren ganz schön blöd, dass sie sie gehen lassen haben. Die haben nicht begriffen, wie groß das Bedürfnis nach Aufrichtigkeit in unserer heuchlerischen Gesellschaft ist, wo immer alle so tun, als seien sie ganz anders, als sie wirklich sind.«

»Und was dann?«

»Wie, was dann?« Obwohl Teitur gern erzählte, nervte es ihn, verhört zu werden und Informationen preiszugeben, ohne dafür im Gegenzug etwas zu bekommen.

»Was hat sie gemacht, nachdem sie aus der Politik ausgestiegen ist?«

»Sie hat einfach gemacht, was sie wollte. Frauenforschung unterrichtet, Vorträge gehalten und geschrieben. Und dann hat sie natürlich noch den Bestseller ›Bettfreuden‹ veröffentlicht. Da haben viele feuchte Hände gekriegt, als der rauskam. Sowohl Frauen als auch Männer. Ein sehr direktes Buch.«

»Offenherzig«, pflichtete Víkingur ihm bei.

»Ja, wenn man den Mut hat, unumwunden die Wahrheit zu sagen, muss man immer damit rechnen, als Sexbestie, Großmaul oder Skandaljournalist bezeichnet zu werden«, sagte Teitur. Er identifizierte sich offenbar mit Freyja und anderen Märtyrern der Wahrheit. »Und manche schlägt man sogar nieder und bricht ihnen die Knochen, ohne dass die Polizei einen Anlass sieht, ihnen zu Hilfe zu kommen«, fügte er hinzu und klopfte zur Bestätigung gegen seinen Gipsarm.

»Tja, es ist kein Kinderspiel, der Wahrheit zu dienen«, sagte Víkingur. »Das wissen wir bei der Polizei am allerbesten.«

Das war Teitur zu viel: Die Arbeit der Polizei mit der eines wahrheitssuchenden Journalisten zu vergleichen, hatte auf Teitur dieselbe Wirkung wie das Winken mit einem roten Tuch auf einen Stier.

»Seit wann ist es Aufgabe der Polizei, die Wahrheit zu suchen?«, empörte Teitur sich. »Ihr sollt die Einhaltung der Gesetze überwachen, ihr wacht über das System. Echte Journalisten stehen außerhalb dieses Systems und werfen ein kritisches Auge darauf. In hundert Jahren wird das, womit sich die Polizei beschäftigt, als unsinnig, primitiv und kriminell angesehen werden.«

»Aha?«, sagte Víkingur und dachte im Stillen, dass dies wahrlich das Vernünftigste gewesen war, was Teitur Jónsson bisher von sich gegeben hatte.

»Der größte Teil eurer Arbeit besteht doch darin, Alkoholiker und Drogenabhängige zu fassen, die im Rausch irgendwas Illegales getan haben, ihnen das nachzuweisen und sie für Diebstähle, Überfälle, Einbrüche, Körperverletzungen oder Totschlag ins Gefängnis zu bringen«, fuhr Teitur fort. »Ständig buchtet ihr Leute ein, die nie gegen das Gesetz verstoßen hätten, wenn sie nicht stockbesoffen oder weggetreten gewesen wären. Ihr verfolgt Kranke, die das System nicht heilt, sondern wegsperrt, so wie Geisteskranke vor hundert Jahren behandelt worden sind. Das sind alles Leute, die keiner Fliege was zuleide getan hätten, wenn sie sich nicht zugesoffen oder sich das Hirn weggeknallt hätten. Und diese Leute kommen ins Zuchthaus und werden da verwahrt, bis sie einen solchen Hass auf die Gesellschaft entwickelt haben, dass sie es nicht erwarten können, wieder rauszukommen und noch mehr Straftaten zu begehen. Die Mehrheit dieser Leute ist einfach krank. Anstatt nach Wegen zu suchen, diesen Leuten zu helfen, werden sie ins Gefängnis gesteckt. Oder sehe ich das falsch?«

»Nein, du hast völlig Recht«, antwortete Víkingur. »Aber du wirst das nicht unter meinem Namen abdrucken.«

»Nein, in dieser Scheißgesellschaft traut sich ja niemand, etwas laut zu sagen«, tönte Teitur. »Niemand.«

Víkingur schwieg. Schweigen war das Gleiche wie Zustimmung, dachte er.

»Man präsentiert sich seinen Mitmenschen als öffentliche Person, und wenn man zu Hause die Gardinen zugezogen hat, ist man jemand ganz anderes«, redete Teitur weiter. »Wir sind alle gleich, aber wir wollen es nicht zugeben. Jeder tut so, als sei er besser als sein Nachbar.«

»So ist das wohl«, sagte Víkingur. Er hätte das Gespräch gerne beendet.

Aber Teitur war noch nicht so weit. Vor noch nicht allzu langer Zeit war er durch seinen Job wiedergeboren worden und hatte die Wahrheit entdeckt. Diese Erfahrung musste er mit anderen teilen, ob sie wollten oder nicht.

»Eure Arbeit bei der Polizei besteht darin, kranke Menschen zu verfolgen und sie aus der Gesellschaft zu entfernen, wie irgendeinen Dreck. Ihr Jungs seid zu beschäftigt – entschuldige, die weiblichen Polizisten natürlich auch«, sagte Teitur und schaute entschuldigend zu Guðrún, die ihm zugehört, aber bisher noch nichts gesagt hatte, »ihr seid so damit beschäftigt, Kranke zu verfolgen, dass ihr euren eigentlichen Job gar nicht mehr machen könnt.«

»Und welcher Job soll das sein?«, fragte Víkingur.

»Tja, das hast du wohl schon vergessen«, sagte Teitur. »Die Polizei soll die echten Verbrecher finden und ins Gefängnis stecken; echte Kriminelle, die ganz nüchtern, vorsätzlich und kaltblütig Delikte begehen, um davon zu profitieren oder weil sie Lust an Gewalt haben. Echte Kriminelle sind hierzulande fast unbekannt. Aber glaubt ihr etwa, die gäbe es hier nicht? Oh nein! Sie laufen frei herum. Echte Kriminelle, die kaltblütig Straftaten begehen, landen fast nie im Gefängnis.«

Teitur hatte sich heißgeredet und hätte zweifellos noch weitergemacht, wenn Víkingurs Handy nicht geklingelt hätte. Víkingur schaute aufs Display und sah, dass Polizeidirektor Lúðvík am Apparat war. Er hob seine Hand, um Teitur zu signalisieren, er solle seine Stimme senken. Dann ging er ran.

»Víkingur.«

Aus Víkingurs kurzen Bemerkungen am Telefon konnte Teitur heraushören, dass es sich um ein internes Gespräch handelte. Er sperrte die Ohren auf, in der Hoffnung, etwas Berichtenswertes aufzuschnappen. Teitur bereute schon, dass er sich von Víkingur hatte provozieren lassen. Es war dumm, diejenigen zu beschimpfen, die man sich besser warmhalten sollte, weil man auf Informationen angewiesen war.

Als das Telefongespräch beendet war, versuchte Teitur, den Schaden einigermaßen wiedergutzumachen.

»Natürlich ist daran nicht die Polizei, sondern der Gesetzgeber schuld«, lenkte Teitur ein. »Nehmen wir beispielsweise einen Mann, der wegen Alkohol am Steuer aufgegriffen wird. Welchen Einfluss hat das auf ihn? Hört er auf zu trinken? Natürlich nicht! Er lernt daraus nur, dass minimale Schwierigkeiten und Kosten auf ihn zukommen, wenn er besoffen Auto fährt. Wenn jemand wegen Trunkenheit am Steuer erwischt wird, sollte selbstverständlich der Wagen konfisziert und der Fahrer in eine Entzugsklinik gebracht werden. Genau dasselbe muss man auch mit anderen Gelegenheitstätern machen. Man muss sie therapieren und für das Vergehen bezahlen lassen. Sie müssen den Schaden, den sie verursacht haben, wiedergutmachen.«

»Ja«, sagte Víkingur. »Da ist was Wahres dran. Aber du musst mich jetzt leider entschuldigen. Dank dir für die Infos.«

»Du musst dich nicht bei mir bedanken«, entgegnete Teitur. »Du weißt ja, wie das läuft. Es ist ein Handel. Ich erzähle dir was, das dir nützt, und du erzählst mir im Gegenzug auch was. Das ist der Deal.«

»Ich weiß nicht, ob du mir was erzählt hast, das nützlich für mich ist«, gab Víkingur zu bedenken. »Aber heute ist dein Glückstag. Du hast so viel Vernünftiges von dir gegeben, dass ich dir drei Infos geben werde. Drei Riesenneuigkeiten auf einmal. Und dafür bist du mir bis in alle Ewigkeit was schuldig.«

Teitur kniff die Augen zusammen und musterte den Hauptkommissar. War das etwa Polizistenhumor?

»Das Erste betrifft Freyja Hilmarsdóttir. Sie hat keinen Selbstmord begangen; sie ist ermordet worden. Das Zweite betrifft die Brandstiftung im Buchverlag Altúnga letzte Nacht. Der Brandstifter war aller Wahrscheinlichkeit nach geisteskrank, Guttormur Níelsson, den kennst du ja. Drittens wurde eine Frauenleiche im Ertränkungspfuhl in Þingvellir gefunden. Die einzige uns bekannte vermisste Frauenleiche ist die Leiche von Sveinbjörn Ragnarssons Ehefrau. Er sitzt in U-Haft. Ihre Identität wird im Laufe des Tages voraussichtlich noch bestätigt werden.«

Teitur starrte den Hauptkommissar an, der ihm freundlich zulächelte.

»Reicht das fürs Erste?«, fragte Víkingur. »Drei Schlagzeilen, von denen jede eine Woche lang die Titelseite einnehmen könnte.«

Teitur hatte begriffen, dass das Gespräch zu Ende war. Jetzt war es an ihm, diese unverhofften Neuigkeiten näher zu beleuchten.

Er erhob sich.

»Doch«, sagte er. »Das sind ganz interessante Neuigkeiten. Vielen Dank.«

»Das ist nur ein Deal, wie du gesagt hast«, entgegnete Víkingur. »Aber weil ich gute Laune habe, werde ich noch eine klitzekleine Info drauflegen. Meinst du nicht, es wäre raffiniert, ein Interview mit denjenigen zu bringen, die die Frauenleiche in Þingvellir gefunden haben?«

»Das wäre perfekt«, frohlockte Teitur. »Wo kann ich sie erreichen?«

»In der Ministerresidenz in Þingvellir«, antwortete Víkingur. »Die Leiche wurde von Hakim Abdul-soundso, einem speziellen Gesandten der irakischen Regierung, und dem isländischen Ministerpräsidenten, der, wie du weißt, Jökull Pétursson heißt, gefunden.«

»Du machst Witze«, sagte Teitur.

»Es reicht vollkommen, mich als anonymen Informanten zu bezeichnen«, sagte Víkingur. »Polizeiarbeit läuft am besten im Verborgenen ab.«

»Meine Informanten sind mir heilig«, erklärte Teitur.

»Das ist ja ein Aufstieg: gerade noch verteufelt, schon heiliggesprochen«, sagte Víkingur.

»Ja«, entgegnete Teitur. »Aber denk dran, nichts hält ewig, und man stürzt schneller ab, als man aufsteigt.«

37 Jämmerling

Sobald er von dem Leichenfund erfuhr, machte sich Randver in Begleitung von Marinó und Kollegen aus der Technischen Abteilung auf den Weg nach Þingvellir. Er bat Dagný, Sveinbjörn unverzüglich zum Verhör holen zu lassen.

»Ich spüre, dass das die Leiche von Sveinbjörns Frau Ásgerður ist«, sagte Randver. »Ich melde mich sofort, wenn ich sicher bin. Bisher habe ich ihm bei den Vernehmungen viel zu viel durchgehen lassen. Am besten quetschst du das Geständnis aus ihm heraus.«

Dagný war anderer Meinung.

»Ich wollte diesem Schuft zwar schon die ganze Zeit auf den Zahn fühlen, bin mir aber nicht sicher, ob es so vernünftig ist, wenn ich ihn gerade jetzt verhöre. Ich bin eine Frau.«

»Ja, das ist mir klar«, entgegnete Randver. »Aber was hat das mit dem Fall zu tun?«

»Dieser Mann verachtet Frauen; er hasst sie. Nur weil sie Frauen sind. Er würde sich nie dazu hergeben, mir etwas zu gestehen.«

»Da hast du vermutlich vollkommen Recht«, sagte Randver. »Aber ich glaube, er hasst und verachtet Männer genauso. Und ich denke, er hasst und verachtet in erster Linie sich selbst, und das lässt er auf ziemlich unangenehme Weise an seinen Mitmenschen aus, welchen Geschlechts sie auch sein mögen. Es ist nicht unsere Aufgabe, die Psycho-Probleme dieses Jämmerlings zu analysieren, es sei denn, es hilft uns dabei, herauszufinden, was geschehen ist. Es heißt doch, die Polizei sei der Arm der Gerechtigkeit, und Gerechtigkeit ist weder weiblich noch männlich. Bring den armen Kerl einfach zu einem Geständnis; ich hab nämlich wirklich die Nase voll von ihm und seinen Lügenmärchen.«

»Den armen Kerl?«, sagte Dagný. »Wie kannst du einen solchen Menschen auch noch bemitleiden?«

»Man muss ihn einfach bemitleiden. Er hat sich ja nicht gerade in die besten Umstände gebracht.«

»Das hat er sich selbst zuzuschreiben. Schließlich hat ihn niemand dazu gezwungen, seine Frau umzubringen.«

Randver schaute Dagný an, und eine Sekunde lang dachte sie, dieser sanftmütige Mensch würde die Fassung verlieren, aber er sagte nur seelenruhig: »Ich glaube, kein normaler Mensch trifft bewusst die Entscheidung, bösartig zu werden. Das ist eher die Folge eines geringen Selbstwertgefühls und einer Reihe falscher Entscheidungen. Wer den Kompass nicht mehr im Blick hat und den Kurs im Leben verliert, landet an einem anderen Ziel, als er wollte. Aber wie dem auch sei, ich vertraue darauf, dass du diesem Schuft ein Geständnis entlockst.«

Rechtsanwalt Guðbjartur war sauer darüber, ohne Vorwarnung zur Teilnahme an der Vernehmung seines Mandanten gebeten zu werden.

»Unsere Ermittlungen können sich leider nicht nach den Terminplänen von Rechtsanwälten richten«, sagte Dagný.

Guðbjartur schluckte.

Als Sveinbjörn zur Vernehmung gebracht wurde, würdigte Dagný ihn keines Blickes, sondern unterhielt sich mit Guðbjartur.

Irgendwann konnte sich Sveinbjörn nicht mehr zurückhalten, fiel ihnen ins Wort und sagte:

»Wollt ihr euch nicht mit mir unterhalten, oder was?«

Dagný schaute ihn an, als hätte sie ihn gerade erst wahrgenommen und könne ihn nicht richtig einordnen.

»Nur keine Hektik, mein Freund. Ich glaube nicht, dass ich dich noch irgendwas fragen muss.«

Dann plauderte sie weiter mit Guðbjartur. Der Mordverdächtige saß schweigend und mit gerunzelter Stirn da, wie ein Kind, das nach Aufmerksamkeit giert.

Mitten im Gespräch klingelte Dagnýs Handy. Sie ging ran:

»Dagný.«

Sie lauschte, nickte ab und zu, sagte am Ende »Danke« und schaltete das Handy aus.

Dagný schaute Sveinbjörn an und sagte: »Jetzt ist alles klar. Der Anruf kam aus Þingvellir. Wir wissen jetzt, was du mit deiner Frau gemacht hast. Und deshalb wüsste ich nicht, wonach wir dich noch fragen sollten.« Anschließend blickte sie zu Guðbjartur und sagte: »Wo war ich stehen geblieben?«

»Der Plastiktütenmann wurde festgenommen«, antwortete Guðbjartur.

»Ja. Genau, vorgestern rief also wie gesagt eine Frau aus der Weststadt an und fragte, ob wir einen unwillkommenen Gast abholen könnten. Die Polizisten fahren also zu der Frau, und sie bittet die Beamten, einen Mann rauszuschmeißen, den sie dummerweise in ihre Wohnung gelassen hat. Er hat nicht randaliert, war nur stockbesoffen und wirklich unangenehm. Unsere Leute nehmen ihn mit auf die Wache. Er ist sternhagelvoll, unrasiert, schmutzig und zerzaust, macht aber keinen Ärger und hat immer diese Plastiktüte unterm Arm, eine ganz normale Einkaufstüte von Mínus.

Und als der Beamte auf der Wache in die Tüte guckt, ist sie tatsächlich voller Dollarscheine, benutzte Scheine in dicken Päckchen. Und zwar nicht wenig.

Der wachhabende Beamte fragt den Mann, woher er das viele Geld habe, und der behauptet, es am Morgen in der Bank gekauft zu haben, weil der Dollar gerade so gut stünde.

Der Beamte wollte ihn in diesem Zustand mit der Tasche nicht rauslassen. Am Busbahnhof Hlemmur haben schon viele wegen wesentlich weniger Geld eine Kugel in den Kopf bekommen. Der Beamte fragt ihn also, warum er kein Devisenkonto eingerichtet und das Geld auf der Bank gelassen habe, anstatt damit durch die Gegend zu laufen.

Der Mann sagt, er wüsste nichts von Devisenkonten. Er habe geglaubt, man müsse seine Devisen selbst aufbewahren.

Daraufhin begleiten ihn zwei Polizisten zu der Bank, um zu überprüfen, ob der Kauf wirklich stattgefunden hat. Doch, doch, unglaublich, in der Bank erinnern sie sich an ihn und sagen, er könne selbstverständlich ein Devisenkonto einrichten. Dann wird das Geld gezählt, und was glaubst du, wie viele Dollars in der Plastiktüte waren?«

»Tja, keine Ahnung. Bei solchen Typen weiß man nie«, antwortete Guðbjartur. »Vielleicht zehntausend Dollar?«

»Einhundertachtundneunzigtausend Dollar«, sagte Dagný. »Nicht mehr und nicht weniger. Sechzehn Millionen isländische Kronen. In einer zerschlissenen Mínus-Tüte, die er stockbesoffen durch die ganze Stadt geschleppt hat.«

»Wow«, sagte Guðbjartur. »Und wie ist er an das Geld gekommen?«

»Er hatte genug Geld auf der Bank. Er ist Witwer. Hatte einen Fischkutter, hörte irgendwann auf und verkaufte die Quote. Dann starb die Frau, und jetzt wohnt er in einem Zimmer in der Snorrabraut und säuft.«

»Entschuldigt mal«, warf Sveinbjörn ein. »Aber was hat das mit meinem Fall zu tun?«

»Überhaupt nichts«, entgegnete Dagný. »Wir unterhalten uns nur.«

»Ich bin zur Vernehmung herbestellt worden.«

»Du hast uns deine Geschichte ja schon erzählt. Wir mussten nur noch die Leiche finden. Jetzt haben wir sie, und der Fall ist klar. Ich hab keine Lust, mir das Ganze noch mal anzuhören. Das mit den grünen Männchen kannst du dem Richter erklären. Es ist ja nicht ausgeschlossen, dass er – oder sie, vielleicht ist es eine Richterin – dir glaubt. Es wird sich ... äh ... es wird sich schon alles so fügen, wie du es verdient hast.«

»Ich ändere meine Aussage«, verkündete Sveinbjörn.

»Das ist nicht nötig«, erwiderte Dagný. »Wir haben sämtliche Beweise in der Hand, und deine Aussage über die Marsmännchen wird vermutlich ausreichen, um den

Richter davon zu überzeugen, dass du entweder vollkommen unschuldig oder ein besonders skrupelloser Mörder und Lügner bist.«

»Ich habe das Recht, meine Aussage so oft zu ändern, wie ich will«, tönte Sveinbjörn und schaute zu seinem Rechtsanwalt, der nicht so aussah, als wolle er ihm beipflichten. »Oder stimmt das etwa nicht?«

»Das stimmt schon, aber du tust dir damit nicht unbedingt einen Gefallen«, sagte Guðbjartur. »Du hattest viele Gelegenheiten, deine Sicht der Dinge darzulegen. Man kann nicht verlangen, dass die Polizei ständig neue Aussagen aufnimmt.«

»Sieh mal«, erklärte Dagný. »Ich für meinen Teil habe keine Lust, noch mehr Gewäsch von dir aufzuschreiben, und ich sehe auch keinen Anlass dafür. Aber um sicherzugehen, dass die endgültige Wahrheit korrekt aufgenommen wird, gebe ich dir Schreibzeug, und dann bringst du dein Geständnis einfach selbst zu Papier. Deine Position ist schon so schlecht, dass du sie durch weitere Lügen sicher nicht noch schlimmer machen willst. Deshalb rate ich dir, diesmal die Wahrheit zu sagen, damit der Richter nicht genauso entnervt ist wie ich.«

»Wenn ich ein Geständnis schreibe, wie kann ich dann wissen, dass es nicht unter den Teppich gekehrt wird?«, fragte Sveinbjörn und blickte argwöhnisch von seinem Rechtsanwalt zu der Polizistin.

»Ich glaube, darüber musst du dir keine Sorgen machen«, sagte Guðbjartur. »Wenn du möchtest, nehme ich es an mich und leite es weiter.«

»Es gibt da nur eine Sache, wonach ich dich gerne fragen möchte«, sagte Dagný, »und du musst mir nicht antworten, wenn du nicht willst. *Warum* hast du deine Frau mit einem Brecheisen erschlagen?«

Sveinbjörn saß eine Weile schweigend da, runzelte die Stirn und überlegte, ob er darauf antworten sollte. Dann sagte er: »Sie wollte nicht zugeben, dass sie mich betrogen hat.«

»Und du hast sie mit einem Brecheisen geschlagen, damit sie es zugibt?«

»Sie wollte es nicht zugeben.«

»Egal, wie sehr du sie geschlagen hast?«

»Eigentlich wurde sie sofort bewusstlos. Und dann hab ich Angst bekommen.«

»Vor der Polizei?«

»Ja.«

»Und um Ásgerður hattest du keine Angst?«

»Doch, natürlich. Ich habe sie geliebt. Wenn ich sie nicht geliebt hätte, wäre es mir ja völlig gleichgültig gewesen, dass sie mich betrogen hat. Dann hätte ich sie nicht geschlagen.«

Sveinbjörn hatte Tränen in den Augen.

Er weint aus Selbstmitleid, dachte Dagný. Er weint nicht um die Frau, die er getötet hat.

»Aber ihr hattet euch doch getrennt. Wie kann eine alleinstehende Frau ihren Exmann betrügen?«

Sveinbjörn verstand die Frage nicht.

»Welche Rolle spielt das denn?«, fragte er. »Ob wir getrennt waren oder nicht?«

»Rechtlich spielt es vielleicht keine Rolle«, antwortete Dagný. »Aber wenn sie nach eurer Trennung mit jemand anderem zusammen war, bedeutet das nicht, dass sie dich betrogen hat. Es bedeutet, dass du einem unschuldigen Menschen das Leben genommen hast. Und was ist mit dir? Hast du deine Frau betrogen?«

»Das geht dich nichts an«, fauchte Sveinbjörn. »Bullenschlampe.«

»Nein, da hast du vollkommen Recht«, sagte Dagný. »Das geht mich nichts an. Aber du kannst froh sein, dass das Gericht – verglichen mit deiner Vorliebe für Todesurteile – human urteilt.«

»Sollen wir es nicht gut sein lassen?«, fragte der Anwalt. »Ich weiß nicht, worauf die letzten Fragen hinauslaufen sollen.«

»Ich wollte nur herausfinden, ob er seine Tat in irgendeiner Weise bereut«, antwortete Dagný. »Davon kann ich nichts merken.«

»Was weißt du denn schon, Bullenschlampe?«, stieß Sveinbjörn hervor und wiederholte: »Bullenschlampe!«

»Bleibt nur noch eine Frage«, sagte Dagný. »Warum hast du die Leiche in den Ertränkungspfuhl geschmissen, obwohl du wusstest, dass sie dort früher oder später gefunden würde?«

Sveinbjörn versuchte, ein spöttisches Lachen auszustoßen, verschluckte sich aber, bekam einen Hustenanfall und hielt sich die tabakgelbe Hand vor den Mund. Dann schaute er Dagný an und grinste: »Die kleinen grünen Männchen haben mir befohlen, das zu tun. Sie meinten, es sei an der Zeit, der Gesellschaft eine gewisse Botschaft zu übermitteln, bevor Schlampen wie du an die Macht kommen.«

Es ist wirklich nicht leicht, einen solchen Jämmerling zu bemitleiden, dachte Dagný.

Aber zu ihrer großen Verwunderung musste sie feststellen, dass sie es trotzdem tat.

38 Traumprinz

Als Guðrún die Exfrau von Magnús Mínus, Brynhildur Njarðardóttir, endlich ans Telefon bekam, sagte die, sie hätte seit Wochen nichts mehr von Freyja gehört und keine Ahnung, wie weit Freyja mit ihrem neuen Buch sei. Brynhildur war in Kalifornien bei einem Yogakurs.

»Wir haben fast den ganzen Tag die Handys ausgeschaltet«, erklärte sie.

Guðrún fragte Brynhildur, ob sie etwas über Freyja wüsste.

»Ich habe gestern erfahren, dass sie tot ist. Entsetzlich. Eine so junge Frau.«

»Wann hattet ihr zum letzten Mal Kontakt?«

»Im Januar. Da waren wir drei Tage zusammen. Sind in unser Sommerhaus gefahren. Es ist ganzjährig bewohnbar.«

»Und seitdem habt ihr nicht mehr miteinander gesprochen?«

»Nein, ich habe auch nicht damit gerechnet, dass sie mich noch mal kontaktieren würde«, antwortete Brynhildur. »Sie hat unsere Gespräche aufgenommen, mit so einem Digitalgerät. Ich habe alles erzählt, was ich erzählen wollte, und sie sollte alles schreiben, was sie schreiben wollte.«

»Hat sonst noch jemand wegen dieses Buches Kontakt mit dir aufgenommen?«, fragte Guðrún. »Es wurde ja in den Medien bereits angekündigt.«

»Kontakt? Wen meinst du damit?«

»Jemand, der mit dir über das geplante Buch gesprochen hat, eine Meinung geäußert, es für eine gute oder schlechte Idee gehalten hat?«

»Meinst du, ob jemand versucht hat, mich zu beeinflussen? Mich davon abzuhalten?«

»Ja.«

»Niemand, der mich kennt, würde auf die Idee kommen, meine Pläne beeinflussen zu wollen«, sagte Brynhildur. »Allerdings hat irgendein Idiot angerufen. Ich weiß nicht, ob er was mit Magnús, meinem Exmann, zu tun hatte oder ob es nur ein Verrückter war, der Telefonterror betreiben wollte.«

»Was wollte er denn?«

»Ich weiß es nicht. Das Gespräch war nicht sehr lang. Er hat nur gefragt, ob mir klar sei, dass Indiskretionen über Privatangelegenheiten ernste Folgen haben könnten. Darauf hab ich ihm gesagt, wenn Magnús mir etwas mitzuteilen hätte, sollte er mich persönlich anrufen. Dann hab ich aufgelegt.«

»Wann war das?«

»Das ist noch nicht lange her. Eine Woche, zehn Tage vielleicht. Was spielt das denn für eine Rolle? Ich habe ja keine Anzeige erstattet.«

»Wir untersuchen Freyjas Tod«, erklärte Guðrún. »Es war kein Selbstmord. Jemand hat sie getötet.«

»Was sagst du da? Sie wurde … ermordet?«

»Sieht so aus.«

»Mein Gott«, sagte Brynhildur. Dann wurde es still.

»Hallo?«, sagte Guðrún. »Entschuldige, dass ich dir das am Telefon sagen muss.«

»Ich hab sie ja nicht sehr gut gekannt«, erwiderte Brynhildur. »Wir waren keine engen Freundinnen oder so. Aber ich habe sie bewundert. Das ist ja entsetzlich!«

»Wofür hast du sie bewundert?«, fragte Guðrún.

»Für alles Mögliche. Ich fand sie außergewöhnlich. Offen und geradeheraus. Sie kam immer direkt zum Thema. Andere Menschen denken über gar nichts nach, machen so vor sich hin und scheffeln Geld. Aber sie hat sich Gedanken über den Sinn des Lebens gemacht, was es bedeutet, ein Mensch zu sein, und wie es ist, als Frau in einer Welt zu leben, die sich vor allem um Männer dreht. Vielleicht war sie deshalb so oft allein, weil sie sich so viele Gedanken über andere gemacht hat. Aber sag mal, warum hast du mich eigentlich angerufen?«

»Wir versuchen herauszufinden, wie Freyja ums Leben gekommen ist«, sagte Guðrún. »Wir überprüfen alles, was mit ihr zu tun hat.«

»Um Gottes willen, ihr denkt doch wohl nicht, dass das was mit dem Buch zu tun hat? Es ist doch nur ein Buch mit Interviews und ein paar theoretischen Überlegungen. Was soll denn daran so heikel sein?«

»Ich weiß es nicht«, antwortete Guðrún. »Ich habe es nicht gelesen.«

»Nein?«

»Nein, das Buch ist verschwunden«, sagte Guðrún und verzog das Gesicht, als sie den Satz beendet hatte. Es gab eine Vereinbarung, das Verschwinden des Buches vor allen, die nicht mit der Ermittlung beauftragt waren, geheim zu halten.

Brynhildur war verwundert.

»Was meinst du damit, das Buch ist verschwunden? Willst du damit andeuten, Freyja sei wegen des Buches oder wegen seines Inhalts ermordet worden?«

»Ich will gar nichts andeuten«, entgegnete Guðrún mit schlechtem Gewissen. »Ich ermittle nur in einem dubiosen Todesfall ...«

Brynhildur fiel ihr ins Wort.

»Eben hast du noch gesagt, Freyja sei ermordet worden, und jetzt redest du von einem ›dubiosen Todesfall‹. Soll das ein schlechter Witz sein, oder bist du wirklich von der Polizei?«

»Du kannst mir vertrauen«, sagte Guðrún. »Aber wenn du willst, dann leg auf und ruf mich zurück.«

Sie wiederholte ihren Namen und die Nummer der Polizeizentrale, aber Brynhildur lenkte ein, sie brauche keine Telefonnummer, niemand könne so boshaft sein, mit solchen Dingen zu spaßen.

»Heißt das denn, dass die Polizei glaubt, Freyja sei ermordet worden, weil ich mit ihr gesprochen habe? Bin ich womöglich schuld daran?«

»Nein, niemand ist schuld, außer dem, der sie aus dem Weg geräumt hat.«

»Aus dem Weg geräumt? Ach, du lieber Gott!«

»Glaubst du, der Mann, der dich angerufen hat, ist von Magnús beauftragt worden?«

Brynhildur zögerte mit der Antwort und sagte dann mit großem Nachdruck: »Falls derartige Verbrechen begangen worden sind, dann ist es völlig ausgeschlossen, dass Magnús etwas damit zu tun hat.«

»Was meinst du mit ›derartige Verbrechen‹?«

»Ich habe selbst relativ schlechte Erfahrungen damit gemacht, zu glauben, Magnús sei ehrenhaft. Aber ich weiß, dass er niemals so weit gehen würde, einen Menschen zu töten – außer vielleicht aus Notwehr.«

Nach dem Telefonat saß Guðrún eine Weile reglos da und starrte in die Luft, ohne irgendetwas zu sehen oder zu hören. Ihr Kopf war vollkommen leer. Erschöpft. Im Vergleich mit Gesprächen von Angesicht zu Angesicht waren Telefonate sehr unbefriedigend, aber man konnte sie schließlich nicht nach Kalifornien schicken, um mit Brynhildur zu reden, geschweige denn nach Nepal, um Svava Baldursdóttir anzuhören, obwohl es keine Chance gab, sie telefonisch zu erreichen.

»Diese geschiedenen Damen haben ja ganz schön Dampf unterm Hintern«, bemerkte Terje. »Wie wenn man im Frühling die Kühe auf die Weide lässt. Die eine meditiert in Amerika, die andere studiert Buddhismus in Ganzweitweg, und Sigrún, mit der ich gerade gesprochen habe, ist oben im Bárðardalur. Die genießen ja wirklich ihre Freiheit, wenn ihre Männer sie nicht mehr flachlegen wollen.«

»Welche Sigrún?«

»Sigrún Freysdóttir, die Exfrau von Konditormeister und Brandstifter Guttormur. Als ich sie endlich erreicht hab, war sie schon nicht mehr zu Hause auf dem Land, sondern in Akureyri. Und was glaubst du, was sie da gemacht hat?«

Guðrún war nicht gerade in der Stimmung, zu Terjes Belustigung an irgendwelchen Fragespielchen teilzunehmen, aber sie wollte ihren Frust nicht an ihm auslassen.

»Sie war einkaufen?«

»Nein, sie hat ein Seminar geleitet«, sagte Terje. »Sie hat sich einen netten Zweitjob neben der Landwirtschaft zugelegt. Weißt du, was für Seminare sie da oben unterrichtet?«

»Woher zum Teufel soll ich das wissen?«

»Ist dein Hormonhaushalt heute unausgeglichen?«, fragte Terje. »Du solltest dir vielleicht eine Woche frei nehmen und dich in den Norden zu einem dieser Seminare von Sigrún aufmachen. Es geht um ein Thema, das fast alle interessiert.«

»Und?«, sagte Guðrún entnervt. »Was für Seminare sind das?«

»Sexseminare«, antwortete Terje und grinste dabei von einem Ohr bis zum anderen. »Sigrún bringt den Leuten aus Akureyri und Umgebung jetzt an drei Tagen in der Woche bei, wie man einen Orgasmus – oder mehrere – bekommt. Ausgerechnet dort scheint es eine große Nachfrage zu geben. Warst du schon mal in Akureyri?«

»Ja.«

»Ich auch. Ich fand die Leute eh ein bisschen verklemmt, so als könnte ihnen ein bisschen Hemmungslosigkeit und hin und wieder ein ordentlicher Orgasmus nichts schaden. Ich hoffe, es gelingt ihr.«

»Was hat diese Sigrún denn gesagt?«

»Sie hat gesagt, alle Frauen hätten ein Recht auf einen Orgasmus.«

»Äh, ich meine nicht, was sie über dieses Orgasmusseminar gesagt hat, sondern was sie über Freyja Hilmarsdóttir gesagt hat.«

»Ja, warte mal. Dazu komme ich noch. Sie hat nämlich etwas Bemerkenswertes gesagt. Sie hat gesagt, dass Männer, die Frauen nicht befriedigen können – vermutlich sowohl ihre eigenen als auch fremde Frauen –, weder verstehen noch anerkennen, dass Frauen in der Regel mehr Zeit und Stimulierung brauchen als Männer, um zum Orgasmus zu kommen. Es gehe einfach nur darum, die Frau zu respektieren, indem man sich mehr Zeit lasse. Glaubst du, das stimmt?« Terje schaute sie fragend an. Guðrún wusste nicht so recht, ob er sie auf den Arm nehmen wollte.

»Woher soll ich das verdammt noch mal wissen?«, fragte sie.

»Na ja, du bist doch eine Frau«, sagte Terje. »Hast du denn jedes Mal einen Orgasmus?«

»Was geht dich das an?«, blaffte Guðrún instinktiv.

»Ich meine, ist das für dich irgendwie tabu?«, fragte Terje. »Wenn man's genau nimmt, geht das vielleicht niemanden was an. Aber die Leute reden ständig über Dinge, die sie nichts angehen. Sie wollen partout darüber sprechen. Wie geht es dir? Hast du dich gestern gut amüsiert? Wie fandest du den Film? Was ist dein Lieblingsgericht? Vielleicht sind das alles Privatangelegenheiten, und die Leute sollten gar nicht mehr miteinander reden.«

»Sehr selten.«

»Hä?«

Guðrún schaute ihn an und wiederholte: »Sehr selten. Ich habe sehr selten einen Orgasmus. Hattest du nicht danach gefragt?«

Zu ihrer großen Zufriedenheit sah Guðrún, dass Terje errötete, und er errötete nicht nur, sondern es sah auch noch sehr albern aus: Seine Ohren wurden feuerrot, und auf Gesicht und Hals bildeten sich rote Flecken. Er sah aus, als hätte er die Masern, und außerdem hatte er seine Sprache verloren.

Terje war perplex und suchte nach Worten.

»Äh, ich war mal mit einem Mädchen zusammen, das nie zum Orgasmus kommen konnte, selbst wenn meine Hand schon gelähmt war, weil ich die halbe Nacht ihren Kitzler massiert hab. Eigentlich merkwürdig, dass sie bei der ganzen Massiererei nicht gekommen ist. Tja, das macht doch echt keinen Spaß, oder?«

Sofort wurde ihm klar, dass Guðrún seine Bemerkung leicht in die falsche Kehle bekommen konnte, und er beeilte sich zu sagen: »Also, äh, ich weiß ja nicht, wie du im Bett bist, insofern ...«

Die Flecken waren mittlerweile ineinander übergegangen, und Terjes Kopf sah aus wie ein glühender Meteor.

»Ist mir schon klar, dass dir da der Vergleich fehlt«, entgegnete Guðrún. »Aber das ist ja durchaus eine interessante Geschichte. Wenn ich fragen darf: Wie endete denn eure Beziehung? Hat dich das Mädchen unbefriedigt verlassen? Oder massierst du immer noch?«

»Massieren? Äh, nein. Nein. Zum Glück nicht. Ihrer Meinung nach lag es daran, dass sie mich nicht liebte, obwohl sie das geglaubt hatte.«

»Entschuldige«, sagte Guðrún Sólveig. »Ich wusste nicht, dass du Liebeskummer hattest.«

»Ich hatte keinen Liebeskummer«, sagte Terje. »Meinst du, man muss verliebt sein, wenn man miteinander schläft?«

»Nein. Aber für dieses Mädchen hat das offenbar eine Rolle gespielt.«

»Ich weiß nicht. Ich glaube, es ging nicht um Liebe, sondern darum, den G-Punkt zu finden«, erwiderte Terje. »Manche finden es halt romantisch, Liebe und Sex zu vermischen. Ich nicht. Ich war noch nie wirklich verliebt, außer in meine Mutter und vielleicht in Sir Alex Ferguson.«

»Wer ist das denn?«, fragte Guðrún Sólveig.

»Typisch ignorante Frau. Sir Alex Ferguson ist ein lebender Mythos, der Trainer von Manchester United.«

»Ach, hör doch auf mit dem Unsinn«, sagte sie.

Terjes Gesicht hatte inzwischen wieder seine normale Farbe. Er sah Guðrún lächelnd an.

Er ist eigentlich nett, auch wenn er krampfhaft versucht, sarkastisch zu sein, dachte sie.

Sie hat wirklich tolle Brüste, dachte er. Ziemlich klein,

aber fest wie Grapefruits, Pampelmusen heißt das wohl, und eine Figur wie ein junges Mädchen. Hm?

In diesem Moment platzte Theódór unausgeschlafen herein, nachdem er die Nacht damit verbracht hatte, Guttormurs Haus zu inspizieren. Er fragte, womit sie gerade beschäftigt seien. Guðrún erzählte, sie habe Magnús Mínus' Exfrau bei einem Yogakurs in den USA erreicht, von ihr aber auch nichts Neues über Freyja oder das Buch erfahren – außer, dass die Interviews tatsächlich von Freyja aufgezeichnet worden seien. Die Exfrau des Botschafters Kjartan A. Hansen halte sich hingegen in Tibet oder Nepal auf, besteige Berge, mache sich mit dem Buddhismus oder irgendeiner asiatischen Philosophie vertraut und sei telefonisch nicht zu erreichen.

Terje verkniff sich die Information, dass Guttormurs Exfrau jetzt Sexratgeberin im Nordland sei, sondern erzählte Theódór nur, er habe Sigrún Freysdóttir kontaktiert, die die Nachricht von Guttormurs Tod erhalten und ziemlich gefasst gewirkt habe. Sie sei erstaunt gewesen, dass Guttormur den Buchverlag Altúnga in Brand gesteckt hatte, aber er habe schon lange davon gesprochen, dass sein ganzes Unglück durch andere Leute verursacht worden sei. Er habe dem Buch, dem Herausgeber, aber vor allem Freyja Hilmarsdóttir die Schuld am Scheitern ihrer Ehe gegeben.

Terje erklärte, lediglich eine von Sigrúns Aussagen hätte ihn überrascht.

Das Verhältnis zwischen Sigrún und Freyja hatte nicht lange gehalten, aber sie hatten sich freundschaftlich getrennt, und Freyja hatte sich ihr auch nach der Trennung als gute Freundin erwiesen. Sigrún war sich über ihre sexuellen Neigungen damals nicht ganz im Klaren gewesen, hatte nicht gewusst, ob sie homosexuell oder bisexuell war, aber Freyja hatte ihr erklärt, Bisexualität sei etwas ganz Natürliches und sie selbst wechsele auch zwischen Männern und Frauen hin und her. Aber ganz abgesehen davon hatten sie weiterhin Kontakt gehalten, als Sigrún in den Norden gezogen war, und jeden Monat telefoniert. Als sie das letzte Mal miteinander gesprochen hatten, sei Freyja wegen einer neuen Beziehung ungewöhnlich aufgekratzt gewesen; sie habe einen Frosch kennengelernt, der vielleicht ein verzauberter Prinz sein konnte.

»Und wer war dieser Traumprinz?«, fragte Theódór. »Oder Frosch?«

»Gute Frage«, sagte Terje. »Sigrún hat erzählt, Freyja habe sie vor Neugier verrückt gemacht, weil sie den Namen ihres neuen Liebhabers nicht preisgeben wollte. Aber sie konnte trotzdem nicht aufhören, von ihm zu schwärmen, und Sigrún hatte herausgehört, dass er im Öffentlichen Dienst sei, wahrscheinlich irgendwie mit der Polizei zu tun hatte. Aber es war alles total unklar, und Sigrún hatte wohl den Eindruck, dass er für die Regierung arbeite.«

»Verstehe ich nicht«, sagte Guðrún. »Hat der Traumprinz jetzt mit der Polizei zu tun oder arbeitet er für die Regierung?«

»Sigrún war sich da auch nicht so sicher«, sagte Terje. »Sie hat nur versucht, sich daran zu erinnern, was Freyja über diesen Mann gesagt hat. Ach ja, und sie meinte, er sei ein paar Jahre jünger als Freyja. Was dich ausschließt, Theódór.«

Theódór war zu müde, um Witze zu machen.

»So ein Blödsinn«, sagte er. »Ich bin übrigens hergekommen, um dir zu sagen, Guðrún, dass wir zu Hause bei Guttormur ein Taschenmesser gefunden haben. Aber es passt überhaupt nicht zu deiner Beschreibung von dem Messer, das du in Freyjas Wohnung gesehen hast. Es ist ein ganz normales Taschenmesser, das man auf altmodische Weise mit der Hand öffnen und schließen muss.«

»Es kann also nicht Guttormur gewesen sein, der dich niedergeschlagen hat«, schloss Theódór, und Guðrún bedankte sich für die Info.

Als Theódór gegangen war, sagte Terje: »Eine Sache verstehe ich überhaupt nicht.«

»Und die wäre?«, fragte Guðrún.

»Wie ist es möglich, dass Bäckersdamen mittleren Alters und ehemalige Frauenparteilerinnen so ein aufregendes Sexleben haben können, während ein attraktiver Mann wie ich gezwungen ist, allein ins Bett zu gehen?«

»Suchet, so werdet ihr finden«, antwortete Guðrún und lächelte ihrem Kollegen zu. Er hatte ein offenes, jungenhaftes Lächeln. Hm?

39 Märtyrer

Als Víkingur den Namen der Landespolizeichefin auf dem Display sah, bekam er Gewissensbisse. Er hätte schon längst Kontakt aufnehmen und sie darüber informieren müssen, dass Freyja Hilmarsdóttirs Tod jetzt als Mordfall untersucht wurde. Plötzlich war er wütend auf sich selbst. Warum zum Teufel bekam er Gewissensbisse dieser Person gegenüber, die ihm nachspioniert hatte, um an unbefugte Informationen zu kommen? Am besten, er nutzte die Gelegenheit und fragte sie danach.

»Es wäre nett, wenn wir uns ein bisschen unterhalten könnten«, meinte Elín. »Sollen wir uns draußen in Nauthól zu einem kleinen Imbiss treffen? Du weißt schon, an der Nauthólsbucht.«

»Jetzt?«

»Ja. Die Mittagspause bietet sich doch an. Und außerdem treffen sich die Leiter von Behörden traditionell in der Nähe vom Öskjuhlíð, wenn sie sich beratschlagen wollen«, sagte sie in Bezugnahme auf eine illegale Absprache, die kürzlich dort von Wirtschaftsbossen getätigt worden war.

Die meisten Gäste in Nauthól sahen so aus, als interessierten sie sich mehr für ihre Gesundheit als dafür, ihren Mitbürgern durch illegale Geschäfte Geld aus der Tasche zu ziehen. Der Fahrrad- und Spazierrundweg um Reykjavík lag direkt vor der Tür. Im Restaurant stopften verschwitzte Jogger, Spaziergänger und Fahrradfahrer selbstgebackenes Brot mit Gemüsesuppe und Salat in sich hinein und schauten sich selbstzufrieden um, mit dem Blick von Asketen, die wissen, dass die anderen verdammt sind. Einige verlorene Seelen saßen ebenfalls dort, bei Kaffee und Kuchen, so als ginge es sie nichts an, dass der Teufel die Unsportlichen, die Kohlehydrate in sich hineinschaufeln, statt mit maßgeschneiderten Laufschuhen über den schmalen Pfad zu joggen, zu sich rufen und in Fett braten wird.

»Ich umgebe mich gerne mit sportlichen Leuten«, sagte Elín. »Dann denke ich daran, wie viel Kraft und Zeit ich spare, wenn ich gut auf mich achte und mir unnötigen Stress erspare. Der Mensch ist wie ein Auto. Wenn man es lange fahren möchte, versucht man, es zu schonen und nicht durch zu viele steinige Hochlandpisten zu überfordern.«

Víkingur kannte diesen Sermon schon – die schale Verteidigungsrede einer künftigen Übergewichtspatientin. Es handelte sich um ein unverkennbares Zeichen nagender Gewissensbisse: die Befürchtung von Leuten, die tief im Inneren genau wissen, dass jeder Bissen im großen Kontobuch des Lebens verzeichnet wird, und wenn das Konto überzogen ist, wird es gesperrt – endgültig und ohne Vorwarnung.

»Ja«, sagte er nur.

»War nur Spaß«, sagte Elín und lächelte. »Schließlich wissen alle, dass du jeden Morgen ins Fitnessstudio gehst und in Topform bist.«

»Nein«, sagte Víkingur.

»Gehst du nicht mehr ins Studio?«

»Doch. Aber es wissen nicht alle, dass ich ins Fitnessstudio gehe. Das wissen nur meine Freunde und Leute, die es darauf angelegt haben, es herauszufinden.«

»Ach, so ein Blödsinn. Du weisst genauso gut wie ich, dass in unserem kleinen Land alle alles über alle wissen. Es ist wahnsinnig schwierig, Geheimnisse zu haben.«

»Ich kann mich nicht entsinnen, besondere Geheimnisse zu haben«, sagte Víkingur. »Aber so wie andere auch habe ich ein Privatleben und private Interessen, die nur mich und sonst niemanden etwas angehen.«

»Aber du vergisst eins«, erwiderte Elín und hatte aufgehört zu lächeln. »Du vergisst, dass du eine Vertrauensposition beim Staat innehast. Du hast Zugang zu vertraulichsten Staatsinformationen. Ebenso hat der Staat Zugang zu diversen Informationen über dich, die normalerweise privat wären. Das ist nur fair.«

»Da bin ich anderer Meinung«, widersprach Víkingur.

»Das ändert nichts daran«, sagte Elín. »Die Dinge sind nun mal so, ob alle derselben Meinung sind oder nicht.«

Víkingur dachte nach. Das Gespräch entwickelte sich in eine andere Richtung als beabsichtigt, und es hatte keinen Zweck, sich mit der Landespolizeichefin über der Suppe zu streiten. Elín schien etwas Ähnliches zu denken.

Sie unterbrach das Schweigen zuerst.

»Andererseits kann ich deine Irritation darüber, dass der Justizminister mit deinem Chef über deinen Medikamentenkonsum gesprochen hat, gut verstehen. Es ist für diese Sache völlig unerheblich, ob du irgendwelche Medikamente einnimmst. Unter organisatorischen Gesichtspunkten schien es einfach vernünftiger, die Sicherheitsabteilung meiner Behörde zu unterstellen. Es war ziemlich ungeschickt vom Justizminister, das, was du als Privatangelegenheit bezeichnest, als Vorwand zu benutzen.«

»Bitte versteh mich nicht falsch«, sagte Víkingur. »Ich

bin in vielerlei Hinsicht froh, dass dieser Kelch an mir vorübergegangen ist. Ich habe erhebliche Bedenken bezüglich dieser Sicherheitsabteilung.«

»›Dieser Kelch ist an mir vorübergegangen‹«, wiederholte Elín. »Das könnt ihr Theologen ja wirklich gut. Solche Redewendungen lernt man im Jurastudium nicht.«

Sofort kam Víkingur der Gedanke, die Landespolizeichefin wolle andeuten, dass er noch nicht einmal die richtige Ausbildung habe. Aber ihr verschmitztes Lächeln wies nicht in diese Richtung.

»Ich war froh, weil ich diese Heimlichtuerei über die geplante Gründung einer Sicherheitsabteilung ehrlich gesagt sehr unangenehm fand.«

»Hast du nicht eben noch gesagt, es müssten nicht alle über alles Bescheid wissen?«

»Doch, aber wir brauchen gesetzliche Grundlagen für solche Aktivitäten. Die Polizei soll dafür sorgen, dass die Gesetze eingehalten werden, und nicht austesten, wie dehnbar sie sind.«

»Was soll gesetzeswidrig daran sein, wenn ein unabhängiger Staat Maßnahmen zur Wahrung der inneren Sicherheit ergreift?«, fragte Elín. »Firmen und Einzelpersonen machen das mit Einbruchsicherungssystemen, und da ist es doch auch okay.«

»Der Justizminister möchte doch schon lange eine isländische Armee aufbauen«, sagte Víkingur. »Und wegen dieser merkwürdigen Idee wurde er schon oft verlacht. Aber soweit ich das beurteilen kann, gelingt es ihm jetzt tatsächlich – mit tatkräftiger Unterstützung des Außenministers. Junge Männer werden vom Staat zur militärischen Ausbildung nach Norwegen geschickt. Diese Ausbildung ist angeblich notwendig, damit die Jungs den Frieden in Afghanistan sichern können. Wenn die zurückkommen, sind sie voll ausgebildete Soldaten, auch wenn wir sie Friedenstruppen nennen. Da beschleicht einen doch der Verdacht, dass dieselbe Denkweise hinter der neuen Sicherheitsabteilung steckt.«

»Welche Denkweise?«, fragte Elín.

»Die Denkweise, von der Notwendigkeit einer Friedenstruppe und einer Sicherheitsabteilung zu reden, wenn es eigentlich um eine bewaffnete Armee und einen Geheimdienst ohne Gesetzesgrundlage geht. Was meinst du, was eine solche Armee soll? Und was ein solcher Geheimdienst?«

»Weißt du, Víkingur, ich bilde mir nicht ein, die Gedanken von Politikern lesen zu können. Aber wenn sie ankündigen, die Polizei und die Institutionen zur Überwachung im Land stärken zu wollen, dann nehme ich sie beim Wort.«

»Überwachung von was denn?«

»Polizeiliche Überwachung illegaler Machenschaften. Bekomm doch nicht gleich Verfolgungswahn. Glaubst du, wir stünden kurz davor, alle, die schlecht über die Regierung sprechen oder sich den Koran oder das Kommunistische Manifest in der Bücherei ausleihen, zu bespitzeln?«

»Aber wer organisiert denn diese Überwachung? Wie wird sie aussehen?«

»Das bestimmt der gesunde Menschenverstand«, antwortete Elín.

»Derselbe gesunde Menschenverstand, der beschlossen hat, dass eine Überwachung generell notwendig ist?«

»Sehr lecker, die Suppe«, bemerkte Elín.

»Du weißt sehr gut, dass Spionage und Überwachung nicht im Interesse einer Demokratie sind«, sagte Víkingur. »Solche geheimen Machenschaften sind ein gefährliches, undemokratisches Unterfangen. Schon im alten Rom hat man vor über zweitausend Jahren gesagt: Quis custodiet ipsos custodes? Das bedeutet …«

»Ich weiß, was es bedeutet«, warf Elín ein. »Wer überwacht die Wächter?«

»Ja«, sagte Víkingur. »Wer überwacht sie denn?«

Elín schaute von ihrer Suppe auf, lächelte ihn an und sagte: »Apropos Überwachung, gut, dass du's erwähnst. Genau deshalb wollte ich dich treffen. Erzähl doch mal, wie die Ermittlungen im Fall Freyja Hilmarsdóttir vorankommen.«

»Es handelt sich eindeutig um Mord«, sagte Víkingur.

»Ja, hab ich schon gehört«, entgegnete Elín, und in ihrer Stimme lag der Vorwurf: Und das ist nicht auf deinem Mist gewachsen!

»Zum jetzigen Zeitpunkt lässt sich noch nicht viel darüber sagen«, erklärte Víkingur. »Wir fangen gerade erst an, den Fall zu untersuchen.«

»Du redest mit mir wie mit einem Journalisten«, sagte Elín. »Wir sind doch auf derselben Seite. Freyja Hilmarsdóttir hat ein Buch geschrieben; es sollte ›Walküren‹ heißen. Ich muss wissen, wo das Manuskript abgeblieben ist.«

»Wir haben kein Manuskript gefunden. Ihr Laptop ist verschwunden.«

»Erzähl mir doch mal was, das ich noch nicht weiß.«

»Warum willst du wissen, wo das Manuskript abgeblieben ist?«

»Weil jemand behauptet, es in der Hand zu haben, und versucht, damit einen hochgestellten Beamten zu erpressen.«

»Kjartan A. Hansen? Hat der deshalb etwa die Landespolizeibehörde kontaktiert?«

»Nein«, antwortete Elín. »So funktioniert das System nicht. Er hat den Justizminister kontaktiert, der mich daraufhin benachrichtigt hat.«

»Hat Magnús Mínus auch Kontakt zu dir aufgenommen?«

»Nein. Wie kommst du darauf?«

»Falls jemand dieses Manuskript benutzt – ob es nun existiert oder nicht –, um Kjartan A. Hansen zu erpressen, dann liegt doch die Vermutung nahe, dass Magnús Mínus ebenfalls erpresst wird. Freyja hat mit den Exfrauen beider Männer gesprochen, und durch die Interviews wird das Buch ja überhaupt erst brisant.«

»Ziemlich unwahrscheinlich, dass Magnús Mínus Kontakt zur Landespolizeibehörde aufnehmen und um Hilfe bitten würde«, sagte Elín. »Wir untersuchen Magnús' Geschäfte mit der Mínus Group und weiteren Firmen seit fast drei Jahren.«

»Und Magnús behauptet, diese Untersuchung sei vollkommen willkürlich und werde von den Verantwortlichen nur durchgeführt, weil sie sich beim Ministerpräsidenten anbiedern wollen.«

»Das ist natürlich vollkommener Unsinn«, erwiderte Elín. »Er versucht, sich zu verteidigen, indem er andere mit in den Dreck zieht.«

»Wie du eben richtig bemerkt hast, bin ich Theologe«, sagte Víkingur. »Ich möchte dir eine kleine Geschichte erzählen, die ich während meiner Studienzeit gelernt habe. Sie hat nämlich eine interessante Moral.«

»Warte, ich hole mir noch einen Nachschlag von der Suppe«, sagte Elín. »Einfach vorzüglich. Ob man wohl das Rezept bekommen kann?«

Als Elín mit dem Suppenteller zurückkam, wartete Víkingur, bis sie sich wieder gesetzt hatte. Eine attraktive Frau, etwas mollig vielleicht, worüber sie sich aber keine Gedanken zu machen schien.

»An Weihnachten 1170 war der englische König Heinrich II. auf einem Fest bei seinen Getreuen in der Normandie und genoss einen schönen Tag. Nach dem Abendmahl plauderte man, dann beschwerte König Heinrich sich bitter über seinen alten Freund Thomas Becket, den er zum Erzbischof von Canterbury ernannt hatte. Bei Thomas hatte sich ein Sinneswandel vollzogen, und er diente nun ebenso eifrig der Kirche wie einstmals seinem alten Freund, dem König. Es war darüber zum Zerwürfnis zwischen den beiden gekommen. Als Heinrich an jenem Abend zu tief ins Glas geschaut hatte, schwang er große Reden darüber, wie undankbar und eigensinnig Thomas geworden sei. Am Ende rief er laut: Wer erlöst mich von diesem Störenfried?

Vier Ritter nahmen sein Geschwafel ernst: Reginald Fitzurse, William de Tracey, Hugh de Morville und Richard le Breton. Sie holten ihre Waffen und machten sich in der Winternacht auf zum Ärmelkanal.

Am 29. Dezember erreichten sie Canterbury und ermordeten Erzbischof Thomas Becket vor dem Altar des Doms. Anschließend begaben sie sich wieder nach Frankreich, um dem König die Nachricht zu überbringen.

Diese Schandtat hatte weitreichende Folgen. Thomas Becket wurde als Märtyrer angesehen und heiliggesprochen.

Obwohl König Heinrich beteuerte, die Tat unbeabsichtigt verursacht zu haben, musste er barfuß nach Canterbury wandern, um vom Papst Absolution zu erhalten.

Die vier Ritter, Fitzurse, de Tracey, de Morville und le Breton, fielen in Ungnade und wurden vom Hof vertrieben. Ihre Namen sind in der Geschichte überliefert, als Warnung davor, das eigene Urteilsvermögen und Gewissen im Übereifer zu vergessen, um einem Höhergestellten zu imponieren.«

»Ich kenne die Geschichte«, sagte Elín. »Ich hab im Kino den Film gesehen. Mit Richard Burton als Becket und Peter O'Toole als Heinrich II.«

»Entschuldige«, entgegnete Víkingur. »Ich konnte nicht annehmen, dass du diese Geschichte kennst.«

»Weil du glaubst, ich hätte die Untersuchung von Magnús Mínus veranlasst, um dem Ministerpräsidenten zu imponieren?«, fragte Elín. »Und du meinst also, Magnús wird dabei zum Märtyrer, ich falle in Ungnade, und Jökull verliert an Ansehen?«

»Ich weiß es nicht«, sagte Víkingur. »Aber ich weiß, dass die Geschichte dazu neigt, sich zu wiederholen, wenn man nicht aus ihr lernt.«

»Ich weiß wirklich nicht, was ich dazu sagen soll«, sagte Elín. »Falls das eine Warnung sein soll, dann kommt sie ziemlich spät. Im Nachhinein hat man immer gut reden.«

Víkingur wusste sehr wohl, dass er sich bei diesem Gespräch auf dünnem Eis bewegte. Es zählte keineswegs zu seinen Aufgaben und war nicht in seinem Interesse, der Landespolizeichefin Moralpredigten zu halten. Er überlegte, was ihn geritten hatte, Elín die Geschichte von Thomas Becket zu erzählen. Es war die Pflicht eines jeden Menschen, gegen Korruption anzukämpfen, dachte er. Das Böse begann zu wuchern, wenn die Guten nicht einschritten. Im Geiste schüttelte er über sich selbst den Kopf. Was sollte diese Frömmelei? Er hatte die Geschichte nicht erzählt, um die Ausbreitung des Bösen aufzuhalten, sondern um seinen Ärger an ihr auszulassen und sie zu demütigen, weil sie ihm nachspioniert oder andere angestachelt hatte, ihm nachzuspionieren. Obwohl? Er hatte sie auch erzählt, weil er der Meinung war, dass die Polizei den Bürgern und dem Gesetz dienen sollte, nicht den Marotten der Amtsträger.

Elín ließ sich nicht anmerken, ob sie sich über die versteckte Kritik ärgerte. Sie hatte in aller Ruhe zu Ende gegessen und tupfte sich mit der Serviette den Mund ab.

»Im Nachhinein hat man immer gut reden«, wiederholte sie. »Ich habe die Untersuchung der Mínus Group nicht angeordnet, um dem Ministerpräsidenten zu gefallen. Ich hatte von verschiedener Seite vernommen, dass die Führung dieser Firma gegen die AG-Gesetze und gegen die Interessen der Allgemeinheit verstößt. Magnús Mínus hat das Unternehmen von der Börse und vom Aktienmarkt genommen, kurz bevor wir zur Tat schritten. Meinen Informationen zufolge hätte man Magnús und einigen Schlüsselpersonen die Unterschlagung von sechzig Millionen Kronen nachweisen können. Ich habe die Untersuchung eingeleitet, nicht ahnend, dass sie mehr als zwei Jahre dauern und die Erledigung von Pflichtaufgaben bei der Landespolizeibehörde größtenteils lähmen würde. Ich mache, so wie andere auch, keinen Hehl daraus, dass sich Magnús Mínus und der Ministerpräsident überworfen haben. Deshalb gehe ich davon aus, dass Jökull Pétursson meine Entscheidung, die Untersuchung einzuleiten, begrüßt hat. Selbstverständlich habe ich nichts dagegen, wenn der Ministerpräsident mit meiner Arbeit zufrieden ist. Aber sämtliche Spekulationen, ich sei eine Marionette in seinen Händen, weise ich strikt von mir.«

»Ich wollte nicht spekulieren«, sagte Víkingur.

»Das weiß ich«, entgegnete Elín. »Danke für deine

Offenheit, auch wenn du in Gleichnissen und Parabeln sprichst. Ich weiß, dass Gegner des Ministerpräsidenten eiskalt behaupten, er habe mich wie einen Hund auf Magnús Mínus gehetzt. Ich weiß auch, dass Freyja Hilmarsdóttirs Buch, von dem niemand weiß, wo es sich befindet, angeblich darüber berichtet. Aus dem Buch soll hervorgehen, dass der Ministerpräsident auf einer Privatparty bei Kjartan A. Hansen den Justizminister ausdrücklich instruiert hat, die Mínus Group auszukundschaften.«

»Wer hat dir das erzählt?«, fragte Víkingur.

»Ich habe vertrauenswürdige Quellen«, antwortete Elín. »Das würde natürlich bedeuten, dass ich einen triftigen Grund hätte, das Buch verschwinden zu lassen. Ich hoffe trotzdem, dass du mich nicht des Mordes an Freyja Hilmarsdóttir verdächtigst.«

Víkingur lächelte.

»Ich verdächtige noch niemanden. Aber ich muss gestehen, dass ich diese Möglichkeit schlichtweg übersehen habe.«

»Falls das Buch auftaucht, wirst du mich hoffentlich sofort informieren«, sagte Elín.

»Ist es für die innere Sicherheit denn von so großer Bedeutung, dass in Büchern nicht über die Ereignisse auf Privatpartys bei Kjartan A. Hansen berichtet wird?«

»Kjartan A. Hansen ist völlig unwichtig. Er ist nicht mehr in der Politik, und niemand interessiert sich für ihn. Aber was in dem Buch über den Ministerpräsidenten und den Justizminister steht, das spielt eine Rolle. Ich mische mich nicht ein, wenn jemand ein Buch über Magnús Mínus schreiben will. Allerdings glaube ich, bis etwas anderes ans Licht kommen sollte, dass er jemanden auf die Frau angesetzt hat. Die Staatsmacht beauftragt die Polizei, die Unternehmer beauftragen ihre Leibwächter.«

»Ist das so?«, fragte Víkingur.

»So sagt man«, antwortete Elín. »Ich habe nur das Volk zitiert.«

Elín bestand darauf, die Rechnung zu übernehmen. Víkingur dachte bei sich, dass das Verhältnis der Geschlechter doch in vielerlei Hinsicht kompliziert sei. Wenn ein Mann für einen anderen Mann die Rechnung zahlen möchte, wäre es unhöflich, nicht zu protestieren, aber wenn die Frau die Rechnung zahlen möchte, wäre es unhöflich, zu protestieren.

Sie blieben auf dem Parkplatz stehen, und Elín bewunderte Víkingurs BMW.

»Echt witzig, dein Autotick«, bemerkte sie. »Passt irgendwie gar nicht zu dir. Fast ein 3-Liter-Motor.«

War das nur höfliches Geplänkel, oder wollte sie ihn schon wieder daran erinnern, dass sie alles über ihn wusste?

»Danke für das Gespräch«, sagte Víkingur. »Und das Essen. Jetzt muss ich mich aber beeilen, es gibt viel zu tun.«

»Ich danke dir auch für das Gespräch«, entgegnete sie. »Wir sollten uns öfter treffen.«

»Ja, unbedingt«, sagte Víkingur. »Es ist immer gut zu reden.«

»Vielleicht gestattest du mir, den Fall mitzuverfolgen?«

»Ja.«

»Wenn du mit Magnús Mínus sprichst, würde ich gerne wissen, was er gesagt hat«, bat Elín. »Mir ist sogar der Gedanke gekommen, dass Magnús wissen könnte, wo das Manuskript abgeblieben ist.«

»Magnús hat genug Geld. Warum sollte er versuchen, Kjartan mit dem Manuskript zu erpressen?«

Elín lachte kühl.

»Erstens gibt es nichts, was sich ›genug Geld‹ nennt, egal wie reich die Leute sind. Zweitens könnte Magnús dadurch versuchen, den Verdacht von sich abzulenken. Und drittens könnte er sich damit an Jökull Pétursson rächen.«

»Mal sehen, was er dazu sagt.«

»Ja, das könnte interessant sein. Du gestattest mir also, mitzuverfolgen, wie sich dieser Walkürenfall entwickelt?«

»Abgemacht«, sagte Víkingur. »Ich melde mich. Allerdings fällt mir gerade noch etwas ein, das ich bislang nicht erwähnt hatte. Es kann gut sein, dass die Ermittlungen weder lang noch kompliziert werden.«

»Warum nicht?«, fragte Elín.

»Weil Guðrún, die die Ermittlungen leitet, eine Zeugin gefunden hat.«

»Eine Zeugin des Mordes?«

»Nein. Eine Zeugin, die beobachtet hat, wie Freyja in der Mordnacht um Mitternacht mit einem Mann ihre Wohnung verließ. Wir werden heute versuchen, ein Phantombild von dem Mann anzufertigen. Jedenfalls haben wir eine Zeugin, die den Mörder wiedererkennen könnte.«

»Wer ist diese Zeugin?«, fragte Elín.

»Eine Frau aus dem Nachbarhaus. Sie heißt Bára Thomsen – Frau Bára Thomsen.«

40 Phantombild

Als es so weit war, weigerte sich Frau Bára Thomsen strikt, mit Guðrún auf die Wache zu kommen, um dort ein Computerbild des Mannes anfertigen zu lassen, den sie mit Freyja Hilmarsdóttir zum Auto gehen sehen hatte.

»Ehrenhafte Leute haben auf der Polizeiwache nichts zu suchen«, sagte Frau Bára. »Ich möchte nicht, dass sich herumspricht, dass ich wie eine Verbrecherin in Polizeibegleitung abgeführt worden bin. Wenn mein Rechtsanwalt nicht schon tot wäre, würde ich ihn jetzt anrufen.«

»Wir würden dich nie zu etwas zwingen, das du nicht möchtest«, sagte Guðrún. »Wenn der Berg nicht zum Propheten kommt, muss der Prophet wohl zum Berge kommen. Wir werden den Computerspezialisten zu dir nach Hause bestellen, wäre das in Ordnung?«

»Ich schaue mal in meinem Kalender nach, wann ich Zeit habe«, antwortete Frau Bára. »Heute spiele ich Bridge und ich glaube, morgen bin ich auch beschäftigt; da habe ich einen Friseurtermin.«

Es dauerte eine Weile, bis sie den Kalender gefunden hatte, und auch ihre Brille tauchte nach einigem Suchen auf.

Es stellte sich heraus, dass der Friseurtermin erst am Ende der Woche war. Weitere Termine, außer einmal wöchentlich nachmittags um 15 Uhr Bridge, waren nicht vergeben.

»Das passt ja ausgezeichnet«, sagte Guðrún. »Darf ich morgen früh um halb zehn mit dem Computermann kommen?«

»Wenn ich Gäste empfange, brauche ich immer etwas Zeit, um mich vorzubereiten«, entgegnete Frau Bára.

Es dauerte eine Weile, der alten Dame zu erklären, dass niemand von ihr Kaffee und Kuchen für den Computerspezialisten erwartete.

»Wie steckt dieser Mann denn das, was ich gesehen habe, in den Computer?«, fragte Frau Bára. »Ich lasse mich nicht an ein elektrisches Kabel anschließen.«

»Das brauchst du auch nicht. Du wirst nicht an den Computer angeschlossen. Der Computerfachmann entwickelt nach deinen Angaben ein Bild. Du musst nur den Mann beschreiben, den du gesehen hast.«

»Aber das habe ich doch schon. Warum reicht das nicht?«

»Weil du auf dem Computerbildschirm prüfen kannst, ob das Bild mit dem, was du gesehen hast, übereinstimmt.«

»Na gut«, sagte Frau Bára Thomsen. »Erstaunlich, wie die Technik voranschreitet, wenn man schon das, was man sieht, in einen Computer stecken kann.«

Guðrún teilte Víkingur mit, das Phantombild sei erst morgen fertig, da Frau Bára Thomsen mit Bridgespielen beschäftigt sei.

»Ist das denn so wichtig?«

»Ja. Für sie schon.«

»Hättest du sie nicht dazu bringen können, es zu verschieben?«

»Nein, das habe ich nicht übers Herz gebracht. Sie hat nicht viel Abwechslung.«

»Glaubst du, dass uns dieses Phantombild nützt?«

»Schwer zu sagen. Vielleicht erinnert sie sich ja an irgendein Detail; etwas, das uns helfen könnte. Vielleicht kommt aber auch nichts dabei heraus.«

»Bridge«, sagte Víkingur. »Ist sie geistig denn noch so weit auf der Höhe, dass sie Bridge spielen kann?«

»Die Dame ist völlig klar im Kopf«, antwortete Guðrún. »Im ersten Moment wirkt sie etwas weltfremd, aber sobald man anfängt, sich mit ihr zu unterhalten, merkt man, dass sie geistig absolut fit ist. Ich hab das schön öfter bei alten Menschen festgestellt. Sie wirken manchmal völlig gaga, sind aber ganz auf der Höhe, wenn man sich etwas Zeit nimmt.«

»Das trifft wohl nicht nur auf alte Menschen zu.«

»Ja«, sagte Guðrún. »Und umgekehrt.«

»Wie meinst du das?«

»Man trifft genauso oft Leute, die ganz ausgeglichen wirken, und wenn man sich mit ihnen unterhält, merkt man, dass sie vollkommen gestört sind.«

War das jetzt als Spitze gegen mich gedacht?, überlegte Víkingur. Oder habe ich jetzt zu allem Überfluss auch noch Verfolgungswahn?

Die Unterredung mit der Landespolizeichefin ging Víkingur den ganzen Tag nicht mehr aus dem Kopf.

Warum hatte sie ihn treffen wollen? Warum ausgerechnet jetzt?

Er hatte das Gefühl, dass Elín nicht alles gesagt hatte, was sie eigentlich hatte sagen wollen. So als hätte sie die Fühler ausgestreckt, angetestet, ob sie ihm etwas anvertrauen konnte.

Womit konnte das zu tun haben? Etwa mit der Sicherheitsabteilung? Vielleicht versuchte sie nur, ein gutes Verhältnis zu ihm aufzubauen, um einem übermäßigen Misstrauen zwischen den beiden Behörden entgegenzuwirken? Vielleicht machte sie ja auch nur ihren Job?

Nein, sie musste etwas auf dem Herzen haben, etwas, das sie ihm anvertrauen wollte. Aber vorher wollte sie sich vergewissern, dass es ungefährlich war, ihn ins Vertrauen zu ziehen.

Vielleicht wollte sie ihm ja auch gar nichts Besonderes sagen. Vielleicht hatte sie nur festgestellt, dass es an der Spitze einsam, kalt und zugig war, und wollte herausfinden, ob Zusammenarbeit auch auf gegenseitigem Vertrauen anstatt auf trockenen Dienstvorschriften aufbauen konnte.

Nein, zum Teufel, dachte er. Sie war eine toughe, moderne Karrierefrau. Sie wollte sicher nur abchecken, ob sie etwas aus ihm herausbekommen könnte, was ihr ansonsten entgangen wäre. Obwohl. Sie hatte ihm etwas sagen wollen, es aber nicht fertiggebracht.

Er griff nach dem Telefon. Es gab einen guten Anlass, sie anzurufen.

»Elín, hier ist Víkingur. Danke für das Treffen.«

»Ja, danke gleichfalls. Es war sehr nett.«

»Hör mal, ich rufe an wegen der Zeugin, dieser Bára Thomsen, die uns helfen wollte, ein Phantombild von dem Mann anzufertigen …«

»… den sie in Begleitung von Freyja Hilmarsdóttir gesehen hat?«

»Genau. Wir müssen es auf morgen verschieben. Ein Tag mehr oder weniger spielt diesbezüglich wohl keine Rolle.«

»Morgen? Super! Danke für die Info.«

Das Telefonat war anders verlaufen, als er es sich vorgestellt hatte. Elín war resolut, kurz angebunden und hatte keineswegs die Gelegenheit genutzt, ihm vielleicht doch etwas anzuvertrauen.

41 Der sensible Mann

Magnús Mínus verlor völlig die Beherrschung, als Dagný und ihr Kollege Karl auf einmal in seinem Büro standen und erklärten, sie seien von der Kripo Reykjavík, und ihn fragten, ob er eine erpresserische E-Mail bekommen habe.

Er sprang so aufgebracht vom Stuhl hoch, dass Dagný zusammenzuckte.

»Was zum Teufel geht hier eigentlich vor? Was wollt ihr?«, brüllte Magnús, und Speicheltropfen sprühten aus seinem Mund. »Ist mir jetzt auch noch die Kripo auf den Fersen? Reicht es etwa nicht, dass hier seit Jahren irgendwelche Schnüffler den Hausfrieden stören und behaupten, von der Abteilung für Wirtschaftskriminalität und vom Finanzamt und wer weiß woher zu sein, und wahrscheinlich sogar die Abflüsse überwachen, um das Klopapier, das wir benutzen, zu analysieren? Kommen demnächst auch noch der Zoll und das Sondereinsatzkommando, das Jugendamt und die Gesundheitspolizei?«

»Nein, das glaube ich nicht«, sagte Dagný trocken.

»Das ist eine eindeutige Hetzkampagne!«, brüllte

Magnús weiter. »Ist euch klar, dass ihr und eure Abteilung missbraucht werdet?«

»Wir unterstellen dir doch gar nichts«, lenkte Karl ein. »Wir sind hier, um dir unsere Unterstützung anzubieten.«

»Ich brauche keine Unterstützung von irgendwelchen Behörden! Die hab ich noch nie gebraucht«, fauchte Magnús. »Und genau das kann dieser irre Ministerpräsident nicht ausstehen! Dieses Politikergesindel, das nichts anderes ist als Pöbel, der auf Staatskosten lebt. Diese Clique kann es nicht ertragen, dass in Island freies Unternehmertum aufkommt, und am allerwenigsten kann sie Menschen ausstehen, die wegen ihrer Fähigkeiten vorwärtskommen, nicht wegen ihrer Herkunft oder ihrer politischen Seilschaften. Ich brauche keine Hilfe, weder von euch noch von irgendeinem anderen Beamtenpack. Die Bevölkerung steht hinter mir, und das genügt!«

»Hast du von einem Buch mit dem Titel ›Walküren‹ gehört?«, fragte Dagný und ignorierte die Schimpftirade. Karl, der noch nicht so lange im Job war, war zusammengezuckt, als dieser prominente Unternehmer den Ministerpräsidenten als geisteskrank bezeichnet hatte.

»In den Medien wurde darüber berichtet«, fuhr Dagný fort, »dass Freyja Hilmarsdóttir ein Buch mit diesem Titel auf Grundlage von Interviews mit zwei prominenten Frauen schreiben wollte. Eine davon war jahrelang mit dir verheiratet.«

»Brynhildur«, sagte Magnús. »Ich wäre nie auf die Idee gekommen, dass sie gerne eine Walküre wäre.«

»Frauen können manchmal sehr verschwiegen sein«, entgegnete Dagný. »Vielleicht hast du sie ja nie danach gefragt.«

Magnús setzte sich wieder auf seinen Schreibtischstuhl und schaute Dagný spöttisch an.

»Das muss ein Alptraum sein«, sagte er.

»Was?«, fragte sie und hob eine Augenbraue.

»Eine Feministin mit Polizeiausweis«, antwortete Magnús. »Da kann man wohl nur noch beten.«

»Hast du auf irgendeine Weise versucht, die Herausgabe dieses Buches zu beeinflussen?«, fragte Dagný.

»Nein.«

»Bestimmt nicht?«

»Dieser Blödmann von Verleger ist mir zufällig mal über den Weg gelaufen. Ich hab ihm klargemacht, dass dieses und andere Bücher, die er in Zukunft herausgeben wird, nicht in den Mínus-Läden verkauft werden.«

»Warum nicht?«

»Selbstverständlich darf man Verleumdungen über mich schreiben, aber ich bin noch lange nicht verpflichtet, sie unter die Leute zu bringen. Wie ihr vielleicht wisst, werden 50 % der Buchverkäufe in dieser belesenen Nation in den Mínus-Läden getätigt. Die sogenannten Buchhandlungen leben vom Verkauf von Bleistiften und Heftzwecken.«

»Du hast also von diesem Buch gehört und kein Interesse daran, dass es an die Öffentlichkeit kommt?«

»Was geht die Polizei meine Meinung über Bücher an?«, fragte Magnús zurück.

»Zufälligerweise untersuchen wir die merkwürdigen Umstände des Todes von Freyja Hilmarsdóttir. Sie schrieb an einem Buch, dessen Verbreitung dir, wie du selbst zugibst, nicht gerade gelegen käme. Und seltsamerweise tauchte in ihrem Umfeld keine Spur von diesem Buch auf.«

»Und ich soll es gestohlen haben?«, blaffte Magnús.

»Ich bin also nicht nur ein Dieb, sondern auch ein Mörder? Was geschieht eigentlich in diesem Land? Was soll das anderes sein als eine vereinte Hetzjagd sämtlicher Behörden? Wir leben zwar nicht in einer Bananenrepublik, aber offenbar in einer Kabeljaurepublik, in der die Machthaber die Polizei als Privatarmee einsetzen! Steuerfahnder haben wirklich einen absoluten Traumjob; andere Bullen müssen einem immerhin die Schuld nachweisen, aber der Steuerfahndung muss man selbst seine Unschuld beweisen. Wenn die Behörden damals im Gelobten Land auf die Idee gekommen wären, die Steuerfahndung auf die Schreinerei Josef und Sohn GmbH anzusetzen, wäre der Junge aus Nazareth zu Hause geblieben und hätte seine Steuerschulden abgearbeitet, anstatt auszuziehen und zu predigen und die ganze Welt auf den Kopf zu stellen.«

»Niemand hat dich des Diebstahls, geschweige denn des Mordes bezichtigt«, sagte Dagný ruhig. »Was soll diese Hitzigkeit?«

»Und dann ist man gleich ›hitzig‹, wenn man sich erlaubt, der Polizei zu widersprechen«, tönte Magnús. »Ich werde jetzt meinen Rechtsanwalt anrufen, ob es euch passt oder nicht. Ihr könnt draußen warten, bis er kommt. Dann reden wir weiter.«

»Du führst dich wirklich etwas seltsam auf«, sagte Dagný. »Du wirst nicht verdächtigt, irgendetwas verbrochen zu haben. Wir sind hergekommen, um mit dir zu reden. Das ist kein Verhör, sondern eine Unterhaltung, und du überschüttest uns mit Beschimpfungen und verlangst nach einem Rechtsanwalt.«

»Mit welchen Beschimpfungen habe ich dich denn überschüttet?«

»Du hast mich eben als Feministin bezeichnet.«

»Ist das eine Beschimpfung?«

»Du hast es so gemeint.«

Magnús lachte.

»Ich habe gar nichts gemeint. Ihr könnt es mir wirklich nicht verdenken, wenn mich eine weitere Polizeiinvasion auf die Palme bringt. Ich lebe seit fast drei Jahren in einem Belagerungszustand. Ständig tauchen neue Polizisten auf. Und jetzt geht es nicht mehr um irgendwelche Steuer- oder Wirtschaftsgesetze und Buchhaltung, sondern darum, dass ich ein Manuskript gestohlen und die Verfasserin ermordet haben soll. Ist das so überraschend, wenn man darüber nicht gerade in Begeisterung ausbricht?«

»Niemand verfolgt dich«, sagte Karl. Magnús schaute ihn grimmig an, und Karl beeilte sich hinzuzufügen: »Jedenfalls ist das nicht unsere Absicht. Wir möchten lediglich wissen, ob du wegen des Buches Kontakt zu Freyja hattest und ob du weißt, wo das Manuskript abgeblieben ist.«

»Selbstverständlich hatte ich Kontakt zu der Frau«, entgegnete Magnús. »Es ist ja wohl erlaubt, mit Leuten zu sprechen, oder?«

»Kommt drauf an, wie man es macht«, erwiderte Dagný.

»Ich hab ihr Geld für das Manuskript angeboten«, sagte Magnús erschöpft. »Ich bin Geschäftsmann und löse meine Probleme immer mit Geld.«

»Wie viel Geld hast du ihr denn geboten?«

»Ich habe keine Summe genannt; sie sollte einfach einen Betrag nennen.«

»Und hat sie einen Betrag genannt?«

»Nein, sie hat mir ausrichten lassen, das Leben einer Frau sei nicht mit Geld aufzuwiegen. Das sollte wahrscheinlich heißen, ich hätte Brynhildur wie eine Ware behandelt. Das ist doch feministischer Faschismus in der Nussschale!«

»Was meinst du damit, sie hat es dir ausrichten lassen?«

»Das, was ich gesagt habe. Ich habe nicht persönlich mir ihr gesprochen, sondern einen Mitarbeiter beauftragt, das Geschäft abzuwickeln. Ich hatte befürchtet, sie würde sich nur aufregen, wenn sie mich sähe. Ich bin nicht unbedingt das, was man einen ›sensiblen Mann‹ nennt.«

»Welcher Mitarbeiter war das?«

»Das weiß ich nicht mehr«, antwortete Magnús. »Ich hab keine Ahnung, wie er heißt. Bei mir arbeiten über 20000 Leute, also sieh es mir bitte nach, dass ich nicht jeden mit Namen kenne.«

»Du hast ja wohl kaum aufs Geratewohl irgendeinen Angestellten als Mittelsmann ausgewählt?«

»Ich versuche, so wenig wie möglich aufs Geratewohl zu tun.«

»Freyja hat also das Angebot, dir das Manuskript zu verkaufen und es nicht zu veröffentlichen, abgelehnt?«

»Ja.«

»Was hast du daraufhin gemacht?«

»Nichts.«

»Du wolltest also untätig darauf warten, dass das Buch herauskommt?«

»Ja.«

»Und du wolltest es zulassen, dass damit dein Privatleben öffentlich gemacht und an den Pranger gestellt wird?«

»Ich beantworte keine Fragen darüber, was ich möglicherweise irgendwann mal vorhatte zu tun.«

»Ist dir klar, dass die Tatsache, dass Freyja – die nach deiner eigenen Aussage deinem Anliegen nicht nachkommen wollte – tot aufgefunden wurde, gewisse Spekulationen weckt?«

»Ja«, antwortete Magnús. »Es ist euer Job, das aufzuklären. Ich habe nichts damit zu tun. Brauche ich einen Rechtsanwalt, um in meinem eigenen Büro in Ruhe arbeiten zu können?«

»Nein«, sagte Dagný. »Wir werden dich nicht länger stören.«

»Vorläufig«, fügte Karl hinzu, der sich bei diesem Gespräch irgendwie ausgegrenzt fühlte.

42
Depression

»Du hast heute Morgen das Fitnessstudio geschwänzt.« Der Kopf des Psychologen Hinrik Pálsson erschien in der Türöffnung von Víkingurs Büro.

»Komm rein und setz dich«, sagte Víkingur, froh, seinen Freund zu sehen. »Ich hab letzte Nacht gearbeitet. Du bist bestimmt nur Psychologe geworden, weil die nachts so selten zu Patienten gerufen werden.«

»Wenn ich meine Nachtruhe im Sinn gehabt hätte, wäre ich Hautarzt geworden«, sagte Hinrik. »Die werden nie nachts oder am Wochenende gerufen. Wer anruft und behauptet, er halte es vor Schmerzen nicht mehr aus, dem geben sie einen Termin in drei Wochen und raten ihm, sich bis dahin nicht zu kratzen. War wohl ganz schön was los letzte Nacht, oder?«

»Ja, einiges«, antwortete Víkingur und fasste die Ereignisse der letzten Nacht grob zusammen.

»Wäre interessant gewesen, mit diesem Guttormur zu reden. Ich kann mich nicht dran erinnern, dass sich hierzulande schon mal jemand mit Benzin übergossen und angezündet hat. Ich hab mich allerdings mit einem anderen sehr speziellen Typen unterhalten, Sveinbjörn Ragnarsson, der sich seiner Frau am Ertränkungspfuhl entledigt hat.«

»Und wie lief's?«

»Ganz gut. Allerdings hat er sich geweigert, mit mir zu sprechen, und einen sehr interessanten Standpunkt vertreten.«

»Welchen denn?«

»Sveinbjörn willigt nur in eine psychologische Untersuchung ein, wenn er sich in demselben Zustand befindet, in dem die Tat vollzogen wurde, also unter Drogen- und Alkoholeinfluss. Er hält es für unnütz, mit ihm zu sprechen oder ihn zu analysieren, wenn er nüchtern ist. Ein Standpunkt, den der Gesetzgeber meiner Meinung nach durchaus berücksichtigen sollte.«

»Und was wirst du tun? Ihn abfüllen?«

»Nein, ich finde ihn nüchtern schon anstrengend genug. Er ist unerhört dreist. Betrachtet sich als den Mittelpunkt der Welt und beurteilt alle Dinge aus diesem Blickwinkel. Ich verstehe nicht, wie eine Frau mit einem solchen Scheusal überhaupt eine Beziehung eingehen kann.«

»Tja. Wer heutzutage einen Ehepartner oder Lebensgefährten sucht, lässt sich keine Zeit mehr zum Kennenlernen, sondern geht mit einem völlig fremden Menschen ins Bett. Leute, die nie auf die Idee kommen würden, sich im Suff Klamotten oder einen Gebrauchtwagen zu kaufen, sind stockbetrunken in schummrigen Nachtlokalen auf der Suche nach einem Lebenspartner.«

»Mein Job wäre jedenfalls leichter, wenn der Charakter der Leute sichtbar wäre«, meinte Hinrik.

»Meiner auch«, entgegnete Víkingur. »Überleg dir mal, welche Vorteile das hätte.«

»In den Lokalen, wo Sveinbjörn auf Frauensuche war, muss es jedenfalls sehr dunkel gewesen sein«, sagte Hinrik. »Aber wie geht's dir eigentlich?«

»Mach mal die Tür zu«, sagte Víkingur. »Falls das ein vertrauliches Gespräch sein soll, schließen wir die lieber. Ich weiß nicht genau, wie es mir geht. Diese Antidepressiva haben Vor- und Nachteile. Ich habe nicht mehr diesen Stein auf der Brust, aber die Medikamente stumpfen mich ab. Ich bin träge und teilnahmslos, und irgendwie bekomme ich nichts mehr zu fassen. So als würde mich jemand mit einer Fernbedienung in eine bestimmte Richtung lenken, ohne Rücksicht auf die Umgebung zu nehmen.«

»Nimmst du nicht Seroxat?«

»Doch. So heißt es.«

»Das ist ein gutes Medikament«, erklärte Hinrik.

»Aber es verursacht so eine geistige Erschöpfung«, sagte Víkingur.

»Keine Rose ohne Dornen, sagte der Fuchs, als er vom Igel stieg. Ich finde es seltsam, dass du solche Formulierungen wie ›geistige Erschöpfung‹ verwendest. Das ist eher ein medizinischer Ausdruck.«

»Wie soll ich es denn sonst nennen?«

»Du bist doch ausgebildeter Theologe, und in der Sprache der Theologie bezeichnet man geistige und körperliche Erschöpfung schlicht als ›Faulheit‹, was nichts Geringeres ist als eine der sieben Todsünden. Denk dran: eine Todsünde.«

»Das wird ja immer schlimmer«, sagte Víkingur.

Aber Hinrik redete unbeeindruckt weiter: »Wenn du Arzt wärst und ich Theologe, würde ich dir raten, dein Verhältnis zu Gott zu überprüfen und hin und wieder vor ihm niederzuknien. Denn die Versuchung ist am Werk: das Böse, der Teufel, der alle Menschen packen und auf seine Seite ziehen will. Er provoziert Faulheit und Gleichgültigkeit. Aber weil ich Arzt bin und du Theologe, kann ich den Teil deines Problems, der in meinen Bereich fällt, lösen, indem ich deine Seroxatdosis auf zwanzig Milligramm pro Tag erhöhe. Nimm morgens noch eine Tablette zusätzlich. Außerdem würde ich an deiner Stelle beten, meditieren, mich ausruhen, laut singen oder irgendwas tun, um wieder ins Gleichgewicht und in Kontakt mit dem Leben zu kommen. Und vor allem solltest du dich täglich bewegen.«

»Irgendwas muss ich jedenfalls tun, um wieder einigermaßen leistungsfähig zu werden.«

»Leistungsfähig? Depressive sind nie völlig unbeweglich und untätig, mein Freund. Du befindest dich im Kreise der produktivsten Menschen der Geschichte. Die Depression ist eine tolle Krankheit. Ganz anders als Tripper. Soll ich dir Leute aufzählen, die dasselbe durchgemacht haben wie du und trotzdem noch sehr produktiv waren?

Sollen wir mit den Gläubigen anfangen? Martin Luther persönlich litt an Depressionen, ebenso wie Ignatius von Loyola, eine Art Kripobeamter wie du. Sogar Heilige waren depressiv – der heilige Franz von Assisi ist ein leuchtendes Beispiel dafür.

Dann die Dichter: Hans Christian Andersen, Balzac, Tolstoi, Victor Hugo, Charles Dickens, Hemingway, Dylan Thomas, T.S. Eliot, Agatha Christie. Ja, und Herman Melville – heißt es nicht, ›Moby Dick‹ sei der großartigste Roman, der je geschrieben wurde? Musiker? Zeitgenössische? Elton John, John Lennon, Tom Waits, Kurt Cobain – den sollte man sich vielleicht nicht unbedingt als Vorbild nehmen. Oder ältere? Tschaikowsky, Rossini, Schumann, Mahler, Elgar und sogar das Genie, das von Gott womöglich mehr geliebt wurde als irgendein anderer Erdenbewohner: Wolfgang Amadeus Mozart.

Eine unendliche Liste von Berühmtheiten: Abraham Lincoln, Napoleon, Nelson, Michelangelo, Platon, Winston Churchill oder Säufer wie Boris Jeltzin und Nixon. Willst du noch mehr hören?«

»Nein danke, das ist sehr inspirierend.«

»Sogar Skandinavier können depressiv sein. Edvard Munch und mein Namensvetter Ibsen. Oder Hollywoodstars: Marilyn Monroe, Marlon Brando, Harrison Ford. Die lagen auch nicht auf der faulen Haut und haben sich selbst bemitleidet.«

»Nein, gewiss nicht. Willst du damit sagen, man soll es einfach abschütteln?«

»Nein, mein Freund«, antwortete Hinrik. »Man soll nichts abschütteln. Man soll mit seinen Freunden reden, daran denken, seine Medikamente zu nehmen, und dankbar dafür sein, dass man eine kleine Weile leben darf. Und dann soll man das Beste daraus machen und nicht vergessen, dass andere auch nicht besser dran sind. Jeder hat mit dem Teufel zu kämpfen, ob er sich offen zeigt oder nicht. Du kommst dir vielleicht manchmal teilnahmslos vor, aber du wirst trotzdem gebraucht. Denk nur an den Leitspruch der Polizei.«

»Durch Gesetze wird unser Land erbaut?«

»Nein. Durch Polizisten wird unser Land erbaut«, sagte Hinrik. »Jetzt muss ich aber los. Ich werde in der Praxis erwartet; ganze Heerscharen warten auf ihre Medikamente. Du bist wirklich privilegiert. Dein Arzt nimmt sich Zeit, sich mit dir zu unterhalten. Normale Menschen bekommen nie die Gelegenheit, sich mit Ärzten zu unterhalten. Dafür gibt es zu viele Menschen und zu wenige Ärzte.«

»Danke für das Gespräch«, sagte Víkingur.

»Geht's dir jetzt besser?«

»Davon merke ich nichts.«

»Ich hätte doch Hautarzt werden sollen«, sagte Hinrik.

43
Das brisanteste Kapitel

Obwohl Kjartan A. Hansen im übertragenen Sinne auf dem Botschafterfriedhof des Außenministeriums zu Grabe getragen worden war, schien er noch nicht begriffen zu haben, dass er politisch gesehen gestorben war, ebenso wie seine Macht und sein Einfluss auf das System. Dieser politische Wiedergänger, der sich weigerte, seinen Tod zu akzeptieren, legte der Landespolizeichefin gegenüber ein geradezu unverschämtes Verhalten an den Tag. Ihre Privatnummer hatte Kjartan A. Hansen vom Justizminister erhalten, da Daníel Daðason sich die stündlichen Anrufe seines ehemaligen Kampfgefährten vom Hals halten wollte.

»Ich bin mir nicht sicher, ob du dir im Klaren darüber bist, mit wem du es zu tun hast, Schätzchen«, sagte Kjartan A. Hansen zu Elín, ohne darüber nachzudenken, dass »Schätzchen« möglicherweise nicht die gelungenste Anrede war, um sich mit einer Karrierefrau gutzustellen. »Denk dran, dass du die Existenz deines Jobs nicht zuletzt mir zu verdanken hast.«

»Natürlich weiß ich, wer du bist«, sagte Elín, die verhindern wollte, dass der Mann noch weiter ausmalen würde, wie mächtig er einst gewesen war.

»Also dann, meine Liebe, können wir vielleicht über den Kern der Sache reden«, sagte der Botschafter. Er lallte ein wenig, sodass Elín kurz überlegte, ob es in Kanada üblich sei, zum Frühstück Cocktails zu trinken. »Der Kern der Sache ist folgender. Erstens: Kannst du sicherstellen, dass ihr denjenigen, der das Manuskript in der Hand hat, findet, bevor er sich damit in den Medien brüsten kann? Zweitens: Kannst du sicherstellen, dass es sich nicht herumspricht, dass der ehemalige isländische Finanzminister erpresst wird? Und drittens: Was wird verdammt noch mal zur Lösung des Falls unternommen?«

»Wir tun alles, was in unserer Macht steht«, antwortete Elín und überlegte, ob es sich möglicherweise um drei Cocktails gehandelt hatte – entsprechend der drei »Kerne der Sache«. »Ich kann natürlich nichts versprechen.«

»Das ist nämlich genau der Punkt«, entgegnete der Botschafter. »Eine typische Beamtenantwort! Wie läufige Hündinnen seid ihr hinter uns Politikern her, versprecht uns das Blaue vom Himmel, um einen Job zu kriegen, und sobald ihr ihn habt, schlagt ihr einen ganz anderen Ton an. Ich kenne das, meine Liebe. Aber glaub bloß nicht, ich wäre irgendein Jón Jónsson draußen in der Stadt. Du wirst mir jetzt sagen, was du in diesem Fall konkret unternehmen willst, sonst kannst du dich nach einem neuen Job umgucken.«

»Bevor du weiterredest«, unterbrach ihn Elín, »würde ich dich gern warnen. Ich werde gezwungen sein, dem Außenminister mitzuteilen, dass der isländische Botschafter in Kanada die Landespolizeichefin angerufen und ihr gedroht hat.«

»Ach ja, wirklich?«, sagte Kjartan A. Hansen. »Willst du deinen Weiberchauvinismus an mir ausleben?«

»Ich weiß nicht, was du unter Weiberchauvinismus verstehst.«

»Weiberchauvinismus ist, wenn irgendwelche Gören, die vor ein paar Jahren noch dankbar waren, wenn sie bei einer Party Tabletts mit Gläsern servieren durften, auf einmal eine Polizeiuniform tragen und ihre Ehemänner bedrohen.«

»Ist dir klar, dass dieses Gespräch aufgezeichnet wird?«, fragte Elín.

»Das ist mir scheißegal. Von mir aus kannst du es dir auf die Mö… – auf den Bauch tätowieren lassen«, lallte Kjartan. »Ich möchte dich nur auf eine Sache hinweisen.«

Das entfernte Klackern von Eiswürfeln auf Kristall klang den langen Weg von Ottawa bis ins Ohr der Landespolizeichefin in Reykjavík. Anschließend war ein original isländisches Schmatzen zu hören. Der Botschafter seufzte und redete dann weiter: »Wenn du schon nicht clever genug bist, mir Achtung entgegenzubringen, dann respektierst du hoffentlich wenigstens unseren Ministerpräsidenten.«

»Was hat der mit der Sache zu tun?«

»Tja, Schätzchen, ich höre schon, dass du von nichts eine Ahnung hast«, sagte der Botschafter. »Der Ministerpräsident hat ziemlich viel mit der Sache zu tun. In dem brisantesten Kapitel des Buches geht es nämlich nicht um irgendwelche angeblichen Frauengeschichten von mir, sondern um Worte, die der Ministerpräsident auf einer Party bei mir zu Hause geäußert hat, als ich noch mit dieser schrecklichen Frau verheiratet war.«

»Welche Worte?«

»Es war eine Privatparty in meinem Haus, bei der man sich einfach nur unterhalten hat, wie man es unter guten Freunden zu tun pflegt, wenn man nicht damit rechnet, dass etwas davon an die Öffentlichkeit dringt. Jökull hat über Magnús Mínus und das ganze neureiche Pack hergezogen und gesagt, er würde mit Härte gegen diese Geldsäcke vorgehen, damit sie endlich kapierten, wie die Gesellschaft funktioniert. Du verstehst also vielleicht, meine Liebe, dass es für alle Beteiligten, nicht zuletzt für dich, am besten ist, wenn dieses widerwärtige Schriftstück nicht an die Öffentlichkeit gerät.«

»Ich verstehe nicht, was das mit meinen Interessen zu tun haben soll.«

»Bist du blond?«

»Wie bitte?«

»Ich hab dich gefragt, ob du blond bist. Du musst blond sein, wenn du nicht kapierst, was das mit dir zu tun hat. Du bist das Werkzeug, das benutzt wird, um Magnús Mínus in die Falle zu locken. Kapierst du das? Oder bist du vielleicht auch noch blauäugig?«

Elín bezweifelte nicht länger, dass der Botschafter sich bereits einen Frühschoppen genehmigt hatte. Aber nichtsdestotrotz waren das interessante Neuigkeiten.

»Tja, jetzt bist du sprachlos«, fuhr der Botschafter fort. »An deiner Stelle würde ich auch besser schweigen. Verstehst du jetzt, dass ein relativ weitreichendes Interesse daran besteht, dass diese Schmähschrift nicht die Runde macht? Und dass es keinesfalls reicht, zu sagen, man würde sein Bestes tun? Möchtest du vielleicht, dass ich den Ministerpräsidenten anrufe, ihm erzähle, wie es um die Sache bestellt ist, und ihn bitte, einen Erwachsenen an den Fall zu setzen? Oder glaubst du ernsthaft, eine Frau kann ihn lösen? Frauen haben den ganzen Unsinn ja losgetreten, deshalb muss eigentlich auch eine Frau den Fall lösen.«

»Es kann eine Weile dauern«, sagte Elín, ohne auf die Beleidigungen einzugehen. »Wenn die Sache so wichtig ist, sollte man vielleicht darüber nachdenken, die verlangte Summe zu zahlen.«

»Damit irgendein Unbekannter einen bis in alle Ewigkeit an den Eiern packen kann?«

»Um Zeit zu gewinnen. Wir werden der Sache natürlich auf den Grund gehen, aber wir brauchen Zeit.«

»Fünfhunderttausend Euro, damit du mehr Zeit hast, deinen Job zu machen?«

»Ich mache meinen Job, ob du bezahlst oder nicht.«

»Weißt du was, Schätzchen?«, sagte Kjartan A. Hansen. »Ich kann dich schon viel besser leiden. Aber ich glaube trotzdem, dass es nicht lange dauern muss, den Fall zu lösen. Es ist doch ziemlich klar, wo sich das Manuskript befindet.«

»Wo befindet es sich denn deiner Meinung nach?«

»Liegt das denn nicht auf der Hand? Derjenige, der das größte Interesse daran hat, ist kein anderer als Magnús Mínus. Er hat das Manuskript irgendwie von der Alten, die diesen Mist geschrieben hat, bekommen.«

»Sie wurde ermordet.«

»Darüber weiß ich nichts. Ich weiß nur, dass Magnús sich normalerweise nicht von Kinkerlitzchen wie einer solchen Tussi bremsen lässt.«

»In dem Buch geht es immerhin auch um ihn. Es gefällt ihm bestimmt nicht, wenn das veröffentlicht wird«, gab Elín zu bedenken.

»Es geht darum, weniger wichtige gegen wichtige Interessen abzuwägen. Magnús ist es scheißegal, ob darüber geschrieben wird, wie schlecht er im Bett ist. Er hat genug Geld, um sich bis an sein Lebensende Viagra zu kaufen. Für ihn ist das Wichtigste, beweisen zu können, dass hinter der polizeilichen Untersuchung seiner Person und seiner Firma ein Komplott der Regierung steckt. Das ist der Kern der Sache. Und er hat keine Skrupel, mich und die meinigen mit dem Manuskript zu erpressen. Wenn ihm das dann langweilig geworden ist, taucht das Manuskript auf einmal wieder auf und wird veröffentlicht.«

»Willst du damit sagen, Magnús hat Freyja Hilmarsdóttir umbringen lassen?«

»Es ist nicht mein Job, rauszukriegen, wie er an das Manuskript gekommen ist. Er hat sich bestimmt nicht selbst die Hände schmutzig gemacht. Wenn du logisch denken könntest, würdest du sehen, dass es so und nicht anders sein muss.«

»Man kann leicht von einer Sache überzeugt sein, aber man muss sie auch beweisen können.«

»Gut möglich. Aber nachdem ich dir erzählt habe, wo das Manuskript abgeblieben ist, solltest du keine Zeit daran verschwenden, es woanders zu suchen. Du musst einen Weg finden.«

»Einen Weg wohin?«

»Einen Weg, um an das Manuskript zu kommen! Wie oft muss ich dir das denn noch sagen?«

»Hör zu, es gibt noch eine Sache, die ich dich fragen möchte«, sagte Elín. Wieder war das Klirren von Eiswürfeln und Kristall zu hören, als sich der Botschafter eine weitere Erfrischung genehmigte.

»Was möchtest du wissen, Schätzchen?«, fragte der Botschafter jovial.

»Bist du zu allen Leuten, mit denen du sprichst, so unverschämt, oder nur zu Frauen?«

Der Botschafter lachte auf.

»Ich wollte nicht unverschämt sein, Schätzchen, aber Frauen behandelt man besser etwas energischer.«

»Als ich mit ihm gesprochen habe, war er sehr höflich«, erzählte Eysteinn Brandsson, als Elín ihn fragte, wie das Telefonat mit Kjartan A. Hansen verlaufen sei. »Schließlich ist er ein Mann von Welt und ein bekannter Diplomat.«

Eysteinn war erstaunt, zu hören, dass der Botschafter die Landespolizeichefin angerufen hatte.

»Ich dachte, ihm sei klar gewesen, dass der Fall in meinen Händen liegt. Aber vielleicht ist er so einer, der grundsätzlich nur mit dem Chef sprechen will.«

»Hat er dir gesagt, wo das Manuskript seiner Meinung nach abgeblieben ist?«, fragte Elín.

»Nein. Er hat nur betont, es sei in nationalem Interesse, es zu finden.«

Elín erzählte Eysteinn, der Botschafter sei davon überzeugt, dass Magnús Mínus im Besitz des ›Walküren‹-Manuskripts sei.

»Da kann er natürlich Recht haben«, entgegnete Eysteinn. »Aber das heißt nicht, dass wir es auch finden.«

»Falls der Botschafter Recht hat, wird auch das noch ans Licht kommen«, sagte Elín.

»Es wird ans Licht kommen – falls es uns gelingt, den Dieb ausfindig zu machen«, sagte Eysteinn. »Und diese Möglichkeit ist in der Tat begrenzt. Hier war ein Fachmann am Werk.«

»Dann müssen wir den Fachmann finden und ihn dazu bringen, zuzugeben, dass Magnús hinter der Sache steckt.«

»Das ist aber nicht so einfach«, erwiderte Eysteinn. »Der Job eines Auftragskillers ist nur deshalb so ungefährlich und bequem, weil es keine Verbindung zwischen Mörder und Opfer gibt. Wer einen Auftragskiller engagiert, hat einen Beweggrund, so wie Magnús in diesem Fall, aber der Auftragnehmer, der keinen Beweggrund hat, muss nur über ein gutes Alibi nachdenken. Ein Auftragskiller kommt und geht wie ein Schatten; nichts Vergangenes verbindet ihn mit dem Opfer.«

»Es sei denn, jemand beobachtet ihn bei der Tat.«

»Genau. Oder er hinterlässt Fingerabdrücke, DNA- oder andere Spuren. Aber das weiß jeder, der schon mal Fernsehen geguckt hat, also achten sogar Anfänger darauf.«

»Das ist alles richtig«, sagte Elín. »Problematisch ist nur, dass die Kripo glücklicherweise eine Zeugin gefunden hat, die Freyja in Begleitung eines Mannes gesehen hat und ihn beschreiben kann.«

»Ach. Das ist ja ein Ding«, entgegnete Eysteinn. »Wer ist diese Zeugin?«

»Man könnte es als glücklichen Zufall bezeichnen«, antwortete Elín. »Im Nachbarhaus wohnt eine alte Dame, Bára Thomsen, die die Leute im Haus gegenüber nicht aus den Augen lässt. Sie hat den Mann gesehen.

Morgen soll nach ihrer Beschreibung ein Phantombild von ihm angefertigt werden.«

»Warum wurde das denn nicht sofort gemacht?«

»Das weiß ich nicht. Sie ist eine alte Frau; vielleicht wollte man sie nicht überanstrengen. Aber sie wohnt wie gesagt im Nachbarhaus, und von ihrem Fenster aus sieht man Freyjas Haustür.«

»Wird interessant, zu sehen, was dabei herauskommt«, sagte Eysteinn. »Aber Gott hätte bestimmt Verbrecher mit Hörnern und Schwanz geschaffen, wenn er gewollt hätte, dass die Kripo sie aufspürt.«

44 Abschied

»Ich wusste schon, dass bei euch was nicht stimmt, aber ich hab gehofft, es würde wieder in Ordnung kommen.«

Alda Bergþórsdóttir, fast dreizehn Jahre alt, war unbestreitbar ein kluges Kind.

»Meine Freundin Hrund hat auch einen Papa, der geschieden ist. Sie muss jedes zweite Wochenende mit ihm und ihrer kleinen Schwester in den Familien- und Haustierpark und ins Schwimmbad und bei ›Ruby Tuesday‹ essen.«

»Bei uns wird das ganz anders, Schatz«, sagte Bergþór zu seiner Tochter.

»Ich mag lieber Hamburger«, meinte Darri Bergþórsson, neun Jahre alt, und ließ sich von der Neuigkeit, dass sein Vater zu Hause ausziehen würde, nicht aus der Ruhe bringen – zumindest noch nicht.

»Hauptsache, ihr vergesst nicht, dass Papa euch noch genauso lieb hat wie vorher, auch wenn er nicht mehr bei euch wohnen kann«, erklärte Bergþór.

»Ich will aber in den Haustierpark«, rief Darri.

»Du darfst auch in den Haustierpark«, sagte sein Vater. »Nur nicht jetzt, denn jetzt ist bald Abend.«

»Und morgen?«, fragte Darri.

»Nein, morgen auch nicht, aber sehr bald. Und wenn ich eine eigene Wohnung habe und alles für euch vorbereitet ist, dann könnt ihr mich besuchen und bei mir übernachten. Das wird bestimmt lustig, meint ihr nicht?«

»Aber warum kannst du denn nicht einfach hierbleiben?«, fragte Alda. »Warum musst du weggehen?«

»Das verstehst du, wenn du groß bist, Schatz«, antwortete Bergþór. »Papa und Mama sind gute Freunde und werden immer gute Freunde sein, auch wenn sie kein Paar mehr sind und nicht zusammenwohnen können.«

»Warum könnt ihr das nicht?«, fragte Alda trotz der Erklärung.

Bergþór schaute Guðrún flehend an. Er war es nicht gewöhnt, zu erklären und Fragen zu beantworten. Er konnte die Kinder anleiten, ihnen Vorschriften machen und ihnen etwas beibringen.

»Deshalb, mein Schatz«, sagte Guðrún. »Es ist nun mal so. Euer Vater und ich haben beschlossen, dass es für alle das Beste ist.«

Es sah ihm ähnlich, ihr die Beantwortung der Frage zu überlassen. Diese Familienkonferenz und der Abschied begannen, ihre Kräfte zu übersteigen. Wut kochte in ihr hoch.

»Also, dann gebt dem Papa einen Kuss«, forderte sie die beiden auf. »Er muss sich beeilen.«

»Nein, so 'n Quatsch«, sagte Bergþór. »Papa hat es nicht eilig.«

»Doch, natürlich hast du es eilig. Vergisst du da nicht was?«, fragte Guðrún, und Bergþór spielte daraufhin auf übertriebene Weise einen Mann, dem ganz plötzlich wieder etwas einfällt, das er vergessen hatte.

»Doch, ja, jetzt erinnere ich mich. Das Meeting! Also dann, ihr Lieben, bekomme ich keinen Kuss?«

Die Kinder gaben ihrem Vater einen Kuss. Sie waren ein bisschen schüchtern, wie Schauspieler in einem Theaterstück, die ihre Rollen nicht richtig beherrschen.

Bergþór gab Darri aus der Umarmung frei, stand auf und schaute Guðrún an. Jetzt war sie an der Reihe, verabschiedet zu werden. Augenscheinlich erwartete sie keinen Kuss.

Er zögerte und streckte dann die Hand aus.

»Mach's gut, und äh, ja, danke für alles.«

»Mach's gut.«

Es war ein kurzer, lascher Händedruck. Symbolisch für eine Ehe, die zu Ende ging?

»Ich weiß, dass du gut für die Kinder sorgst. Es wird alles wieder werden bei euch«, sagte er, als er die Tür öffnete. Dann drehte er sich noch einmal auf der Türschwelle um.

»Tschüss, ihr Lieben. Ich rufe heute Abend an und sage euch gute Nacht, und dann sehen wir uns ja bald wieder.«

»Was gibt's zu essen?«, fragte Darri, als die Haustür zuging.

»Jetzt ist Mama eine alleinerziehende Mutter«, sagte Alda altklug.

Guðrún nahm ihre Tochter in den Arm und musste lachen.

»Was ist denn daran so lustig?«, fragte Darri.

»Nichts«, sagte Guðrún und schämte sich fast dafür, in diesem Moment Freude zu empfinden.

45

Die Stunde des Verbrechens

Víkingur war fest entschlossen, früh ins Bett zu gehen, um den Schlafmangel auszugleichen, den der pyromanische Bäcker verursacht hatte. Þórhildur fragte, ob er einen Rückfall in die Kindheit habe, als er kundtat, er wolle gegen acht Uhr schlafen gehen. Sie sei so bald jedenfalls noch nicht im Bett zu erwarten, da im Fernsehen nach den Spätnachrichten eine amerikanische Abenteuerserie laufen würde, die alle Frauen in Island mitverfolgten, obwohl sie unglaublich blödsinnig war. Es ging um einen Flugzeugabsturz auf einer einsamen Insel irgendwo im Meer. Alle Passagiere kamen heil davon, und anschließend begann der eigentliche Kampf ums Überleben. Víkingur verstand nicht, warum dieses Thema ausgerechnet Frauen ansprach. Þórhildur erklärte ihm, Männer würden gern Geschichten hören, bei denen Menschen in Schwierigkeiten gerieten, während Frauen gern Geschichten hören würden, in denen Menschen aus schwierigen Situationen gerettet wurden. Er wusste nicht, ob sie das ernst meinte.

Beiläufig erzählte Þórhildur von den ersten Untersuchungsergebnissen von Freyja Hilmarsdóttirs Blut und Mageninhalt.

»Wir haben keine Spuren von Betäubungs- oder Schlafmitteln gefunden«, sagte Þórhildur. »Das bedeutet allerdings nur, dass wir nichts gefunden haben – es muss nicht heißen, dass sie nichts genommen hat. Sämtliche Rückstände von GBH verschwinden beispielsweise vier Stunden nach Einnahme. Sie könnte auch sehr kleine Mengen Rohypnol eingenommen haben, die wir nicht finden, was mir allerdings unwahrscheinlich vorkommt.«

»Was ist GBH?«

»GBH ist Gamma-Hydroxybutyrat und wird auf Englisch manchmal *Grievous Bodily Harm* oder *Georgia Homeboy* genannt. Dieses Stoffgemisch gibt es als Pulver und als Flüssigkeit. Es ist farblos, geruchlos und nahezu geschmacklos, hat nur einen leicht salzigen, bitteren Nachgeschmack. Am Anfang hat man es für Gewichtheber und Sportler hergestellt, obwohl ich mir nicht vorstellen kann, dass es die Leistung gesteigert hat. Dann wurde es auf Drogenpartys beliebt. Es kann zu Ekstase und Bewusstlosigkeit führen und wird häufig von Vergewaltigern verwendet. Wie Rohypnol lässt es sich leicht in Getränke mischen, ohne dass es jemand merkt.«

»Gibt es das Zeug denn hierzulande?«

»Man kann alles importieren«, antwortete Þórhildur. »Außer vielleicht die Chinesische Mauer.«

»Und du glaubst, Freyja wurde dieses Medikament eingeflößt?«

»Das weiß ich nicht. Ich glaube nur, dass ihr irgendetwas eingeflößt wurde, sonst hätte sie nicht einfach still und ruhig dagesessen und das Kohlendioxid eingeatmet. Am wahrscheinlichsten wären Schlafmittel, aber wir können keine Spuren davon in ihrem Blut und Urin finden. Jedenfalls noch nicht.«

»Das ist ein merkwürdiger Fall«, sagte Víkingur. »Sehr ungewöhnlich.«

»Wie meinst du das?«

»Wenn man einen Mörder sucht, richtet sich das Interesse doch immer zuerst auf Personen, die dem Verstorbenen nahestanden. Als Erstes wird der Ehepartner verdächtigt. Oder ein Liebhaber, ein Lebensgefährte, ein Freund, eine Freundin, Onkel oder Tante. Mord ist doch meistens Heimarbeit, eine Familienkrankheit oder wie immer man das nennen will. Es gibt fast immer eine starke emotionale Verbindung zwischen Mörder und Opfer, die dann explodiert – Eifersucht, Hass, Habgier, Rachsucht. Aber dieser Fall hat etwas Kühles, Distanziertes und Berechnendes. Die Frau war alleinstehend. Obwohl sie viele mehr oder weniger oberflächliche sexuelle Beziehungen zu Männern und Frauen hatte, stand sie niemandem wirklich nahe. Dennoch muss sie so starke Emotionen geschürt haben, dass es sie das Leben gekostet hat. Merkwürdig.«

»Glaubst du, dass Politik mit im Spiel ist?«

»Sie war schon lange nicht mehr in der Politik. Hatte angeblich kein Interesse mehr daran, außer an Frauenfragen.«

»Aber dieses Buch, an dem sie schrieb, darin sollte es doch zumindest teilweise um Politik gehen. Oder besser gesagt um einen Politiker, der mittlerweile Botschafter ist.«

»Ja, Politik und Wirtschaft – Kjartan A. Hansen und Magnús Mínus und die Mínus Group.«

»Vielleicht hat sie etwas gewusst, das jemandem nicht gepasst hat.«

»Vielleicht hat sie auch nichts gewusst, aber jemand hat *geglaubt*, sie wüsste etwas.«

»Könnte Guttormur sie umgebracht haben?«

»Und als Krönung seiner Rache hat er den Buchverlag und sich selbst verbrannt?«

»Ja.«

»Das ist nicht ausgeschlossen«, sagte Víkingur. »Aber mein Gefühl sagt mir, dass jemand engagiert wurde, um sie loszuwerden.«

»Ein Auftragsmord?«

»Ja.«

»Ein Auftragsmord in Island?«

»Hast du nicht eben noch gesagt, man könnte alles importieren außer der Chinesischen Mauer?«, fragte Víkingur.

Víkingur war sich sicher, noch nicht geschlafen zu haben, als Þórhildur mit dem Telefon neben ihm stand.

»Gerade hat der Weltuntergang stattgefunden, und du hast dich nicht gerührt. Mann, kannst du schnarchen!«, sagte sie bewundernd und reichte ihm das Telefon.

Víkingur murmelte etwas in den Hörer und war sofort hellwach, als er hörte, dass Elín am anderen Ende der Leitung war. Sie meldete sich nicht mit ihrem Namen, aber er erkannte ihre Stimme sofort.

»Hab ich dich geweckt?«, fragte sie.

»Nein, nein, ich war wach«, log er instinktiv, besann sich dann aber und sagte: »Eigentlich war ich gerade eingeschlafen.«

»Entschuldige«, sagte Elín. »Entschuldige, dass ich

dich so spät anrufe, aber deine Türklingel funktioniert nicht.«

Einen Augenblick dachte er, die Landespolizeichefin hätte zu tief ins Glas geschaut. Allerdings waren in einigen Klatschzeitungen schon Fotos von Elín in diversen Vergnügungslokalen erschienen, mit Begleittexten, die durchblicken ließen, dass sie genauso trinkfest war wie ein echter Kerl.

»Was ist los?«, fragte Víkingur.

»Ich hab ein Päckchen für dich. Kannst du kurz runterkommen?«, fragte Elín.

»Ein Päckchen für mich? Jetzt?«

»Ja, ich warte unten«, sagte Elín.

Dann legte sie auf.

Víkingur machte ein dummes Gesicht und suchte nach seinen Klamotten.

Þórhildur saß im Wohnzimmer und schaute fern.

»Ziehst du dich schon wieder an?«, rief sie. »Du wolltest doch mal ausschlafen.«

»Bin gleich zurück«, rief er und trat in Schuhen, aber ohne Socken, auf den Flur hinaus.

Als Víkingur die Haustür öffnete, war keine Menschenseele in Sicht. Entweder hatte Elín einen merkwürdigen Humor oder ein ernsthaftes psychisches Problem.

Draußen tobte ein Schneesturm. Der Laternenpfahl vor der Tür verschwand im dichten Nebel; die Laterne schien frei in der Luft zu schweben wie ein unbekanntes Flugobjekt. Víkingur entdeckte einige Meter von der Haustür entfernt im Schneegestöber ein Auto im Leerlauf.

Ein schwarzer PKW.

Er rannte zu dem Wagen, öffnete die Beifahrertür und stieg ein.

»Gut, dass du kommen konntest«, sagte Elín.

»Warum hast du ein Päckchen für mich?«

»Ich habe gar kein Päckchen, aber ich konnte meinen Namen nicht nennen, weil dein Telefon abgehört wird«, erklärte Elín. »Aus Sicherheitsgründen. Nicht immer. Nur manchmal. Wir haben Personalmangel.«

»Abgehört?«, entrüstete sich Víkingur. »Hast du schon mal was von der Unantastbarkeit der Privatsphäre gehört?«

»Jetzt benimm dich doch nicht so, als seist du gerade erst in die Stadt gezogen«, entgegnete sie. »Die Welt besteht aus Informationen, die von unterschiedlicher Bedeutung und unterschiedlich schwer zu beschaffen sind. Die Privatsphäre ist so ausgestorben wie die Staatskirche. Das haben nur noch nicht alle begriffen.«

Víkingur wusste nicht, was er dazu sagen sollte.

»Jetzt sei doch nicht gleich beleidigt«, bat sie. »Natürlich hört um diese Uhrzeit niemand dein Telefon ab. Aber man soll kein unnötiges Risiko eingehen, deshalb hab ich gesagt, ich hätte ein Päckchen für dich. Das hat ja ausgereicht. Du bist rausgekommen. Ziel erreicht.«

»Welches Ziel?«

»Hör zu, ich hab wirklich nicht geahnt, dass du einen solchen Wirbel darum machen würdest«, sagte sie. »Du warst mir bei unserem letzten Treffen so sympathisch, dass ich beschlossen habe, dir zu vertrauen.«

»Besten Dank.«

»Obwohl man natürlich niemandem trauen soll«, sagte Elín und lächelte.

»Ach ja?«

»Außer sich selbst«, fügte sie hinzu. »Aber ich werde wie gesagt eine Ausnahme machen.«

»Entschuldige«, sagte Víkingur. »Aber du verstehst hoffentlich, dass ich es etwas merkwürdig finde, dass du mich zu dieser Zeit auf diese Art und Weise aufsuchst.«

»Art und Weise?«

»Was soll dieses Versteckspiel?«

»Hör mal«, sagte Elín. »Ist deine Frau eifersüchtig?«

»Was spielt denn das für eine Rolle?«

»Du solltest noch mal kurz hochgehen und ihr sagen, dass du heute Nacht arbeiten musst. Ein Spezialeinsatz mit der Landespolizeichefin.«

»Ist das dein Ernst?«

»Ja, selbstverständlich. Und warte mal: Sprich in der Küche mit ihr und lass dabei den Wasserhahn laufen – wegen der Wanzen, du weißt schon!«

»Meine Wohnung ist verwanzt?«

»Nein, nein, das war nur ein Witz. Sorry. Ich weiß, das ist nicht lustig, aber so benehme ich mich manchmal, wenn ich nervös bin. Ich schwöre, deine Wohnung wird nicht abgehört. Nur das Telefon. Manchmal. Ha! Bitte tu mir den Gefallen, geh kurz rauf und beeil dich.«

»Und was soll ich ihr sagen?«

»Das, was ich dir eben erklärt habe. Ein nächtlicher Spezialeinsatz. Auf meine Veranlassung.«

»Aber ich arbeite nicht für dich.«

Elín schaute ihn müde an.

»Teamwork, Víkingur, Teamwork«, sagte sie. »Ich bitte dich um Teamwork.«

»Um Mitternacht?«, fragte er.

»Die Stunde des Verbrechens«, sagte Elín und grinste. »Weißt du noch, was Sherlock Holmes zu Dr. Watson gesagt hat? *The game is afoot. Not a word! Into your clothes and come!* Die Beute ist nah. Sag kein Wort! Zieh dich an und komm mit!«

Natürlich konnte er der Versuchung nicht widerstehen.

Auf dem Weg nach oben dachte Víkingur: Falls Elín meint, die Landespolizei sei Sherlock Holmes und die Kripo Reykjavík Dr. Watson, dann handelte es sich um ein Missverständnis, das korrigiert werden musste.

4. Tag

»Es gibt kein Alter; es gibt nur Leid.« Im Laufe der Zeit habe ich gelernt, dass dies zwar wahr, aber nicht die ganze Wahrheit ist. Auch Gewohnheit lässt altern: der tödliche Prozess, dasselbe auf die gleiche Weise zur gleichen Zeit Tag für Tag zu tun, zunächst aus Achtlosigkeit, dann aus Passion, schließlich aus Feigheit oder Trägheit. Glücklicherweise ist ein unstetes Leben nicht die einzige Alternative; denn Launenhaftigkeit ist ebenso ruinös wie Routine. Gewohnheit ist notwendig; wenn man lebendig bleiben möchte, muss man die Gewohnheit, Gewohnheiten zu haben, sein Leben zu Alltagstrott werden zu lassen, bekämpfen.

Edith Wharton,
›A Backward Glance‹

46
Ein schwarzes Notizbuch

Das ausgedruckte Manuskript war 284 Seiten lang. Schriftlicher Scheiß über nichts und wieder nichts. Lästiges, belangloses Gefasel über Feminismus und darüber, wie abscheulich sich Männer seit Anbeginn der Zeitrechnung Frauen gegenüber verhalten haben. Er durchblätterte das Gewäsch desinteressiert und dachte, dass es nur ein Verbrechen gab, das Männer Frauen nicht angetan hatten, nämlich Mädchen anstatt Jungen in den Krieg zu schicken, aber dann erinnerte er sich an die Zeitungsfotos von der amerikanischen Soldatin mit dem splitternackten Iraker an der Leine. Wie hieß sie noch gleich? Linndie? Linndie England. Die Fotos aus dem Gefängnis Abu Ghraib in Bagdad – sie hatten viele herzensgute Seelen schockiert, die Krieg lediglich für eine notwendige, aber nicht ganz unblutige medizinische Operation zur Ausmerzung von Geschwüren gehalten hatten. Gut, dass Weiber mittlerweile in den Krieg ziehen durften. Gut, dass die Gleichberechtigung ans Licht brachte, dass Frauen auch nicht besser waren als Männer, wenn nicht sogar grausamer.

Die Interviews mit den beiden Frauen waren nicht ganz so schlimm wie diese theoretischen Betrachtungen der Autorin zur Rolle der Frau als Konsumgut in der modernen Gesellschaft. Es gab ein paar Highlights. Der größte Teil bestand jedoch aus todlangweiligem Gelaber, bei dem die Weiber sich selbst zutiefst bemitleideten, weil sie das Haltbarkeitsdatum überschritten hatten. Ihre Wut richtete sich gegen ihre Exmänner, die keinen Appetit mehr auf sie hatten, nachdem sie selbst einfach nicht mehr taufrisch waren.

Das Gejammer dieser Frauen über ihr Gefühlsleben und ihre seelischen und körperlichen Nöte war vollkommen belanglos. Interessant war doch nur, was sie über die wirklich wichtigen Personen sagten: die Männer, mit denen sie verheiratet gewesen waren, ihr Leben und ihr Wirken – nicht irgendein Weibergejammer, sondern Ereignisse und Anekdoten aus dem Leben bedeutender Männer aus Politik und Wirtschaft. Das waren die Highlights.

Kjartan A. Hansens Exfrau Svava entpuppte sich dabei als wesentlich ergiebigere Quelle als Brynhildur, die Ex von Magnús Mínus.

Erst war er enttäuscht über Brynhildurs dürftige Beschreibungen ihres Exmannes. Natürlich interessierten sich die Leute viel mehr für Magnús Mínus als für Kjartan. Die Neugier auf den reichsten Mann Islands – und sogar der isländischen Geschichte – musste größer sein als auf einen ehemaligen Politiker, der wie ein Loser vom Schachbrett vertrieben worden war. Als Jökull Pétursson vorausgeahnt hatte, dass der Kronprinz immer ungeduldiger auf den Posten des Ministerpräsidenten wartete, hatte er Kjartan kurzerhand gekillt – politisch gesehen. Ein echter Kerl, dieser Jökull. Blieb hoffentlich bis an sein Lebensende Ministerpräsident. Der verlangte sicher demnächst, dass alle männlichen Kinder in Island ausgesetzt würden, damit er von den kommenden Generationen nichts befürchten musste.

Eigentlich war es unverständlich, dass sich Kjartan A. Hansen erst nach so vielen Jahren des Zusammenlebens von dieser Svava getrennt hatte. Sie schien absolut unerträglich zu sein. Launisch, dumm und selbstsüchtig. Er hätte sich ihrer schon längst entledigen sollen. Aber vermutlich besaß er nicht die Charakterstärke, die einen mächtigen von einem unbedeutenden Mann unterscheidet, diesen Killerinstinkt, den man in der Politik braucht. Es war dumm zu glauben, in der Politik ginge es anders zu als in anderen Berufen. Jeder, der am Ende als Sieger dastehen will, braucht nun mal diesen Killerinstinkt. Der Mensch ist ein Raubtier. Mildtätigkeit ist eine Illusion, die die Weiber im Küchenmief eingeatmet haben.

Und Svava war sentimental. Krallte sich an das Wort Liebe wie eine läufige Hündin. Aber es war, wie es war: Das Kostbarste versteckte sich meist im Abfall. Man musste einfach genauer hinschauen:

Ihre Schilderungen von Kjartans und Jökulls nächtlichen Besäufnissen, als noch alles nach Wunsch lief, waren großartig. Kjartan hatte die Rolle des Lehrlings übernommen, und die Gehässigkeiten der beiden kannten keine Grenzen. Svava war dabei, ging unablässig umher und schenkte nach, tat alles, um die Karriere ihres Mannes anzukurbeln. Sie opferte sich auf, damit er Minister und stellvertretender Vorsitzender werden konnte. So zumindest ihre Version. Was für eine Heuchelei! Tatsächlich füllte sie die beiden mit Alkohol ab und wischte ihre Kotze auf, damit sie selbst Gattin des Ministers und stellvertretenden Vorsitzenden werden konnte. So einfach war das. Die Alte ging ihm tierisch auf die Nerven. Man tat nichts für andere. Man tat nur sich selbst zuliebe etwas.

Das Lächerliche war, dass sie glaubte, Jökull zu hassen und Kjartan zu lieben. Dennoch fühlte sie sich ganz offensichtlich zu Jökull hingezogen und fürchtete ihn wegen seines Killerinstinkts, den Kjartan nicht hatte. Sie bezeichnete das als Sensibilität, aber tief in ihrem Inneren verachtete sie ihren Mann.

Dann eine großartig beschriebene Szene, als Jökull die schwarze Liste hervorholte. Eine Liste von Leuten, an denen er sich seit Beginn seiner politischen Laufbahn rächen wollte.

»Man muss seinen Feinden natürlich verzeihen«, sagte er. »Aber man darf ihre Namen nicht vergessen.«

Dann kugelte er sich vor Lachen, zog sein Notizbuch hervor und reichte es Kjartan.

»Frag mich ab«, sagte er. »Ich kann die Liste auswendig.«

Er irrte sich kein einziges Mal. Obwohl er vollkommen betrunken war. Als Jökull das Notizbuch zurücknahm, sagte er zu Kjartan: »Du musst dir auch so ein Buch zulegen.«

Aber Kjartan hatte darauf verzichtet. Er verfügte weder über einen Killerinstinkt, noch verspürte er so etwas wie Rachsucht.

Niemand widersprach Jökull. Niemals. Es lohnte sich einfach nicht. Niemand wollte schließlich in seinem schwarzen Notizbuch landen.

Deshalb kamen sie alle und tranken mit ihm. Minister, Geschäftsführer, Professoren, Richter des Obersten Gerichtshofes und sogar Künstler lachten und stimmten allem zu, was er sagte. Sie bewunderten ihn. Er hatte etwas, das ihnen allen fehlte. In seiner Gegenwart fühlten sie sich minderwertig und schauten zu ihm auf. Sie taten alles, um ihm zu gefallen. Nicht nur, dass sie seine Anweisungen bis ins kleinste Detail befolgten, sondern sie versuchten sogar, seine Gedanken zu lesen, damit sie stets einen guten Eindruck hinterließen.

Das waren die Highlights. Aber er musste vorsichtig sein. Jökull durfte nicht dahinterkommen, wer das Manuskript an sich genommen hatte. Am besten, der Verdacht fiele auf Magnús. Eigentlich war es klar, dass er ihn verdächtigen würde. Die Beschreibung der Szene, als Jökull sagte, er würde dafür sorgen, dass Magnús komplett auseinandergenommen würde, reichte schon als Beweis, dass es in Magnús' Interesse war, das Manuskript zu veröffentlichen.

Zwar enthielt das Manuskript auch ein paar unangenehme Dinge für Magnús, aber was spielten seine Frauengeschichten schon für eine Rolle? Waren sie nicht eher ein Zeichen von Männlichkeit? Gut fürs Image? Oder die Sache mit den Yachten und Edelnutten? Mit Betrug und Finanztricks? Auch das gehörte doch wohl zum Image des Erfolgsmenschen, der schlauer war als andere, fleißiger als andere, habgieriger als andere, lüsterner als andere – der einfach alles hatte und tat, wovon andere nur träumten.

Ja, inmitten des ganzen Feminismusgesülzes gab es geradezu vorzügliche Passagen. Und eines war sicher: Die Landespolizeichefin würde ihre hochdekorierte Uniform ausziehen und ihr Büro übergeben müssen.

Dann kann sie sich ja voll und ganz in die Frauenpolitik stürzen – und muss sich keine Gedanken mehr über meine Uniform machen, dachte er. Vielleicht passt mir ja ihre?

Er legte das Manuskript beiseite, ging zum Computer und checkte seine E-Mails. Gott sei Dank wurde die Welt von Vernunft regiert, dachte er.

Sowohl Magnús Mínus als auch Kjartan A. Hansen hatten die geforderten Summen inzwischen eingezahlt.

Verdammte Idioten. Glaubten die tatsächlich, sie könnten sich von den Folgen ihrer eigenen Dummheit freikaufen?

Jetzt musste er sich beeilen, das Geld weiterzuleiten und die Spuren im Netz zu verwischen.

Er freute sich auf den nächsten Tag, denn dann würde er das Manuskript an sämtliche Nachrichtenredaktionen mailen. Und selbstverständlich an den Verlag. Altunga@altunga.is.

Aber zuerst musste er das Geld in Sicherheit bringen, sich einen Moment hinlegen und Kräfte für seine nächste Aufgabe sammeln. Er war schon wieder mit einer Frau in Álfheimar verabredet.

Wenn alles erledigt war, würde er Víkingur das Manuskript zukommen lassen. Er würde diesem liebenswerten Polizisten auf die Sprünge helfen, dass Magnús hinter dem Mord an Freyja steckte.

Es versprach eine unterhaltsame Nacht zu werden.

Sehr unterhaltsam.

Neben dem Computer lag das geöffnete Medikamententäschchen.

Er selbst nahm keine Medikamente. Warum auch? Vitamine bekam er aus der Nahrung. Das Medikamententäschchen enthielt den wundersamen Stoff, der in der Sprache der Pharmakologie Skopolamin und in seinem Herkunftsland in Kolumbien *Burundanga* genannt wurde. Seit Jahrzehnten war er in ganz Südamerika verbreitet, und berüchtigte Wissenschaftler, wie bereits Naziarzt Josef Mengele, führten Versuche damit durch. Wer glaubte, Kokain sei eine starke Droge, der kannte *Burundanga* noch nicht.

Mit diesem pflanzlichen Stoff in flüssiger oder pulverisierter Form ließen sich Menschen gefügig und sogar bewusstlos machen. Man konnte *Burundanga* spritzen, es in ein Getränk rühren oder dem Opfer durch die Nase verabreichen.

Gereinigtes und chemisch bearbeitetes *Burundanga* hieß Skopolamin und wurde als Parkinson-Medikament eingesetzt. Auch Geheimdienste verschiedener Länder führten erfolgreich Versuche mit diesem Medikament durch.

Südamerikareisende mussten manchmal zu ihrem Entsetzen feststellen, wie leicht es war, diesen geschmacklosen, hellgelben Stoff verabreicht zu bekommen: versteckt in Schokolade oder Kaugummi oder in ein Getränk gemischt – die Wirkung entfaltete sich fast auf der Stelle.

Der Strauch hieß *Desfontainia spinosa*, war hübsch, immergrün und wurde bis zu zwei Metern hoch. Seine glockenförmigen Blüten waren rot und weiß, die Beeren weiß und grüngelb mit zahllosen Samen.

In Kolumbien wurde der Strauch *Borrachero* oder Rauschstifter genannt, und Kinder durften nicht mal in seinem Schatten ruhen. In Chile nannte er sich *Taique*. Einst wurde den Ehefrauen und Sklaven verstorbener Häuptlinge ein Trank aus den Blättern dieses Strauches verabreicht, damit sie sich freiwillig mit ihrem Herrn begraben ließen.

Burundanga verursachte sehr intensive Träume und völlige Apathie – mit dem Ergebnis, dass jeden Monat etwa fünfhundert ausländische Touristen splitternackt in den Rinnsteinen Bogotas wieder zu sich kamen und feststellten, dass dieser Stoff sie so gefügig gemacht hatte, dass sie bereitwillig jedem ihre PIN anvertraut hatten.

Wahrscheinlich war Freyja Hilmarsdóttir die erste Isländerin, die die folgenreiche Wirkung dieses Medikaments kennengelernt hatte.

Obwohl er das Medikamententäschchen selbstverständlich mit hinaus in die Nacht nehmen würde, war es fraglich, ob es sich lohnte, ein so teures Medikament an Bára Thomsen zu verschwenden.

47
Gäste in Álfheimar

Bára Thomsen schlief den tiefen Schlaf der Gerechten. Sie hatte zwar vor dem Zubettgehen nicht wie üblich ihre Schlaftablette einnehmen können, aber zwei Gläser Champagner und eine halbe Flasche vorzüglicher Burgunder erfüllten denselben Zweck. Als Frau Bára ihr Haupt nach einem ungewöhnlich ereignisreichen Abend aufs Kissen gebettet hatte, war sie sofort eingeschlafen.

Die sympathische junge Frau, die sich als Landespolizeichefin vorgestellt und ausgewiesen hatte, hatte sie zu einem Abendessen im Hótel Holt überredet. Die junge Frau kam eindeutig aus einem guten Elternhaus, denn sie hatte tadellose Manieren, und die beiden hatten einen sehr schönen Abend miteinander verbracht. Wie sich herausstellte, war sie die Nichte von Gestur Oddleifsson und die Tochter von dessen Bruder Óskar, der damals auf so tragische Art und Weise im Þingvallavatn ertrunken war.

Beim Essen erklärte Elín, es sei das Beste, wenn Bára die Nacht im Hotel verbrächte. Sie habe ihr eine Suite reservieren lassen – auf Staatskosten. Sie mache sich Sorgen um Báras Sicherheit, wegen dieses Mannes, den sie aus dem Fenster in Begleitung von Freyja Hilmarsdóttir gesehen hatte.

Das war alles sehr aufregend, und Frau Bára trank zwei Gläser Champagner vor dem Essen und eine halbe Flasche Geisweiler zum Rentiersteak. Sie erinnerte sich natürlich daran, dass dies der Lieblingswein des seligen Sigurðurs gewesen war, schloss die Augen und sah ihn vor sich.

Als Bára Elín erzählte, die Polizei habe sich am Silvesterabend vor ein paar Jahren, als sie dringend gebraucht wurde, nicht blicken lassen, entschuldigte sich Elín im Namen der Polizei und bat Bára, sie solle sich im Hotel ganz als Gast des isländischen Staates fühlen und Nachthemd, Morgenmantel und Kulturtäschchen als Geschenk annehmen, damit sie in der Nacht nichts entbehren musste.

Elín hatte an alles gedacht und außerdem versprochen, ein Auge auf Báras Wohnung zu werfen.

Landespolizeichefin Elín Óskarsdóttir würde ihr Versprechen bestimmt einhalten. In der Wohnung war es zwar so dunkel, dass sie im wahrsten Sinne des Wortes kein Auge darauf werfen konnte, aber von ihrem Platz auf Bára Thomsens Bett würde sie jedes Geräusch hören. Das einzige vernehmbare Geräusch war verdrießliches Stöhnen aus dem hinter dem Schlafzimmer liegenden Badezimmer. Dort saß Hauptkommissar Víkingur Gunnarsson im Dunkeln und seufzte tief.

»Hör um Gottes willen auf zu jammern und dich selbst zu bemitleiden«, flüsterte Elín.

Sofort verstummte er.

Víkingur versuchte, es sich auf dem Klodeckel bequem zu machen, und überlegte, in was Elín ihn da wohl hineingezogen hatte.

»Falls er der Mann ist – was wir nicht hundertprozentig wissen – und falls er kommt – was ziemlich unwahrscheinlich ist –, dann kommt er bestimmt erst gegen Morgen«, sagte Víkingur mit lauter Stimme. Er konnte sich nicht dazu durchringen zu flüstern.

»Psst. Er kommt bestimmt nicht, wenn man dich bis auf die Straße hört«, flüsterte Elín. »Was ist eigentlich los mit dir? Ich dachte, wir wären uns einig. Verstehst du unter Teamwork auf dem Klo hocken und schmollen? Ich könnte schwören, dass ich höre, wie du den Kopf schüttelst.«

Víkingur grinste. Alles klar. Am besten, er nahm die Sache von Anfang an ernst. Aber er war sich sicher, dass eine lange Nachtwache vor ihnen lag und sie sich erst wesentlich später ruhig verhalten müssten.

48 Das Spiel ist aus

Ministerpräsident Jökull Pétursson war eine Nachteule, blieb gern bis in die Puppen auf und spielte manchmal mit wildfremden Menschen in anderen Ländern und Kontinenten unter dem Pseudonym »Glockenblume« Bridge. Im Grunde war der bekannteste Mann Islands ein Einzelgänger. Obwohl er wegen seines Jobs mit vielen Menschen zusammenkam, hatte er nur wenige Freunde, und nur einer von ihnen wäre je auf die Idee gekommen, ihn nach Mitternacht anzurufen.

»Hallo«, sagte Jökull ins Telefon und signalisierte durch seine Stimme, dass er beschäftigt war.

»Beende das Spiel«, entgegnete Gestur Oddleifsson. »Ruf mich sofort an, wenn du fertig bist. Wir müssen miteinander reden.«

»Was ist denn so wichtig?«, fragte Jökull, als er seinen Freund, den Parlamentarischen Geschäftsführer der Demokratischen Partei, ein paar Minuten später anrief. Jökull hatte Pik Vier gelegt und das zweite Spiel beenden und einen Rubber gewinnen wollen, wurde aber überboten und noch einmal überboten. Er gab der Unterbrechung die Schuld und ärgerte sich.

»Es ist so weit«, sagte Gestur. »Dies ist das Telefonat, mit dem wir beide irgendwann gerechnet haben, auch wenn wir hofften, es würde nicht so weit kommen.«

»Die seidene Schnur?«, fragte Jökull. »Jetzt?«

»Die Notenbank«, sagte Gestur. »Vernünftige Menschen bringen sich in Sicherheit, bevor das Unwetter zuschlägt.«

»Aber ich wollte erst nächstes Jahr zur Notenbank. Darüber haben wir doch geredet. Welches Unwetter meinst du?«

»Es sind zwei heftige Tiefs im Anmarsch«, antwortete Gestur, der gern in Metaphern sprach. »Ich habe heute mit meiner Elín gesprochen.«

»Mit Elín?«

»Landespolizeichefin Elín.«

»Ist die so wetterfühlig?«

»Wir hatten diese Möglichkeit schon in Betracht gezogen.«

»Welche Möglichkeit?«

»Elín hat über informelle Kanäle erfahren, dass das Verfahren gegen die Mínus Group vor Gericht abgewiesen wird. Die Untersuchung erfüllt die notwendigen Anforderungen nicht, um die Sache vor Gericht bringen zu können.«

»Das hat sie sich selbst eingebrockt. Das ist für mich nicht von Belang.«

»Na ja, bis zu einem gewissen Grad schon. Die Landespolizeichefin kann die Verantwortung auf den Leiter des Amts für Wirtschaftskriminalität schieben. Aber in deinem Fall ist es schwierig, einen Sündenbock zu finden.«

»Ich habe nichts mit der Sache zu tun.«

»Wir haben das bereits diskutiert«, sagte Gestur Oddleifsson. »Ich habe dich schon oft gewarnt, so rigide gegen Magnús Mínus vorzugehen. Man hätte eine günstige Gelegenheit abwarten sollen. Aber du hast dich ja durchgesetzt.«

»Ich habe weder mit der Landespolizeichefin darüber gesprochen noch sie schriftlich instruiert, diese Untersuchung in die Wege zu leiten. Man kann mich nicht einfach in die Sache verwickeln«, protestierte Jökull.

»So ist es aber«, sagte Gestur. »Die Medien und die Öffentlichkeit behaupten, du hättest die Untersuchung veranlasst und die ausführenden Organe hätten sie nur durchgeführt, um dich zu hofieren. Die Medien und die Öffentlichkeit stehen über dem Obersten Gerichtshof und brauchen keine Beweise. Du hast die Medien schon mit deinem unüberlegten Mediengesetzentwurf gegen dich aufgebracht. Jeder hat gemerkt, dass das ein Rachefeldzug und kein vernünftiger Gesetzesentwurf zur Einschränkung der Eigentumsrechte in den Massenmedien war. Darüber haben wir schon gesprochen. Und ich habe dich auch davor gewarnt, diesen Feldzug gegen Magnús zu führen. Das war verfrüht und zieht entsprechende Konsequenzen nach sich. Unvermeidbare Konsequenzen. Leider.«

»Ist es sicher, dass der Fall vor Gericht abgewiesen wird?«

»Es ist so gut wie sicher.«

»Wir haben schon ganz andere Wogen durchschifft«, sagte Jökull zu seinem Freund, in der Hoffnung, diese Metapher würde ihn ermutigen.

»Damals hatten wir aber ein neues Schiff mit einer frischen Besatzung«, erwiderte Gestur. »Jetzt ist es leck geschlagen. Nichts hält bis in alle Ewigkeit. Auch wir nicht.«

»Auch wir nicht? Was meinst du damit? Es geht nur um mich. Du hast doch noch trockene Füße.«

»Ja«, sagte Gestur. »Das stimmt. Natürlich geht es um dich, aber ich stehe dir wie immer bei. Nicht genug, dass das Verfahren vor Gericht abgewiesen wird – das Buch wird das Fass zum Überlaufen bringen. Elín hat gesagt, die Chancen, die Veröffentlichung des Manuskripts verhindern zu können, seien verschwindend gering. Und in dem Buch wird behauptet, du hättest in Anwesenheit von Zeugen gedroht, Magnús zu Fall zu bringen. Wenn sich das herumspricht, haben diese Zeugen keine ruhige Minute mehr. Und wenn die Leute erst mal wissen, dass das Schiff leck geschlagen ist, kannst du darauf wetten, dass die Ratten versuchen werden, das sinkende Schiff zu verlassen.«

»Wie ist es denn möglich, dass dieses Manuskript nicht gefunden wird? Wozu haben wir eigentlich diesen ganzen verdammten Polizeiapparat?«

Gestur ging nicht auf die Frage ein. Er war es gewohnt, die Wutanfälle seines Freundes zu ignorieren.

»Schön und gut«, sagte Jökull. »Ich hab sowieso keine Lust mehr, für alle Dinge verantwortlich zu sein. Ich habe mein Soll erfüllt. Beim nächsten Parteitag trete ich zurück.«

»So lange würde ich nicht warten«, erwiderte Gestur Oddleifsson. »Das Unwetter ist schon aufgezogen.«

»Wie lange würdest du denn warten?«

»Bis morgen. An deiner Stelle würde ich den Parteivorstand und die Partei morgen Mittag einberufen und dann um zwei Uhr eine Pressekonferenz abhalten.«

Jökull dachte nach. Mit Gesturs Unterstützung traf er normalerweise schnell Entscheidungen.

»Und was ist mit der Notenbank?«

»Björn Ingvar, der Notenbankdirektor und Vorstandsvorsitzende wird nächstes Jahr siebzig. Er ist bereit, zum nächsten Monatswechsel aufzuhören. Ich habe mit ihm gesprochen.«

»Und wer soll das Amt des Ministerpräsidenten übernehmen?«

»Wir überlassen es der Bauernpartei. Der neue Ministerpräsident beruft dich dann als Erstes in die Notenbank. Das ist günstiger, als wenn es ein Parteigenosse tun muss.«

»Bist du sicher, dass dieser Stiesel das tun wird?«, fragte Jökull.

»Wenn sein Traum, Ministerpräsident zu werden, in Erfüllung geht?«, fragte Gestur zurück.

»Ja.«

»Ich hab mich schon darum gekümmert. Habe heute mit ihm gesprochen.«

»Das könnte funktionieren«, meinte Jökull.

»Ja«, sagte Gestur.

»Alles klar. Kannst du morgen das Meeting einberufen? So kurzfristig?« Jökull hatte eine Entscheidung getroffen. Am besten, er brachte sich in Sicherheit.

»Schon erledigt«, sagte Gestur Oddleifsson. »Ist alles in trockenen Tüchern.«

Ministerpräsident Jökull Pétursson saß eine Weile im Schein des Computerbildschirms. Dann reckte er sich zu dem Gerät und schaltete es aus. Er dachte über den Tod nach. Der Tod ist gewiss, die Stunde ungewiss. Die Gesetze des Lebens gelten auch in der Politik. Es war an der Zeit, ein neues Leben zu beginnen. Eine Fortsetzung. Im gemütlichen, aber eintönigen Himmelreich der Notenbank.

Jökull Pétursson stand auf und gähnte. Er hatte genug gespielt.

49 Nachtwache

Die Nacht war lang und dunkel und anderer Ansicht als der Abend, der Schneefall vorgeschlagen hatte; in der Nacht wurde es wärmer, und die dichten Schneeflocken verwandelten sich in Regen.

Gegen halb zwei langweilte Elín sich so sehr, dass sie ihr Schweigegelübde lockerte und Víkingur flüsternd ansprach. Da er nicht antwortete, stand sie vom Bett auf und schlich ins Badezimmer. Víkingur saß kerzengerade auf der Toilette und schlief tief und fest mit geöffnetem Mund. Wirklich eine tolle Leistung, unter diesen Umständen schlafen zu können. Sie stieß ihn vorsichtig an und wich sofort zurück, für den Fall, dass er jäh erwachen und aufspringen würde. Aber er öffnete ganz ruhig die Augen und schaute sie fragend an.

»Stimmt was nicht?«, fragte er.

»Du hast geschlafen«, sagte sie.

»Ich hab dich bemerkt«, sagte er. »Keine Angst. Ich halte mich wach.«

»Ich habe keine Angst«, entgegnete sie. »Glaubst du, ich habe Angst, weil ich eine Frau bin?«

»Nein«, sagte er. »Ich habe das nur gesagt, weil wir auf einen sehr gefährlichen Mann warten – falls du Recht behältst.«

»Ich werde Recht behalten«, sagte sie. »Wart's ab.«

Zweifellos wies einiges darauf hin, dass Elín Recht behalten würde, sonst hätte Víkingur sich nicht zu diesem nächtlichen Abenteuer überreden lassen. Als sie mit ihm losfuhr, fragte er, wohin die Reise denn gehen solle und ob sie ihm nicht den Zweck dieser Spritztour erklären wolle.

»Das ist eine lange Geschichte«, antwortete sie.

»Dann versuch mal, sie zusammenzufassen«, sagte Víkingur. Er traute seinen Ohren nicht, als er den Zweck der Reise erfuhr.

Nach dieser Einleitung erzählte Elín ihm, Eysteinn Brandsson habe aus eigener Initiative – aber mit Wissen der Landespolizeichefin – engen Kontakt zu Freyja Hilmarsdóttir aufgebaut, nachdem die Nachricht über das geplante Enthüllungsbuch erschienen war. Er hatte sie in einer Bar abgepasst, einem bekannten Treffpunkt für Schwule und Lesben.

Eysteinn hatte Freyja erzählt, er arbeite bei einer Behörde, sei frisch geschieden und sich nicht ganz sicher über seine sexuelle Orientierung, also ob er homo- oder bisexuell sei. Er hatte in den höchsten Tönen von ihrem Buch ›Bettfreuden‹ geschwärmt und erklärt, sie hätte ihm die Augen dafür geöffnet, dass man seine sexuellen Neigungen nicht unterdrücken soll. Freyja hatte ihm im Gegenzug anvertraut, sie sei bisexuell, und es hatte nicht lange gedauert, und sie waren ein Paar. Glaubte sie zumindest.

»Meiner Meinung nach«, erklärte Elín, »hat er mit dem Mord gewartet, bis sie das Buch fertig hatte. Natürlich hätte sie die Augenoperation, um ihre Brille loszuwerden, nicht durchführen lassen, solange sie noch mit Schreiben beschäftigt war. Vielleicht hat sie die Operation nach Beendigung des Buches ihrem Lover zuliebe machen lassen. Und dann hat er nicht länger gewartet und sich ihrer entledigt. Und das Manuskript wollte er nicht abliefern, sondern als Druckmittel benutzen.«

»Das Manuskript abliefern?«, fragte Víkingur. »Bei dir? Fühltest du dich denn in irgendeiner Weise berechtigt, es an dich zu nehmen?«

»Selbstverständlich«, antwortete Elín. »Soweit ich das beurteilen kann, enthält es Dinge, die die Staatsinteressen gefährden.«

»Du meinst wohl die Regierungsinteressen. Es gibt noch immer einen Unterschied zwischen Staat und Regierung.«

»Ich hatte nie etwas anderes vor, als das Manuskript durchzusehen und die Autorin dazu zu veranlassen, es zu überarbeiten«, sagte Elín. »Leichen waren nicht vorgesehen, um an das Manuskript zu kommen.«

»Nein? Aber Täuschung und Betrug, um ein ungedrucktes Werk zensieren zu können, in einem Land, in dem Meinungs- und Pressefreiheit in der Verfassung verankert sind!«

»Ich weiß sehr wohl, dass es nicht in meiner Macht steht, irgendetwas zu zensieren«, entgegnete Elín. »Aber es kann mir niemand verbieten, meine Überredungskunst oder andere Methoden einzusetzen, wenn ich dahinterkomme, dass jemand mit antisozialen Machenschaften beschäftigt ist.«

Víkingur schaute die Frau, die so sympathisch und freundlich sein konnte, verwundert an. Sie hatte etwas Elitäres an sich. Offenbar trug sie nicht das Gefühl im Herzen, dass alle Menschen von Geburt an und vor dem Gesetz gleich sind. Für sie war es ganz natürlich und selbstverständlich, dass manche gleicher waren als andere und einen breiteren Zugang zu Befugnissen im Leben hatten. Der Unterschied zwischen solchen Menschen und Verfechtern der Chancengleichheit war noch größer und beunruhigender als der Unterschied zwischen Mann und Frau, der eigentlich schon genug Zwietracht stiftete, dachte Víkingur. Er wusste, dass man Elín dieses Elitedenken nicht mit Erklärungen begreiflich machen konnte – wie gescheit sie auch sein mochte. Welch unterschiedliche Einstellungen die Menschen doch zum Leben haben konnten. Ohne jede böse Absicht.

Elín interpretierte Víkingurs entsetzten Blick so, dass er sich über ihre lasche Kontrolle von Eysteinns Arbeitsmethoden wunderte.

»Als ich von Freyjas Tod erfahren habe, habe ich ihn zur Rede gestellt, aber er hat behauptet, er sei völlig schockiert und habe keine Ahnung, wo das Manuskript abgeblieben sei. Ich habe ihm geglaubt und mich für dumm verkaufen lassen. Aber nach und nach ist mir klar geworden, dass die Sache zu merkwürdig war, um einfach nur ein Zufall zu sein, mit dem Eysteinn nichts zu tun hatte. Deshalb habe ich beschlossen, ihn etwas genauer zu beobachten. Dabei kam so einiges ans Licht. Zum Beispiel hat er sich mit gefälschten Zeugnissen beworben.«

»Was für Zeugnisse?«

»Er hat uns einen MBA-Abschluss von Harvard vorgegaukelt. Ich musste nur ein Telefonat führen, um dahinterzukommen, dass seit Gründung der Universität kein Eysteinn Brandsson dort studiert hat. Die Urkunden waren gefälscht; inzwischen kann sich jeder, der in der Lage ist, einen Kopierer zu bedienen, ein passendes Abschlusszeugnis basteln.«

»Du hast gesagt ›zum Beispiel‹ – hat dir das nicht gereicht, um ihn festzunehmen und unter Druck zu setzen?«

»Natürlich nicht. Was glaubst du denn, wie es für die

Behörde und den Justizminister aussehen würde, wenn sich herumspräche, dass der frisch berufene Leiter der Sicherheitsabteilung keinen Schulabschluss hat?«

»Ich bezweifle, dass das große Diskussionen nach sich gezogen hätte«, sagte Víkingur. »Die Leute sind so einiges gewöhnt.«

»Meinst du?«, sagte Elín trocken.

»Ja. Und was hast du gemacht, nachdem du rausbekommen hast, dass deine rechte Hand ein Wolf im MBA-Pelz, ein Lügner und Urkundenfälscher ist?«

»Ich habe mir seinen Lebenslauf vorgenommen.«

»Und hat außer dem Märchen von seinen Studienleistungen sonst alles gestimmt?«

»Das wird sich noch herausstellen«, antwortete Elín. »Aber ich bin auf eine andere Sache gestoßen. Ein paar Tage nachdem Eysteinn aus dem Ausland nach Hause gekommen war und vorgetäuscht hatte, sein Studium endlich abgeschlossen zu haben, verstarben seine Eltern, beide am selben Tag. Das kam mir komisch vor, und ich habe recherchiert, woran sie gestorben sind.«

Sie verstummte und wartete darauf, dass Víkingur sie bat, fortzufahren. Aber er überraschte sie, indem er sagte: »Eysteinns Eltern haben Selbstmord begangen. Sein Vater hatte Prostatakrebs und seine Mutter Alzheimer. Man ging davon aus, dass er seine Frau nicht allein zurücklassen wollte. Sie wurden in aller Stille beigesetzt, aber als Eysteinn anfing, bei dir zu arbeiten, sprach sich die Geschichte schnell herum. Zumindest in Polizeikreisen. Ich hab irgendwann letztes Jahr davon gehört, als du ihn als Mittelsmann zwischen den Behörden zu uns geschickt hast.«

»Ist dir an dieser Geschichte nichts aufgefallen?«, fragte Elín.

»Nein, kann ich nicht sagen. Der Mann tat mir natürlich leid. Es muss schrecklich sein, seine Eltern tot aufzufinden, selbst wenn sie nicht mehr die Jüngsten sind.«

»Das hab ich damals auch gesagt«, sagte Elín. »Ich fand es traurig und habe Eysteinn dafür bewundert, wie gut er die Sache verarbeiten konnte. Aber dann ist mir die Geschichte wieder eingefallen, als Freyja starb. Ob sie nun seine Geliebte war oder nicht – es war ein merkwürdiger Zufall, dass sie dieselbe Methode gewählt hatte, um sich das Leben zu nehmen. Eysteinns Eltern wurden in ihrem Auto in der Garage vor ihrem Haus, einem Wohnblock in der Skúlagata, gefunden. Eysteinn wohnt jetzt dort. Sie haben die Abgase mit einem Staubsaugerschlauch in den Wagen geleitet.«

»Hast du ihn darauf angesprochen?«

»Nein. Es ist mir erst aufgefallen, als ich die Sache mit den Zeugnissen entdeckt habe. Da war ich wie vom Blitz getroffen. Ich bin mir hundertprozentig sicher, dass er in beiden Fällen der Täter ist. Aus den Obduktionsberichten geht hervor, dass sein Vater Prostatakrebs im Anfangsstadium hatte mit guten Chancen auf Heilung. Und bei der Mutter war überhaupt nicht die Rede von Alzheimer. Sie hat auch keine Medikamente eingenommen, die bei dieser Krankheit normalerweise verschrieben werden. Da ist mir klar geworden, dass dieser Mann Freyja wahrscheinlich auf die gleiche Weise umgebracht hat wie seine Eltern.«

»Das sagt einiges über die Selbstkontrolle von Leuten aus, die andere kontrollieren sollen«, bemerkte Víkingur.

»Das kann schon sein«, sagte Elín. »Aber jeder macht Fehler.«

»Eben«, entgegnete Víkingur. »Darin liegt ja die Gefahr: Institutionen zu gründen, die von niemandem kontrolliert werden können.«

»Soll das eine Bekehrung sein? Findest du die Gesellschaft so korrupt?«

»Nein, ich will niemanden bekehren, und ich glaube, Korruption spielt in unserer Gesellschaft keine so große Rolle, weil wir einen hohen Bildungs- und Vermögensstandard haben. Aber alle Menschen sind anfällig für Korruption«, sagte Víkingur.

»Warum denkst du immerzu über diese Frage nach?«

»Welche Frage?«

»Die lateinische Frage. *Wer überwacht die Wächter?* Die Antwort liegt doch auf der Hand. Natürlich müssen die Wächter sich selbst überwachen. Genau das mache ich gerade, und deshalb habe ich dich gebeten, mitzukommen. Ich habe ihn heute zu mir zitiert und ihm erzählt, dass eine Zeugin ausfindig gemacht wurde, die Freyja in der Tatnacht in Begleitung eines Mannes aus dem Haus gehen sehen hat. Und ich habe ihm den Namen und die Adresse der Zeugin gesagt, ihm also signalisiert, dass er bis morgen Zeit hat, die alte Dame zum Schweigen zu bringen. Ich habe sie inzwischen an einen sicheren Ort gebracht. Wir werden heute Nacht in der Wohnung warten und ihn auf frischer Tat ertappen.«

»Wäre es nicht einfacher, den Mann sofort festzunehmen?«

»Wir haben keine Beweise. Man kann zwar ahnen, wie sich die Dinge zugetragen haben, aber man muss sie auch beweisen können. Das solltest du doch eigentlich wissen. Einen solchen Täter muss man einfach festnageln. Es würde keinen guten Eindruck machen, ihn anzuklagen, nur weil wir vermuten, dass er irgendwelche Leichen im Keller hat …«

»Genauer gesagt, drei«, warf Víkingur etwas unpassend ein.

»Es geht um Vermutungen«, herrschte ihn Elín an. »Und entschuldige bitte, aber ich kann daran nichts Witziges finden. Wenn du mich fragst, hat sich dieser Mann in eine hervorragende Position manövriert. Man hat ihm die Sicherheitsabteilung anvertraut. Er hatte Zugang zu Informationen über alle möglichen Leute, von Kriminellen bis hin zu Richtern des Obersten Gerichtshofs, von Rockstars bis hin zu Ministern. Er ist im Besitz eines Buchmanuskripts, das das Ansehen vieler Menschen ruinieren kann.«

»Von Ministern bis hin zu Landespolizeichefs?«, bemerkte Víkingur.

»Ja«, sagte Elín. »Solche Verbrecher darf man nicht mit Samthandschuhen anpacken. Eine öffentliche Gerichtsverhandlung, bei der er seine Unschuld beteuern und den Fall verkomplizieren kann, indem er irgendwelche Klatschgeschichten zum Besten gibt, ist nicht angebracht. Er muss überführt werden. Auf frischer Tat ertappt. Festgenagelt.«

»Du glaubst wirklich daran, dass es möglich ist, die Wahrheit zu vertuschen.«

»Ich weiß nicht, was du mit Wahrheit meinst«, entgegnete Elín. »Ich spreche von dem, was man heutzutage Informationen nennt. Man muss vernünftig damit umgehen, das ist wie beim Geld. Wenn aus Flugzeugen Geld auf die Bevölkerung regnen würde, hätten wir sofort die totale Anarchie. Dasselbe gilt für Informationen. Und wir wollen keine Anarchie. Durch Gesetze wird unser Land erbaut.«

Darüber waren sie sich einig, dachte Víkingur. Über diesen simplen Satz. Doch obwohl der Satz simpel war, verstanden beide ihn auf unterschiedliche Weise. Da gab es einen himmelweiten Unterschied. Aber hier war weder der richtige Ort noch die richtige Zeit, um das auszutragen. Es war vernünftiger, die Sache ruhen zu lassen und sich gemeinsam darum zu kümmern, einen Mörder zu ergreifen.

»Du glaubst also, dass er dieser Bára Thomsen heute Nacht einen Besuch abstatten wird, um zu verhindern, dass sie ihn wiedererkennen oder der Polizei beschreiben kann?«, fragte Víkingur.

»Davon bin ich überzeugt«, antwortete Elín. »Und ich kann es kaum erwarten, seinen Gesichtsausdruck zu sehen, wenn er vor dem Empfangskomitee steht.«

»Und wenn er nicht kommt?«

»Er wird kommen. Ganz bestimmt«, sagte Elín. »Aber ich hab mir noch ein Hintertürchen offengehalten, falls er nicht aufkreuzen sollte. Ich habe Magnús Mínus mitgeteilt, dass ich wüsste, wer in Besitz des Manuskripts ist. Magnús kommt immer irgendwie aus der Klemme. Und das war das Mindeste, was ich für ihn tun konnte, nachdem sich diese Untersuchung als Desaster entpuppt hat.«

»Das glaube ich dir nicht«, sagte Víkingur. »Du warst diesem Mann jahrelang auf den Fersen.«

»Nicht ich«, erwiderte Elín. »Die Behörde. Das ist nicht dasselbe.«

»Und was wird Magnús deiner Meinung nach tun?«

»Ich habe keine Ahnung; das ist seine Sache. Aber es ist immer gut, mit hochgestellten Persönlichkeiten befreundet zu sein. Hast du dir das noch nie überlegt?«

»Darüber haben wohl die meisten schon mal nachgedacht.«

»Es ist gut, einflussreiche Fürsprecher zu haben. Alleine ist man nicht so stark. Übrigens habe ich es Kjartan A. Hansen ebenfalls erzählt – und dem Justizminister und dem Ministerpräsidenten. Hast du niemanden, dem du vertraust?«

»Doch, außer mir selbst gibt es noch drei Parteien, denen ich vertraue«, antwortete Víkingur. »Der Polizei, meiner Frau und dem Schöpfer.«

»Bist du gläubig?«

»Ja«, sagte er. »Das erscheint mir irgendwie sicherer.«

»Es ist wichtig, gut abgesichert zu sein«, entgegnete Elín.

Bewundernswert, dass diese intrigante Person so ehrlich war, dachte Víkingur.

Um kurz vor fünf in der Nacht wurde Elín durch lautes Gepolter aus dem Badezimmer abrupt aus ihrem tiefen Schlummer gerissen. Sie sprang aus dem Bett, öffnete die Badezimmertür und sah Víkingur im Dämmerlicht auf allen vieren auf dem Fußboden hocken.

»Was ist passiert?«, rief sie.

»Nichts«, antwortete er.

»Ist dir was auf den Boden gefallen?«

»Nein«, antwortete er. »Ich bin wohl eingedöst. Ich hatte das Gefühl, von einer Klippe zu stürzen. Ich muss im Schlaf vom Klo gefallen sein.«

»Zum Glück hast du dich nicht verletzt.«

»Ja«, sagte Víkingur. »Bei der Pflichterfüllung kann man in gefährliche Situationen geraten.«

Sie lächelten beide.

»Er wird wohl nicht mehr kommen«, meinte Víkingur und schaute auf seine Armbanduhr.

»Er kommt bestimmt«, erwiderte Elín so entschieden, dass Víkingur sich wieder auf den Klodeckel setzte und seine Beine ausstreckte, um das Kribbeln darin zu bekämpfen.

»Geh ruhig wieder und leg dich hin«, sagte er. »Es besteht keine Gefahr, dass ich noch mal einschlafe.«

50 Hinterhalt

Elín war fest entschlossen, nicht noch einmal einzuschlafen, aber das Bett war weich, die Bettdecke warm, und ihre Augenlider wurden schwerer und schwerer. Am Ende konnte sie der Versuchung, die Augen nur für einen kurzen Moment zu schließen, nicht widerstehen.

Sie war in tiefen Schlaf versunken und gab ab und zu ein feminines Röcheln von sich, das nichts mit dem schnarrenden Lärm schlafender Männer gemein hatte. Ihre Augenlider flatterten. Sie träumte und bemerkte den Mann nicht, der plötzlich wie ein Gespenst neben ihrem Bett stand. Er hatte das Schloss in der Wohnungstür geräuschlos geöffnet und war dann mit leisen Schritten durch den Flur ins Schlafzimmer der alten Frau gegangen.

Als er das träumende Gesicht auf dem Kopfkissen entdeckte, ein Gesicht, das er an diesem Ort nicht erwartet hatte, verzog er keine Miene. Er wollte Bára Thomsen einen Besuch abstatten, und stattdessen traf er auf seine Vorgesetzte.

Einen Augenblick vermutete Eysteinn eine groteske

Posse des Schicksals: Die beiden Frauen seien miteinander verwandt, Elín sei zu Besuch bei der alten Dame, die im Nachbarzimmer fest schlafe. Aber er verdrängte diesen Gedanken. Das kann nicht sein, dachte er. Ausgeschlossen.

Aber wenn das ein Hinterhalt sein sollte – warum lag sie dann da und schlief? Sollte das etwa eine Falle sein? War das Haus von Polizisten umzingelt?

In diesem Moment blickte er über die Schulter und wich einem Mann aus, der in der Badezimmertür erschienen war und auf ihn zustürzte. Eysteinn sprang blitzschnell zur Seite, sodass der Angreifer ins Leere fasste und quer auf der im Bett liegenden Elín landete. Sie wachte sofort auf, packte den Mann mit einer Hand am Haar und hieb mit der anderen auf seinen Hinterkopf und Nacken ein.

Eysteinn kam ihr zu Hilfe, indem er mit der geballten rechten Faust zum Schlag ausholte und dem Mann dann mit aller Kraft seinen Ellbogen in den Rücken rammte. Er traf die Stelle unterhalb der Rippen direkt neben der Wirbelsäule, wo die Nieren liegen. Der Mann stieß einen Schmerzschrei aus. Eysteinn packte ihn am Kragen und zog ihn vom Bett. Der Mann war kraftlos vor Schmerzen und brach auf dem Fußboden zusammen. Damit er keine Zeit hätte, sich zu erholen, trat Eysteinn ihm mit voller Wucht gegen die Schläfe; das sollte genügen, um ihn eine Weile ruhigzustellen. Während Eysteinn noch zusah, wie seine Wanderschuhe auf die Schläfe des Mannes trafen, erkannte er seinen bezwungenen Gegner sofort. Es war Hauptkommissar Víkingur Gunnarsson, der Meister höchstpersönlich; der Trumpf der Kripo Reykjavík, bewusstlos und ungefährlich.

Die Frau im Bett schien ihm nicht sonderlich dankbar

dafür zu sein, dass er sie von dem Mann befreit hatte. Sie hatte Eysteinn erkannt, hockte nun auf allen vieren im Bett und tastete verzweifelt nach etwas unter dem Kissen. Eysteinn packte sie am Knöchel und zog sie vom Bett. Doch sie hatte gefunden, wonach sie gesucht hatte: eine kohlrabenschwarze Smith & Wesson. Sie drehte sich um, hielt den kurzen Pistolenlauf umfasst und versuchte, den Schaft in die Hand zu bekommen, aber Eysteinn trat ihr die Waffe blitzschnell aus der Hand. Dann beugte er sich zu ihr hinunter und gab ihr eine Ohrfeige, dass ihr schwarz vor Augen wurde.

Als Elín kurz darauf wieder zu Bewusstsein kam, wurde sie geblendet und schloss die Augen schnell wieder. Als sie sie das nächste Mal öffnete, schaute sie geradewegs in den Lauf ihrer Smith & Wesson, 4040PD, sechs Schuss im Magazin plus ein Schuss im Lauf, Kaliber .40. Ihr Onkel Gestur Oddleifsson hatte sie ihr an dem Tag geschenkt, als er ihr anvertraute, dass sie in Kürze in das Amt der Landespolizeiführung berufen würde. Der Lauf war so kurz und die scharfe Pistole so unauffällig, dass Gestur ihr spaßeshalber geraten hatte, darauf zu achten, sie nicht versehentlich anstelle ihres Lippenstifts aus der Tasche zu holen.

Jetzt ruhte die Waffe in Eysteinn Brandssons Hand. Er schaute Elín grinsend an.

»Du hättest nicht gezögert, mich zu erschießen«, sagte er. »Da ist es doch nur fair, wenn ich den Spieß umdrehe.«

»Ich wollte niemanden erschießen«, entgegnete Elín. »Lass uns vernünftig sein, Eysteinn. Leg die Waffe weg, und wir reden über die Sache.«

»Welche Sache?«

»Du bekommst höchstens sechzehn Jahre – wahrscheinlich sogar weniger, wenn du zugibst, Freyja Hilmarsdóttir ermordet zu haben, vielleicht aus Eifersucht, weil sie eure Beziehung beenden wollte. Nach ein paar Jahren wärst du alle Probleme los. Aber wenn Víkingur und mir etwas geschieht, sorge ich dafür, dass du bis ans Ende deiner Tage im Knast sitzt.«

»Willst du mir drohen?«, fragte Eysteinn.

»Aber nein. Ich versuche nur, dich zur Vernunft zu bringen.«

»Weißt du was?«, sagte Eysteinn. »Manchmal hab ich mir vorgestellt, wie es wäre, dich zu vögeln. Aber jetzt hätte ich überhaupt keine Lust mehr dazu. Du bist fett und dumm, eine verwöhnte Schlampe, die von nichts eine Ahnung hat. Als Landespolizeichefin bist du lächerlich. Was glaubst du, wie es ist, unter dir zu arbeiten? Du bist doch eine Kuh. Kapierst du das?«

Elín schwieg.

»Kapierst du das?«, fauchte Eysteinn, und Speicheltropfen landeten auf Elín.

»Ja«, sagte sie.

»Wie: ja?«

»Ja, das kapiere ich.«

Eysteinn war so wütend über ihre Reaktion, dass er nach Luft schnappte. Elín spürte seine Anspannung physisch.

Plötzlich packte er ihr Haar und drückte ihr den Pistolenlauf gegen die Schläfe. Sie schloss wieder die Augen.

Lieber Gott, nicht, nicht, nicht, schoss es ihr durch den Kopf.

»Steh auf«, befahl er. Als ihr klar wurde, dass sie noch am Leben war, versuchte sie, auf die Füße zu kommen.

Er stand dicht hinter ihr. Nahm den Pistolenlauf von

ihrer Schläfe, und sie spürte, wie sich der Lauf in ihren Rücken bohrte.

»In die Küche«, zischte er. »Geh.«

Elíns Beine bewegten sich mechanisch vorwärts. Es war, als sei jegliches Gefühl aus ihrem Körper gewichen. Sie spürte nur noch ihr Herz in der Brust hämmern.

Als sie in die Küche kamen, schaltete Eysteinn das Licht ein. Dann stieß er Elín weiter und schob sie so, dass sie mit dem Gesicht dicht an der blanken Wand neben der Einbauküche stand.

»Keine Bewegung«, sagte er. »Kapiert?«

Sie nickte hastig und stieß sich dabei das Kinn, sodass sie einen Schritt zurücktreten musste. Er presste sie wieder gegen die Wand.

»Ruhig, hab ich gesagt!«

Sie hörte, wie er Besteckschubladen durchwühlte, und hielt die Luft an. Na klar, ein Schuss wäre so laut, dass alle Nachbarn es mitbekämen. Mit einem Messer dagegen würde er … Sie schloss die Augen wieder.

Oh lieber Gott, Gott, nicht, nicht.

Er war jetzt dicht hinter ihr, und sie spürte, wie sich etwas in ihren Rücken bohrte.

Bitte lass ihn nicht zustechen …

Doch es war nur die Pistole, die sie spürte. Sie öffnete die Augen und ahnte, dass seine Hand sich ihr näherte. Sie traute sich nicht, den Kopf zu bewegen. Erst als seine Hand langsam in ihren Blickwinkel kam, sah Elín etwas aufleuchten.

Oh Gott, lieber Gott, er wird mir doch jetzt nicht die Kehle … Vater unser, der du bist im Himmel!

Sie stand steif wie ein Brett und starrte nach unten, ohne den Kopf zu bewegen. Er hielt einen Löffel in der Hand. Einen versilberten Weihnachtslöffel. Sie wollte in ihrer Erleichterung gerade die Jahreszahl auf dem Löffel lesen, als Eysteinn befahl:

»Du ziehst das hier durch die Nase.« Eine Sekunde lang tauchte der Löffel vor ihren Augen auf. Ein Pulver war darauf. Hellbraun. Oder dunkelgelb?

Er presste den Löffel unter ihre Nasenlöcher.

Einen Augenblick dachte sie daran, durch die Nase auszuatmen, aber da drückte Eysteinn die Pistole fester in ihren Rücken. Sie zog kräftig die Nase hoch und schnappte dann nach Luft.

»Ja, gut so«, sagte er. »Und noch mal.«

Sie zog wieder die Nase hoch und versuchte, den Geruch des Pulvers zu erkennen, aber sie roch nichts. Sie spürte nur, wie sich ihr Körper entspannte, wie die Angst in ihrer Brust nachließ. Ein wohliges Gefühl durchströmte sie.

Oh Gott, hab Dank, hab Dank, dass ich nicht tot bin, dass ich noch nicht einmal Angst habe.

Eysteinn stieß sie zur Tür, und sie stolperte vor ihm her zurück ins Schlafzimmer. Víkingur lag auf dem Boden, regte sich aber schon wieder.

Eysteinn hockte sich nieder, bettete Víkingurs Kopf in seinen Schoß, legte die Pistole neben sich auf den Boden und streute mit der freien Hand Pulver in Víkingurs Nasenlöcher. Das Burandanga-Wunderpulver löst alle Probleme, dachte er, eine Fernsehwerbung vor Augen.

Elín stand in einiger Entfernung und schaute zu.

Als sie sah, wie Eysteinn Víkingurs Kopf hielt und das Pulver in seine Nasenlöcher schob, wurde sie von einem überwältigenden Gefühl der Liebe zu allem und jedem ergriffen. Auch zu Eysteinn.

Sie hatte diesem Mann Schaden zufügen wollen. Aber er war gekommen und hatte ihnen Liebe gebracht.

51
Plan A und Plan B

Eysteinn ließ sich keine Zeit, seinem misslungenen Plan nachzutrauern. Denn: Plan A war völlig vermasselt.

Blieb nur Plan B.

Das Manuskript befand sich in seiner Obhut. Geld war auf seinem Konto eingegangen, mehr Geld war zu erwarten.

Plan B hieß: Untertauchen.

Dafür gab es zwei Möglichkeiten:

Entweder: Sich sofort nach Keflavík begeben und die erstbeste Maschine ins Ausland nehmen.

Oder: In Island als Ausländer untertauchen, in aller Ruhe in irgendeinem Gästehaus einchecken, mit dem Fotoapparat in der Stadt umherschlendern und das Land erst verlassen, wenn der größte Aufruhr überstanden war. Er besaß – zusätzlich zu seinem eigenen – zwei Pässe und konnte zwischen dem estnischen Koch Andrus Rahula aus Kuressaare auf der Insel Saaremaa und dem Schweizer Hundetrainer Johann Albert Zaugg aus Kloten in der Nähe von Zürich wählen.

Tief im Inneren hatte er schon immer gewusst, dass es notwendig werden könnte, unterzutauchen. Aber er hatte nie einen genauen Plan gehabt. Alles war wie von selbst gelaufen: Leiter der Sicherheitsabteilung der Landespolizeibehörde. Diese Abteilung hätte viel mächtiger werden können als die Landespolizeibehörde selbst. Ihr wurden keine Grenzen gesetzt. Es war alles nach Wunsch verlaufen. Alles war darauf hinausgelaufen, dass er Leiter des isländischen Geheimdienstes werden und seinen Verdienst und seine Macht vergrößern könnte. Aber dann hatte er dieses abgeschmackte Weibermanuskript unterschlagen. Was einen lehrte, dass man langfristige Interessen nicht dem schnellen Geld opfern sollte.

Obwohl?

Er hatte dieses bescheuerte Polizeispiel satt, diese scheinheiligen Erklärungen am Rande der Legalität, obwohl man sich schon längst jenseits davon befand; dieses ständige Herumreiten auf der Notwendigkeit, die innere Sicherheit zu schützen, obwohl es doch nur um die reine Willkürherrschaft ging und darum, sich an den Spielregeln der Demokratie vorbeizulavieren; diese Duckmäuserei vor den geistigen Krüppeln auf den Ministerstühlen. Er durchschaute die ganze Scheinheiligkeit, und als er die Eintönigkeit dieses Spiels satthatte, spielte er eine unerwartete Karte aus.

Und es gab Tumult im Hühnerstall.

Eigentlich war er in vielerlei Hinsicht gut mit Freyja ausgekommen. Sie war weder konservativ noch langweilig. Nur begrenzt. Glaubte an gewisse Grenzen. Gewisse Schranken in der Gesellschaft und im sozialen Miteinander. Obwohl er sie darauf hinwies, dass diese Schranken in Wirklichkeit nur in den Köpfen derjenigen existieren, die an sie glauben wollen. Es gab keine Grenzen. Keine wirklichen Hindernisse. Ebenso wenig wie Längen- und Breitengrade. Alles nur Einbildung, an die die Herde glauben will.

Er war kein Herdentier. Nicht einer von vielen. Er war Jäger, nicht Beute.

Ein Sieger.

Die oberste Priorität war jetzt, zu verschwinden.

Nach Hause zu fahren und Manuskript, Reisepass, Personalausweis und das allernotwendigste Gepäck zu holen.

Und das möglichst schnell. Selbst die isländische Polizei konnte irgendwann gefährlich werden.

52 Plan C

Er brauchte nur fünf Minuten, um sich die Haare abzurasieren. Diese fünf Minuten waren gut investierte Zeit. Als er dann noch eine altmodische Opabrille aufsetzte, blickte ihm der estnische Koch Andrus Rahula im Spiegel entgegen.

Trotzdem hatte er sich noch nicht entschieden:

Fahren oder bleiben?

In Keflavík ein Ticket für den nächsten Flug kaufen?

Das Auto irgendwo stehen lassen, in einem Versteck bis zum Morgen warten und dann in einem unauffälligen Gästehaus in der Ránargata einchecken?

Draußen war es verdammt kalt. Unmöglich, irgendwo auszuharren und auf das eisige Tageslicht zu warten.

Es war aber auch nicht besonders sinnvoll, nach Keflavík zu fahren und durch den Kauf eines Tickets auf den letzten Drücker Verdacht zu erregen. Was, wenn die Maschine sich verspäten und bewaffnete Hohlköpfe mit Spürhunden, die doppelt so schlau waren wie sie, nach ihm suchen würden?

Keine der beiden Varianten war gut. Er musste Plan C ausarbeiten:

Sich ins Auto setzen. Aus der Stadt an einen abgelegenen Ort fahren und im warmen Auto bis zum Morgen warten. Musik hören. In die Stadt fahren, sobald es dämmerte. Den Wagen loswerden. In einem Café oder Hotel frühstücken.

Anschließend ein Gästehaus suchen.

Okay. Plan C.

Er war unbesiegbar.

Als er mit dem Aufzug nach unten fuhr, dachte er, dass er vielleicht das letzte Mal dieses Haus betreten hatte. Es war ihm völlig gleichgültig. Er verband keine sentimentalen Erinnerungen damit. Seine Eltern hatten das Haus im Laugarásvegur, in dem er aufgewachsen war, während seines Auslandsaufenthalts verkauft und stattdessen eine Wohnung erstanden – zwar in der Skúlagata mit Blick aufs Meer, aber in einem Wohnblock.

Natürlich hatte er die Wohnung geerbt. Sie befand sich jetzt im Besitz von A&B Enterprises in Guernsey. Er freute sich schon darauf, wenn die Abteilung für Wirtschaftskriminalität versuchen würde, die Eigentümer der Firma ausfindig zu machen. Vermutlich wäre sie dann ohnehin schon abgewickelt, und die Mitarbeiter wären arbeitslos.

Als er vors Haus trat und auf seinen Wagen zuging, hörte er, wie eine Autotür zuschlug. Zwei Männer näherten sich ihm. Junge Männer.

Der eine war blond und braun gebrannt, mitten im Winter. Ein Bodybuilder. Eine Anabolikaschleuder. Der andere war kahl geschoren, Dreitagebart, fett und x-beinig.

Polizisten?

Nein. Ganz sicher nicht. Als sie näher kamen, erkannte er sie.

»Hey, du?«, rief der Blonde.

Er konnte nicht so tun, als würde er ihn nicht hören. Am besten, er redete mit den Männern.

Er blieb stehen. Steckte die Hand in die Hosentasche und umfasste den Griff der hübschen Pistole, mit der Elín ihn hatte erschießen wollen. Wirklich mutig.

»Are you talking to me?«, sagte er und lächelte den beiden Riesen zu. »I'm sorry, but I don't speak Icelandic.«

»Sorry«, sagte das Goldköpfchen. »But maybe you can help us. We are looking for Mister Eysteinn Brandsson.«

»Einstein who?«, sagte Andrus Rahula und lachte in sich hinein. »Don't know him. Sorry.«

»But he lives up there«, sagte Goldköpfchen und zeigte hoch zum achten Stock des Wohnblocks.

Andrus Rahula folgte seinem Finger mit den Augen und schaute nach oben. Im selben Augenblick zog der Fettwanst ihm einen Knüppel über den Hinterkopf. Er ging sofort zu Boden. Goldköpfchen beugte sich hinunter und drückte ihm ein scharfes Messer unters Kinn – dasselbe Messer, das der Blonde in Freyjas Wohnung in Álfheimar vergessen hatte, als er sie bedroht hatte, damit sie ihm das Manuskript für ein hübsches Sümmchen aushändigte; das Messer, das er anschließend beiseitegelegt und vergessen hatte; das Messer, das er sofort wieder geholt hatte, als er hörte, dass die Polizei den Tod dieser unkooperativen Frau untersuchte.

»Glaubst du etwa, man würde dich nicht erkennen, wenn du dir den Schädel rasierst, du Dreckschwein? Einstein who?«

Der Fettwanst gab Eysteinn keine Gelegenheit, sich an

dem Gespräch zu beteiligen. Er drückte ihm ein breites Klebeband über den Mund und begann dann, seine Hände auf dem Rücken zusammenzubinden. Als er zu den Füßen kam, versuchte Eysteinn, um sich zu treten, sodass der Fettwanst sich gezwungen sah, Eysteinn in die Rippen zu treten. Eysteinn hatte das Gefühl zu ersticken.

Goldköpfchen, von dem Eysteinn wusste, dass er mit vollem Namen Ævar Gísli Guðbergsson hieß und als Drogendealer und Geldeintreiber tätig war, durchsuchte mit geübten Fingern seine Taschen. Als Erstes fand er die Pistole und zeigte sie seinem Kumpel.

»Wow!«, rief der Fettwanst, von dem Eysteinn wusste, dass er mit vollem Namen Jóhann Brecher Baker hieß und vor nicht allzu langer Zeit auf Bewährung aus dem Knast entlassen worden war, nachdem er eine humane Strafe für einen winzigen Teil der eher inhumanen Körperverletzungen abgesessen hatte, derer man es gewagt hatte ihn zu bezichtigen. Er fügte hinzu: »Eine Smith & Wesson!«, und pfiff durch die Zähne.

Der Fettwanst streckte die Hand nach der Waffe aus, aber Goldköpfchen schob sie in seinen Hosenbund und würdigte seinen Kumpel keines Blickes. Fachmännisch suchte er weiter. Er hatte Glück; die Waffe war gesichert.

»Wow!«, sagte der Fettwanst wieder, als Goldköpfchen den weißen Umschlag mit einem feinen Pulver hochhob. »Was hat er denn da?«

Goldköpfchen tippte mit der Fingerspitze in das Pulver, leckte sie dann ab und spürte eine angenehme Taubheit in der Zunge; den Geschmack kannte er nicht.

»Irgendein K.-o.-Pulver«, sagte Goldköpfchen. »Am besten geben wir ihm eine ordentliche Portion, damit er auch wirklich keinen Ärger mehr macht.«

Der Fettwanst erbot sich, Eysteinn eine Prise zu verabreichen, aber Goldköpfchen sah keinen Anlass, seinem Kumpel den Umschlag zu überlassen, und kümmerte sich selbst darum, das Pulver in Eysteinns Nasenlöcher zu schieben. Da sein Mund zugeklebt war, blieb ihm gar nichts anderes übrig, als durch die Nase einzuatmen.

Die ganze Prozedur dauerte nicht lange. Goldköpfchen reichte dem Fettwanst Eysteinns Autoschlüssel: »Du fährst mit seinem Wagen.«

Dann öffneten sie den Kofferraum, warfen Eysteinn auf den Reservereifen und schlugen die Heckklappe zu.

Das Letzte, was Eysteinn durch den Kopf ging, bevor er das Bewusstsein verlor, war, dass er sich nie besser gefühlt hatte. Der Fettwanst war enttäuscht, als er sah, dass es sich um einen Automatikwagen handelte. Er war der Meinung, Automatikschaltungen seien nur etwas für Weiber. Langsam rollte er vom Parkplatz und bog in östliche Richtung ab.

Goldköpfchen fuhr hinterher. Er konnte es kaum erwarten, Eysteinns Laptop mit dem begehrten Lesestoff abzuliefern. Er konnte es kaum erwarten, den Inhalt des Rucksacks zu durchstöbern, den Jói Brecher und er untereinander aufteilen würden. Offenbar hatte Eysteinn eine Reise antreten wollen.

Tja, kleine Änderung des Reiseziels, dachte Goldköpfchen. Surprise, surprise! Damit hast du wohl nicht gerechnet, mein Freund.

Sie bogen von der Skúlagata Richtung Osten auf die Sæbraut und achteten penibel darauf, die zulässige Höchstgeschwindigkeit nicht zu überschreiten.

53 Zufall?

Es gibt so viel mehr Zufälle, als allgemein angenommen wird. Sie sind so verbreitet, dass der Glaube der Menschen an eine allmächtige Hand, die die Geschicke der Welt lenkt, ins Unermessliche wachsen würde – wenn die Sache nicht so geschickt eingefädelt wäre, dass die meisten Zufälle geschehen, ohne dass sie von irgendjemandem bemerkt werden.

Zum Beispiel hatte Víkingur keine Ahnung, dass er genau in dem Moment wieder zu Bewusstsein kam, als Eysteinn Brandsson seinen Atem aushauchte.

Als Víkingur erwachte, glaubte er zunächst, er träume und befände sich mitten in einem Alptraum.

Er hatte den Eindruck, in einem unbekannten Schlafzimmer zu sein. Vermutlich war es Morgen, denn das Licht, das durchs Fenster drang, ähnelte der meeresgrauen Morgendämmerung. Er lag voll bekleidet auf dem Fußboden. Neben ihm stand ein Bett, die Bettdecke hing auf den Boden. War er im Traum aus dem Bett gefallen und nun in dem Glauben, er wache auf, um ein neues Kapitel eines Alptraums zu erleben?

Neben dem Kleiderschrank saß eine Frau mit ausgestreckten Beinen auf dem Fußboden. Er konnte sie nicht erkennen, das Haar hing ihr ins Gesicht. Sie bewegte sich nicht. War sie tot? Dann sah er, wie sich ihre Brust hob und senkte.

Nein. Das war kein Alptraum.

Er war wach und bei Bewusstsein. Er hatte Kopfschmerzen. So starke Kopfschmerzen konnten kein Traum sein. Er betastete seinen Schädel: eine Riesenbeule prangte am Haaransatz über der Schläfe. Kein Blut. Hatte er beim Sturz aus dem Bett das Bewusstsein verloren? Was hatte er bloß in diesem Bett gemacht? Und wer war diese Frau?

Er hatte nicht nur Kopfschmerzen, sondern spürte auch eine heftige Übelkeit. Wie nach einer durchzechten Nacht. Hatte er ein Blackout gehabt? Er war noch nie in seinem Leben bis zur Besinnungslosigkeit betrunken gewesen.

Er krabbelte auf allen vieren. Die Kopfschmerzen waren unerträglich.

Er merkte, dass man sogar auf allen vieren schwanken konnte.

Die Frau lebte, war aber bewusstlos.

Landespolizeichefin Elín!

Was hatten sie beide in diesem Schlafzimmer verloren? Um wessen Schlafzimmer handelte es sich überhaupt?

Er kroch zum Fenster und stützte sich auf die Heizung. Dann richtete er sich auf. Er befand sich offensichtlich in einem Wohnblock irgendwo in Álfheimar. Ein Wohnblock in Álfheimar. Freyja Hilmarsdóttir? Nein. Das war nicht ihre Wohnung. Die alte Dame im gegenüberliegenden Wohnblock. War das ihre Wohnung? Wo war dann die alte Frau?

Was war passiert? Bekomme ich denn keinen klaren Kopf?

Er taumelte wieder auf Elín zu, diesmal schon auf zwei Beinen, mit unsicheren Schritten. Beugte sich zu ihr hinunter und überzeugte sich davon, dass sie regelmäßig atmete.

Sie hatte keine sichtbaren Verletzungen.

Er schüttelte sie. Erst vorsichtig. Dann kräftiger.

Sie öffnete die Augen. Stieß ihn erschrocken weg und blickte sich um, dann erkannte sie ihn.

»Du?«, sagte sie.

»Ja.«

»Wo sind wir?«, fragte sie.

»Ich weiß es nicht«, antwortete er. »Ich habe nur eine vage Vermutung.«

»Hast du schon angerufen?«, fragte sie.

»Wen denn?«, fragte er.

»Ach, ich weiß auch nicht«, stöhnte sie. »Irgendjemanden. Irgendwer muss doch was wissen.«

54

Mói und Þorleifur

Das letzte Mal, als sie im Schritt über den Reitweg durch die Rauðhólar gezockelt waren, war Þorleifur gut und Mói schlecht gelaunt gewesen. Diesmal war es umgekehrt. Mói kaute auf dem Gebiss und reagierte auf jede kleinste Hilfe, aber Þorleifur konnte die sprudelnde Lebensfreude des Pferdes nicht nachempfinden. Der Grund dafür war, dass Þorleifur in den Nächten zuvor sehr schlecht geschlafen hatte – seit jenem wolkenverhangenen Morgen, als Mói und er die Frau in dem Auto entdeckt hatten.

Seitdem hatte Þorleifur den Reitweg durch die Rauðhólar gemieden. Er war nicht übermäßig ängstlich, aber jenes Ereignis war ihm nicht aus dem Kopf gegangen und hatte ihm Trübsal und Schlafstörungen beschert; wenn es ihm endlich gelungen war, einzuschlafen, spukte die Frau aus dem Wagen urplötzlich wieder durch seinen Kopf.

Sie sagte nie etwas. Schaute ihn nur an. Und er fühlte sich elend.

Sie war so jung. Er so alt.

Sie war tot. Er lebte.

Fast so, als trage er die Verantwortung für die ganze Welt.

Heute aber konnte er sich nicht zurückhalten, Mói vom Weg zu lenken, weiter in die Hügel hinein, um in die Senke schauen zu können, wo an jenem gespenstischen Morgen das Auto gestanden hatte. Nur, um sich zu vergewissern, dass es dort nichts mehr zu sehen gab.

Sein Herz krampfte sich sofort zusammen. Da war ein schwarzes Autodach. Man hatte den Wagen doch nicht etwa dort stehen lassen? Nein, das war unmöglich. Außerdem war es ein anderes Auto, ebenfalls ein schwarzes.

Ihm wurde schwindelig und flau im Magen, als er den rotbraunen Schlauch sah, der vom Auspuffrohr durch ein Fenster ins Wageninnere führte. Dort drinnen lag etwas.

Þorleifur bekam kaum noch Luft. Er parierte das Pferd durch und stieg ab. Stand einen Moment wie erstarrt da, holte dann sein Handy heraus und rief die 112 an.

»Tja, mein lieber Mói«, sagte Þorleifur, als sie in einiger Entfernung warteten. »Ist die Welt nicht merkwürdig?«

Quellenhinweise

Zitat auf Seite 5 von Snorri Sturluson. Deutsche Übersetzung aus: ›Die Edda des Snorri Sturluson.‹ Ausgewählt, übersetzt und kommentiert von Arnulf Krause. Philipp Reclam, Leipzig 1947, Stuttgart 1997

Zitate auf den Seite 9 und 61 von Fay Weldon: ›Die Decke des Glücks‹. Aus dem Englischen von Sieglinde Körnstke. Knaur, München 1983

Zitat auf Seite 207 von Fay Weldon. Deutsch von Tina Flecken

Zitat auf Seite 321 von Edith Wharton: ›A Backward Glance‹, 1934. Deutsch von Tina Flecken